Une famille en danger

---

Double identité

CARLA CASSIDY

# Une famille en danger

*Traduction française de*
PIERRE VANDEPLANQUE

BLACK ROSE

HARLEQUIN

*Collection :* BLACK ROSE

*Titre original :*
5 MINUTES TO MARRIAGE

*Ce roman a déjà été publié en 2010*



**HARPERCOLLINS FRANCE**
83-85, boulevard Vincent-Auriol, 75646 PARIS CEDEX 13
Service Lectrices — Tél. : 01 45 82 47 47 - www.harlequin.fr
ISBN 978-2-2804-5741-5 — ISSN 1950-2753

Composé et édité par HarperCollins France. Achevé d'imprimer en février 2021.
par CPI Black Print - Barcelone - Espagne
Dépôt légal :mars 2021.

MIXTE
Papier issu de sources responsables
FSC® C159065

Pour limiter l'empreinte environnementale de ses livres, HarperCollins France s'engage à n'utiliser que du papier fabriqué à partir de bois provenant de forêts gérées durablement et de manière responsable.

# Prologue

Planté sur le trottoir, il contemplait le Golden Circus, ses néons, ses lumières scintillantes et sa marquise tape-à-l'œil. La boule de haine au fond de lui enfla si fort qu'il peina à respirer.

Le propriétaire du casino était Harold Rothchild. Le même Harold Rothchild qui avait bâti sa fortune sur les larmes et le sang des autres. Le même Harold Rothchild qui avait détruit sa vie.

Un mince sourire lui étira les lèvres.

Depuis quelque temps, l'existence de ce pauvre Harold avait pris une vilaine tournure.

— Et cela à cause de moi, marmonna-t-il entre ses dents.

Il avait tué sa fille, et détenait désormais la bague d'une valeur inestimable ornée du diamant les « Larmes du Quetzal ».

Il avait tout exécuté selon ses plans, mais en se dirigeant vers l'imposante entrée du casino, il se rendit compte que ce n'était pas assez.

C'était ça le plus drôle avec la vengeance, cette envie de plus qui vous ronge de l'intérieur alors que vous la croyez accomplie.

Il la ressentait maintenant, qui se développait en lui. Il serra les poings.

La rage.

Elle grondait dans son ventre tel un vent brûlant, attisant son besoin d'infliger plus de douleur, plus de souffrances.

Il n'en avait pas fini avec les Rothchild. Pas encore. Loin s'en fallait.

Il ne trouverait satisfaction que lorsque Harold Rothchild et sa famille tomberaient à genoux et pleureraient pour tout ce qu'ils avaient perdu.

# 1

La soirée se présentait sous de si bons auspices ! La maison était rangée, les enfants avaient pris leur bain et revêtu des tenues assorties, et Jack Cortland attendait son invitée avec impatience.

Il avait rencontré Heidi Gray au supermarché lors d'une de ses rares descentes en ville. La blonde séduisante et sophistiquée lui avait souri, et avant qu'ils ne quittent le rayon produits frais, ils s'étaient donné rendez-vous.

Depuis ce jour, ils s'étaient vus trois fois, et ce soir elle allait enfin faire la connaissance de ses enfants.

Dix minutes avant l'heure convenue de son arrivée, il s'installa avec ses deux fils sur le canapé, Mick, quatre ans, à sa droite, et David, trois ans, à sa gauche.

— Bon. Les garçons, cette soirée est d'une importance capitale. Je veux que vous soyez tous les deux bien sages et très gentils avec Mlle Heidi quand elle sera là.

— Heidi, zizi, kiki ! s'exclama Mick.

— Heidi, zizi, kiki ! répéta David.

Et tous les deux partirent dans de grands éclats de rire.

— Allons, allons, les enfants ! les tança Jack dans une vaine tentative pour imposer son autorité.

Les rires s'amplifièrent. Il attendit patiemment que leur hilarité s'essouffle d'elle-même.

— Je ne veux plus entendre ça, c'est compris ? gronda-t-il de sa voix la plus ferme.

David fronça les sourcils.

— Jack méchant. Pas crier.

— Je n'ai pas crié, protesta Jack, avant de soupirer : et si vous alliez tous deux jouer dans votre chambre en attendant l'arrivée de notre invitée ?

Il les regarda filer hors du séjour et disparaître dans le couloir. Dès qu'ils furent hors de vue, il laissa échapper un gros soupir d'épuisement.

Les garçons étaient à sa charge depuis un peu plus de quatre mois, autrement dit depuis que Candace, leur mère — et son ex-épouse — avait été assassinée. Durant ce laps de temps, il avait découvert des enfants sauvages, rétifs à toute discipline et qui ne lui montraient pas le moindre signe de respect.

Jack était capable de remuer le sang de n'importe qui avec une batterie, d'exprimer par ses talents de chanteur le rock-and-roll qui l'habitait, de soulever l'enthousiasme d'un stade entier de fans par sa musique. Il y avait même eu un temps pas si éloigné où il avait su boire et se droguer jusqu'à l'oubli. Mais en matière d'éducation des enfants, il ignorait pratiquement tout.

S'extirpant du canapé, il gagna la cuisine où flottaient les appétissants effluves d'un rôti. Debout devant l'évier, Betty, sa cuisinière, effectuait une dernière vaisselle avant de s'en aller.

— Tout est prêt, il n'y a plus qu'à servir, annonça-t-elle en se retournant, tout en s'essuyant les mains à son torchon.

— Vous êtes sûre que vous ne voulez pas rester un peu ? demanda Jack d'un ton chargé d'espoir.

Elle lui adressa l'un de ses regards implacables.

— Lorsque vous m'avez engagée, je vous ai dit que je cuisinais, rien d'autre. Je ne sers pas à table, je ne fais pas le ménage et moins que tout je ne m'occupe des enfants.

Elle attrapa son sac, posé sur un plan de travail.

— A demain, monsieur Cortland.

Tout en l'observant se diriger vers la porte d'entrée, Jack réfréna la panique qu'il sentait croître en son for intérieur. Il se répéta que sa soirée allait être une réussite.

Nerveux, il passa dans la salle à manger où Betty avait dressé la table avec le beau service en porcelaine et les serviettes de lin blanc. Sans doute était-ce une erreur de partager son repas avec à la fois sa récente conquête et ses fils, mais il lui semblait important que la femme qu'il invitait dans sa vie sache que sa progéniture était comprise dans le lot.

Pendant l'année qui avait suivi son divorce d'avec Candace, Jack avait très peu vu ses enfants. Candace passait le plus clair de son temps à voyager, tandis que lui-même n'était guère en position, tant au plan financier que psychologique, de la poursuivre dans ses pérégrinations.

Après le meurtre de leur mère, les garçons étaient venus vivre avec lui, mais il savait que Harold Rothchild, son ex-beau-père, n'attendait qu'un faux pas de sa part pour lui tomber dessus à bras raccourcis et s'en octroyer la garde.

L'estomac de Jack se serra en songeant à Harold. Que le riche et puissant nabab de Las Vegas voulût ses petits-fils était un fait patent, mais le seul moyen de lui en arracher la tutelle était de prouver qu'il faillissait à son rôle de père. Jack mettait tout en œuvre pour s'assurer que cela n'arrive pas. Il était déterminé à être le meilleur père possible.

Le carillon de l'entrée tinta, signalant l'arrivée de Heidi. Jack se précipita pour aller lui ouvrir. Depuis la chambre des garçons lui provenaient des éclats de rire, et il formula de nouveau une prière silencieuse pour que la soirée se déroule au mieux.

Les premières trente minutes furent relativement réussies. Lors de leurs précédents rendez-vous, Jack avait pu se rendre compte que Heidi était intelligente, avait de la conversation, et le fait qu'elle fût belle à tomber par terre ne gâtait rien. Il possédait assez d'hormones masculines pour se délecter de la fragrance subtile de son parfum et de l'émouvant sillon que révélait l'échancrure de son corsage.

Après une rapide présentation de la jeune femme à ses fils, ceux-ci étaient retournés jouer dans leur chambre, les laissant à un agréable tête-à-tête.

Lorsque le moment fut venu de passer à table, il y eut plusieurs minutes de pagaille durant lesquelles Jack installa les petits dans leur rehausseur puis courut dans la cuisine chercher les éléments du repas concocté par Betty.

Rôti de veau et pommes braisées, fleurettes de brocoli au cheddar, petits pains faits maison et salade en gelée garnirent bientôt la table. Après avoir empli les assiettes des garçons, Jack s'installa enfin à sa place.

— Hmm, ça m'a l'air appétissant ! dit Heidi. Tu as tout préparé toi-même ?

— J'aimerais te répondre oui, mais ce serait un mensonge. Une cuisinière vient chaque jour confectionner les repas.

Il lui sourit, puis cligna des yeux tandis qu'un morceau

de brocoli au fromage s'écrasait sur le haut de la gorge de Heidi, glissait un instant puis tombait dans le V de son corsage.

Mick gloussa.

Jack contempla son fils avec horreur.

— Mick ! s'exclama-t-il, avant de se tourner vers Heidi. Je suis navré, vraiment navré…

Un second projectile se colla sur le front de la jeune femme et, cette fois, ce fut David qui laissa éclater sa joie.

Les morceaux de brocoli se mirent soudain à voler sous les cris épouvantés de Jack. Heidi bondit hors de la table afin d'échapper aux tirs croisés de nourriture, les traits crispés par la colère.

— Mick ! David ! Arrêtez immédiatement ! fulmina Jack.

— Jack méchant ! cria Mick d'une voix aiguë.

— Je m'en vais, lança Heidi. Je n'étais pas sûre d'être à un point de ma vie où je pouvais assumer le rôle de mère au pied levé, mais maintenant, je sais. Il est clair que je ne suis pas faite pour ça. Tes enfants sont des petits morveux mal élevés, et pour ce dont vous avez besoin tous les trois, je ne suis pas à la hauteur, désolée !

Sur ce, elle attrapa son sac et quitta la pièce. Jack courut derrière elle, marmonnant des excuses dont à l'évidence elle n'avait que faire.

Alors qu'elle claquait la porte derrière elle, Jack s'adossa au mur et ferma les yeux. Elle avait raison. Ses enfants étaient de jeunes fauves livrés à eux-mêmes. Il ignorait encore comment, mais il devait prendre ce problème à bras-le-corps.

Il voyait d'ici les unes des tabloïds :

« *LES ENFANTS D'UNE ROCK-STAR DIGNES D'UN ZOO.* »

Restait à espérer que Heidi ne soit pas du genre à livrer son histoire contre espèces sonnantes et trébuchantes.

A 22 heures, Mick et David s'étaient enfin endormis, le premier sur le canapé, le second sur le sol du séjour. Jack les porta jusque dans leur chambre, les coucha, puis décida d'appeler son ami de toujours, Kent Goodall.

Un quart d'heure plus tard, les deux hommes étaient assis à la table de la cuisine et sirotaient un café. Jack raconta dans le détail à son ami le fiasco qu'avait été sa soirée.

— J'ai besoin d'aide, dit-il. Heidi avait raison. Les enfants échappent à tout contrôle, et je ne sais absolument pas comment régler cette question.

Kent replaça une mèche de ses longs cheveux blonds derrière une oreille percée d'un anneau.

— J'ai peut-être quelqu'un pour toi. Une bonne d'enfants professionnelle. Elle s'appelle Marisa Perez, et habite ici même, à Las Vegas.

— Comment la connais-tu ?

Kent n'avait pas d'enfants. Il n'était même pas marié.

— Tu te souviens de cette fille avec qui je sortais ? Ramona, une grande nana avec une tignasse rousse ? Eh bien, c'est une amie à elle. Aux dernières nouvelles, Marisa mettait de l'argent de côté pour créer son agence de nounous.

Jack fronça les sourcils. Il n'était pas très partant pour introduire n'importe qui chez lui et dans la vie de ses fils. Pour autant qu'il s'en souvînt, la rouquine en question avait une cervelle de la taille d'un petit pois. Elle était show-girl dans l'un des nombreux casinos de la ville. Il n'était pas certain qu'être l'amie de Ramona était un gage de qualification pour la prise en charge et l'éducation de ses enfants.

— A vrai dire, qu'elle soit recommandée par ta Ramona n'est pas exactement pour me rassurer, dit-il enfin.

Ken se fendit d'un sourire.

— Je sais ce que tu penses. Mais ça ne coûte rien d'avoir un entretien avec elle, histoire de voir si elle correspond vraiment à ce que Ramona m'a dit d'elle. Si tu veux, je peux appeler celle-ci pour qu'elle me donne son numéro.

Jack plaqua les mains de chaque côté de son gobelet de café et hocha la tête.

— Il faut que je fasse quelque chose. Si Harold apprend quel père pitoyable je fais, je me retrouverai illico au tribunal pour une nouvelle bataille de tutelle.

Un nœud douloureux se forma dans sa poitrine à l'idée de voir ses enfants lui être enlevés.

Pendant les quelques minutes qui suivirent, les deux hommes discutèrent musique et groupes de rock. Adolescents, Kent et Jack avaient monté une petite formation qui se produisait dans les clubs locaux et animait les soirées de mariage. S'ils avaient connu un certain succès au niveau régional, Jack nourrissait alors d'autres ambitions.

A l'âge de vingt-deux ans, il avait quitté Las Vegas pour Los Angeles, et avait fini par intégrer ce qui devait devenir le célèbre groupe « Creation ».

Tandis que Jack voguait sur les crêtes de la célébrité et de la fortune — pour finalement s'écraser et sombrer dans la déchéance —, Kent était resté à Las Vegas avec les autres membres, courant le cachet et tirant le diable par la queue.

Minuit était passé lorsque Kent se décida à rentrer chez lui. Jack débarrassa la table, déposa assiettes et couverts dans l'évier, puis alla jeter un œil à la chambre des enfants. S'arrêtant dans l'embrasure de la porte, il les observa.

Mick dormait sur le côté, jambes et bras repliés en position fœtale. Quant à David, il était étalé sur le dos, les membres déployés comme s'il s'était endormi en tombant d'une falaise.

Une vague de tendresse le submergea. Jamais il n'avait connu quoi que ce soit de comparable à l'amour qu'il ressentait pour ses enfants.

S'il ne voulait pas penser du mal des morts, force lui était de reconnaître que Candace avait eu autant d'instinct maternel qu'une pierre. Jack avait espéré que la naissance des garçons domestiquerait d'une certaine façon la créature belle et sauvage qu'il avait épousée, et pendant quelque temps, ça avait marché. Mais il n'avait pas fallu longtemps pour que la nouveauté du statut de mère perde tout attrait à ses yeux, et que leur mariage périclite.

A peine entrés dans la vie, les deux bambins étaient lourdement frappés : une mère assassinée, et un père alcoolique et drogué repenti qui ne connaissait rien aux fonctions parentales.

Ils avaient besoin d'une nouvelle personne dans leur existence, d'une âme maternelle qui pourrait leur apprendre à être de bons petits garçons.

Et le plus tôt serait le mieux.

— Tu es folle ne serait-ce que d'envisager de travailler pour lui, se dit Marisa Perez à haute voix, tout en roulant sur la poussiéreuse route du Nevada en direction du ranch de Jack Cortland.

Il lui avait téléphoné plus tôt dans la matinée pour lui proposer de s'occuper de ses enfants. Faisant fi du bon sens le plus élémentaire, elle avait accepté de le rencontrer chez lui.

Deux ans plus tôt, la nouvelle avait fait grand bruit lorsque Jack était revenu s'installer dans la maison familiale, après son divorce très médiatisé d'avec Candace Rothchild.

Depuis des années, le couple était l'un des sujets favoris des rubriques « people » des magazines. Leur vie d'excès, de drogues et d'alcool avait alimenté la légende, et le public avait adoré les histoires des frasques de la rock-star et de sa belle héritière d'épouse.

Malgré tout ce que Marisa savait sur Jack Cortland, pourtant, elle n'était pas impressionnée. Par la vitre latérale, elle jeta un coup d'œil à un paysage dont ses parents étaient vraisemblablement propriétaires.

A l'instar de Candace, Marisa était née dans la soie. Mais contrairement à elle, elle avait décidé très tôt qu'elle tracerait seule son chemin. Elle ne voulait pas travailler dans la très prospère société immobilière familiale. Sa passion à elle, c'était les enfants.

Ses mains se resserrèrent sur le volant tandis qu'elle s'engageait dans la longue allée de terre caillouteuse qui aboutissait au ranch Cortland.

Cette visite, en réalité, avait surtout pour but de satisfaire sa curiosité. Depuis qu'il était revenu ici, Jack faisait profil bas et on le voyait rarement hors de sa maison.

Marisa avait lu des articles sur la mort tragique de Candace, et savait qu'il avait la charge de leurs deux petits garçons. C'était leur sort, avant toute chose, qui motivait son déplacement.

Si elle n'avait pas une très haute idée de Jack Cortland en tant que personne, sa voix, en revanche, avait un timbre à faire flageoler les genoux d'un G.I. Après lui avoir parlé au téléphone ce matin, il lui avait fallu plusieurs minutes pour évacuer cette voix grave et sexy de sa tête.

Le bâtiment apparut bientôt à sa vue. Elle leva le pied de l'accélérateur et se rangea devant le porche d'entrée. C'est alors qu'elle vit un lutin blond uniquement vêtu d'une couche culotte courir dans l'herbe vers une vaste grange qui s'élevait à distance.

Marisa coupa son moteur, s'attendant à tout instant à voir un adulte jaillir de la maison pour récupérer le bambin. Constatant que rien ne se passait, elle sauta du véhicule et se précipita pour le cueillir au vol.

— Bonjour ! dit-elle dès qu'elle l'eut rattrapé.

Le petit s'arrêta et lui sourit. Marisa sentit son cœur se contracter dans sa poitrine. Il avait l'air d'un petit ange avec ses cheveux blonds et ses grands yeux bleus.

— Bonjour, répondit-il.

— Comment t'appelles-tu ?

— David.

Il reporta son attention sur la grange, comme s'il était pressé d'y arriver.

— Moi, c'est Marisa. Tu veux faire un jeu ?

Son regard s'éclaira, et il acquiesça.

— Tu sais sauter à cloche-pied ?

Il opina de nouveau et lui fit une démonstration.

— Bien. Le premier qui parvient à la maison sur un pied a gagné.

Le blondinet partit sur-le-champ, se servant le plus

souvent de ses deux pieds que d'un seul. Marisa le suivit, bouillonnant de colère intérieure : un bébé se trouvait seul dehors sans un adulte pour le surveiller !

Le rire cristallin de David résonna dans l'air tandis qu'il filait vers la maison, Marisa sur ses talons. Ils atteignaient le perron quand la porte d'entrée s'ouvrit à la volée et que Jack Cortland en jaillit en trombe.

Les yeux dilatés par la peur, il dévala les marches deux par deux.

— David ! Dieu soit loué ! s'écria-t-il en soulevant l'enfant du sol.

Puis il se tourna vers Marisa, le regard encore paniqué.

Elle ne dit rien, se contentant d'étudier la physionomie de l'indigne papa. Elle s'était attendue à découvrir un homme au visage marqué par la débauche, au teint cireux et prématurément vieilli. Au lieu de cela, il arborait le bronzage sain d'un homme vivant au grand air, des cheveux bruns lustrés brillant au soleil et la musculature d'un homme habitué aux durs travaux.

Il était à frémir… L'espace de quelques secondes, Marisa se demanda ce qu'elle faisait là. Ce n'est que lorsque David se mit à geindre et à gigoter pour se libérer des bras de son père que les rouages de son cerveau se réenclenchèrent.

— Il semble que vous ayez quelques problèmes avec les bases élémentaires de la sécurité infantile, dit-elle.

— C'est Houdini réincarné, répliqua-t-il, faisant allusion au célèbre prestidigitateur capable de s'évader d'à peu près n'importe où. Vous êtes Marisa, je suppose ?

Elle acquiesça d'un bref hochement de tête. Du pouce, il désigna l'intérieur de la maison.

— Bienvenue au zoo.

— J'ai deux ou trois choses à récupérer dans ma voiture, dit-elle. J'en suis descendue en vitesse en voyant David s'éloigner dans l'herbe sans surveillance, ajouta-t-elle, laissant pointer une note de désapprobation dans sa voix.

— Je ne savais pas qu'il s'était sauvé, expliqua-t-il avec une grimace. Allez chercher tout ça et rejoignez-moi à l'intérieur.

Sans attendre sa réponse, il disparut dans la maison.

Tout en regagnant sa voiture, Marisa tenta de calmer le papillonnement affolé qui s'était déclenché dans son estomac à la vue de Jack Cortland. Elle ne se rappelait pas avoir jamais eu une telle réaction simplement en regardant un homme. Le jour de sa rencontre avec Patrick, ses sens ne s'étaient certainement pas échauffés sans prévenir comme c'était à présent le cas.

Mais ce Cortland était un paumé, se rappela-t-elle en saisissant son sac et sa serviette, laissés sur le siège passager.

Ce qui ne l'empêcha pas, en se dirigeant vers l'entrée de la maison, de faire appel à toute sa force de caractère pour se prémunir contre sa séduction. Elle était là pour des raisons professionnelles et rien d'autre. Elle avait un petit ami, sa vie était sur ses rails, et qu'un rocker trentenaire au passé sulfureux vienne ébranler son petit univers était la dernière chose dont elle avait besoin.

C'est d'un pas déterminé qu'elle franchit le seuil, traversa le vestibule et pénétra dans un spacieux séjour qui était de toute évidence le cœur de la maison.

Jack se tenait au centre de la pièce encombrée de jouets et de vêtements d'enfants, et où flottaient de vagues relents de couches souillées, tandis que les deux garçons se battaient comme des chiffonniers sur le sol. Une fois encore, le gris souris de ses yeux semblait chargé d'un appel au secours désespéré.

— J'ai besoin d'aide.

Marisa sentit s'effriter sa résolution à ne pas s'engager. Il paraissait totalement dépassé par le chaos ambiant.

— Y a-t-il un endroit où nous puissions nous asseoir pour parler ? s'enquit-elle.

— Les enfants, pourquoi n'iriez-vous pas jouer dans votre chambre ? suggéra-t-il.

David bondit sur ses pieds et sourit à Marisa.

— Regarde ! fit-il en repliant une jambe.

Et il se dirigea à cloche-pied vers le couloir, aussitôt imité par son frère. Les deux gosses disparurent bientôt à leur vue.

Jack écarta un tas de cubes et de camions en plastique du canapé et invita sa visiteuse à s'y installer, tandis que lui-même prenait place dans le fauteuil qui lui faisait face.

— Les garçons sont à ma charge depuis près de quatre mois, expliqua-t-il. Ils sont arrivés tels que vous venez de les voir : des sauvageons rétifs à toute discipline. J'avoue que je n'ai pas réussi à y changer grand-chose depuis qu'ils sont là.

— Qu'attendez-vous de moi au juste, monsieur Cortland ? demanda-t-elle.

— Jack. Vous pouvez m'appeler Jack.

Il lui souriait, mais un voile d'inquiétude subsistait dans son regard.

— La réponse à votre question n'est-elle pas évidente ? reprit-il. J'ai besoin de quelqu'un qui les éduque et leur apprenne à bien se comporter.

Marisa doutait qu'il soit prêt à entendre ce qu'elle voulait lui dire. D'après son expérience, c'était généralement les parents qui avaient besoin d'être éduqués, pas les enfants.

En cet instant précis, ce n'était plus l'ancienne gloire du rock qu'elle voyait, mais un père désarmé qui se faisait beaucoup de mauvais sang pour ses enfants. Elle se cramponna intérieurement. Il y avait en Jack Cortland quelque chose qui l'incitait à penser que pour peu qu'elle se laisse aller, il ne lui faudrait pas cinq minutes pour tomber raide amoureuse de lui.

Mais bien sûr, elle n'allait pas se laisser aller. Elle n'était même pas certaine de vouloir accepter ce travail. Que Jack ait de très beaux yeux gris bordés de cils à damner une sainte, qu'il ait des lèvres d'une sensualité à faire perdre la tête à n'importe quelle femme ne signifiait pas qu'elle allait bondir à pieds joints sur l'occasion de s'occuper de l'éducation de ses fils.

Ouvrant sa serviette, elle en sortit une chemise à rabat.

— Voici mes qualifications et références, dit-elle en la lui tendant.

Il eut un geste dédaigneux de la main.

— J'ai déjà pris mes renseignements, mademoiselle Perez. Croyez-moi, je n'allais pas confier mes enfants à la première venue.

Il planta son regard dans le sien.

— Vous êtes titulaire d'une maîtrise en sciences de l'éducation chez les enfants d'âge préscolaire. Vous avez vingt-sept ans, vivez seule et entretenez d'étroites relations avec votre tante Rita, qui est agent du FBI depuis une vingtaine d'années.

Marisa haussa un sourcil.

— Je vous en prie, appelez-moi Marisa.

Elle n'était pas qu'un peu impressionnée par le travail préalable qu'il avait effectué à son sujet.

— Combien y a-t-il de personnes qui travaillent dans cette maison ? demanda-t-elle. J'ai besoin de savoir avec qui vos enfants se trouvent en contact au quotidien.

— J'ai une cuisinière qui vient chaque matin, pour repartir après avoir préparé le repas du soir. En dehors de cela, eh bien, il n'y a que moi. La nounou engagée par Candace s'est trouvé un autre travail.

— Pas de gouvernante ?

Un coin de sa bouche se retroussa en un rictus découragé tandis qu'il survolait la pièce du regard.

— Si j'en avais eu une, je l'aurais renvoyée à l'heure qu'il est.

— Vous comprenez qu'il s'agit d'un emploi à demeure, l'informa-t-elle.

— Il y a une chambre d'amis juste en face de celle des enfants, répondit-il. Vous auriez votre propre salle de bains, et bien entendu libre accès au reste de la maison.

Il se pencha en avant dans son fauteuil.

— Dites-moi que vous acceptez ce travail, Marisa. Vous n'avez pas idée à quel point c'est important pour moi.

Elle le voyait très bien, au contraire. Une lueur frénétique, désespérée, brillait dans son regard, qui ressemblait à s'y méprendre à de la peur.

Ce qui ne laissa de l'intriguer. Il y avait ici davantage en jeu que le simple besoin d'inculquer les bonnes manières à des enfants.

Les émoluments qu'elle recevrait pour ce travail apporteraient à son compte bancaire les derniers dollars nécessaires à la création de son agence. D'un autre côté, elle n'avait aucun moyen de savoir où se positionnait

Jack par rapport au rocker à la vie dissolue qu'il avait été. Souhaitait-elle vraiment travailler pour cet homme ?

— D'accord, s'entendit-elle dire avant même d'avoir consciemment arrêté sa décision. Mais il y a des conditions.

— Je vous écoute.

— Voilà. Nous convenons d'une période d'essai d'une semaine. Si à la fin de cette semaine vous n'êtes pas satisfait ou si je décide d'arrêter, vous me payez mon dû et je m'en vais. Si au contraire nous estimons l'un et l'autre que les choses se passent bien, alors je veux un contrat de travail portant sur une durée de deux mois.

— Deux mois seulement ? s'étonna-t-il.

— Je suis une sorte de médiateur de crise, expliqua-t-elle. Je n'interviens que dans les situations d'urgence. Si vous souhaitez une nourrice à long terme, à l'échéance de ces deux mois je vous aiderai à en recruter une.

— Ça me paraît raisonnable. Quand pouvez-vous commencer ?

— Disons demain matin 9 heures ?

— Parfait, soupira-t-il, visiblement soulagé.

Elle se leva.

Il l'imita.

Tout en marchant vers la porte, elle eut une conscience aiguë de sa présence dans son dos. Elle se retourna, pour se rendre compte qu'il était absurdement près d'elle. Son parfum l'enveloppa, fleurant bon le propre et la fragrance discrète d'une eau de toilette poivrée.

Elle recula d'un pas, le souffle bloqué dans la poitrine, en proie à une subite bouffée de chaleur. Il lui tendit la main. Elle contempla celle-ci un long moment, craignant presque ce qu'elle allait ressentir si elle la touchait.

— Donc, à demain matin, dit-elle très vite.

Tandis qu'il laissait gauchement retomber sa main, elle tourna les talons et regagna sa voiture à la hâte.

Seigneur Dieu. Qu'est-ce qui n'allait pas chez elle ? Elle se comportait comme une fan immature et écervelée — alors qu'elle n'avait même jamais aimé la musique de Jack Cortland ni son groupe.

Elle faisait cela uniquement pour les enfants. Il était évident qu'ils avaient à la fois besoin d'amour, d'attention et d'une main ferme.

A l'idée de s'installer chez Jack Cortland cependant, le lendemain matin, elle ne put s'empêcher de se dire qu'elle commettait peut-être la plus grosse erreur de sa vie.

# 2

— Alors, comment est-il ? demanda Rita.

Sa tante Rita l'avait invitée ce soir-là avec son petit ami actuel, Patrick Moore, et ils étaient tous trois installés à la table de la salle à manger de l'appartement.

Marisa se saisit de son verre d'eau glacée, comme si elle avait besoin de ce contact froid sur sa peau pour parler de Jack Cortland.

— Désespéré, répondit-elle. Les deux enfants sont intenables et d'après ce que j'ai pu en voir, ce sont eux qui font la loi.

— Je n'aime pas ça ! s'exclama Patrick. Cet homme a une effroyable réputation. L'idée que tu vives sous le même toit que lui ne me plaît pas du tout.

Marisa sourit à l'homme séduisant assis en face d'elle.

— Dans un premier temps, ce sera juste l'affaire d'une semaine. Si son attitude doit poser le moindre problème, alors nous en resterons là, rassure-toi.

Par moments elle se disait que Patrick était trop parfait pour être vrai. Non seulement il était d'une beauté et d'un charme incroyables, mais il avait en plus une excellente situation d'expert comptable et semblait être tombé éperdument amoureux d'elle.

Ils ne sortaient ensemble que depuis une quinzaine de

jours, mais Patrick n'avait pas caché qu'il la considérait comme la femme avec qui il voulait passer le reste de sa vie.

De son côté, Marisa avait beau l'aimer beaucoup, elle n'était guère disposée à s'engager dans une liaison torride et passionnée avec un homme qu'elle connaissait depuis aussi peu de temps. Elle avait déjà fait cela une fois dans sa vie, et les conséquences avaient été désastreuses.

Tout en avalant une gorgée d'eau, elle se demanda pourquoi le fait de songer à une liaison torride lui amenait automatiquement à l'esprit l'image de Jack Cortland.

— Pendant un moment j'ai été un fan de Creation, révéla Patrick. Ils avaient à leur répertoire plusieurs titres exceptionnels. Mais après le mariage de Jack avec Candace Rothchild, le groupe n'a plus été que l'ombre de lui-même et a éclaté.

— Quel malheur, ce qui est arrivé à cette femme ! déplora Marisa.

Elle se tourna vers sa tante.

— Tu as travaillé un moment sur son assassinat, n'est-ce pas ?

— J'y travaille toujours, répondit Rita. Malheureusement, nous disposons de très peu de pistes. Je n'ose imaginer ce que ça doit représenter d'enterrer sa propre fille, ajouta-t-elle en secouant la tête. Même si cette fille avait trente ans au moment des faits.

— En tout cas, ça n'a pas l'air d'avoir assagi son père, intervint Patrick. A combien en est-il ? Son troisième ou quatrième mariage ?

— Troisième, répondit Rita. Son épouse actuelle est une ancienne danseuse beaucoup plus jeune que lui. Le bruit court que l'effervescence du début est retombée et que leur mariage part à vau-l'eau.

— Je suis désolée que Harold ait perdu sa fille, dit Marisa, mais je le suis encore plus pour David et Mick qui ont, eux, perdu leur mère.

Patrick esquissa un sourire contrit.

— D'après ce qu'on dit, ce n'était pas vraiment une mère modèle.

— Je sais, répliqua Marisa. Mais je n'en ai pas moins le cœur serré pour ces pauvres petits.

— Ne t'implique pas trop personnellement, conseilla Rita avec un sourire compréhensif.

Marisa éclata de rire.

— Tante Rita, je suis dans le métier depuis un bon moment déjà. Je sais quand je dois faire le black-out sur mes émotions. Jamais je ne perds de vue le fait que je ne suis présente qu'à titre temporaire dans la vie des enfants dont je m'occupe.

Rita était l'unique personne qui savait ce qui lui était arrivé lorsqu'elle était à l'université. Si elle décidait finalement d'épouser Patrick, elle aurait à lui en parler avant qu'il ne soit procédé à l'échange de vœux. Mais leur relation était bien trop récente pour que ces sombres secrets soient dévoilés.

La suite du dîner fut agréable, et lorsqu'ils eurent fini, Patrick s'excusa pour se rendre dans la salle de bains tandis que Rita et Marisa entreprenaient de débarrasser la table et de faire la vaisselle.

— Il me plaît beaucoup, déclara Rita en rinçant une assiette.

Ce n'était que la seconde fois que Patrick et Rita avaient l'occasion de passer un vrai moment en présence l'un de l'autre. La première remontait à la semaine précédente, lors d'un dîner où elle les avait également invités.

— Il est bien, n'est-ce pas ? dit Marisa en lui passant une autre assiette. Il tenait tellement à mieux te connaître ! Il sait quelle place tu occupes dans ma vie.

Même si les parents de Marisa étaient des gens charmants, ils n'avaient jamais vraiment compris le désir de leur fille de tracer son propre chemin plutôt que de les suivre dans leur très lucrative entreprise immobilière.

Marisa avait toujours été très proche de la sœur de son père, Rita, et c'était à elle qu'elle s'était confiée lorsque son univers s'était brutalement effondré alors qu'elle n'était encore qu'une étudiante.

— Comment ça va ? s'enquit Marisa en désignant le pansement qui ornait la tempe gauche de Rita.

Lors de l'enlèvement dont elle avait été victime avec Jenna Rothchild, Rita avait été blessée par balle à la tête. Elle avait aussitôt perdu connaissance, et quand bien même les deux femmes étaient parvenues à se libérer, ni l'une ni l'autre n'avait été capable d'identifier leur ravisseur ni d'expliquer les raisons de son acte.

— Pas trop mal, répondit Rita. Une petite migraine de temps en temps, mais rien de plus. Tu prends ton temps, avec Patrick ?

— Oh oui. Je ne veux me marier qu'une seule fois dans ma vie. Je ne veux pas plonger de manière irréfléchie dans une relation trop intense.

Rita esquissa un sourire.

— Je crois que Patrick voit les choses autrement. Il a l'air très entiché de toi.

C'est le moment que choisit l'intéressé pour faire

son retour dans la cuisine, et la conversation à son sujet demeura en suspens.

Une fois la cuisine rangée et nettoyée, tous trois passèrent au séjour où ils discutèrent à bâtons rompus de la vie à Las Vegas, du travail de Patrick et d'un nouveau casino qui venait d'ouvrir ses portes. Sans jamais évoquer son métier, et en hôtesse charmante qu'elle était, Rita entretint avec doigté la conversation jusqu'à ce que Patrick et Marisa décident qu'il était temps de rentrer.

Il était un peu plus de 21 heures lorsque Patrick arriva en vue de la petite maison de Marisa, pour la déposer.

— J'aime beaucoup ta tante, confia-t-il.

— Elle t'aime bien aussi, répondit Marisa.

— Qu'y a-t-il à ne pas aimer ? ironisa-t-il en lui adressant un large sourire.

— Je t'inviterais bien à entrer, mais je veux vraiment m'octroyer une bonne nuit de sommeil pour être d'attaque demain matin, déclara-t-elle, tandis qu'il rangeait sa voiture le long du trottoir.

— Est-ce que j'aurai l'occasion de te voir un moment durant la semaine ?

— Je crains que non, avoua Marisa. La période d'essai dans une nouvelle position est toujours très accaparante. Mais une semaine, c'est vite passé, Patrick.

Elle ouvrit sa portière et descendit.

Sortant à son tour du véhicule, Patrick lui emboîta le pas et lui saisit la main pour remonter l'allée qui menait au porche d'entrée.

— Et que se passera-t-il après cette première semaine ? Admettons que tu décides de garder le poste pour les deux mois suivants ? Cela signifie-t-il que je ne te verrai pas du tout ?

Elle libéra sa main de la sienne pour chercher ses clés dans son sac.

— Mais si, assura-t-elle. Si Jack Cortland et moi tombons d'accord sur le fait qu'il a besoin de mes services pour cette période, sois sûr que je prendrai mes week-ends.

Une fois sa porte déverrouillée, elle se retourna.

— Bonne nuit, Patrick.

Alors qu'elle tendait le cou pour le gratifier d'un baiser sur la joue, il l'enlaça soudain et s'empara avec ferveur de ses lèvres.

Ce fut agréable, mais elle n'en eut pas de frissons jusqu'aux orteils et ses genoux ne se mirent pas à trembler. Lorsque le baiser se termina, il la relâcha à contrecœur.

— Donc, je peux espérer te voir dans environ une semaine ?

— Je te passerai un coup de fil pour te dire comment les choses se passent, répondit-elle.

— Sois sûre que je l'attendrai avec impatience.

Elle le suivit des yeux tandis qu'il regagnait sa voiture. Il devait faire tourner la tête de plus d'une femme, songea-t-elle. Grand, svelte, le teint mat et les cheveux noirs trahissant ses origines hispaniques, il s'habillait toujours avec une sobre élégance et offrait de lui l'image de la beauté virile associée au succès.

Quelques minutes plus tard, tout en se déshabillant dans sa chambre, elle repensa à ce baiser. L'une des explications de son attirance pour Patrick tenait peut-être au fait que ce n'était pas l'explosion de feux d'artifice quand ils s'embrassaient, qu'elle ne ressentait pas d'impulsion électrique au simple contact de ses doigts, et que son souffle ne se bloquait pas dans sa gorge sous son regard.

Elle avait connu cet état de folie passionnelle une fois dans sa vie, et ne voulait pas renouveler l'expérience. Celle-ci l'avait laissée laminée, et l'idée de revivre ce genre de choses l'effrayait au plus haut point.

Après avoir enfilé sa chemise de nuit de soie rouge, elle éteignit la lumière et se glissa dans son lit. Peut-être l'amour véritable était-il cette agréable chaleur qui l'emplissait lorsque Patrick lui souriait, ou l'amitié tranquille qui se construisait entre eux.

Songeant soudain à Jack Cortland, elle fronça les sourcils. Mais que possédait-il donc qui avait déclenché en elle ce frémissement intérieur ? Pourquoi ressentait-elle une telle excitation à l'idée de revoir cet homme que, vu son passé, elle ne tenait pas en très grande estime ?

Jack s'activa jusqu'à près de 3 heures du matin à nettoyer et à remettre de l'ordre dans la maison. Mick et David avaient fini par s'endormir vers 23 heures. Il les avait portés jusque dans leur lit, puis s'était retroussé les manches et avait attaqué le séjour avec détermination.

Les jouets retrouvèrent la chambre des garçons, et la vaisselle sale la cuisine. Il épousseta, lava et aspira jusqu'à ce que la pièce soit de nouveau présentable. Puis il se rendit dans la chambre d'amis que devait occuper Marisa, où il procéda, là aussi, à un nettoyage méticuleux.

Cette opération attendait depuis deux bons mois, mais entre les exigences de son rôle de père et ses responsabilités au ranch, il n'en avait jamais trouvé le temps. A l'heure où ses enfants s'endormaient il était au bord du coma, et faire le ménage était certainement la dernière chose qui lui venait à l'esprit.

Il avait songé à engager du personnel supplémentaire,

mais avait laissé tomber cette idée, estimant — avec un brin d'optimisme — qu'il valait mieux faire en sorte que ses fils s'habituent à lui plutôt que d'imposer d'autres personnes dans leur vie.

Lorsqu'il tomba enfin, exténué, dans son lit, il crut que le sommeil viendrait rapidement, mais au lieu de cela il se mit à penser à Marisa Perez.

Il n'avait pas prévu qu'elle serait aussi sexy. Même si avant de la rencontrer il savait qu'elle avait vingt-sept ans, il s'était plutôt attendu à voir une femme d'allure maternelle, bien en chair et dépourvue de séduction.

La séduction, Marisa en débordait, avec ses longs cheveux châtains qui se paraient de reflets dorés dans le soleil, et ses grands yeux chocolat bordés de longs cils. Sa silhouette était celle d'un mannequin, non pas anorexique comme l'on en voit trop souvent dans les magazines, mais voluptueux, aux formes émouvantes placées là où il fallait.

Il sombra peu à peu dans les bras de Morphée et rêva d'elle... Sa peau était si douce tandis qu'elle s'abandonnait à ses bras, et ses baisers lui retournaient les sens d'une manière qu'il n'avait jamais connue jusque-là...

Réveillé à l'aube, il se précipita dans la salle de bains, pressé de s'habiller et peut-être de s'envoyer une stimulante dose de caféine avant le réveil des garçons.

Comme Betty n'arrivait pas avant une bonne heure, il prépara un pot de café, s'en versa un gobelet et s'installa à la table de la cuisine, tentant vainement de ne pas se rappeler l'érotisme intense des rêves qui avaient peuplé sa courte nuit.

Il s'emplit les poumons de l'atmosphère de paix et de quiétude matinale, observant par la fenêtre son troupeau brouter la maigre végétation qu'offrait cette terre dure et sèche du Nevada.

Son père avait élevé du bétail ici, et son propre père avant lui. Harrison Cortland avait voulu que Jack suive ses traces, reprenne le ranch et continue à élever des bovins de qualité. Il voulait que son fils vive selon les valeurs qu'il avait tâché de lui inculquer, et non selon celles adoptées sur le chemin vers la gloire et la fortune.

Jack regretterait toujours que ses parents soient morts avant qu'il ne revienne au ranch familial. Pire, il les soupçonnait d'être morts le cœur brisé par les mauvais choix qu'il avait faits durant sa vie de rock-star.

Aujourd'hui il ne commettrait plus les mêmes erreurs. Il voulait qu'en grandissant, ses fils soient fiers de lui. Il voulait offrir à leur existence des fondations solides basées sur l'amour, ainsi que sur les valeurs de courage, de respect et de dignité. Plus que tout, il voulait être l'homme que ses parents avaient su qu'il pouvait être.

A 8 h 30, Jack attendait avec impatience l'arrivée de Marisa. Mick et David avaient pris leur petit déjeuner et étaient habillés de propre.

Le séjour était toujours relativement calme, et les garçons jouaient tranquillement avec leurs petits camions au milieu de la pièce.

S'il se réjouissait à l'idée d'apprendre de Marisa quelques ficelles quant à l'éducation des enfants, il devait aussi s'avouer que son intérêt pour elle n'était pas uniquement celui d'un père en déroute.

C'était celui d'un mâle. Il l'avait tenu éveillé jusqu'à une heure avancée de la nuit, et c'était un désir déplacé pour elle qui avait habité ses rêves, lui rappelant qu'il était seul depuis beaucoup trop longtemps.

A 9 heures tapantes, le carillon de l'entrée retentit. Il se précipita pour accueillir sa nouvelle nounou, surpris par les cognements intempestifs de son cœur contre sa cage thoracique.

Lorsqu'il ouvrit la porte, le lumineux sourire qu'elle lui offrit lui fit penser que cette journée allait être très belle.

— Bonjour, entrez, dit-il en s'effaçant pour lui céder le passage.

Elle passa devant lui, et le parfum fleuri et épicé qui l'accompagna lui monta presque tout droit au cerveau.

— Quelle agréable surprise ! s'écria-t-elle en pénétrant dans le séjour. Vous avez nettoyé.

Il se fendit d'un sourire embarrassé.

— Je ne m'étais pas rendu compte à quel point c'était le bazar avant de voir les choses avec vos yeux. Donnez-moi donc ça, reprit-il en désignant la valise qu'elle portait. Je vais la déposer dans votre chambre.

— Merci.

Il la débarrassa de la valise et se hâta vers le couloir. Lorsqu'il revint, elle était accroupie au centre de la pièce avec ses deux fils. Mick et David lui montraient leurs camions, leurs jouets préférés.

— Alors, comment ça se passe ? s'enquit-il. Vous leur apprenez ce qu'ils doivent faire et ne pas faire ?

Elle sourit et se releva avec une grâce de danseuse.

— Ce n'est pas tout à fait aussi simple, Jack. Pour commencer, je vais me contenter de me tenir en retrait et d'observer ce qui constitue une matinée normale pour les enfants et vous. Ensuite, à midi, nous nous réunirons pour faire le point et établir une stratégie.

— Ah, très bien.

Il fourra les mains dans ses poches, baissa les yeux sur ses fils puis reporta son attention sur elle.

— Je me sens très mal à l'aise tout à coup, avoua-t-il.

A cet instant, Mick frappa David avec l'un de ses camions. Dans les secondes qui suivirent, les deux garçons hurlaient sous les remontrances de Jack.

Il empoigna Mick et le souleva du sol.

— Tu ne dois pas frapper ! le houspilla-t-il. Ce n'est pas bien.

— Jack méchant, glapit l'enfant en gesticulant avec énergie pour se libérer.

— Jack méchant, brailla David, oubliant manifestement que c'était son frère, et non son père qui l'avait cogné à la tête.

— Filez dans votre chambre ! s'écria ce dernier en reposant Mick sur ses pieds. Et que ça saute ! Vous serez tous les deux punis.

Tandis que les deux enfants couraient dans le couloir, Jack plongea une main dans ses cheveux, totalement dépassé, et se tourna vers Marisa.

— J'ai mal géré la situation, n'est-ce pas ?

— Nous en parlerons à midi, dit-elle, son beau visage ne laissant transparaître aucune émotion.

La matinée s'écoula avec une insupportable lenteur pour Jack. Les garçons semblaient avoir décidé de se montrer sous leur pire côté, et il se sentait tel un insecte sous le regard entomologique de Marisa.

Puis, juste avant l'heure du repas, alors qu'il se trouvait dans la salle de bains avec Mick, David grimpa sur l'appui de la fenêtre de sa chambre et se faufila dehors comme une souris. Dès qu'il s'en aperçut, Jack se rua vers la porte d'entrée pour lui remettre la main dessus. Mick et Marisa l'observèrent sans bouger depuis le couloir.

Jack était éreinté et sa patience fondait comme neige au soleil. Il n'avait pas recruté cette nourrice, aussi jolie soit-elle, pour qu'elle reste là à le regarder. Elle était censée arranger les choses, et non suivre le match depuis le banc de touche.

Lorsque Betty annonça que le déjeuner était prêt, Jack n'avait jamais été aussi heureux de sa vie de prendre un repas. Il installa les petits dans leurs sièges à la table, puis invita d'un geste Marisa à prendre place face à lui tout en lui présentant la cuisinière.

— Il était temps que vous fassiez quelque chose, observa celle-ci, avant de se tourner vers Marisa. Je ne m'occupe pas des enfants ni du ménage, mademoiselle. Je ne quitte la cuisine que pour servir le petit déjeuner et le déjeuner. Je ne sers pas le dîner. Je suis cuisinière, et rien d'autre.

— C'est bon à savoir, répondit Marisa avec un sourire amical.

Betty grommela un borborygme et disparut dans sa cuisine.

— Je la paye pour ses talents de cordon-bleu, pas pour sa brillante personnalité, commenta Jack avec un petit gloussement.

Marisa ne put s'empêcher de rire, et ce rire combla en lui un espace resté silencieux depuis ce qui lui sembla une éternité.

Il ne se souvenait pas de la dernière fois où il avait partagé un moment d'hilarité avec quelqu'un. Depuis deux mois, il vivait dans un état de tension permanente, les enjeux auxquels il était confronté étant d'une extrême gravité.

— L'un des premiers points à régler est la facilité avec laquelle David s'échappe par les portes et les fenêtres, dit-elle. Il faut installer des systèmes de sécurité enfant à chaque ouverture.

David lui sourit, la bouche maculée de la moutarde de son sandwich de pain de mie au jambon.

— Je suis d'accord, agréa-t-il. Il n'a développé ce talent que depuis une semaine. Autant prendre le mal à la racine.

Le soleil de la mi-journée tombant par la fenêtre rehaussait de reflets de miel ses cheveux, leur donnant un aspect incroyablement doux et tentant. Le rouge qu'elle avait appliqué sur ses lèvres était à présent presque effacé, révélant une pulpe d'un rose tendre, sexy en diable.

— A quelle heure vont-ils au lit ?

— Pardon ?

Les souvenirs des images d'elle qui l'avaient assailli la nuit précédente explosèrent dans la tête de Jack, et une onde de chaleur fusa dans ses veines.

— Ont-ils une heure précise pour aller se coucher ?

Il chassa sa vision de son esprit.

— Précise, si l'on veut : au moment où ils tombent endormis.

— Dans leur lit, vous voulez dire ?

— Euh, en réalité, ils s'endorment à peu près n'importe où.

— Ce sont des petits garçons très beaux et intelligents.

Ces paroles inattendues le gonflèrent de fierté.

— Merci. Je voudrais juste qu'ils soient également des petits garçons bien élevés.

— Petits garçons bien élevés, répéta David en hochant la tête avec un sourire angélique, avant de jeter une chips en direction de son père.

Après le repas, les petits garçons jouèrent encore un moment, puis ils s'endormirent l'un après l'autre à même le sol. Jack les transporta dans leur chambre pour qu'ils y poursuivent leur sieste, avant de retrouver Marisa dans le séjour, où elle s'était installée à son aise dans un angle du canapé. Il prit place dans l'angle opposé, ce qui ne l'empêcha pas de percevoir les effluves troublants de son parfum.

— Ils devraient dormir environ une heure, annonça-t-il.

— Dites-moi, qu'y a-t-il dans la grange ?

Il cligna des yeux à cette question inopinée.

— Je vous demande pardon ?

— Les deux fois où David s'est sauvé de la maison, il se dirigeait vers la grange. Qu'y a-t-il dedans ?

— Oh, un petit studio d'enregistrement, des souvenirs datant du succès de mon groupe, ma batterie...

Il haussa les épaules.

— Mon passé, quoi.

— Vous en avez la nostalgie ?

— Un peu, reconnut-il après une brève hésitation. Faire de la musique me manque, mais ce n'est pas le cas de tout ce qui allait avec. Pourquoi me posez-vous cette question ?

Elle le considéra un moment de ses grands yeux marron, l'air pensif.

— J'ai besoin de savoir si cette volonté de reprendre en main l'éducation de vos fils s'inscrit dans le long terme, s'ils sont votre priorité numéro un. Je ne veux pas vous consacrer un mois ou deux de mon temps pour vous entendre déclarer un beau jour qu'assumer le rôle de père est trop ennuyeux, et que vous préférerez reprendre la route pour vous épanouir avec votre musique.

Il y avait dans sa voix une petite note acerbe qui suscita en lui une légère irritation.

— Rien dans ma vie n'a plus d'importance que Mick et David, répondit-il. Après notre divorce, à Candace et moi, c'est à peine si j'ai eu l'occasion de les voir. D'une manière générale, les seules fois où je les voyais ou entendais parler d'eux, c'était lorsque leur nom était cité dans un magazine ou un tabloïd.

Il laissa échapper un soupir agacé.

— Je suis désolé que Candace soit morte, mais je suis heureux qu'ils soient avec moi maintenant. Et si je veux me comporter en père avec eux, ce n'est pas pour un mois ou deux, mais pour le reste de leur vie.

Le regard de Marisa se réchauffa d'un seul coup, et cette chaleur le toucha droit au cœur. Il ne se souvenait pas de la dernière fois où une femme avait produit sur lui un effet aussi puissant. Il avait une envie folle de glisser les doigts dans ses longs cheveux, de couvrir ses lèvres des siennes, de goûter à sa bouche…

— Ce ne sera pas facile de changer les choses, avertit-elle.

Il ne put retenir un sourire.

— Depuis deux ans, dit-il, je me bats contre des démons particulièrement virulents. Ce ne sont pas deux enfants de trois et quatre ans qui vont me faire peur.

— « Jack méchant ». Où ont-ils appris cela ?

Son sourire retomba et il fonça les sourcils.

— C'est Candace, je suppose. Ils refusent de m'appeler autrement.

Elle se renversa contre le coussin d'angle.

— Ça ne m'amuse pas de vous dire cela, Jack, mais ce qu'il nous faudra travailler le plus, c'est vous, votre attitude. Ces gosses sont en demande criante d'attention positive et de repères.

— Je suis prêt, répondit-il.

— Parfait. Bon, j'ai quelques affaires à aller chercher dans ma voiture, ajouta-t-elle en se levant. Je reviens tout de suite.

Il bondit sur ses pieds.

— Il vous faut un coup de main ?

— Non, merci. Je peux me débrouiller. Et puis il vaut mieux économiser votre énergie, persifla-t-elle, l'œil pétillant. Vous allez en avoir besoin.

Il l'accompagna jusqu'à l'entrée et la regarda descendre les marches, les hanches ondulant, invitantes, sous son pantalon bleu marine.

Les renseignements qu'il avait réunis sur elle lui avaient appris vraiment beaucoup de choses… mais rien de ce qu'il désirait savoir en cet instant précis. Avait-elle un petit ami ? Etait-elle engagée dans une relation sérieuse ? Serait-il le dernier des idiots en cherchant à séduire la femme qu'il recrutait comme nourrice pour ses enfants ?

Il ricana aussitôt sous cape. Faudrait-il qu'il soit naïf pour croire qu'une femme comme Marisa puisse porter un quelconque intérêt à un homme comme lui ! Il n'était qu'un rocker sur le retour dont elle avait pu constater par elle-même les faiblesses et l'inefficacité.

Elle était belle, brillante, et si elle lui inspirait du désir, il avait la ferme intention de garder ce désir enfermé dans sa cage.

Elle était là pour ses fils, et c'était suffisant en ce qui le concernait.

# 3

Plus la journée avançait, plus Marisa se répétait qu'elle était là pour David et Mick, et rien d'autre.

Elle ne pouvait pas se permettre de se laisser piéger par l'invraisemblable attirance qu'elle éprouvait pour Jack. Elle se refusait à admettre qu'il lui plaisait. Et pourtant. Si elle avait le sentiment que l'homme qu'il avait été n'eût mérité d'elle aucun respect, elle pouvait admirer celui qu'il était aujourd'hui.

Au cours de l'après-midi, elle fit la connaissance de Kent Goodall, l'un des meilleurs amis de Jack. Grand, les cheveux blonds, il lui apprit qu'il était bassiste dans le groupe que Jack et lui avaient monté lorsqu'ils étaient adolescents. Il était gentil, mais ne resta que quelques minutes.

Elle rencontra également les deux ouvriers qui travaillaient sur le ranch. Les frères Sam et Max Burrows avaient la peau tannée des gens qui travaillent toute leur vie dehors, quel que soit le temps. C'est réservés et mal à l'aise qu'ils pénétrèrent dans la cuisine par la porte de derrière.

Sam avait été envoyé en ville pour acheter les verrous de sécurité enfant destinés aux portes et fenêtres. Après les avoir remis à Jack, il ressortit avec son frère sans attendre son reste.

Pendant que Jack les posait, Marisa s'était installée dans le canapé, les enfants blottis à sa gauche et à sa droite, et leur lisait une histoire. Ils avaient déjà totalement conquis son cœur, et s'ils étaient exubérants, ils ne se pliaient pas moins à sa douce autorité.

C'est à l'heure du coucher que les choses se mirent à aller mal, lorsqu'elle demanda à Jack de les mettre au lit. Toutes les cinq minutes ils ressortaient de la chambre pour une raison ou pour une autre, et chaque fois Jack devait leur faire regagner leur lit et les border. Ils se répandaient en cris et en pleurs, et Jack lançait à Marisa des regards désespérés en les transportant dans leur chambre. Il était plus d'une heure du matin lorsqu'il put enfin se laisser tomber sur le sofa dans un silence béni.

— Ce sera plus facile demain, déclara-t-elle.

Il se tourna vers elle, les sourcils froncés.

— J'espère que c'est une promesse.

Elle sourit.

— J'ai oublié de préciser que c'est dans ces moments particuliers que vous alliez me détester le plus.

Son froncement de sourcils disparut, et il lui offrit un demi-sourire si sexy qu'elle sentit son estomac se vriller.

— Je ne suis pas fâché contre vous, dit-il. Je suis fâché contre moi-même pour n'avoir pas fait tout cela dès le début, à l'arrivée des enfants au ranch.

Recouvrant son sérieux, il la considéra avec curiosité.

— Pourquoi n'êtes-vous pas mariée et n'avez-vous pas une flopée de marmots ? demanda-t-il. Il est clair que vous adorez les enfants.

La question lui transperça le cœur, réveillant en elle

une douloureuse frustration dont elle savait qu'elle ne serait jamais apaisée.

— Je suis jeune, j'ai encore tout le temps devant moi pour penser à cela, répondit-elle avec détachement.

— Il y a quelqu'un dans votre vie ?

Elle hocha la tête.

— Oui. J'ai un petit ami.

Elle avait besoin de l'en informer, mais elle avait aussi besoin de se le rappeler. Patrick. Patrick était l'homme avec qui elle sortait en ce moment, elle ne devait surtout pas l'oublier.

Elle se leva, en proie à une soudaine envie de s'éloigner de lui.

— Il est temps que j'aille me coucher, dit-elle. Une nouvelle journée m'attend demain.

Il se leva à son tour, et ensemble ils remontèrent le couloir qui menait aux chambres.

— S'il vous faut quoi que ce soit, faites-le-moi savoir, dit-il une fois devant la porte de celle qu'elle allait désormais occuper.

— Tout va bien, je n'ai besoin de rien, répondit-elle.

Il lui saisit la main. Elle réprima un petit couinement.

— Je tiens juste à vous dire combien je suis heureux que vous soyez ici, murmura-t-il d'une voix rauque. Vous n'imaginez pas à quel point je vous en suis reconnaissant.

Le papillonnement affolé se manifesta de nouveau dans son ventre. Ellc ôta sa main de la sienne, déstabilisée par ce qu'elle avait ressenti à ce simple contact.

— Bonne nuit, Jack.

Sur ces mots, elle s'empressa d'entrer dans la chambre et de refermer la porte derrière elle.

Bon sang, quelle mouche l'avait donc piquée ? Il fallait

qu'elle se ressaisisse, et cesse de voir en Jack l'homme plutôt que le client.

L'esprit agité, elle gagna la salle de bains pour se préparer pour la nuit. Son attirance pour lui était purement physique, tenta-t-elle de se convaincre. A certains moments de la journée, elle avait perçu en lui une intense solitude, du genre qui la touchait au plus profond d'elle-même.

Mais autre chose l'intriguait. Il émanait de lui un je-ne-sais-quoi de désespéré qui allait au-delà des préoccupations d'un père au sujet du comportement de ses enfants.

Ce fut la clarté de l'aube qui la réveilla le lendemain matin, mais elle traîna de longues minutes dans son lit à récapituler ce qu'elle avait l'intention de faire dans la journée.

Elle ne put s'empêcher de se demander pourquoi Jack n'avait pas depuis longtemps embauché une bonne ou une baby-sitter pour ses enfants. Le ranch devait certainement accaparer le plus clair de son temps avec l'entretien des bêtes et les charges courantes.

Depuis l'arrivée de ses fils, quatre mois plus tôt, sa vie personnelle avait été mise entre parenthèses, et cela se voyait aux rides de stress qui marquaient son visage lorsqu'il s'occupait de Mick et David. Il se dépatouillait avec les contraintes de la paternité, mais n'en tirait aucun plaisir.

Trois quarts d'heure plus tard, elle sortait de sa chambre, douchée et en pleine forme, vêtue d'un jean et d'un maillot sans manches à col montant couleur corail.

La maison était calme, mais l'arôme de café frais la conduisit tout droit vers la cuisine, où elle découvrit

Jack attablé devant un gobelet fumant, les yeux tournés vers la fenêtre.

Il ne se rendit pas compte de sa présence, et pendant un moment, elle demeura immobile dans l'embrasure de la porte à l'observer. Une fois encore, elle fut frappée par l'impression de solitude qui émanait de lui. Cet homme avait jadis eu des milliers de fans qui le portaient aux nues, mais en cet instant, il avait l'air dépassé et douloureusement seul.

— Bonjour, dit-elle en s'avançant dans la pièce.

Voyant qu'il s'apprêtait à se lever, elle lui fit signe de rester assis.

— Dites-moi où sont les gobelets, je me servirai moi-même.

Il désigna du doigt l'un des placards.

— Vous avez bien dormi ?

— Comme un bébé, répondit-elle en se versant une généreuse dose de nectar.

Elle le rejoignit à la table et tenta d'ignorer le pincement de plaisir qu'elle ressentait à sa vue.

Il portait un jean et un T-shirt gris qui rehaussait celui, d'une nuance plus claire, de ses yeux. Il était rasé de près, et ses cheveux étaient encore humides de sa douche.

— A quelle heure Betty prend-elle son service d'habitude ? demanda-t-elle.

— Elle ne travaille pas le week-end, il faudra donc nous débrouiller seuls aujourd'hui et demain. Les repas sont en général aussi basiques que possible les samedis et dimanches.

— Ce matin, j'aimerais prendre le petit déjeuner seule avec les enfants, annonça-t-elle. Cela vous laissera une heure ou deux pour prendre l'air, vous balader à cheval, ramener une vache égarée ou ce que vous voudrez.

Il se carra contre son dossier, l'air surpris.

— Vraiment ?

— Vraiment, répondit-elle, tout sourire.

Elle sirota une lampée de son café, avant de poursuivre :

— Jack, vous avez besoin de vous détendre, de respirer un peu. Vous êtes si tendu quand vous êtes avec les garçons, et ils le ressentent très fort. Il faut que vous preniez plaisir au fait de les élever, de vous occuper d'eux. Il faut que vous vous amusiez avec eux.

Il la regarda comme si elle lui parlait une langue étrangère.

— M'amuser ?

Elle éclata de rire.

— Vous vous souvenez du verbe « s'amuser », Jack ?

Il eut un sourire contraint.

— En fait, non.

— C'est cela que je veux ramener dans votre vie, mais il faut que je vous avertisse. Les choses ne vont pas être faciles pendant les deux prochains jours. Je vous conseille de profiter de votre matinée, parce qu'il va y avoir des moments où, entre vos fils et moi, vous ne saurez pas qui vous aurez le plus envie d'étrangler.

Il s'esclaffa à son tour.

— J'ai un peu de mal à imaginer ça !

C'était la première fois qu'elle l'entendait vraiment rire. Le son, riche et profond, lui remua les entrailles et lui étreignit le cœur. Elle se protégea aussitôt contre ce rire, contre lui.

— Vous feriez mieux d'y aller avant que je change

d'avis au sujet de ce temps libre, dit-elle d'un ton pincé, très femme d'affaires.

— Vous êtes sûre que vous ne voulez pas que je reste pour vous aider à leur donner le petit déjeuner ?

— Je suis parfaitement capable de m'en charger seule.

Tout à coup, elle voulut qu'il s'en aille. Qu'il emporte sa voix sexy de baryton, son parfum viril, ses irrésistibles yeux gris souris et la laisse seule.

— D'accord, si vous insistez.

Il se leva de table, déposa son gobelet dans l'évier, puis décrocha un chapeau de cow-boy d'une patère fixée à côté de la porte de derrière.

— Je reviens dans deux heures, annonça-t-il.

Elle hocha la tête, et ce n'est que lorsqu'il eut quitté la maison qu'elle s'autorisa une longue et profonde inspiration.

Inutile de se voiler la face. Quelque chose en Jack Cortland la touchait jusqu'au cœur. Elle ne s'était jamais considérée comme une sauveteuse, sauf lorsqu'il s'agissait de la vie des enfants.

Il fallait à tout prix qu'elle maintienne une distance émotionnelle avec Jack, qu'elle se concentre uniquement sur les raisons de sa présence ici. Le faire sourire, provoquer son rire, chasser la cape de solitude qui lui collait à la peau n'en faisaient partie en aucune façon.

Juché sur Domino, son cheval, Jack leva son visage vers le soleil. C'était le troisième matin que Marisa le chassait deux heures de la maison.

Mais aujourd'hui il ne s'était pas fait prier. Il était irrité. La belle nourrice qui avait déclenché toutes sortes de choses en lui ces deux derniers jours s'était muée en un petit adjudant aboyant ses ordres.

Depuis sa prise en main des enfants, elle avait introduit tant de nouvelles techniques pédagogiques dans sa tête qu'il en avait le tournis. Il y avait une petite chaise rouge qui faisait office de « piquet », où chacun des garçons avait passé plus de temps qu'à son tour, et par moments, il soupçonnait Marisa de nourrir l'intention cachée de l'y coller.

Elle lui avait promis qu'il s'amuserait, mais avait établi des règles rigides qui les mettaient, ses fils et lui, dans de fort méchantes dispositions d'esprit.

Tout en traversant le pâturage, il concentra son attention sur la clôture et remarqua plusieurs sections qui avaient besoin de réparations.

Le ranch était dans un triste état lorsque Jack y était revenu après la mort de ses parents, deux années plus tôt. Mais il avait consacré la première à s'abrutir dans l'alcool et les drogues, et la propriété était encore davantage tombée en décrépitude.

Au volant d'un tracteur, Sam éliminait les mauvaises herbes autour de la grange. Jack le salua de la main, puis, consultant sa montre, s'aperçut qu'il était temps de regagner la maison.

Pour agacé qu'il fût par l'attitude de Marisa, il n'en était pas moins impatient de la retrouver ainsi que ses enfants. Il devenait clair que la ravissante jeune femme commençait à le faire grimper aux rideaux.

Il administra un rapide coup d'étrille à Domino, puis lui fit regagner sa stalle. Cela faisait un moment déjà qu'il avait dans l'idée d'apprendre à ses fils à monter.

Peut-être, songea-t-il, le temps était-il venu d'acheter une paire de poneys.

Il pénétra dans la maison par la cuisine, où Betty était affairée à préparer le déjeuner.

— Engager cette nourrice est la meilleure chose que vous ayez faite depuis longtemps, déclara la cuisinière.

— Je suis d'accord, répondit-il.

Même s'il préférait la nourrice en question avant qu'elle ne se mette à lui mener la vie dure.

— Les aimer, c'est bien, reprit-elle, mais il faut aussi exiger d'eux une conduite décente. C'est ça le véritable amour.

Il venait juste d'entrer dans le séjour quand le téléphone sonna. Il décrocha à la deuxième sonnerie, vaguement conscient des rires provenant de la chambre des enfants.

— Jack, c'est Harold.

Au son de la voix de son ex-beau-père, les tripes de Jack se nouèrent.

— Bonjour, Harold.

— Comment vont les enfants ?

— Très bien. De vrais petits anges.

— Vraiment ? Ce n'est pas ce que l'on m'a dit.

Jack sentit son cœur chuter dans sa poitrine.

— Que vous a-t-on dit exactement ?

— Qu'ils se comportent à table comme des salopiots.

Heidi. Bon sang, comment Harold avait-il su pour ce dîner désastreux ? Heidi était-elle allée trouver le vieux richard pour lui vendre son histoire ? La main de Jack se crispa un peu plus sur le combiné.

— Vous n'avez pas à vous inquiéter, Harold, dit-il, se réjouissant de parvenir à garder une voix calme. J'ai embauché une nourrice professionnelle qui leur fait travailler leurs bonnes manières, entre autres choses.

— Une des bimbos de votre passé ?

Une vague de colère monta en lui, mais il la réprima, refusant de tomber dans un duel d'invectives avec le nabab. Harold n'avait jamais cru que Jack avait été fidèle à Candace durant leur mariage. En contrepartie, que sa fille ait vraisemblablement trompé son gendre à tour de bras, il s'en contrefichait.

— Elle s'appelle Marisa Perez. Vous pouvez vous renseigner, Harold. Je suis sûr que vous ne trouverez rien à redire à son C.V.

C'est le moment que choisirent Marisa et les enfants pour faire leur entrée dans le séjour. Ils riaient tous les trois et avaient l'air si joyeux qu'il ne voulait pas rester sur la touche.

— Ecoutez, Harold, il faut que j'y aille. Je vous rappellerai plus tard, ajouta-t-il avant de raccrocher.

— Des ennuis ? demanda Marisa, un pli soucieux sur le front.

— J'espère que non.

Il plaqua un large sourire sur son visage.

— Je peux savoir pourquoi mes deux garçons préférés rient d'aussi bon cœur ?

Tandis que Mick entrait dans une longue histoire au sujet d'une petite bête qui courait sur le plancher de la chambre, Jack sentit son amour pour ses fils lui dilater le cœur à l'étouffer. Il se jura de faire tout ce qui était en son pouvoir pour qu'ils restent sous sa garde.

Le soir venu, il se retrouva en tête à tête avec Marisa dans le séjour. Mick et David étaient allés au lit à 20 h 30 sans émettre la moindre protestation.

— Je n'en reviens pas, dit-il en notant le silence qui régnait dans la maison.

Elle lui sourit.

— Et vous étiez sur le point de me renvoyer, je me trompe ?

Il lui rendit son sourire.

— J'avoue que ces deux derniers jours, il y a eu des moments où je me disais que vous y alliez quand même un peu fort. Il m'a fallu quelque temps pour comprendre que faire assumer aux enfants les conséquences de leurs actes n'était pas leur infliger de mauvais traitements.

— Au contraire, c'est le meilleur gage d'amour que vous puissiez leur donner.

Tout au long de la journée, Jack avait ressenti une tension quasi électrique, à fleur de peau, chaque fois qu'il pensait à Marisa. Il éprouvait à présent la même chose en humant son parfum, en remarquant la manière dont son T-shirt se tendait sous la plénitude de ses seins.

« Elle a un petit ami, se rappela-t-il. Elle est inaccessible. » Cette pensée, hélas, n'atténuait en rien son désir pour elle, qui semblait croître un peu plus chaque jour.

Son irritation matinale s'était envolée dès le début de l'après-midi, quand il avait pu observer les résultats des fermes directives de Marisa sur les enfants — et sur lui-même. Certes, les choses n'étaient pas encore parfaites, mais elles étaient à tous égards nettement meilleures qu'avant qu'elle ne débarque au ranch.

— Je crois que je ferais mieux d'aller me coucher, dit-elle.

— Pas encore, protesta-t-il. Il est tôt et… et j'apprécie votre compagnie.

Ses joues virèrent à un rose charmant, et elle se renversa contre le dossier du sofa.

— Il est tôt, c'est vrai, convint-elle. Je vais rester encore un moment.

Elle posa sur lui un regard curieux.

— Je m'occupe peut-être de ce qui ne me regarde pas, reprit-elle, mais je n'ai pas pu m'empêcher de vous entendre citer mon nom au téléphone, tout à l'heure.

De nouveau, un nœud se forma dans l'estomac de Jack.

— C'était Harold Rothchild. Apparemment, il a entendu parler d'un repas ici qui a tourné à la catastrophe. C'était avant que je vous recrute.

En quelques mots, il lui résuma son dîner avec Heidi et l'épisode des brocolis volants.

Marisa réprima avec peine un sourire.

— Pardon, ce n'est pas drôle ! s'excusa-t-elle, se retenant manifestement d'éclater de rire. Mais j'imaginais ce morceau de brocoli au fromage fondu glissant dans l'encolure du pull de cette jeune femme.

N'y résistant plus, ils se laissèrent aller ensemble à une merveilleuse hilarité qui, pour Jack, sembla évacuer d'un coup tout le stress des quatre derniers mois.

— Oups, ça fait du bien, dit-il lorsqu'il parvint enfin à s'arrêter.

— Vous devriez rire plus souvent, observa-t-elle, ses prunelles chocolat brillant de chaleur.

— Je n'en ai pas eu l'occasion depuis des lustres, avoua-t-il. D'abord il y a eu mon divorce d'avec Candace, puis mon groupe s'est disloqué et les autres membres m'en ont voulu à mort. Mais le pire moment aura été après le divorce. Je ne pouvais pas voir mes enfants, et je savais qu'en cas de bataille juridique pour en avoir la tutelle, je perdrais.

Il poussa un lourd soupir.

— Et puis Candace a été assassinée. Aujourd'hui, je me bats pour recoller les morceaux de la vie de mes enfants. J'ai toujours peur de m'en voir retirer la garde.

Elle haussa les sourcils, surprise.

— Pourquoi ?

— Harold Rothchild n'aimerait rien tant que de me les prendre. Et le seul moyen par lequel il peut y parvenir est de prouver que je suis un père défaillant.

— Il ne peut sûrement pas faire ça ! objecta-t-elle.

Il grimaça.

— Je n'en suis pas aussi sûr. Deux paramètres jouent contre moi. Un : je vis seul, et deux : je n'ai pas à proprement parler un passé de petit saint. A la première erreur que je commettrai, il me fondra dessus comme les dix plaies d'Egypte.

— Il ne nous reste donc qu'à éviter d'en commettre, répliqua-t-elle, un doux sourire sur les lèvres.

Jack éprouva soudain une furieuse envie de quitter son fauteuil, de la rejoindre dans le canapé et de l'attirer entre ses bras. Il brûlait de rechercher l'endroit exact de son corps d'où provenait ce parfum si sexy, de découvrir quel était le goût de ces lèvres si pulpeuses dans le feu d'un baiser.

— Parlez-moi d'Harold Rothchild, dit-elle.

La question doucha sur-le-champ l'accès de désir sauvage qui s'était emparé de lui.

— J'ai entendu dire que c'est un gros propriétaire de

casino, poursuivit-elle, et que sa famille a bâti sa fortune sur l'exploitation du diamant.

— En effet, acquiesça-t-il. Ils possédaient plusieurs mines au Mexique. Une légende maya court sur l'un des diamants qui en ont été extraits. Il détiendrait des pouvoirs spéciaux. Sa magie, paraît-il, fait tomber les gens amoureux. Il était serti sur une bague que Candace portait au doigt la nuit de son assassinat.

— J'ai lu quelque chose à ce sujet. Son meurtrier le lui a volé, n'est-ce pas ? Il s'agit du diamant baptisé les « Larmes du Quetzal ».

Jack acquiesça, puis fronça les sourcils en songeant à l'homme qui était actuellement le cauchemar de son existence.

— Voyez-vous, Harold est en train de mettre la pression sur sa troisième épouse. La première, June, est morte en mettant au monde la plus jeune sœur de Candace, Jenna. Il a divorcé de la seconde, et d'après ce que j'ai entendu, la troisième ne va plus faire long feu, elle non plus. Harold est un homme puissant, et je crois qu'il me hait.

— Pourquoi cela ?

— A cause de notre divorce, à sa fille et moi. Je pense qu'il s'imagine que nous nous sommes séparés parce que je couchais à droite et à gauche. Il ne semble pas lui venir à l'esprit que, selon toute vraisemblance, c'était Candace qui me trompait. Peut-être croit-il que si elle et moi étions restés ensemble, elle n'aurait jamais été assassinée.

— Etiez-vous amoureux d'elle ?

Jack réfléchit longuement à la question avant de répondre :

— Au début, c'était surtout sexuel. Elle était sauvage et belle, et nous avons fait la fête pendant des mois à Los Angeles avant de décider sur un coup de tête de sauter dans le premier avion pour Las Vegas pour nous marier. Presque tout de suite, elle est tombée enceinte de Mick. Pour ma part, j'étais prêt à me ranger.

— Mais elle, non.

Il agréa d'un hochement de tête.

— Et puis David est arrivé. A peu près au même moment, un duo de producteurs m'a contacté. Ils voulaient faire de moi une star à titre individuel, me propulser dans une carrière solo. Je me suis alors dit que j'étais un homme comblé : j'avais deux petits garçons, une femme ravissante et l'occasion unique d'atteindre un véritable statut d'artiste avec un grand A.

Il laissa échapper un petit rire amer.

— Ce n'est qu'après ma rupture avec Candace que j'ai compris qu'en réalité, ces producteurs s'intéressaient davantage à elle qu'à moi. Le deal est tombé à l'eau, et les autres membres de Création m'en ont voulu ne serait-ce que d'avoir songé à faire cavalier seul. Le groupe s'est séparé et mon couple idem. Mais je n'ai pas répondu à votre question.

Tournant les yeux vers la fenêtre, il repensa un moment à cette femme qu'il avait épousée, puis porta de nouveau son attention sur Marisa.

— Est-ce que j'étais amoureux d'elle ? En fait, je crois que j'ai aimé la femme que j'espérais qu'elle deviendrait en tant que mère de mes enfants. Mais cette femme-là n'a jamais existé.

— Je suis désolée, dit Marisa avec douceur. Je suis désolée pour vous, mais aussi tellement pour Mick et

David. A présent pardonnez-moi, mais je vais vraiment aller me coucher, dit-elle en se levant du canapé.

Jack l'imita.

— Moi aussi. Les matinées commencent tôt avec ces deux petites boules d'énergie dans la maison.

Ensemble, ils remontèrent le couloir. Arrivée devant la porte de sa chambre, elle se tourna vers lui, le regard tendre et chaleureux.

— Tout se passera bien, Jack. Vous êtes un père formidable, personne ne vous enlèvera vos enfants.

Il ne sut trop si ce furent ces mots ou l'extrême féminité qui émanait d'elle, si douce, si attirante, toujours est-il que le désir qui n'avait cessé de frémir en lui depuis deux jours revint à pleine force.

Presque sans qu'il le veuille, il avança la main et l'attira à lui jusqu'à ce qu'ils se retrouvent collés l'un à l'autre, poitrine contre poitrine, bassin contre bassin.

— Je vais vous embrasser, dit-il, incapable de décider s'il s'agissait d'une menace ou d'une promesse.

— Je sais, répondit-elle, le souffle court, juste avant que sa bouche ne descende sur la sienne.

# 4

Tandis que les lèvres de Jack s'emparaient des siennes, Marisa accueillit son baiser sans retenue. Elle avait rêvé de cela depuis la première seconde de leur rencontre. Elle avait brûlé simplement de savoir quel goût aurait sa bouchc sous la sienne.

Un goût chaud. Brûlant. Sentant la pointe de sa langue chercher à se frayer un passage, elle ouvrit les lèvres pour lui permettre d'approfondir son baiser, de gagner en intimité.

Dans un coin de son esprit, elle savait que c'était une erreur, qu'ils franchissaient une limite, mais elle se vit dans l'incapacité totale de faire marche arrière.

Au lieu de cela, elle s'abandonna tout entière tandis qu'il l'enlaçait et la serrait davantage contre lui.

Ce n'est que lorsque, plaquée contre lui, elle sentit son érection que son bon sens lui revint d'un coup. Elle le repoussa des deux mains et recula d'un pas.

— Ce n'était sans doute pas une bonne idée, dit-elle, le cœur cognant à coups précipités dans sa poitrine.

Il laissa retomber ses bras à ses côtés.

— Vous avez raison. Mais c'était une chose que j'avais envie de faire depuis le premier instant où je vous ai vue.

— Jack méchant, le taquina-t-elle. Bon, à présent il est vraiment temps pour moi de vous dire bonne nuit.

A la vérité, elle ne souhaitait rien d'autre que d'être de nouveau dans ses bras. Elle se sauva dans sa chambre, au bord, lui sembla-t-il, de l'arrêt cardiaque.

Les baisers de Patrick ne l'avaient jamais remuée ainsi. Jamais il ne lui avait fait connaître cet état d'excitation qui faisait bourdonner son sang dans ses veines.

Pendant les trois jours qui suivirent, ce baiser la hanta. Ni elle ni Jack n'y firent la moindre allusion, mais son souvenir flottait dans l'air entre eux, crépitant d'énergie, instaurant un imperceptible malaise dans l'atmosphère de la maison.

On était au milieu de l'après-midi, les garçons faisaient leur sieste, et installés à la table de la salle à manger, Jack et Marisa discutaient des suites à donner à sa semaine d'essai. Celle-ci était achevée, et Marisa se trouvait face à la décision de rester ou pas pour les deux mois à venir.

Depuis la cuisine leur parvenaient les bruits d'une de ces sagas télévisées qui occupaient l'esprit de Betty pendant qu'elle confectionnait les repas.

Même si l'attirance qu'elle ressentait pour Jack la rendait quelque peu nerveuse à la perspective de poursuivre l'expérience au ranch, le véritable souci de Marisa était ailleurs : elle perdait toute objectivité vis-à-vis des garçons.

Elle était tombée sous le charme de Mick qui, outre qu'il avait un délicieux sens de l'humour, se montrait étonnamment protecteur avec son petit frère. Quant à David, il avait lui aussi conquis son cœur en dépit de sa propension à se jouer des verrous des portes et des fenêtres.

S'ils n'avaient pas encore établi avec Jack le lien fils-père qu'elle aurait souhaité, ils s'étaient énormément attachés à elle, requérant à tout instant son attention et son amour.

Jack et elle se tenaient à présent face à face à la table de la salle à manger.

— Notre semaine probatoire est terminée, commença-t-elle.

— Et je veux que vous restiez jusqu'à leur entrée au lycée, répliqua-t-il aussitôt, mi-ironique, mi sérieux.

Elle éclata de rire et secoua la tête.

— Je peux vous donner deux mois, Jack. A la fin de ce délai, ils seront assez sociables pour être inscrits dans une école maternelle. Ils en ont besoin. Ils ont besoin d'apprendre à jouer avec d'autres enfants avant d'entrer dans le cycle scolaire. Il faudra d'ailleurs faire en sorte que David puisse se passer de couches aussi vite que possible.

— Je vais dès à présent m'y atteler, répondit-il.

— Autre chose. Si je m'engage à rester pour ces deux mois, ce sera à la condition que je puisse prendre mes week-ends. J'aimerais aussi que vous m'accordiez ma soirée de demain. Patrick m'a invitée à dîner.

Elle avait besoin de voir l'homme avec qui elle était censée sortir, et espérait en son for intérieur qu'être avec Patrick la libérerait de l'emprise persistante du baiser de Jack.

— Et si vous l'invitiez plutôt à dîner ici ? suggéra Jack.

La première impulsion de Marisa fut de lui dire non, qu'elle tenait à séparer son travail de sa vie privée.

Mais elle se rappelait que Patrick avait déclaré être un grand fan de l'ancien groupe de Jack. En outre, peut-être aurait-elle les idées plus claires en voyant les deux hommes ensemble.

— C'est très gentil à vous. Je crois qu'il sera ravi de vous rencontrer. Il m'a affirmé avoir été fan du groupe Creation, précisa-t-elle.

— Alors, c'est parfait. Je dirai à Betty de prévoir un couvert supplémentaire pour demain soir.

Des bruits dans la chambre des enfants les informèrent que Mick et David avaient terminé leur sieste. Comme Jack et elle étaient tombés d'accord pour la prolongation de son séjour en tant que nounou, Marisa se leva pour aller s'en occuper.

Tout au long de cette fin d'après-midi, elle se répéta que les sentiments de Jack à son égard, quels qu'ils soient, étaient liés au travail qu'elle avait accompli sous son toit. Elle était celle qui avait apporté de l'ordre dans le chaos de son existence. Qu'il l'ait embrassée n'était pas si étonnant. C'était une saine gratitude qui l'y avait poussé et rien d'autre, elle en avait la conviction.

Elle devait veiller à ne pas l'oublier, à se souvenir que Jack Cortland avait peut-être le don d'accélérer son rythme cardiaque, mais qu'elle serait folle de croire un seul instant qu'il nourrissait pour elle de véritables sentiments.

Elle avait déjà perdu une fois la tête pour un homme dans le passé. Elle n'allait pas refaire la même erreur.

Rita Perez était affolée. Elle était affolée depuis qu'elle s'était aperçue que la bague, la bague au diamant d'un million de dollars d'Harold Rothchild, avait disparu.

Ce n'était pas uniquement un joyau d'une immense valeur, c'était la bague que portait Candace Rothchild la nuit de son assassinat. Et le diamant qui y était serti était celui connu sous le nom de « Larmes du Quetzal ».

Non seulement le bijou était rattaché à une légende maya, mais il avait aussi une histoire déconcertante depuis sa découverte, dans la mesure où il avait été volé au sein même des locaux de la police pour être retrouvé ensuite.

Et voilà qu'il s'était de nouveau volatilisé.

Pour la centième fois depuis la semaine précédente, elle s'agenouilla sous son bureau et explora la moquette, sachant pertinemment qu'il n'y était pas. Cette bague n'était pas tombée par terre par accident, pas plus qu'elle n'avait glissé dans l'un des tiroirs. Elle avait disparu d'un écrin qu'elle gardait enfermé dans le coffre de sûreté où elle rangeait son arme.

Jamais elle n'aurait dû le sortir de la salle des indices et l'apporter chez elle mais, fascinée par l'objet, elle avait voulu effectuer des recherches plus approfondies pour savoir comment il en était venu à appartenir aux Rothchild.

Une vague de désespoir la submergea, et sa blessure à la tempe se mit à battre avec une intensité lancinante qui lui donna la nausée. Elle allait probablement être renvoyée. Pire, s'il venait à l'oreille d'Harold que la précieuse bague avait de nouveau disparu, ce n'est pas seulement elle qu'il poursuivrait en justice, mais l'ensemble du service auquel elle appartenait, pour négligence grave.

Comment diable la bague avait-elle pu s'envoler de ce coffre de sûreté ? Ce ne pouvait être que l'œuvre d'un professionnel. Un professionnel qui avait su où chercher, et comment s'introduire et ressortir de chez elle sans qu'elle ne s'en aperçoive.

Qu'allait-elle faire à présent ? Tôt ou tard, il lui faudrait rendre compte à ses supérieurs de ce qui s'était passé, et l'enfer s'abattrait alors sur elle.

Dans un brusque sursaut d'énergie, elle se mit à tirer les tiroirs un par un, espérant, priant pour que le bijou refasse son apparition.

Une fois encore, Jack et Marisa se reposaient dans le séjour. Il était un peu plus de 21 heures, et les petits étaient déjà couchés et endormis depuis une demi-heure.

— Je n'arrive toujours pas à croire à la facilité avec laquelle ils acceptent d'aller au lit, dit-il. C'est un vrai miracle.

Marisa lui sourit.

— Tout ce qu'il faut, c'est de la fermeté et de la constance. C'est ça le secret d'une bonne éducation.

— Parlez-moi de vous. Votre mère et votre père étaient-ils de bons parents ? s'enquit-il, soudain curieux de savoir.

— Très.

Se calant dans l'angle du canapé, elle remonta les genoux contre sa poitrine.

— De même que pour Candace et les Rothchild, reprit-elle, l'argent n'a jamais été un souci dans ma famille. Mes parents sont fortunés, mais les valeurs qu'ils m'ont inculquées sont aux antipodes des questions matérielles. J'ai commencé à garder des enfants dès l'âge de quatorze ans, et même durant mes études à la fac, j'ai fait toutes sortes de petits boulots. Et les vôtres ?

— C'était des gens formidables, travailleurs, très attachés aux valeurs traditionnelles.

Un voile de douleur assombrit son regard.

— Ils m'ont donné une bonne éducation, poursuivit-il. Je suis ensuite parti à Los Angeles. Là, les choses ont commencé à très bien marcher pour moi. Mais plus je gagnais de l'argent, plus je perdais mon bon sens, et au bout du compte, le fruit de leurs leçons est parti en fumée. Je crois que je leur ai brisé le cœur.

Il n'existait rien de plus attirant, songea Marisa, qu'un homme qui reconnaissait ses propres erreurs et les regrettait.

— Je suis sûr qu'ils seraient fiers de l'homme que vous êtes devenu, dit-elle d'une voix douce.

— Oui, je me désole simplement de ce qu'ils soient décédés avant de m'avoir vu reprendre ma vie en main.

— Je suis sûre qu'ils avaient confiance en vous, qu'ils se disaient que vous finiriez par revenir aux valeurs qu'ils vous avaient enseignées.

Il opina du chef.

— Vous croyez que les garçons m'appelleront un jour papa ? demanda-t-il.

Elle perçut la mélancolie dans sa voix, et sut l'importance que cela revêtait pour lui.

— Peut-être quand ils se sentiront en sécurité avec vous. Je ne sais pas grand-chose de l'époque où ils étaient avec leur mère, mais du peu que vous m'en avez dit, je devine que la plupart des gens qui entraient dans la vie de Mick et David ne faisaient qu'y passer. Lorsqu'ils auront compris que vous n'allez pas vous aussi disparaître un beau jour et qu'ils peuvent vous faire confiance, alors peut-être dans leur esprit ne serez-vous plus Jack, mais papa.

Il la gratifia d'un sourire attendri.

— Qu'est-ce qui vous a rendue si intelligente ?

— Je ne le suis pas toujours, croyez-moi. Nous avons tous dans notre passé des choses que nous préférerions oublier.

Jack haussa un sourcil.

— Vous m'intriguez.

L'espace d'un instant, elle songea à lui parler de la blessure indélébile qu'elle portait en elle, de cet événement pas si lointain qui avait radicalement décidé de ce qu'elle pouvait attendre de la vie.

Elle savait que Jack comprendrait sa légèreté d'alors, que moins que quiconque il ne se permettrait de la juger. Mais partager avec lui cette partie d'elle-même était un acte beaucoup trop intime.

Une fois de plus, elle se rendit compte que les limites se brouillaient entre eux. Elle devait garder à l'esprit qu'il était son employeur, rien de plus ; se souvenir qu'elle faisait partie de ces gens de passage non seulement dans la vie de Mick et de David, mais dans la sienne également.

Reposant les pieds sur le sol, elle se leva du canapé. Comme toujours lorsqu'ils n'étaient qu'à deux, elle éprouvait en son for intérieur le besoin de s'éloigner de lui, de le fuir. Jouir ainsi du confort douillet de son séjour tandis que dehors la nuit tombait avait quelque chose de trop équivoque, de trop déstabilisant.

Pour professionnelle qu'elle soit, sa présence sous le toit de Jack aurait été beaucoup plus simple s'il avait eu une épouse. Mais bien sûr, dans un tel cas, elle ne serait pas ici.

— Bonne nuit, Jack.

Elle espérait qu'il ne l'accompagnerait pas dans le couloir jusqu'à sa chambre, même si dans un coin reculé de son esprit, elle le souhaitait. L'idée de partager un nouveau baiser avec lui n'était pas pour lui déplaire, et elle s'en inquiéta.

Dieu merci, il devait être plongé dans ses pensées, car il se contenta de murmurer à son tour un « bonne nuit » sans faire le moindre geste pour quitter son fauteuil.

Depuis plusieurs jours déjà, ils avaient pris l'habitude de rester dans le séjour à bavarder jusqu'aux environs de minuit. Durant ces heures, elle en avait beaucoup appris sur la famille Rothchild, tandis qu'elle-même évoquait sa relation privilégiée avec sa tante Rita.

Quand bien même ces conversations nocturnes étaient légères et ne faisaient qu'effleurer les questions trop personnelles, il en résultait une amitié croissante entre eux. Cela étant, elle devait s'avouer que ce n'était pas cette amitié qui la faisait frémir jusqu'aux entrailles au moindre contact physique avec lui.

Arrivée devant la porte entrouverte de la chambre des garçons, elle s'arrêta un instant avant de rejoindre la sienne. Comment aurait-elle pu ne pas tomber amoureuse de ces deux anges ? Ils avaient désespérément besoin d'une mère, alors qu'elle-même était tellement faite pour en être une !

Avec un sourire attendri, elle s'approcha du lit de Mick et ajusta sa couverture. Ecartant une mèche blonde de son visage, elle posa un baiser sur son front. Il marmonna quelque chose d'incompréhensible mais ne se réveilla pas.

Elle passa ensuite au lit de David, dont elle replaça un bras et une jambe qui dépassaient. Il soupira d'aise et sourit dans son sommeil, sans doute plongé dans d'agréables rêves enfantins. Elle l'embrassa également, puis recula sans bruit vers la porte.

Deux mois. C'était tout ce qu'elle s'octroyait avec eux. A l'échéance de ces deux mois, elle aurait appris à Jack ce qu'il avait besoin de savoir pour être un bon père, et ses fils auraient pour lui un nouveau respect et un nouvel amour.

Corriger les choses pour les parents et les enfants puis s'en aller, telle était sa mission. Mais qu'elle le veuille ou non, elle savait qu'il allait lui être extrêmement difficile de quitter ces enfants-là.

De même que leur père.

Avec un soupir las, elle sortit de la chambre et traversa le couloir pour gagner la sienne. Elle ouvrit la porte, entra, pressa l'interrupteur du plafonnier, et se pétrifia en voyant un homme encagoulé qui faisait coulisser la vitre de la fenêtre.

« Elle a un petit ami », se répéta Jack. Il devait absolument se souvenir que Marisa était intouchable, qu'elle n'était dans sa vie qu'à titre temporaire.

La pire erreur qu'il avait commise depuis son arrivée avait été de l'embrasser. Le souvenir de ce simple baiser hantait chacune de ses nuits depuis lors. *Elle* le hantait, instillant en lui un désir qu'il n'avait pas ressenti depuis une éternité — qu'il n'avait en fait peut-être jamais ressenti.

Quel imbécile il faisait ! Marisa était intelligente et avait de solides projets d'avenir. Elle était impatiente de monter sa propre agence, et s'engager dans une liaison avec un homme affligé du passé qui était le sien était à coup sûr la dernière chose dont elle avait besoin.

Un hurlement le fit bondir de son fauteuil.

Marisa ! Le cœur battant la chamade, il se précipita vers sa chambre. Elle se tenait à un mètre à l'intérieur, immobile, une main plaquée sur sa bouche. Lorsqu'il entra, elle lui désigna la fenêtre. L'écran-moustiquaire avait été enlevé et la vitre était à moitié ouverte.

— Il y avait un homme ! s'exclama-t-elle. Il allait pénétrer dans ma chambre.

— Allez voir si les enfants n'ont rien, lui ordonna Jack.

— J'appelle la police ?

— Non ! cria-t-il en disparaissant dans le couloir.

Une fois dans sa chambre, il sortit un coffre de sûreté d'un tiroir de la commode, l'ouvrit et y prit son revolver.

Tout en rebroussant chemin dans le couloir, il jeta un coup d'œil à la chambre des petits, et constata avec soulagement qu'ils dormaient à poings fermés. Marisa se tenait entre les deux lits.

L'air chaud de juillet l'enveloppa, oppressant, dès qu'il eut mit le pied hors de la maison. Il se déplaça d'un pas furtif, veillant à demeurer dans l'ombre de la maison et des arbres, remerciant le Ciel de ce que la pleine lune lui facilitât sa recherche.

Arrivé au niveau de la fenêtre de la chambre de Marisa, il resserra les doigts sur la crosse de son arme. L'écran-moustiquaire était posé contre le mur juste à côté, mais en dehors de cela, il ne vit aucune trace de l'intrus.

Tout en élargissant petit à petit le périmètre de son exploration, une kyrielle de questions se bouscula sous son crâne. Cette tentative d'effraction était-elle en relation avec Marisa ? Avait-on cherché à s'introduire dans la maison pour s'en prendre à elle ? Ou était-ce lui, au contraire, qui était visé ?

Quelle que soit l'identité de ce visiteur nocturne, il avait filé sans demander son reste. Jack replaça l'écran dans le bâti de la fenêtre et regagna l'intérieur de la maison.

Marisa l'accueillit dans le couloir, les yeux encore dilatés par la peur.

— Alors ? s'enquit-elle, la voix tendue.

— Rien.

Il lui fit signe de la suivre dans le séjour.

— Le type a disparu, soupira-t-il.

Marisa se recroquevilla sur elle-même dans le canapé, comme si la température avait soudain chuté de trente degrés. Jack déposa son revolver sur la table basse et se mit à faire les cent pas dans la pièce.

— Vous avez pu voir son visage ? demanda-t-il.

— Non, il portait une cagoule. Vous ne voulez vraiment pas qu'on appelle la police ?

— Je vois d'ici les gros titres. « Un inconnu s'introduit au ranch Cortland à la recherche de drogue. » « Harold Rothchild exige que lui soit confiée la garde de ses petits-enfants. »

Une boule de tension oppressait la poitrine de Jack, et pendant quelques instants il eut des difficultés à respirer.

— Vous croyez que c'était ça ? Quelqu'un qui cherchait de la drogue ?

Il s'immobilisa et la regarda.

— Je ne sais pas ce qu'il faut croire. A moins qu'il n'y ait dans votre entourage une personne qui ait une rancune personnelle contre vous ou autre chose.

— Je ne connais personne qui me veuille du mal, répondit-elle. Harold ne peut quand même pas prendre comme prétexte une tentative d'effraction pour agir contre vous !

— Vous seriez surprise de ce dont il est capable, répliqua-t-il avec amertume.

— Très bien, si vous ne voulez pas que l'on appelle la police, il reste une solution : ma tante Rita. Elle travaille au FBI. Elle peut venir inspecter les lieux, peut-être effectuer un relevé d'empreintes sur le montant de la fenêtre. Et nous pouvons lui faire confiance pour ne piper mot à qui que ce soit.

« Nous. » « Nous pouvons lui faire confiance. » L'utilisation du pluriel n'échappa pas à Jack, et cela lui fit chaud au cœur de comprendre qu'il n'était pas seul dans sa bataille.

— Vous êtes sûre que ça ne la dérangera pas ?

En guise de réponse, elle tendit la main vers le téléphone.

Quelques minutes plus tard, tandis qu'ils attendaient l'arrivée de Rita, assis côte à côte, dans le canapé, Jack lui fit part de ce qu'il redoutait plus que tout au monde.

— Lorsque Candace est morte et que m'est revenue la tutelle de Mick et David, Harold a brandi toutes sortes de menaces. Mais ce qui m'a le plus inquiété était l'argument selon lequel il était possible que je ne sois pas le père d'un de mes fils, voire des deux.

Une nouvelle vague d'angoisse lui étreignit le cœur.

— Je mc fiche de la génétique, grogna-t-il. En ce qui me concerne, ils sont tous deux mcs enfants, et peu importe ce que pourraient révéler d'éventuels examens sanguins. Ce dont j'ai peur, en revanche, c'est qu'à la moindre erreur de ma part, Harold en profite pour exiger des tests ADN. Je risque alors de perdre la seule chose qui ait donné un véritable sens à ma vie.

Marisa posa une main sur son bras et le regarda avec détermination.

— Alors nous veillerons à ce que cela n'arrive pas.

La sonnette de l'entrée annonça l'arrivée de Rita.

Jack aima tout de suite cette femme sérieuse et posée qui tenait une place si importante dans la vie de Marisa. Elle procéda sans perdre de temps à la recherche d'empreintes digitales sur le montant de la fenêtre, tant à l'intérieur qu'à l'extérieur, mais hélas n'en trouva aucune.

Après avoir inspecté les environs immédiats, elle revint dans la maison où elle prit place avec Jack et Marisa à la table de la cuisine.

— S'il a été assez intelligent pour porter une cagoule, expliqua-t-elle, il l'aura été également pour enfiler des gants, d'où l'absence d'empreintes.

Elle tâta du bout des doigts le pansement sur sa tempe, puis laissa retomber sa main.

— Peut-être s'agissait-il d'un simple cambrioleur, suggéra Marisa.

— Peut-être, admit Rita. Il est encore possible que ce soit un vieux fan de Creation qui ait voulu subtiliser un objet appartenant au célèbre Jack Cortland.

Elle adressa un bref sourire à celui-ci.

— Ce qui me tracasserait le plus si j'étais vous, reprit-elle avec gravité, c'est le fait que vos deux petits garçons constituent des cibles idéales pour un enlèvement.

Marisa déglutit, tandis que Jack se redressait sur sa chaise, le sang se glaçant dans ses veines.

— Tout le monde par ici sait que j'ai flambé presque toute ma fortune il y a des années.

— Mais pas celle des Rothchild, observa Rita. Ces enfants sont les héritiers d'Harold, et il est de notoriété publique que le montant de ses comptes en banque suffirait à rembourser la dette nationale. Si je puis me permettre un conseil, ce serait celui de renforcer de façon drastique la sécurité de cette maison.

Jack sentit le découragement s'abattre sur ses épaules.

Rita se leva pour prendre congé. Il s'apprêtait à se lever aussi, mais elle lui fit signe de rester assis.

— Marisa va me raccompagner, dit-elle.

Il hocha la tête d'un air abattu, tandis que les deux femmes quittaient la cuisine. Depuis quatre mois qu'il avait ses fils avec lui au ranch, pas une fois il n'avait songé au fait qu'ils constituaient une cible de choix pour des ravisseurs.

L'idée que quelqu'un les enlève et s'en serve comme otages pour demander une rançon le terrifiait au-delà de tout. Comment assurait-on la sécurité de ses enfants face à une menace inconnue ? Quand, en plus, on n'avait aucun moyen d'identifier le visage d'un kidnappeur ? Il devait par tous les moyens savoir de qui il s'agissait.

Il se força à sourire au retour de Marisa dans la cuisine.

— Merci de l'avoir appelée, dit-il.

Elle hocha la tête, et un pli soucieux se forma sur son front tandis qu'elle s'asseyait à ses côtés à la table.

— Elle n'était pas elle-même ce soir. Il y a quelque chose qui la tracasse, je le sens.

— Lui en avez-vous parlé ?

— Oui, mais elle m'a assuré que ce n'était rien. Un simple souci lié au travail. J'espère seulement que ce n'est pas en relation avec sa blessure à la tête.

En quelques mots, elle raconta à Jack comment elle s'était fait tirer dessus lors du kidnapping de Jenna Rothchild.

— Oui, j'ai lu ça dans les journaux, dit-il.

Marisa riva avec intensité son regard dans le sien.

— Que fait-on maintenant ?

— Si je le savais… Je suppose que la première étape est de faire installer un système de sécurité fiable. Peut-être, ajouta-t-il d'un ton pensif, s'agissait-il comme vous le disiez d'un simple cambrioleur. Mais en tout cas, je serai désormais sur mes gardes. Je vais prendre toutes les précautions possibles pour que chacun de nous soit en sûreté dans cette maison.

Elle avança la main, pressa la sienne et se leva. Alors qu'elle replaçait une mèche de cheveux derrière son oreille, il remarqua qu'elle tremblait.

Il avait beau savoir que chercher à la réconforter n'était pas une bonne idée, il se leva à son tour et glissa ses bras autour de sa taille.

Elle se raidit un moment, puis se laissa aller contre lui. Il resserra alors son étreinte et perçut les frémissements qui lui traversaient le corps.

— Je suis tellement désolé que vous soyez effrayée, murmura-t-il contre son oreille, où son parfum subtil le grisa aussitôt.

— Ce n'est pas votre faute, répondit-elle en nichant sa tête au creux de son épaule.

— J'aurais dû équiper la maison d'un système d'alarme avant de recevoir les enfants, mais comme il ne s'était jamais produit ici le moindre incident, cette idée ne m'a même pas effleuré l'esprit.

Il parlait juste pour parler, faisait durer à dessein la conversation tant était grand son besoin de la garder serrée contre lui.

Il était seul depuis très longtemps, mais avec elle dans les bras, cette solitude lui parut à des années lumière.

Lorsqu'elle releva enfin la tête et le regarda, s'il subsistait encore un doute au fait qu'il allait l'embrasser, celui-ci s'envola sur-le-champ. Alors qu'il prenait possession de sa bouche, une vague de désir brut lui fouetta les sens. Ce qu'il avait voulu être un geste tendre et délicat se mua en un acte fougueux, brûlant, impérieux.

Marisa répondit avec une ardeur qui le stupéfia, plongeant les doigts dans ses cheveux, reculant en titubant pour se retrouver le dos au réfrigérateur.

Leurs lèvres demeurèrent soudées dans un baiser qui chassa toute autre pensée de l'esprit de Jack. Il glissa les mains dans le dos de Marisa, sous son T-shirt, avide de sentir sous ses paumes la chaleur de sa peau nue.

Elle ne protesta pas, mais interrompit leur baiser et renversa la tête en arrière, lui permettant ainsi de descendre les lèvres le long de son cou, de parcourir la ligne délicate de ses clavicules.

— Marisa, lâcha-t-il dans un souffle près de son oreille. J'ai envie de vous. Je n'ai cessé d'avoir envie de vous depuis votre arrivée au ranch.

Lorsqu'elle releva les yeux, il y vit briller la flamme d'un désir identique au sien et cela lui fit pratiquement perdre la tête. Elle ne dit rien, mais au lieu de cela attira son visage vers elle de sorte que leurs lèvres se retrouvent.

Tout en se jetant avec fièvre dans ce nouveau baiser, il se colla à elle et ses mains quittèrent lentement son dos pour se diriger vers ses seins. Ses tétons pointaient sous la fine étoffe de son soutien-gorge. Il la voulait nue entre ses bras, haletante sous son corps, tandis que leurs langues se mêlaient dans un élan de passion incoercible.

Elle geignit, d'un faible son de gorge qui le traversa telle une décharge électrique.

Il s'écarta d'elle et la prit par la main. Aucun des deux ne prononça un mot tandis qu'il l'emmenait hors de la cuisine, traversait le séjour et s'engageait dans le couloir jusqu'à la porte de sa propre chambre.

Ils étaient sur le point d'y entrer lorsqu'ils entendirent Mick crier depuis celle des enfants. Ils se figèrent tous deux.

— Marisa ! J'ai fait un cauchemar !

Jack lui relâcha la main. La flamme qu'il avait aperçue dans ses prunelles quelques instants plus tôt avait disparu.

— Il a besoin de moi, murmura-t-elle.

Il hocha la tête, résigné.

— Allez-y. On se revoit demain matin.

Pendant qu'elle se hâtait vers la chambre des enfants, deux questions se mirent à flotter dans la tête de Jack.

Marisa et lui seraient-ils à même de revivre ces instants qui venaient d'être perdus ? Et viendrait-il un jour où c'est *lui* que ses enfants appelleraient ?

# 5

Vers 10 h 30 le lendemain matin, le nouveau système d'alarme était installé et Marisa priait pour que ces précautions supplémentaires repoussent à jamais toute nouvelle tentative d'effraction.

Après que les petits eurent déjeuné et fait leur sieste, elle joua avec eux dans le séjour. Ils étaient en train d'élever des édifices sur le sol à l'aide de blocs multicolores lorsque Kent Goodall vint leur rendre visite. Jack et lui choisirent d'aller discuter sur le perron à l'extérieur, ce dont elle se réjouit.

Faire face à Jack ce matin s'était avéré beaucoup plus difficile que prévu après le moment intense de la veille.

Dieu merci, elle avait coupé court à l'accès de désir insensé qui, échappant à tout contrôle, avait failli leur faire faire le grand saut. Elle ne pouvait se permettre de se laisser happer par la folie d'un instant qui ne pouvait avoir de suites. Elle l'avait fait dans le passé, et s'était juré de ne plus jamais s'y laisser prendre.

Elle était également contente que Patrick vienne dîner ce soir. Patrick ne représentait aucun risque. Il ne suscitait en elle aucun écart de comportement.

Il était important qu'elle le voie. Depuis une semaine, elle avait l'impression de vivre dans une bulle avec

Jack et les enfants. Elle avait besoin du contact avec le monde que Patrick allait apporter avec lui, de poser plus fermement les pieds dans la réalité.

— Marisa, regarde ! dit Mick en ajoutant un bloc à la tour qu'il venait de construire.

Il écarta d'un revers de la main les mèches qui lui retombaient sur le front, geste qu'elle avait souvent vu Jack faire.

— M'isa, regarde, fit écho David en tentant d'imiter son frère, posant un bloc en équilibre précaire sur un empilement de trois autres.

Sa tour s'effondra, et il éclata de rire comme si c'était la chose le plus drôle qu'il ait jamais vue.

Comme toujours, jouer avec les garçons emplissait son cœur d'une immense vague d'amour, songea Marisa. De ses conversations avec Jack, le soir, elle savait qu'ils avaient passé l'essentiel de leur courte vie dans des chambres d'hôtels, avec le personnel de ces derniers en guise de baby-sitters. Ensuite, après le divorce, Candace s'était déchargée de ses fonctions maternelles sur des nourrices afin que ses enfants ne l'entravent pas dans sa vie de jet-setteuse. Du jour de leur naissance à celui de leur parachutage dans les bras de Jack, les notions de permanence et de sécurité avaient été exemptes de leur existence.

Sans doute ne se souviendraient-ils pas d'elle, se dit Marisa. Graduellement, au fil des mois qui suivraient son départ, Mick et David oublieraient l'influence positive qu'elle avait eue sur leur vie. C'était ainsi que les choses étaient censées se passer avec les nounous professionnelles.

Cette fois-ci, pourtant, elle était surprise de constater à

quel point cette perspective la chagrinait. Par leurs rires et par leurs pleurs, par leurs mauvaises conduites et leurs accès de tendresse, les garçons lui avaient harponné le cœur comme aucun enfant ne l'avait fait jusqu'à présent.

Peut-être était-ce dû au fait que dans tous ses autres engagements, il y avait eu la présence d'une mère. C'était la première fois qu'elle travaillait avec un père isolé.

La porte de l'entrée s'ouvrit, et Jack pointa la tête à l'intérieur.

— Kent et moi allons à la grange. Ça vous dit de nous accompagner avec les enfants ?

Mick et David bondirent vers la porte, tandis que Marisa se relevait au milieu des jouets.

— Je crois que je n'ai pas le choix, répondit-elle en souriant.

Les enfants étaient déjà sur le perron auprès des deux hommes.

Jack prit la main de Mick, elle, celle de David, puis le petit groupe se mit en route, traversant l'étendue d'herbe qui séparait la maison de la grange.

Le soleil de juillet déversait sa chaleur brûlante, presque écrasante, sur leurs épaules. Marisa prit note mentalement de dire à Jack d'acheter de l'écran solaire pour la peau fragile des petits.

— Je vois déjà une nette différence dans le comportement des gosses, lui dit Kent. Ils sont beaucoup plus calmes qu'il y a une semaine.

— C'est parce que Jack l'est aussi, répliqua-t-elle avec un sourire espiègle à l'intention de ce dernier. Mais il nous reste encore du chemin à faire.

— C'est déjà bien de les voir assagis, fit observer Kent.

Ils n'avaient pas marché dix mètres que Marisa sentit

le milieu de son dos lui chatouiller. Ce n'était qu'une vague impression, le sentiment intuitif que quelqu'un l'observait.

Elle tourna la tête à droite et à gauche, cherchant la source de son malaise, et aperçut Max Burrow près de l'écurie. Le massif employé du ranch se tenait appuyé au manche d'une pelle, les yeux fixés sur eux… Sur elle.

Le malaise s'accrut lorsque leurs regards se croisèrent. Il ne détourna pas les yeux, son attention rivée sur le groupe qu'ils formaient. Elle se tourna vers Jack, puis de nouveau vers Max… Mais celui-ci avait disparu.

Elle s'enjoignit aussitôt à la raison. Apparemment, la tentative d'effraction de la veille l'avait plus secouée qu'elle ne l'avait cru, et elle faisait une petite crise de paranoïa. Max ne l'épiait que dans son imagination. Il se reposait juste un instant avant de se remettre au travail.

Ils arrivèrent à la grange. Jack poussa le vantail et ils y entrèrent l'un après l'autre. Marisa retint son souffle en découvrant le véritable musée qu'elle abritait.

Des posters géants du groupe Création tapissaient les murs, et la batterie de Jack trônait sur une petite scène dressée dans l'un des angles. Il y avait en outre un incroyable éventail de T-shirts, casquettes et autres CD dans des présentoirs. Lâchant la main de Marisa, David fila droit vers la batterie.

— Bienvenue dans le passé de Jack ! annonça Kent en se tournant vers elle. Et quel passé !

Une pièce aux parois vitrées, insonorisée semblait-il, occupait une partie de l'espace à l'opposé de la scène. Un studio d'enregistrement, comprit Marisa.

— Il doit y en avoir ici pour une fortune ! s'exclama-t-elle.

— Ouais, répondit Kent. Jack a décroché le jackpot après nous avoir laissés ici, pauvres bouseux, pour emprunter les sentiers de la gloire.

Il gratifia son ami d'une claque dans le dos.

— Mais nous sommes heureux qu'il soit finalement revenu au bercail.

David frappa une cymbale et se mit à rire, le visage rayonnant de joie.

— David, je ne pense pas que tu aies le droit de toucher à ça, le réprimanda-t-elle.

— Tout va bien, la rassura Jack avec un franc sourire. C'est du matériel solide, il ne peut rien abîmer.

— Hé, c'est peut-être un futur prodige de la batterie ! s'écria Kent.

— Seigneur, j'espère que non, rétorqua Jack avec ferveur. Je préférerais de loin que mes enfants aillent à l'université plutôt que d'entrer dans un groupe !

Mick avait trouvé un assortiment de figurines représentant les cinq membres de Creation, et s'était assis par terre pour jouer avec elles.

— Pas étonnant que les enfants aiment venir ici, dit Marisa. C'est un véritable parc d'attractions.

Elle grimaça tandis que David frappait la caisse claire, les baguettes paraissant démesurées dans ses menottes.

Le sourire aux lèvres, Jack toucha le bras de Kent.

— Viens, je vais te donner ces partitions que tu voulais.

Tandis que les deux hommes pénétraient dans le studio d'enregistrement, Marisa observa avec plus d'attention les posters sur les murs.

Même s'il avait alors les cheveux plus longs et un éclat sauvage dans les yeux qui n'y était plus aujourd'hui, Jack possédait déjà un incroyable sex-appeal à l'époque où il jouait dans le groupe.

Elle s'immobilisa devant l'une des photos et la contempla. Il se tenait derrière sa batterie, son T-shirt trempé de sueur collé à son large torse, et… Seigneur, ces pectoraux… ces abdominaux…

Le souvenir de leur baiser, des caresses qu'ils s'étaient prodiguées, lui revint tout à coup malgré elle à l'esprit, et sa température interne grimpa d'au moins dix degrés.

Elle se retourna vivement en entendant les deux hommes ressortir du studio. Kent tenait à la main une liasse de feuillets à musique.

— Merci, dit-il à Jack. Tu n'imagines pas comme ça me fait plaisir.

Jack haussa les épaules.

— Je ne vais jamais rien en faire, de toute façon. Autant que ton groupe en profite.

Il se tourna vers Marisa et lui sourit.

— Nous en avons fini ici. Mick, David, venez. Nous rentrons à la maison.

David fit de nouveau tinter une cymbale tandis que Mick replaçait les figurines sur leurs supports. La moue rebelle, le premier considéra son père d'un œil mauvais.

Marisa s'approcha de Jack.

— Donnez-lui une bonne raison de faire ce que vous lui demandez, lui souffla-t-elle.

— La chaise-piquet ? suggéra-t-il entre ses dents.

Elle se fendit d'un sourire.

— Pourquoi ne pas essayer quelque chose de positif ?

Jack fronça les sourcils. Elle s'efforça de ne pas remarquer son parfum si merveilleusement mâle et frais.

tâchant de toutes ses forces d'oublier le contact de ses mains chaudes et avides sur sa peau nue.

— Ecoute, mon lapin. On va rentrer à la maison, sortir tous les camions et faire un circuit à travers le séjour, O.K. ?

David le dévisagea un instant d'un air songeur, puis avec un grand sourire, abandonna la batterie et le rejoignit. Jack le souleva dans ses bras. Marisa sentit son cœur bondir de joie. Il apprenait. Et tout laissait à penser que d'ici peu, il se révélerait un papa formidable.

— Et on pourra faire des collines avec les coussins ? demanda Mick avec enthousiasme tandis qu'ils reprenaient le chemin de la maison.

— Oui ! Des collines avec les coussins ! renchérit David.

Kent mit le cap sur sa voiture et leur adressa un au revoir de la main.

— Vous lui avez donné des partitions ? s'enquit Marisa.

— Oui, deux ou trois chansons que j'avais composées il y a des années, répondit-il. Elles allaient rester là à prendre la poussière, et Kent était intéressé pour les créer avec son groupe.

— C'est un beau cadeau que vous lui faites.

Il haussa les épaules.

— Kent a toujours été un excellent ami. C'est vraiment peu de choses.

Ils regagnèrent l'intérieur de la maison, et pendant toute l'heure qui suivit, Jack joua avec ses fils au beau milieu du séjour.

Il avait fait de nets progrès, songea Marisa en les observant. Il était patient, et savait capter leur attention en prenant avec le plus grand sérieux leur simulation de parcours routier. Les petits étaient aux anges.

Pour autant qu'elle soit concernée, il n'existait rien de plus séduisant qu'un homme capable de faire appel au petit garçon en lui pour établir la communication avec ses enfants. Cela étant, il ne fallut pas plus de dix minutes pour que le rallye de petits camions ne dégénère en combat de catch à trois.

Marisa ne put contenir son hilarité lorsque les deux garçons clouèrent leur père au sol, hurlant et gesticulant sans retenue leur victoire. C'était la toute première fois qu'elle les voyait s'amuser ensemble de la sorte.

— M'isa aussi ! cria soudain David, ses grands yeux bleus pétillant d'excitation.

Bientôt, ils ne furent plus trois, mais quatre, à former un tas informe sur le sol. Jack l'avait étendue sur le dos et lui chatouillait les côtes tandis que les gosses tournaient autour d'eux en piaillant de plaisir.

— Non ! Arrêtez, s'il vous plaît ! s'exclama-t-elle au milieu des éclats de rire.

Il cessa de la chatouiller, et durant une minute resta à califourchon sur elle, les yeux plongés dans les siens.

Dans son regard, l'amusement avait laissé place à une flamme sombre qui lui coupa la respiration mieux que n'avaient su le faire ses chatouillis.

Comme s'il se réveillait tout à coup, il se releva et tendit la main pour l'aider à se remettre sur ses pieds.

— Merci, murmura-t-elle en se redressant.

Elle évita de le regarder, les joues empourprées jusqu'aux oreilles.

— Allons, les enfants, bredouilla-t-elle. Il est temps de ramasser vos jouets.

— Je vais m'occuper de ça, déclara Jack, la voix plus grave qu'à l'ordinaire. Je suis sûr que vous n'avez qu'une envie : prendre une douche et vous préparer pour le dîner.

Le dîner. Le dîner avec Patrick. Consultant sa montre, elle se rendit compte que c'était dans moins d'une heure.

— Merci, c'est gentil.

Tout en remontant le couloir jusqu'à sa chambre, elle tenta vainement d'ignorer le foyer qui continuait à se consumer au creux de son ventre, et dont la flamme avait été allumée par le désir qu'elle avait vu dans le regard de Jack.

Quelques jours auparavant, après que les enfants avaient été mis au lit, il lui avait confié qu'il n'avait couché avec aucune femme depuis son divorce d'avec Candace. C'était une longue période d'abstinence pour un homme.

Et s'il l'avait regardée comme si elle était infiniment désirable, ce devait être à cause de leur position pour le moins incongrue lors de ce combat de catch.

En l'état actuel des choses, le pire, songea-t-elle, serait qu'elle se laissât prendre au charme de cette atmosphère familiale, à l'intimité inhérente à ce travail particulier qu'elle avait accepté.

Jack était dangereux pour elle. Elle le sentait dans son cœur, dans son âme. Le gris troublant de ses yeux, la chaleur rayonnante qu'elle ressentait dès qu'il la touchait lui rappelaient cette époque de sa vie où elle avait tout risqué — et tout perdu.

Il ne fallut pas plus de quinze minutes à Jack pour arrêter son jugement : Patrick Moore était un être arrogant, agressif sous un vernis de bienséance, et beaucoup trop lisse pour être honnête.

D'emblée, il lui fut antipathique. Mais ce qui l'horripilait par-dessus tout, c'était sa manière de regarder Marisa comme si elle était sa propriété.

— Il est dommage que votre groupe ait éclaté, dit Patrick en se resservant un peu de la purée préparée par Betty. Mais j'imagine que le style de vie excessif que vous meniez ne pouvait pas durer éternellement.

C'était comme s'il voulait rappeler à Marisa que Jack était un vieil has-been au passé plus que critiquable.

— Il était temps pour moi de passer à une nouvelle phase dans ma vie, répondit Jack avec décontraction. J'avais plus important à faire que de la musique.

Il reporta à dessein les yeux sur ses fils qui, jusqu'ici s'étaient comportés d'une manière impeccable au long du repas.

— Oui, mais j'ai entendu dire que le passage de la condition de rock-star à celle de père de famille ne s'est pas fait sans difficultés. N'avez-vous pas passé un certain temps en centre de désintoxication ?

— Patrick ! s'exclama Marisa avec un petit rire embarrassé, avant de le foudroyer du regard.

— Je posais simplement la question, protesta-t-il d'un air innocent.

— Il n'y a pas de mal, dit Jack à Marisa, avant de reporter son attention sur son invité. En fait non. Je n'ai jamais mis les pieds dans un centre de désintoxication et je suis bien trop pris maintenant avec les enfants pour ne serait-ce que penser à boire ou à prendre des drogues.

— Je ne voulais en aucune manière vous offenser, s'empressa de déclarer Patrick.

— Et vous ne l'avez pas fait, répliqua Jack d'un ton courtois, même s'il trouvait tout offensant chez cet individu. Ses cheveux étaient trop noirs, trop bien coiffés. Sa chemise n'avait pas un seul faux pli et il arborait une expression de détachement froid qui lui tapait singulièrement sur les nerfs.

Marisa méritait un homme plus passionné, un homme dont l'instinct de vie bouillonnait à l'intérieur. En fait, elle méritait quelqu'un comme lui. Il se secoua aussitôt face à cette pensée idiote.

Il reconnaissait que ses sentiments envers Patrick étaient influencés par son désir de plus en plus fort pour Marisa. Il n'avait aucun droit de juger le genre d'homme avec qui elle sortait, se répéta-t-il. Aucun.

Marisa était son employée, et dans deux mois elle serait sortie de sa vie. Il était impératif qu'il rétablisse une distance de sécurité entre son adorable nourrice et lui.

Peut-être, un beau jour, se présenterait-il une femme qui serait la compagne qu'il lui fallait, mais ce ne serait pas Marisa, et ça n'arriverait pas avant un bon bout de temps. David et Mick étaient le centre de son existence, et rien ne comptait plus pour lui que d'arriver à ce qu'ils lui fassent assez confiance pour l'appeler papa.

La suite du repas fut agrémentée de conversations simples et agréables, et lorsqu'ils eurent fini de manger, Jack emmena les garçons dans leur chambre afin de laisser à Marisa et son petit ami un peu de temps en tête à tête.

A 21 heures, il sortait Mick et David de leur bain et leur faisait enfiler leurs pyjamas. Lorsqu'ils furent enfin endormis, il s'attarda un moment dans leur chambre, assis entre leurs deux petits lits.

Son esprit se projeta malgré lui au soir précédent et à

ce que lui avait dit Rita Perez. Jamais il n'avait songé à ses enfants comme à de possibles victimes de kidnapping.

Il avait été si occupé à gérer au mieux son quotidien avec eux que, pas une fois, il n'avait vu les risques que cela impliquait à une plus large échelle.

En tant que petits-fils d'Harold Rothchild, il était clair qu'ils représentaient une fortune pour un éventuel ravisseur.

L'homme qui avait tenté d'entrer chez lui par effraction n'était-il pas simplement un cambrioleur à la recherche d'argent ou de drogue ? Pourquoi vouloir pénétrer dans une maison où non seulement les gens étaient là, mais aussi pas encore couchés ?

Il fronça les sourcils, perplexe. Si l'inconnu avait au préalable épié quelque temps la maison, il avait dû savoir que Marisa et lui avaient pris l'habitude de rester tard dans le séjour à bavarder. Mais peut-être, précisément, voulait-il profiter de ce moment pour s'introduire en douce, faire main basse sur ce qu'il y avait à voler dans la chambre de Jack, puis ressortir avant que l'un et l'autre ne gagnent leur lit.

Ou son but avait-il été de s'emparer des enfants ? Y avait-il eu un complice posté à l'extérieur, attendant qu'on lui tende les petits corps endormis ? A cette pensée, une onde glacée lui parcourut l'échine.

Ce n'était là que des « si » et des « peut-être », mais ce genre de pensées était à même de tenir un homme éveillé une nuit entière.

Il ignorait depuis combien de temps il était assis là à cogiter lorsque le téléphone sonna. Quittant la chambre de ses fils, il enfila le couloir jusqu'à la sienne où il décrocha le combiné de l'appareil placé sur sa table de nuit.

— Jack ? C'est Harold.

Il réprima à peine son grognement.

— Bonsoir, Harold. Quoi de neuf ?

— Pourquoi ne m'avez-vous rien dit ? Je viens d'apprendre que quelqu'un avait tenté de s'introduire chez vous hier soir.

Jack se raidit aussitôt.

— Qui vous en a parlé ?

— C'est sans importance. Ce qui en a, en revanche, c'est la sécurité des petits. Si vous n'êtes pas capable de garantir la sûreté de votre maison, alors peut-être le moment est-il venu que j'intervienne.

— C'est inutile ! s'exclama Jack, en proie à une soudaine bouffée de colère. J'ai pris les mesures nécessaires. Pour tout dire, j'ai fait installer ce matin un système de sécurité dernier cri. Tout est sous contrôle, Harold. Vous n'avez aucune raison de vous faire du souci.

— Faites attention, Jack. N'oubliez pas qu'il est possible que vous n'ayez aucun droit légal sur les enfants. Si j'entends parler d'autres menaces potentielles sur mes petits-enfants, je vous en ferai si vite retirer la tutelle que vous en aurez le vertige. Et vous savez que j'en ai le pouvoir.

— Je suis parfaitement au courant de ce dont vous êtes capable ! répliqua sèchement Jack. Comme je viens de vous le dire, tout est sous contrôle ici. Vous pouvez dormir sur vos deux oreilles !

Jack claqua avec violence le combiné sur son support, l'estomac vrillé de rage contenue.

Il haïssait le vieil homme pour lui avoir rappelé que Mick ou David — ou les deux — n'était peut-être pas de son sang.

« Il est possible que vous n'ayez aucun droit légal sur les enfants. » Les mots d'Harold tournoyaient sous son crâne à lui donner la nausée.

Il avait espéré croire que son ex-beau-père n'irait pas jusque-là pour les lui enlever, qu'il aurait des scrupules à dépeindre Candace comme une femme qui ignorait qui était le père de ses enfants.

Mais il savait le vieil homme assez dur pour ne s'embarrasser d'aucun état d'âme dès lors s'il s'agissait d'obtenir ce qu'il voulait. La réputation de Candace, de toute façon, n'était pas exactement celle d'une sainte-nitouche, et s'il décidait d'obtenir la tutelle de ses petits-fils, rien ni personne n'était en mesure de l'en empêcher.

La tête renversée en arrière, Jack pensa à ses enfants. Il avait l'impression d'avoir déjà raté tant de moments de leurs vies. Non, il ne pouvait imaginer qu'ils lui soient arrachés maintenant.

Mais d'où Harold tenait-il ses renseignements ? Avait-il chargé quelqu'un de surveiller la maison ? Ou son informateur était-il quelqu'un de l'intérieur ?

L'esprit agité, il quitta enfin la chambre. Alors qu'il se dirigeait de nouveau vers le séjour, il vit Marisa refermer la porte d'entrée. Elle devait avoir raccompagné Patrick jusqu'à sa voiture pour lui souhaiter une bonne nuit.

— Merci pour cette soirée, Jack, dit-elle, avant de froncer les sourcils. Il y a quelque chose qui ne va pas ?

— Harold vient d'appeler, répondit-il. Il est au courant de la tentative d'effraction d'hier soir.

Elle ravala son souffle.

— Mais comment ?

— Je ne sais pas, mais j'ai bien l'intention de le découvrir.

Il lui fit signe de le suivre jusqu'à la cuisine, où il nota qu'elle avait fait la vaisselle du dîner, et que tout était rangé et nettoyé.

Ils s'installèrent face à face à la table, et Jack riva son regard dans le sien, le cerveau tournant à toute allure.

— Quelqu'un renseigne Harold sur ce qui se passe ici, dit-il. Lorsqu'il a été informé de ce dîner catastrophique avec Heidi, je m'étais dit que celle-ci s'était débrouillée d'une manière ou d'une autre pour lui en parler. Mais cette fois, cette théorie ne tient plus.

— Rita ignorait tout de ce dîner, et de toute façon, elle n'aurait jamais trahi ma confiance, dit rapidement Marisa.

Jack hocha la tête.

— Alors cela nous laisse Kent, Sam, Max et Betty. Et bien sûr vous, ajouta-t-il.

Un rose pimpant envahit les joues de la jeune femme.

— Si vous me pensez vraiment capable d'une telle duplicité, alors il faut me renvoyer tout de suite ! s'emporta-t-elle, indignée.

— Je n'ai pas dit que c'était vous la responsable, protesta-t-il. Mais mettez-vous à ma place, Marisa. Je ne peux me permettre d'écarter qui que ce soit.

Il soupira de frustration.

— Il se trouve qu'une personne en qui j'ai probablement toute confiance et à qui je parle à cœur ouvert me trahit.

Les joues dc Marisa reprirent leur couleur naturelle.

— Je sais que vous n'avez aucune raison de m'accorder une confiance aveugle, mais ce n'est pas moi, Jack. Je ne connais pas Harold Rothchild. Je n'ai jamais parlé à cet homme de ma vie. La première de mes priorités, c'est l'intérêt de Mick et David, et comme je vous l'ai déjà dit, en ce qui me concerne, celui-ci consiste à vivre ici avec vous.

— J'ai une totale confiance en vous, Marisa.

Tout en les proférant, il sut que ces mots étaient le reflet exact de sa pensée. Même s'il ne connaissait la jeune femme que depuis à peine plus d'une semaine, il lui accordait sa confiance sans réserve.

— Ce que je dois découvrir, c'est qui me trahit.

Il se frotta le front d'une main lasse, avant d'ajouter :

— Quelqu'un joue avec ma vie, Marisa.

Il y avait très longtemps que Jack extériorisait ses colères plutôt que de les garder enfermées au fond de lui. Mais celle qui l'emplissait à présent était d'une nature et d'une dimension qu'il n'avait encore jamais connues.

— Plus grave, reprit-il, quelqu'un joue avec la vie de mes enfants. Quand je saurai qui c'est, je ferai en sorte qu'il le regrette jusqu'à la fin de ses jours.

# 6

— J'ai invité Kent à venir prendre le petit déjeuner avec nous, annonça Jack au saut du lit, le lendemain matin.

Marisa prit une gorgée de son café et le regarda par-dessus le rebord de son gobelet. Il n'avait pas une mine particulièrement amicale. Un nerf battait à sa mâchoire, et son regard était ombrageux.

— Vous ne me semblez pas très heureux à l'idée de le voir, fit-elle remarquer.

— Je suis resté éveillé la moitié de la nuit à me demander qui pouvait renseigner Harold sur ce qui se passe sous mon toit, répondit-il.

Il écarta son gobelet vide et tourna les yeux vers la fenêtre de la salle à manger. En dépit de l'heure matinale, le soleil du Nevada déversait déjà sa chaleur implacable sur le paysage.

— Se pourrait-il que ce soit Betty ? demanda-t-elle à voix basse, afin que cette dernière ne puisse l'entendre depuis la cuisine. Ou peut-être Sam ou Max ?

Jack se tourna de nouveau vers elle.

— J'ai beaucoup de mal à l'imaginer. Betty s'intéresse davantage à ses séries à l'eau de rose qu'à ce qui se passe dans cette maison. Quant à Sam et Max, je suis prêt à parier qu'ils ne sont même pas au courant de la catastrophe qu'a été mon dîner avec Heidi. Ça nous laisse Kent.

A voir son expression, il était manifeste que l'idée que son ami soit capable d'une telle chose le blessait profondément.

— Peut-être y a-t-il une autre explication, suggéra-t-elle. Qui nous dit qu'Harold n'a pas placé un homme à lui pour épier la maison ?

Elle repensa à ces moments à l'extérieur, la veille, quand elle avait eu le sentiment très net d'être observée. Peut-être n'était-ce pas le regard de Max qu'elle avait senti sur elle. Peut-être quelqu'un d'autre était-il planqué à proximité, l'observant, les observant tous.

— Possible, agréa Jack du bout des lèvres, d'un ton guère convaincu. Quoi qu'il en soit, à la fin du petit déjeuner je saurai si Kent est vraiment mon ami.

Il s'écarta de la table et se leva.

— Il a toujours été un piètre menteur. Bon, je sors un moment. A tout à l'heure.

Elle le regarda s'en aller, et une fois de plus elle vit l'image d'un homme seul qui ne savait plus à qui il pouvait se fier.

Comment pouvait-on vivre le fait d'être le père de deux précieuses têtes blondes, et de craindre sans cesse qu'une entité toute-puissante vienne vous les voler ?

Elle fronça les sourcils et contempla le gobelet de café qu'il avait laissé. Oserait-elle ? Ce qu'elle avait en tête outrepassait de loin les limites de sa position. Mais au diable les scrupules ! Elle se saisit du gobelet et l'emporta dans sa chambre. Quelques instants plus tard, elle se rendit dans la cuisine et demanda à Betty un sac en papier.

Betty lui en donna un, puis regarda ostensiblement vers la porte comme pour l'inviter à repartir. Au lieu de cela, Marisa s'assit à la table et considéra la femme qui travaillait pour Jack depuis que ses fils étaient venus vivre au ranch.

— Vous aimez cuisiner ? demanda-t-elle, consciente qu'il s'agissait d'une question stupide.

— C'est ce que je sais faire, répondit la cuisinière, laconique.

— Qu'est-ce qui vous a décidée à venir travailler pour Jack ?

Betty remua les petites pommes de terre qui rissolaient dans une poêle, s'essuya les mains sur un torchon puis se retourna pour faire face à Marisa.

— J'étais une bonne amie de sa mère, Joanna. Une excellente femme, je dois dire. Lorsque Jack a fait courir le bruit qu'il cherchait une aide-ménagère, les candidates ne se sont pas bousculées.

Elle haussa les épaules.

— Vous savez, il traînait une triste réputation. Mais je savais que Joanna aurait voulu que ses petits-enfants soient bien nourris, c'est pourquoi j'ai décidé de venir m'occuper de la cuisine.

— Ça vous plaît de travailler pour lui ?

— Le salaire est bon, je peux regarder mes émissions préférées entre les repas et je suis chez moi tous les soirs à 6 heures. Pourquoi me plaindrais-je ?

— Et votre mari, ça ne le dérange pas que vous veniez ici chaque jour ?

— Mon Joe m'a quittée il y a un an. Il est tombé raide mort devant une machine à sous dans le centre-ville. Une attaque cardiaque. Nous n'avons pas eu d'enfants, précisa-t-elle, avant de soupirer : J'ai su bien assez tôt que je n'étais pas du genre maternel. Ce travail emplit les longues heures de mes journées.

— Je sais que Jack apprécie beaucoup votre présence ici, Betty, déclara Marisa avant de quitter la table.

Elle ne savait trop ce qu'elle avait espéré obtenir de sa démarche, mais à l'instar de Jack, elle imaginait mal cette femme simple jouant les indicatrices pour Harold Rothchild.

Elle était sur le point de sortir de la cuisine lorsque Betty l'interpella. Elle se retourna.

— Cette femme que Jack a épousée lui a brisé le cœur, dit la vieille dame. J'espère que vous n'avez pas en tête de faire la même chose.

Marisa la fixa d'un air stupéfait.

— Mais… Je ne suis qu'une employée, comme vous, protesta-t-elle.

Betty renifla, puis retourna à ses fourneaux.

Marisa repartit à la hâte vers sa chambre, où elle glissa le gobelet de Jack dans le sac en papier. Du bruit dans la chambre des garçons lui apprit qu'ils étaient réveillés. Elle s'y rendit aussitôt pour procéder à leur toilette et les habiller pour la journée.

Kent arriva à 8 heures précises. Ils s'assirent tous à la table du petit déjeuner, où ils discutèrent de tout et de rien tout en mangeant. La conversation fut agréable, même si Marisa pouvait sentir la tension qui émanait de Jack. Kent ne sembla pas remarquer la crispation nerveuse de sa mâchoire, ni l'atmosphère de plus en plus pesante à mesure que le repas touchait à sa fin.

— Je vais faire jouer les enfants dans leur chambre, annonça-t-elle en se levant de table.

— Laissez-les donc jouer seuls pour une fois, dit Jack. Je voudrais que vous restiez ici.

Elle ne voulait vraiment pas être impliquée dans l'affrontement qui, elle le savait, allait se produire. Mais elle ne voulait pas non plus s'en aller si Jack avait besoin d'elle. Sortant les garçons de leur rehausseur, elle les envoya jouer dans leur chambre et revint s'asseoir à la table.

— Que se passe-t-il ? demanda Kent, comme s'il ne percevait qu'à cet instant-là l'épaisse tension qui régnait dans la pièce.

Il regarda Marisa, puis de nouveau Jack.

— Nous sommes amis depuis un bon moment, n'est-ce pas, Kent ? demanda ce dernier, la voix d'un calme trompeur.

— Si l'on excepte tes années à Los Angeles, oui, répondit Kent. Les meilleurs du monde.

De nouveau, il lança un bref regard à Marisa avant de reporter les yeux sur Jack.

— Qu'est-ce qui se passe, Jack ?

— Tu as été un grand ami pour moi, poursuivit ce dernier. Mais je sais que les choses n'ont été faciles ni pour ton groupe ni pour toi. Je suppose que l'argent ne coule pas à flots.

— C'est le moins que l'on puisse dire, répondit-il avec un petit rire sans joie. Mais il n'y a là rien de nouveau sous le soleil. Ccla dit, on arrive toujours à se débrouiller, hein.

— J'ai un problème, Kent.

— Lequel ? demanda ce dernier, la mine méfiante.

— Un de mes proches fournit à Harold Rothchild des informations concernant les enfants, répondit-il d'un ton qui disait assez combien il lui était difficile de révéler cela à son ami.

Se carrant contre son dossier, Kent le regarda d'un air offensé.

— Serais-tu en train de m'accuser ? Penses-tu vraiment que je serais capable de faire une telle chose ?

Son visage s'empourpra.

— Tu m'invites ici pour le petit déjeuner et ensuite tu m'accuses de te tirer dans le dos ? Tu es malade, ma parole !

— Je ne t'ai accusé de rien, protesta Jack. Je pose de simples questions.

Kent repoussa sa chaise et se leva brusquement.

— Je ne peux pas croire que tu m'imagines capable de te faire ce genre de coup. Toi, mon meilleur ami.

Plaquant les mains sur le plateau de la table, il planta son regard dans le sien.

— Si j'étais toi, je m'intéresserais plutôt à ce qui se passe sous mon toit.

Il tourna ostensiblement les yeux vers Marisa, avant de les reposer sur Jack.

— Tu te souviens de Ramona ? La copine show-girl de Marisa ? Devine où elle travaille, Jack. Au Golden Circus, le casino de Rothchild. Tu cherches un serpent, vieux ? Alors bats l'herbe dans ton jardin.

Marisa manqua de s'étrangler, tandis que Kent quittait la pièce d'un pas nerveux. Quelques secondes plus tard, la porte d'entrée claqua dans un grand bruit.

Jack se saisit de son verre d'eau, et Marisa se rendit compte que sa main était agitée de tremblements.

— Eh bien, c'est parfait, dit-il sèchement.

— Tu l'as cru ? s'enquit-elle avec douceur.

Son regard était sombre et lointain.

— Je ne sais que croire. Tout ce que je peux dire, c'est que j'ai l'impression d'être un père en sursis et que je me sens impuissant face à cela.

Mick fit soudain son entrée dans la pièce.

— David est sorti par la fenêtre, annonça-t-il. Il voulait retourner à la grange jouer de la batterie.

D'un même mouvement, Marisa et Jack bondirent de leur chaise et se précipitèrent vers l'entrée de la maison.

— Je pensais que ces verrous étaient certifiés « sécurité enfant » ! s'exclama Marisa.

— Apparemment, ils ne sont pas « sécurité David », répliqua Jack.

Tandis qu'il courait après le petit fugitif, déjà à mi-chemin de la grange, Marisa attendit sur le perron tout en se demandant comment diable Jack allait pouvoir gagner son combat contre un homme aussi riche et puissant qu'Harold Rothchild.

Jack fit les cent pas dans le séjour longtemps après que les enfants eurent été mis au lit. Marisa les avait bordés, leur avait raconté la traditionnelle histoire pour qu'ils s'endorment, puis était sortie rendre visite à sa tante Rita.

Il était étonné de réaliser à quel point son absence créait un vide. C'était comme si elle avait emporté avec elle un peu de l'énergie de la maison.

La dispute du matin avec Kent lui avait laissé dans la bouche un goût amer, qui avait perduré tout au long de la journée. Il n'avait jamais été du genre à chercher la bagarre. Jusqu'à présent, rien ne lui avait jamais paru assez important pour qu'il se batte. Mais, pour Mick et David, il était prêt à affronter un monstre à cinq têtes.

Il gagna la cuisine et décida de se faire un peu de café. Il rechignait à aller se coucher avant de savoir Marisa rentrée saine et sauve à la maison.

C'était drôle, la vitesse à laquelle elle était devenue partie constituante de sa vie quotidienne… Il aimait ces moments qu'ils passaient à bavarder quand les gosses étaient couchés. Il se délectait de son rire, dont le son riche et joyeux le poussait toujours lui-même à sourire.

Ce n'était pas seulement tout l'amour qu'elle investissait dans son contact avec les gosses qui l'attirait en elle. Elle semblait savoir d'instinct quand le laisser tranquille, et quand le mener à la baguette.

Il aimait la façon dont ses cheveux brillaient d'un éclat satiné dans la lumière, la façon dont son parfum lui retournait les sens.

A vrai dire, il n'y avait rien chez Marisa qu'il n'aimât pas.

Une fois le café passé, il s'en versa un gobelet et s'assit à la table. Il s'attardait rarement dans la cuisine, qu'il en était venu à considérer comme le domaine exclusif de Betty.

C'était une pièce chaleureuse et accueillante, et il avait de nombreux souvenirs de repas à cette même table rustique en compagnie de son père et de sa mère. Kent les rejoignait presque tous les soirs, et Joanna plaisantait souvent à ce sujet en disant qu'elle avait dû être endormie lorsqu'ils l'avaient adopté.

Les mains plaquées sur le gobelet chaud, il songea à Kent. La trahison était toujours quelque chose de difficile à digérer, mais c'était bien pire lorsqu'elle était le fait d'un ami.

A 22 h 30, il était toujours assis à la table lorsqu'il

entendit la porte d'entrée s'ouvrir et le bip-bip du système d'alarme s'enclencher. Celui-ci s'arrêta après quelques secondes, le code ayant été tapé.

Le parfum de Marisa lui chatouilla les narines avant même qu'elle ne pénètre dans la pièce, une fragrance florale légèrement épicée qui lui chauffa le sang et titilla ses terminaisons nerveuses.

— Bonsoir, lança-t-elle. Je ne savais pas si vous seriez encore debout.

— J'ai décidé de me faire du café, répondit-il. Il en reste dans le pot si le cœur vous en dit.

— Non, merci. A cette heure-ci, la caféine m'empêchera de dormir.

Elle prit place sur la chaise qui lui faisait face.

— Tout se passe bien ici ? s'enquit-elle.

— Tout se passe bien. J'ai réparé le verrou de la fenêtre par laquelle David s'est échappé ce matin. Si un jour j'ai des problèmes pour décapsuler un flacon d'aspirine, je m'adresserai à lui.

Marisa éclata de rire.

— Vous savez quoi ? Nous laisserons le système d'alarme branché pendant la journée et pas seulement la nuit. De cette façon, nous saurons quand il essaie d'ouvrir une porte ou une fenêtre.

— Je ne comprends pas pourquoi il cherche aussi obstinément à sortir. Aujourd'hui, ce n'est pas tant pour aller vers la grange qu'il s'est sauvé, il avait juste envie de prendre la poudre d'escampette.

— La curiosité, répondit-elle. David est curieux de tout. Lorsqu'il ira à l'école, il usera sans doute ses professeurs à force de remettre en cause leurs enseignements.

— J'ai le sentiment que c'est les miens qu'il remettra

en cause. Comment s'est passée cette visite chez votre tante Rita ? Est-ce qu'elle va bien ?

Elle fronça les sourcils.

— Je persiste à penser qu'il y a quelque chose qui la perturbe, qui ne va pas. Mais je n'arrive pas à lui tirer les vers du nez. Elle se contente d'évoquer un souci lié au travail, c'est tout. Vous savez qu'elle a été affectée à l'affaire du meurtre de Candace.

— Peut-être ont-ils finalement déniché une piste concernant l'assassin, suggéra-t-il. On ne peut que souhaiter que justice soit enfin rendue et le coupable envoyé derrière les barreaux. Qui sait ? Cela apportera peut-être un peu de paix à Harold.

— Vous avez de ses nouvelles ? Il vous a encore appelé ?

Il secoua la tête.

— Non. Mais il y a fort à parier que ce n'est qu'une question de temps.

Une nouvelle vague de découragement envahit Jack. Il avait l'impression que son cœur pesait deux tonnes.

— Qu'est-ce qui vous a décidé à changer de vie, Jack ? A laisser tomber la drogue et l'alcool ?

Il se renversa contre le dossier de sa chaise, surpris par cette question. Puis il se rendit compte que malgré toutes les conversations qu'ils avaient eues ensemble, jamais ils n'avaient abordé ce point particulier de son passé.

— Candace et moi étions de vrais fêtards, commença-t-il, le front soucieux. C'est sans doute ce qui nous a rapprochés. Qui se ressemble s'assemble, comme on dit. Pendant longtemps, j'ai cru que notre couple ne tenait que grâce à ça. Les seules fois où nous avons marqué une pause, ce fut à l'occasion de ses deux grossesses.

Il tourna les yeux vers la fenêtre la plus proche, songeant à ces jours lointains avec Candace. Les premiers temps de leur mariage baignaient dans un état d'ivresse permanente. Ils étaient rarement sobres à l'époque.

Il reporta son attention sur Marisa.

— C'est après la naissance de David que j'ai tenté de modifier notre style de vie. Je voulais être le genre de père dont les garçons avaient besoin, et cela signifiait plus de défonce, plus de beuveries, rien. Je voulais être irréprochable.

Il soupira.

— J'ai fini par comprendre que c'était ça, la raison pour laquelle Candace voulait divorcer. Parce qu'elle ne s'amusait plus avec moi.

— Elle n'était pas prête à abandonner cette vie-là.

Il laissa échapper un petit rire amer.

— Je ne sais pas ce qu'il aurait fallu pour qu'elle en change, mais en tout cas, ce n'était ni moi ni les enfants. Nous avons donc divorcé, et elle les a pris avec elle. Ensuite, elle s'est arrangée pour rendre pratiquement impossible tout contact entre eux et moi. Elle voyageait sans cesse. Elle les a emmenés plusieurs mois en Europe, est revenue ensuite à Los Angeles... Elle restait rarement longtemps au même endroit.

— Vous êtes donc revenu ici, dit Marisa.

Il hocha la tête.

— Et je me suis mis à boire jusqu'à ne plus savoir qui j'étais. Pendant les six mois qui ont suivi, je n'ai pour ainsi dire pas dessoûlé. C'est Kent qui venait s'assurer que je m'alimentais, que j'étais toujours vivant.

Il grimaça.

— C'est une période de ma vie dont je ne suis pas fier.

— Qu'est-ce qui a mis fin à cette déchéance ?

— Un beau matin, je suis entré en titubant dans la salle de bains et je me suis vu dans la glace. Un vrai cadavre. J'avais la tête de quelqu'un qui attend seulement qu'on lui jette une pelletée de terre dessus… Au-dessus du lavabo était accrochée une petite photo de mes parents. Je l'ai longuement regardée, et soudain j'ai eu honte de moi, de ce que j'étais devenu.

Il songea un instant à ce moment si déterminant. C'était comme si ses parents lui avaient tendu la main depuis l'au-delà.

— J'ai aussi ouvert les yeux sur le fait que dans un avenir plus ou moins proche, mes fils pourraient avoir besoin de moi. Je savais qu'un jour j'aurais à leur rendre compte des choix que j'avais effectués dans ma vie.

Sa voix se fit très grave.

— J'ignorais si ce serait dans cinq ans ou dans quinze, mais inévitablement, Mick et David voudraient savoir qui était leur père, et c'est ce qui m'a poussé à me ressaisir, à retrouver ma dignité. Je ne voulais pas leur offrir de moi l'image d'une épave alcoolisée.

Marisa le considéra un long moment, puis se tourna vers la fenêtre, les sourcils froncés, la mine pensive.

Jack s'efforça de ne pas remarquer la ligne élégante de son menton, la manière dont son chemisier safran épousait la forme pleine de ses seins. Dans son esprit afflua le souvenir de leur contact sous sa main, celui de ses lèvres soudées aux siennes comme s'ils se noyaient ensemble…

Sentant une sourde excitation le gagner, il se tança pour s'être laissé aller à de telles pensées.

Il fallait qu'il fasse quelque chose, n'importe quoi, pour évacuer de sa tête les images brûlantes qui l'assaillaient. Quittant la table, il alla se verser un autre gobelet de café et resta appuyé au comptoir. Avec cette distance entre eux, au moins serait-il un peu moins troublé par son parfum.

Marisa se tourna à demi sur sa chaise, les iris plus sombres qu'il ne les avait jamais vus.

— Vous m'avez dit qu'il y avait deux points qui jouaient en votre défaveur si la garde de vos enfants devait se jouer dans un tribunal. Le premier était votre passé.

Il acquiesça lentement, se demandant où elle voulait en venir.

— Mais vous n'avez jamais eu maille à partir avec les autorités, et la plupart des anecdotes datant de votre vie de fêtard étaient relatées dans les magazines « people » et les tabloïds, exact ?

— Exact, agréa-t-il.

— Lesquels ne sont pas connus pour leur goût de la vérité.

— Absolument, reconnut-il d'un ton sec. Ce n'était que pures inventions, exagérations et ragots.

— Vous avez vécu comme un moine depuis votre retour au ranch, et personne ne peut contester le fait que vous êtes aujourd'hui un citoyen respectable.

Il revint à la table et se rassit, toujours intrigué par le sens de cet étrange interrogatoire.

— Je suppose que non.

— Donc, le seul problème qui demeure est que vous êtes un père isolé qui essaie tant bien que mal d'élever seul deux enfants. Eh bien, nous pouvons arranger cela. Nous pouvons faire en sorte qu'Harold ne puisse plus utiliser cet argument contre vous.

— Ah. Et de quelle manière ?

Elle soutint son regard sans ciller.

— Vous pourriez m'épouser.

# 7

Marisa vit le choc altérer les traits de Jack. Ses yeux s'agrandirent et sa mâchoire s'affaissa. Elle profita de cet accès de mutisme momentané pour enfoncer le clou.

— Réfléchissez-y, Jack. Ce serait un simple arrangement pour l'intérêt de tous. Tout demeurerait tel quel, y compris les chambres séparées.

Elle espéra que le rougissement qu'elle sentait l'envahir à l'intérieur ne se propageait pas à l'extérieur.

— La seule différence, c'est l'image que nous donnerions au-dehors : celle d'un couple marié et heureux élevant deux petits enfants.

— C'est une idée totalement folle, répliqua-t-il — mais elle voyait dans ses yeux briller la petite flamme de l'espoir. Vous plaisantez, n'est-ce pas ?

— Il n'y a pas la moindre tache dans mon passé, rétorqua-t-elle. Et m'occuper des enfants est mon métier. Aucun juge, au vu de ce que je suis et de la manière dont j'ai mené ma vie jusqu'à présent, ne pourrait me déclarer inapte à la fonction de seconde mère pour vos deux fils.

— Mais pourquoi feriez-vous cela ? demanda-t-il, les yeux plissés. Quel serait votre intérêt dans cet arrangement, Marisa ?

— Celui d'élever Mick et David. J'en suis tombée

amoureuse, Jack. Ils ont pris une place énorme dans mon cœur. Après tout ce qu'ils ont enduré, ils ont besoin d'une vie stable, et je suis en position de la leur offrir. Je ne ferais pas cela seulement pour vous, je le ferais pour moi aussi.

— Mais… Et Patrick ?

— Je vous ai dit que c'était juste une relation sans conséquence. Il n'y a rien de sérieux entre nous.

— Je n'ai pas eu l'impression qu'il partageait ce point de vue.

Il sirota un peu de son café, sans la quitter des yeux par-dessus le rebord de son gobelet.

— Peu importe. C'est mon choix.

Marisa y avait réfléchi toute la nuit, ainsi qu'au long de la journée. Une partie d'elle-même savait que c'était une idée délirante. Mais cette partie-là ne faisait pas le poids devant l'autre, qui sentait que c'était la juste voie.

Il reposa son gobelet sur la table.

— Marisa, vous êtes intelligente, vous êtes belle. Comment pouvez-vous souhaiter vous engager dans une relation de cette nature ? Pourquoi ne pas épouser un autre homme que vous aimerez, et avec qui vous pourrez élever vos propres enfants ?

A cette question, un étau de douleur lui comprima le cœur. Elle baissa les yeux sur le plateau de la table, incapable de soutenir le regard de Jack tandis que l'épisode le plus pénible de sa vie défilait dans son esprit.

— J'étais en troisième année à l'université, commença-t-elle, lorsque j'ai fait la connaissance d'un étudiant du nom de Tom. J'ai craqué pour lui, et sans réfléchir me suis laissé emporter dans un tourbillon de passion sensuelle.

Sa gorge se dessécha au souvenir de ses nuits avec

Tom, non pas à cause d'une quelconque nostalgie, mais par l'inconséquence dont elle avait fait preuve.

— J'étais folle de lui, et je pensais que c'était réciproque. Je ne m'étais pas rendu compte que pour lui je n'étais rien d'autre qu'une aventure.

Cette fois, elle sentit le rouge lui envahir les joues.

— Ce n'est que lorsque je me suis retrouvée enceinte que j'ai compris le peu d'importance que j'avais à ses yeux. Il m'a jetée comme une chaussette sale en me disant de me débrouiller seule.

Jack ne dit rien, mais sa mâchoire se crispa.

— Ce n'était pas si grave, s'empressa-t-elle de poursuivre. Même si cette grossesse n'était pas désirée et que Tom avait disparu, j'étais tout excitée à l'idée d'être enceinte, je tenais coûte que coûte à avoir ce bébé.

La douleur enfla dans sa poitrine, lui oppressant les poumons.

— Je n'ai rien dit à mes parents. Je n'ai parlé à personne de mon état, à l'exception de ma tante Rita. J'avais décidé de m'en ouvrir à mes parents lorsque j'aurais trouvé le moyen de poursuivre mes études tout en étant mère célibataire.

Elle soupira.

— A la vérité, je craignais qu'ils ne me contraignent d'une manière ou d'une autre à avorter, et c'était une option à laquelle je me refusais.

Elle s'interrompit, incapable de continuer, le cœur se brisant de nouveau en un millier de morceaux. Des larmes brûlantes lui affluèrent aux yeux, mais elle s'interdit de les laisser couler. Elle en avait versé de quoi remplir un océan lors du traumatisme qu'elle avait subi.

Jack avança la main et saisit la sienne. Il ne dit rien, attendant qu'elle recouvre sa contenance.

La chaleur de ses doigts solides sur les siens l'aida quelque peu. Elle prit une profonde inspiration entrecoupée de spasmes.

— Je venais d'entrer dans mon sixième mois de grossesse lorsque j'ai commencé à perdre du sang, et… et j'ai fait une fausse couche. Mais ce qui m'a littéralement dévastée, c'est quand le docteur m'a annoncé que pour me sauver la vie, il avait dû procéder à une hystérectomie totale.

— Oh Seigneur, Marisa, je suis tellement, tellement navré pour vous.

Le visage de Jack était empreint d'une sincère compassion.

Retirant sa main de la sienne, elle croisa les bras sur sa taille.

— Merci. Mais à présent vous comprenez certainement pourquoi je veux faire cela. Je n'aurai jamais mes propres enfants, Jack. Je ne pourrai jamais fonder ma propre famille.

Elle déglutit avec peine.

— Donc, si vous acceptez cet arrangement, nous supprimons l'un des points qui vous desservent et vous me faites un immense cadeau : me permettre de devenir mère de Mick et David.

Elle avait conscience que ce qu'elle proposait pouvait être mis sous le compte d'une impulsion, d'autant qu'elle ne connaissait Jack et ses enfants que depuis très peu de temps. Mais elle ne pouvait s'empêcher d'écouter la voix de son cœur, et celui-ci lui disait que sa place était avec eux. Pour le moment tout au moins.

Du dos de la main, il écarta une mèche de cheveux de son front.

— J'ai besoin de réfléchir, dit-il enfin. Je veux dire, tout cela arrive si vite.

— Bien sûr, agréa-t-elle, avant de se lever de table d'un mouvement un peu brusque. Je vais me coucher. Nous nous verrons demain matin.

Elle le laissa là, assis à la table, le regard perdu dans la nuit, de l'autre côté de la fenêtre. Il ne savait absolument pas s'il souscrivait ou non à ce projet. Les choses lui échappaient.

Tout en se préparant pour la nuit, Marisa songea à la proposition qu'elle venait de faire à Jack. Elle ne savait trop à quel moment précis elle avait commencé à germer en elle, mais elle l'avait adoptée d'emblée.

L'idée ne manquait pas de logique, aussi dingue soit-elle. Elle pouvait vivre un mariage sans amour ni relations charnelles, si la récompense en était de pouvoir élever Mick et David. Ce qu'elle ignorait, en revanche, c'était si Jack était prêt à faire le même type de sacrifice.

Certes, il était évident que le désir couvait entre eux comme un feu dormant. Mais elle ne compliquerait pas les choses en plongeant les yeux fermés dans une liaison physique des plus dangereuses.

Elle s'endormit presque instantanément, et rêva de Jack. Des rêves sensuels où ils faisaient l'amour jusqu'à plus soif. A son réveil, le lendemain matin, elle se sentit agitée, les nerfs à fleur de peau.

Après s'être douchée et habillée pour la journée, elle s'affaira dans sa chambre jusqu'à ce que l'heure soit assez décente pour appeler Patrick. Que Jack accepte ou non sa proposition, elle avait de toute façon décidé de rompre avec le bel expert comptable.

Si elle s'était sentie à l'aise dans sa relation avec Patrick, c'était parce qu'il ne lui inspirait pas une passion débordante. Jack en revanche lui en inspirait, mais elle n'avait aucune intention d'y prêter l'oreille. Certes, en proposant d'être sa femme, elle mettait son cœur bien plus en danger. Mais si elle songeait aux deux petits anges qu'étaient Mick et David, le risque valait d'être couru.

Et puis il n'était pas très correct de continuer à voir Patrick en sachant qu'ils n'avaient aucun avenir ensemble. Tôt ou tard il finirait par lui demander de l'épouser, souhaiterait avoir des enfants, et c'était une chose qu'elle était dans l'incapacité de lui donner. Il était temps de lui rendre sa liberté afin qu'il puisse trouver la femme qui serait son avenir.

Il décrocha à la seconde sonnerie, ayant de toute évidence identifié l'appelant sur l'écran de son portable.

— Marisa, quelle agréable surprise ! s'exclama-t-il. Je m'habillais pour me rendre au bureau et je pensais justement à toi.

— Moi aussi, je pensais à toi, répondit-elle.

Elle détestait avoir à lui faire de la peine, mais mieux valait se montrer franche au début de leur relation plutôt que de laisser le non-dit s'installer.

— Patrick, tu es un homme merveilleux, et un jour tu rendras une femme très heureuse, commença-t-elle.

— Pourquoi ai-je l'impression qu'il s'agit d'un appel de rupture ?

Elle soupira.

— Parce que c'en est un, je suppose. Patrick, j'ai beaucoup apprécié le temps que nous avons passé ensemble, mais je suis à un moment de ma vie où je ne veux pas d'une relation amoureuse. Je me suis totalement investie dans mon travail, et il y a ici deux petits garçons qui ont grand besoin de moi.

— Ai-je fait quelque chose qui t'ait déçue ou blessée ? demanda-t-il avec calme.

— Non, rien, se hâta-t-elle de répondre. Le problème est de mon côté, Patrick. Pas du tien. Je pense seulement qu'il serait mieux que nous cessions de nous voir.

— Tu sais que ce n'est pas ce que je veux, répliqua-t-il d'une voix altérée. Mais je ne peux rien faire d'autre qu'accepter ta décision, n'est-ce pas ? Tu sais où me trouver si tu as besoin de quoi que ce soit.

— Oui, je le sais… Et merci.

Elle lui était reconnaissante de ne pas en avoir fait toute une histoire, ce qui ne l'empêcha pas d'être assez surprise que les choses se soient passées aussi facilement. Après avoir raccroché, elle se dirigea vers la salle à manger, où Jack était déjà installé.

— Bonjour, dit-elle, s'efforçant de ne pas remarquer comme il était beau dans sa chemise bleue à manches courtes et son jean délavé.

Une alléchante odeur de bacon grillé flottait depuis la cuisine, d'où provenaient en sourdine les échos d'un programme télévisé matinal.

Marisa s'assit à côté de Jack. Aussitôt, une onde de chaleur la traversa. Oui, elle éprouvait du désir pour Jack, mais elle se rappela que c'était une sensation qui causait plus de tourments que de plaisir.

— Vous avez bien dormi ? s'enquit-il.

— Comme un loir.

— Vous avez changé d'avis au sujet de votre proposition d'hier ?

Elle étudia son visage, essayant de deviner ses pensées, mais celui-ci n'était qu'un masque impénétrable qui rendait impossible tout accès à ses sentiments.

— Non, je crois toujours que c'est une idée viable.

Des rires enfantins se firent entendre à ce moment, indiquant que Mick et David étaient réveillés.

— Je reviens dans un instant, dit-elle.

Il ne lui fallut que quelques minutes pour débarbouiller et habiller les deux garçons, puis les amener dans la salle à manger où elle les installa dans leur rehausseur.

Pendant ce temps, Betty avait apporté le petit déjeuner, qu'ils attaquèrent de bon cœur. Jack mangea un long moment en silence, puis, reposant sa fourchette sur la table, regarda de nouveau Marisa au fond des yeux.

— Que se passera-t-il si nous concrétisons ce projet, mais que malgré cela Harold parvient quand même à obtenir la tutelle des enfants ?

— Dans ce cas, nous divorcerons, répondit-elle. Vite fait, bien fait, sans larmes ni regrets.

Elle avait jadis entretenu l'idée qu'un mariage, c'était pour la vie, que l'homme avec qui elle échangerait ses vœux serait son compagnon jusqu'à ce que la mort les sépare. Mais le destin avait modifié son approche des choses.

— Vous savez que nous devons être tous les deux à interner pour simplement envisager une telle éventualité, déclara-t-il, ses yeux gris posés avec circonspection sur elle. Je me pose encore des questions sur ce qui motive chez vous ce désir de m'aider.

— Je vous le répète, Jack. Je le fais pour Mick et David. Ainsi que pour moi.

Moins que tout au monde elle voulait qu'il sache qu'il lui avait déjà volé un morceau de son cœur. Elle ne voulait même pas y penser elle-même.

Un simple arrangement, se répéta-t-elle, alors que d'imaginer les lèvres de Jack sur les siennes déclenchait un frétillement sournois dans son ventre.

— Vous avez des projets particuliers pour cet après-midi ? demanda-t-il de but en blanc.

Son cœur manqua un battement.

— Rien qui diffère de l'ordinaire.

— Dans ce cas, voilà ce que je vous propose. Nous nous mettons sur notre trente et un, faisons une petite visite au bureau des licences, puis nous choisissons l'une de ces ridicules chapelles à mariage qu'on trouve à tous les coins de rue de Las Vegas.

Si elle voulait encore changer d'avis, c'était maintenant ou jamais, se dit-elle. Peut-être était-ce de la folie douce. Peut-être n'avait-elle pas considéré toutes les implications…

— M'isa, regarde ! fit David.

Un large sourire aux lèvres, il tenait un pétale d'avoine en équilibre sur le bout du nez.

— Marisa, regarde, je sais le faire aussi ! renchérit Mick en plongeant la main dans son bol de céréales.

Comme toujours devant leurs facéties, son cœur sembla se dilater au point de prendre toute la place dans sa cage thoracique.

Oui, ce projet était à coup sûr totalement insensé, et elle était consciente de n'avoir pas pesé tous ses tenants et aboutissants. Elle se tourna pourtant vers Jack et lui sourit.

— Dites-moi juste à quelle heure il faut que je sois prête, déclara-t-elle, sachant qu'elle venait de prendre une décision qui changerait à jamais le cours de sa vie.

Ce changement pouvait s'avérer merveilleusement positif, tout comme il pouvait la laisser brisée et anéantie pour la seconde fois de son existence.

Harold Rothchild regrettait beaucoup de choses dans sa vie. En ce moment même, il y en avait une qu'il regrettait tout particulièrement tandis qu'il regardait sa superbe épouse, assise en face de lui à la longue table de teck de sa salle à manger.

Il l'avait trouvée sexy à damner un saint lorsqu'il avait fait sa connaissance, et pour être honnête, elle avait flatté son ego en se montrant tout aussi entichée de lui. Leur liaison en était encore à ses balbutiements lorsqu'elle lui avait annoncé qu'elle pensait être enceinte. Obéissant à une impulsion, il l'avait épousée et s'en mordait les doigts depuis lors.

Cette grossesse avait produit un fils aujourd'hui âgé de cinq ans. Malheureusement, ce point d'orgue de leur union en avait aussi signé le déclin.

Il n'avait guère fallu de temps à Harold pour s'ennuyer à périr avec sa jeune épouse, dont les discussions les plus éminentes se rapportaient à qui avait porté quoi à telle réception de charité et quel couturier faisait des soldes ab-so-lu-ment d'enfer.

C'était assez pour redonner à un homme la nostalgie de celle dont il avait divorcé. Anna avait été une bonne épouse, et tâché d'être une bonne mère pour les trois filles qu'il avait apportées avec lui, issues d'un premier mariage. Et il en était venu à aimer Silver, celle d'Anna, comme s'il en était le père.

Depuis quelque temps, il songeait de plus en plus à sa seconde épouse.

La moue bougonne, il reporta son attention sur la section financière du journal du jour.

Peu importait l'état de l'économie, les gens adoraient le jeu. Les affaires n'avaient jamais aussi bien marché au Golden Circus, où les clients ne cessaient de tenter leur chance dans l'espoir de décrocher le jackpot.

Au bout d'un moment, sa concentration quitta le monde des finances pour aborder celui des questions familiales. Il se demanda si les choses auraient été différentes pour Candace si sa première femme, June, n'était pas morte.

Candace lui avait donné du fil à retordre dès son plus jeune âge. Elle était sauvage, impétueuse, belle, instable, mais Harold n'en démordait pas : la raison de son assassinat était cette maudite bague avec le diamant, il en serait toujours convaincu.

Les « Larmes du Quetzal », ainsi nommé en référence au splendide oiseau d'Amérique centrale. A l'instar de ce dernier, le diamant possédait de somptueuses iridescences vertes et dorées, ainsi que des nuances plus sombres de violets et de bleus.

Les muscles de son ventre se nouèrent douloureusement à la pensée de cc joyau.

Il avait été trouvé dans l'une des mines de diamants de son père. Harold n'oublierait jamais ce jour-là. Il était marqué au fer rouge dans sa mémoire, et lui donnait de temps à autre des cauchemars qui le réveillaient au cœur de la nuit.

Il connaissait la légende attachée à ce bijou : doté de pouvoirs magiques, il était censé apporter l'amour à toute personne qui entrerait en contact avec lui.

C'était une charmante légende, mais Harold connaissait la vérité. Il savait qu'aussi longtemps que le diamant ne serait pas revenu en sa possession, il avait la capacité de semer la mort et la désolation dans sa famille. L'assassinat de Candace n'était que la première d'une série de tragédies encore à venir.

Seul Harold connaissait la véritable histoire. Dès l'instant où le diamant avait été découvert, il avait baigné dans le sang. Il se levait chaque matin et se couchait chaque soir hanté par le drame, encore inconnu mais inexorable, qui allait survenir.

# 8

La chapelle était décorée dans un goût tapageur, comme presque tout ce que Las Vegas avait à offrir. Jack regretta soudain de ne pas avoir déniché un autre endroit pour échanger ses vœux avec Marisa. Elle méritait mieux que cela.

Elle était absolument magnifique dans sa robe bain de soleil rose pâle, dont la taille était agrémentée d'une fine ceinture qui mettait en valeur les courbes voluptueuses de ses hanches et de ses seins.

Elle se tenait juste à l'intérieur du vestibule de la chapelle, Mick et David à ses côtés, pendant que Jack procédait aux arrangements nécessaires pour la cérémonie.

Un choix d'une douzaine de « packs » de mariage était mis à disposition des futurs mariés. Conscient qu'il ne s'agissait que d'un arrangement formel, il en choisit un qui comprenait un petit bouquet de roses, mais ne tombait pas dans un romantisme à fanfreluches dc mauvais aloi.

Le pasteur, un colosse à la face rougeaude, avait une haleine qui empestait l'alcool et le témoin était un parfait inconnu payé pour l'occasion. Tout cela, songea Jack, avait un côté assez minable.

Il avait envie de rebrousser chemin, mais il était déjà

plus de 17 heures et, comme les enfants avaient sauté leur sieste, ils commençaient à être un peu grincheux.

Par ailleurs, il ne voulait pas se donner trop de temps pour réfléchir, laisser trop de latitude à sa raison. Il était incapable de décider s'il commettait une erreur ou non, mais un point au moins était clair : si ce mariage pouvait faire basculer les choses dans une bataille de tutelle, alors il était pleinement justifié.

Cela étant, il gardait à l'esprit que Marisa aurait dû porter une robe blanche à dentelles et rubans, et dire oui à un homme dont elle était profondément éprise.

Pour la circonstance, il avait revêtu son plus beau costume et une cravate. Il n'en avait pas moins le sentiment que lui aussi devait arborer l'expression d'un chevreuil pris dans les phares d'une voiture.

Une fois les arrangements pris et la cérémonie payée, il rejoignit sa future épouse.

— Dernière chance de faire marche arrière, dit-il.

Marisa lui sourit d'un air un peu emprunté.

— Je n'irai nulle part avant que ce soit terminé, répliqua-t-elle.

Elle souleva David dans ses bras. Le bambin lança les bras autour de son cou et nicha la tête contre son épaule.

— Allons, soupira-t-elle, ne perdons pas de temps. Les garçons commencent à avoir faim et sont fatigués.

Il fallut quinze minutes à Marisa pour devenir Mme Jack Cortland. Durant ce petit quart d'heure, David ne quitta pas ses bras ni Mick ceux de Jack.

Le seul moment où une certaine émotion sembla gagner Marisa fut celui où il lui glissa au doigt l'alliance de sa défunte mère. Il ne l'avait jamais donnée à Candace, qui se serait gaussée de la taille ridicule du diamant.

A la fin de la cérémonie, le pasteur gratifia Jack d'une claque dans le dos, et tout en raccompagnant la petite famille jusqu'à l'entrée de la chapelle, lui confia dans des vapeurs de bourbon qu'il avait toujours été un fan du groupe Creation.

Dieu merci, aucun paparazzo ne traînait dans les parages, ce qui ôta à Jack l'angoisse de voir leur mariage transformé en histoire croustillante dans la presse people.

— Avant de partir, j'ai dit à Betty que ce soir nous dînions dehors, annonça-t-il tandis qu'ils sortaient de la petite chapelle. J'ai pensé que nous pourrions grignoter quelque chose dans un restaurant de casino.

Jamais il n'aurait osé emmener ses deux diables manger à l'extérieur avant l'intervention de la fée Marisa et de sa baguette magique.

— Très bien, répondit-elle.

David n'était plus dans ses bras mais s'était glissé au sol. Elle le tenait par la main, et de l'autre serrait son bouquet de roses rouges, élément du décorum de la brève cérémonie de mariage.

Le dîner fut tranquille, et Jack expliqua aux garçons que Marisa serait désormais leur nouvelle maman. Si l'information passa comme une lettre à la poste pour David, Mick afficha aussitôt un air inquiet.

— Si tu es notre nouvelle maman, ça veut dire que tu vas t'en aller ? demanda-t-il.

Ses grands yeux bleus étaient empreints d'une gravité qui ne seyait pas à son âge.

— Non, mon chéri. Je n'ai pas l'intention de m'en aller. Nous allons, je l'espère, vivre ensemble très longtemps.

La réponse sembla satisfaire Mick, qui reporta son

attention sur ses frites, les plongeant avec gourmandise dans un océan de ketchup avant de les enfourner.

Marisa se montra d'un calme inhabituel au cours du repas. Jack observa l'aisance et la tendresse avec lesquelles elle communiquait avec les enfants, et ses derniers doutes sur le bien-fondé de leur décision s'envolèrent.

Non qu'il craignît d'avoir commis une erreur susceptible d'affecter négativement sa vie. Le poids de ses erreurs aurait pu faire couler le Queen Elisabeth, et il n'en était pas mort.

En réalité, il s'inquiétait pour Marisa. Elle pouvait bien croire qu'elle était entrée de son plein gré et en toute connaissance de cause dans ce projet, mais combien de temps une femme pouvait-elle être heureuse dans une cohabitation d'où l'amour était absent, avec juste l'affection de deux enfants en bas âge ?

Qui disait qu'elle ne regretterait pas un jour de ne pas partager sa vie avec un homme qu'elle aimait ? Qu'elle n'estimerait pas que l'amour de deux petits garçons, ce n'était pas suffisant ?

Il s'efforça de réprimer le frémissement de désir qu'il ne manquait jamais d'éprouver lorsqu'elle était proche de lui. Il devait à tout prix chasser de son esprit le souvenir du baiser qu'ils avaient échangé.

Elle s'était montrée claire. Leur union serait purement platonique, et ils continueraient à passer leurs nuits dans des chambres séparées.

En présentant sa proposition, elle avait aussi expliqué que ses motivations reposaient essentiellement sur ses propres besoins et sur ceux de Mick et David. A aucun moment, elle n'avait fait allusion à ses besoins à *lui*.

L'un dans l'autre, le dîner fut agréable. Lorsqu'ils

eurent terminé, ils se dirigèrent d'un pas paisible vers l'endroit où Jack avait garé sa voiture, David de nouveau dans les bras de Marisa, et Mick juché sur le dos de son père. Moins de cinq minutes après avoir été sanglés dans leurs sièges pour enfant, les deux blondinets dormaient à poings fermés.

Sur la route du retour vers le ranch, Jack jeta un regard latéral à Marisa, se demandant à quoi elle pensait. Peut-être regrettait-elle déjà ce mariage dont elle était elle-même à l'origine.

— Ça va ? s'enquit-il.

Elle se tourna vers lui et lui sourit.

— Très bien. Et toi ?

— Super. J'ai juste un peu de mal à réaliser ce que nous venons de faire.

Il sentit son regard s'attarder sur lui.

— Ça va être beaucoup plus difficile pour toi que pour moi, Jack.

— Pourquoi donc ?

— Le sexe.

Le mot demeura en suspens dans l'habitacle.

Il lui jeta un regard furtif, qui lui laissa quand même le temps d'apercevoir le rouge charmant qui lui colorait les joues.

— Mais encore ?

— Eh bien, je sais combien c'est important pour la plupart des hommes, mais le problème ne doit pas exister entre nous. Nous engager dans une relation d'ordre physique ne ferait que compliquer les choses si l'expérience devait échouer pour une raison ou pour une autre.

Elle fronça les sourcils.

— Si cette restriction t'ennuie vraiment, je suppose qu'il

serait normal que tu prennes une maîtresse, à condition bien entendu de rester aussi discret que possible.

Il en demeura sidéré. Elle devait avoir une bien piètre opinion d'elle-même pour être disposée à accepter un tel compromis.

— J'ai été marié longtemps à Candace, répliqua-t-il après un silence. Jamais je ne l'ai trompée. Durant toutes mes années de bringue, je me suis peut-être livré à pas mal d'actions moralement condamnables, mais je n'ai jamais sciemment couché avec une femme mariée. Je n'aurai pas de maîtresse, Marisa. Et je respecterai ton souhait que nous n'ayons pas de relations physiques. Contrairement à certains mythes populaires, ajouta-t-il avec un sourire, l'abstinence sexuelle n'est pas mortelle pour l'homme.

Bifurquant dans la route de terre qui menait vers ce qui était désormais « leur » foyer, il lui offrit un autre sourire.

— Néanmoins, si d'aventure tu changeais d'avis sur la question, j'espère que je serais le premier informé.

— Tu as ma parole.

Une fois encore ses joues s'empourprèrent, et il éprouva une furieuse envie de la prendre dans ses bras et de lui montrer ce qu'elle allait rater.

Il allait absolument devoir se plonger dans une activité telle que fendre des bûches à la hache, courir avec un poids de 20 kg dans le dos, ou n'importe quelle autre tout aussi épuisante pour évacuer le désir qui bouillonnait en lui.

Mais il pouvait y arriver. Il ferait tout ce qu'il fallait pour garder Marisa dans sa vie, tout ce qu'il fallait pour s'assurer que les enfants restent sous sa garde, et si cela signifiait vivre un mariage sans sexe, eh bien soit, il s'y plierait.

Dès qu'ils furent arrivés, Marisa gagna sa chambre pour se changer. Jack fit prendre leur bain à Mick et David avant de leur enfiler leurs pyjamas pour la nuit.

Les deux garçons s'éclaboussèrent à qui mieux mieux dans la baignoire pleine de bulles. La mousse s'accrochait à leurs cheveux et ornait leur menton d'une petite barbe blanche.

— Regarde, Jack, gloussa Mick en élevant une pyramide de mousse sur sa tête. J'ai un chapeau de cow-boy.

— Et moi, et moi, Jack ! s'écria David, qui ne voulait pas être en reste. Regarde !

Plongeant le visage dans l'eau, il souffla de toutes ses forces puis releva la tête avec un grand sourire ravi.

— C'est très rigolo, David ! s'esclaffa-t-il. Et ton chapeau est génial, Mick.

L'amour le gonflait à bloc, songea Jack. Non, il ne pouvait pas perdre ses fils. Il avait besoin d'eux dans sa vie et se plaisait à croire que c'était réciproque.

Lorsqu'ils furent sortis de l'eau, séchés et habillés de leur pyjama, il était aussi mouillé qu'eux-mêmes l'avaient été quelques minutes plus tôt. Marisa les observait depuis l'entrée de la salle de bains, le regard attendri. Il les lui confia pour qu'elle les mette au lit et lui permette de quitter sa chemise trempée.

Une fois dans sa chambre, il ôta celle-ci, se glissa dans un T-shirt blanc, puis repartit vers celle des garçons. Marisa était en train de procéder aux rituels du coucher.

— Si tu es notre nouvelle maman, on peut t'appeler maman ? demanda Mick tandis qu'elle se penchait pour l'embrasser sur le front.

Marisa se redressa, surprise, et se tourna vers Jack. Il haussa les épaules pour lui signifier que la décision lui appartenait. Elle s'accroupit près de Mick et, d'une main douce, écarta une mèche de son front.

— Vous m'appellerez comme vous en aurez tous les deux envie, répondit-elle.

— Et tu seras encore là demain matin quand je me réveillerai ?

Le cœur de Jack se serra. Les garçons n'avaient jamais réclamé leur mère depuis qu'ils vivaient sous son toit, et la question de Mick indiquait qu'il y avait eu de nombreux matins où Candace était absente à leur réveil.

— Oui, je serai là, répondit-elle simplement.

— Tu le promets ?

— Je le promets.

— D'accord. Alors bonne nuit, maman, soupira Mick d'une voix ensommeillée.

— M'isa, M'isa ! s'exclama David. Je veux un baiser avant de dormir.

Marisa éclata de rire, embrassa rapidement Mick sur le front puis s'approcha du lit de son petit frère.

— Bonne nuit, maman, susurra David.

Le cœur de Jack se serra encore plus fort.

— A mon tour, maintenant, dit-il.

Il se dirigea vers les lits, croisant Marisa au passage.

— Bonne nuit, fiston, dit-il à Mick en se penchant pour l'embrasser.

— Bonne nuit, papa.

Pendant une bonne demi-minute, Jack demeura pétrifié tandis qu'une joie qu'il n'avait encore jamais connue l'envahissait soudain. Papa. Enfin il entendait ce mot de la bouche de son enfant. Jamais un simple vocable n'avait sonné aussi doux à son oreille.

L'événement se répéta avec David, et c'est presque étourdi de stupéfaction qu'il quitta la chambre. Alors qu'ils remontaient côte à côte le couloir, il saisit Marisa par les épaules, la fit pivoter vers lui et la dévisagea un long moment.

— C'est toi, murmura-t-il. Je ne sais pas comment tu as fait, mais tu as accompli un miracle.

Elle sourit, les yeux brillant d'un éclat inédit.

— Ce n'est pas un miracle, Jack. Tes fils t'aiment, et ils savent enfin qu'ils peuvent t'accorder leur confiance. Je n'ai rien fait. Tout vient de toi.

Il ne pouvait plus se contrôler. Son bonheur était tel qu'il fallait qu'il l'embrasse. L'attirant dans ses bras, il s'empara d'autorité de sa bouche.

Pendant un long moment, il ne put songer à rien d'autre qu'à la joie qui l'étouffait et au plaisir du contact de ses lèvres sous les siennes.

Ce n'est que lorsqu'il la sentit se raidir contre lui qu'il laissa retomber ses mains et s'écarta d'elle. Bon sang, ils n'étaient pas mariés depuis cinq heures que déjà il franchissait la ligne rouge !

— Pardon, balbutia-t-il, embarrassé. C'était l'exaltation du moment. Ça n'arrivera plus.

Sans attendre sa réponse, il se dirigea d'un pas ferme vers sa chambre.

# 9

Debout sur le perron, Marisa regarda la voiture s'éloigner. Elle soupira, exténuée. Elle avait organisé une matinée récréative pour les enfants, et avait passé tout son temps à superviser les jeux non pas de deux, mais de quatre enfants exubérants et débordant d'énergie.

Elle s'apprêtait à tourner les talons et à regagner l'intérieur lorsqu'elle aperçut Sam et Max Burrows près de la grange, leurs regards tournés vers elle. Un petit frisson lui parcourut l'échine.

Pendant la semaine qui s'était écoulée depuis le mariage, elle avait trop souvent senti leurs yeux rivés sur elle, au point d'en avoir la chair de poule. Cette attitude des deux employés la perturbait énormément.

Elle ne put s'empêcher de se demander si Jack n'avait pas passé sur les mauvaises personnes sa colère au sujet de l'indicateur d'Harold.

Elle referma la porte, brancha l'alarme, gagna le séjour où Mick et David jouaient avec leur collection de camions, et se laissa tomber dans le canapé.

Ses jeunes visiteurs étaient des enfants dont elle avait eu la charge en tant que nourrice, les deux fils de Margaret et John Covewell. A l'époque, ceux-ci travaillaient tous deux dans l'un des casinos de la ville. Elle avait officié quatre mois chez eux, jusqu'à ce que leur situation financière permette à Margaret d'exaucer enfin son souhait d'être mère au foyer.

Si la première heure avait été un peu rude, sachant que Mick et David n'avaient l'habitude de partager ni leurs jouets ni son attention avec d'autres bambins, la dernière s'était passée dans une remarquable bonne entente.

Jack était dehors. Au fil de la semaine, ils s'étaient organisés de telle sorte qu'il pouvait travailler au ranch la journée, puis consacrer la fin de l'après-midi et la soirée aux garçons.

Kent et lui avaient rompu tout contact, et Marisa savait que le différend entre les deux amis pesait lourd dans l'esprit de Jack. Si c'était toujours le mystère quant à l'identité de l'homme qui avait tenté de s'introduire dans sa chambre, rien d'inquiétant ne s'était passé depuis lors.

En fait, ce n'était pas tout à fait exact. Il se passait une chose des plus inquiétantes : le désir de plus en plus fort qu'elle ressentait pour Jack.

Celui-ci était plus brûlant que tout ce qu'elle avait pu ressentir pour son amant de l'université. Ils continuaient à mener la vie d'une famille heureuse, mais la nuit venue, lorsqu'elle se glissait seule dans son lit, une immense frustration la saisissait. Et quand elle trouvait enfin le sommeil, c'était pour être assaillie par des rêves plus érotiques les uns que les autres, où elle faisait et refaisait l'amour avec Jack.

Dans ces rêves, ce n'était pas tant le sexe qui la torturait que de l'entendre lui murmurer son amour, un amour qui n'avait rien à voir avec ses fils, tout avec cette alchimie indéfinissable qui pousse un homme et une femme l'un vers l'autre.

En tout état de cause, elle ne devait pas oublier que leur mariage blanc était davantage un moyen qu'une fin, qu'il n'existait que pour optimiser les chances de Jack de gagner une éventuelle bataille de tutelle. Leur couple reposait sur l'intérêt des enfants, pas sur l'amour.

Voyant que ces derniers jouaient paisiblement, elle se rendit dans la cuisine, où Betty terminait la préparation du repas du soir.

— Y a-t-il quelque chose que je puisse faire pour vous aider ? s'enquit-elle.

Betty la considéra comme si elle avait parlé de commettre un meurtre. La vieille dame s'était montrée particulièrement irascible durant la semaine écoulée.

— J'ai l'air d'avoir besoin d'aide ? grogna-t-elle. Les repas n'étaient pas bons ces jours-ci ? Ils étaient servis en retard ?

— Non, euh si…

Prise de court, Marisa fronça les sourcils.

— Betty, je ne demandais pas cela parce que je pensais que vous aviez besoin d'aide. Je cherchais juste à me rendre utile.

Betty posa le couteau dont elle se servait pour couper les légumes.

— Dites-moi la vérité. Je vais perdre ma place ?

Marisa écarquilla les yeux, étonnée.

— Que voulez-vous dire ?

Betty haussa ses maigres épaules.

— Maintenant que Jack et vous êtes mariés, je me demandais quand vous alliez vous décider à tout reprendre en main dans la maison.

— Je n'ai aucune intention de vous ôter votre travail, assura Marisa. Pour être tout à fait honnête avec vous, s'il y a certaines choses que je fais bien, je n'ai absolument rien d'un cordon-bleu.

La ligne pincée des lèvres de Betty se radoucit, et elle reprit son couteau.

— Ça n'a rien de sorcier quand on fait attention.

Marisa s'appuya au plan de travail.

— Vous connaissez bien Sam et Max ? demanda-t-elle tout à trac.

— Depuis qu'ils ont l'âge de courir les filles. Pourquoi ?

— Oh, rien. J'étais juste curieuse de savoir quel genre d'homme ils étaient.

Elle ne voulait pas dire à Betty qu'elle se posait des questions sur leur loyauté vis-à-vis de Jack, et moins encore qu'ils lui fichaient souvent une trouille irraisonnée.

— Ce sont de bons gars. Pas des lumières, c'est sûr, mais durs à la tâche. Jack aurait pu trouver pire.

A cet instant, des cris retentirent dans le séjour. Marisa se précipita hors de la cuisine pour stopper une dispute entre les deux frères.

Ce soir-là, après que les garçons eurent été mis au lit, Jack et Marisa se détendirent comme à leur habitude dans le séjour, elle dans le canapé et lui dans son fauteuil.

— Tout va bien, Jack ? demanda-t-elle.

Il avait été d'un calme inhabituel toute la soirée.

— Très bien, pourquoi ?

— Je ne sais pas, tu as l'air préoccupé.

Elle se demanda s'il ne regrettait pas leur mariage. Avec ses fils, il était parvenu à un modus vivendi qui rendait peut-être sa présence moins indispensable. Il avait appris à se montrer ferme et constant dans la discipline, et de leur côté, les garçons avaient de plus en plus confiance en lui parce qu'il était là pour eux.

Il se renversa contre son dossier et laissa filer un soupir.

— Depuis une semaine, il ne s'est rien passé de notable. Je n'ai reçu aucun coup de fil d'Harold, mais ça ne me dit rien de bon. J'ai comme l'impression que c'est le calme avant la tempête.

— Des nouvelles de Kent ?

Il secoua la tête, et le gris de ses yeux s'assombrit. Il était évident que le sujet était toujours aussi délicat.

— Non, mais je n'en attendais pas.

— Peut-être devrais-tu lui parler de nouveau, Jack. Ce serait dommage de tirer un trait sur toutes ces années d'amitié entre vous. D'autant que nous n'avons même pas la certitude que c'est lui qui renseignait Harold.

Il se massa le front du bout des doigts, comme pour chasser une migraine.

— J'ai perdu toute objectivité dans cette histoire, reconnut-il. Tu as peut-être raison. Peut-être devrions-nous nous rasseoir à la même table et en parler à cœur ouvert. J'irai le voir demain.

Il laissa retomber sa main, et le sourire qu'il lui adressa la troubla jusqu'au plus profond d'elle-même.

— Tu sais, reprit-il, le fait que nous soyons mariés ne doit pas t'empêcher de concrétiser ton rêve d'ouvrir cette agence de nourrices.

— Pour être franche, cela fait deux semaines que je n'y ai même pas songé, avoua-t-elle. Mais ce projet me tient beaucoup à cœur, en effet. Il faudrait que je crée un site internet, que je fasse un peu de publicité… Il faudrait aussi que je prévoie des entretiens d'embauche.

Mais tout cela je peux le faire depuis la maison, ainsi je n'aurai pas à quitter les enfants.

— Je veux que tu fasses ce qui te rendra heureuse, Marisa, déclara-t-il d'une voix grave, aussi douce qu'une caresse. Tu as déjà tant sacrifié pour moi. Tu peux d'ores et déjà compter sur mon soutien dans tout ce qu'il te faudra faire pour créer cette agence.

Conserver une distance émotionnelle vis-à-vis de lui était bien plus difficile qu'elle ne l'avait escompté. Depuis l'instant de leur rencontre, elle avait de toutes ses forces essayé de rester détachée, d'ignorer le feu qui couvait, toujours plus chaud, au cœur de ses entrailles, mais à chaque jour qui passait la tâche s'avérait plus difficile.

— Je crois que je vais aller me coucher, annonça-t-elle avec un soupir. Cette matinée récréative m'a épuisée.

C'est le moment que choisit Mick pour se mettre à pleurnicher, sans doute en proie à un cauchemar.

— Je vais m'en occuper, dit Jack en s'extirpant de son fauteuil.

Tandis qu'il rejoignait ses fils dans leur chambre, elle gagna la sienne où elle se déshabilla pour enfiler sa chemise de nuit. Puis, endossant sa robe de chambre, elle se faufila dans le couloir, et tout en nouant sa ceinture s'avança à pas de loup vers la porte de la chambre des enfants.

Sa respiration se bloqua dans sa gorge. Jack chantait doucement, de sa voix profonde et mélodieuse, une chanson où il était question de clowns, d'un trésor, de gros ballons dirigeables et de lunes qui sourient.

Elle s'adossa au mur du couloir et ferma les yeux, traversée par un délicieux frisson. Délicieux mais terrible :

elle se rendait compte qu'elle était tombée éperdument amoureuse de son mari.

Jack chanta jusqu'à ce que Mick se soit rendormi. Il demeura un long moment assis sur la chaise entre les deux lits, respirant le parfum d'innocence de ses enfants, puis se leva sans bruit et quitta la pièce.

Il faillit entrer en collision avec Marisa, qui se tenait juste à l'extérieur dans le couloir. Elle leva vers lui ses grands yeux chocolat, et le sourire qu'elle lui offrit accéléra aussitôt les battements de son cœur.

— C'était très beau, murmura-t-elle d'une voix un peu rauque.

— Il y a peut-être beaucoup de domaines où je ne vaux rien, répliqua-t-il, mais j'ai toujours su chanter.

Chaque muscle de son corps se tendit, voyant qu'elle ne bougeait pas. Seigneur, si elle continuait à le regarder ainsi, il craignait fort de perdre la tête.

Il se dandina d'un pied sur l'autre.

— Eh bien, parvint-il à articuler, je crois qu'il ne me reste plus qu'à te souhaiter une bonne nuit.

Il voulut passer à côté d'elle pour retourner dans le séjour, mais elle l'arrêta en posant sa main délicate sur son avant-bras.

— Jack ?

Ses yeux semblaient briller d'une lumière intérieure.

— Oui ?

L'air entre eux vibrait d'une énergie qui rendait sa respiration difficile.

Elle s'humecta les lèvres de la pointe de la langue. Jack sentit sa pression artérielle grimper en flèche.

— Je t'ai dit que tu serais le premier informé si jamais je changeais d'avis, déclara-t-elle.

Il fourra les mains dans les poches de son jean, de peur qu'elles ne s'animent soudain d'une vie propre, craignant de mal comprendre ce qu'elle cherchait à lui dire.

— Si tu changeais d'avis à propos de quoi ?

Il se retint de tousser pour chasser le chat dans sa gorge.

Un désir sauvage s'était emparé de lui lorsqu'il avait vu sa langue glisser sur ses lèvres. Le mince coton de sa robe de chambre ne faisait rien pour dissimuler ses formes, et la soie rouge translucide qui apparaissait au-dessous faisait presque bouillir son sang dans ses veines.

— A propos des relations physiques entre nous.

Ses joues étaient en feu, mais elle soutint son regard, le menton haut.

— Je veux dire, si ça t'intéresse de coucher avec moi, je n'en ferai pas une maladie.

— Si ça m'intéresse ?

Il retira les mains de ses poches.

— Marisa, j'ai eu envie de te faire l'amour dès la seconde où tu as franchi le seuil de cette maison.

Il se sentait paralysé sur place, avait peur d'agir trop vite, peur d'agir trop lentement. Il redoutait de faire quelque chose qui gâcherait le moment et éteindrait cette sublime lumière dans ses yeux.

Elle s'avança d'un pas, l'enveloppant de son parfum affolant.

— As-tu l'intention de faire quelque chose dans ce sens ou comptes-tu rester planté là à me regarder ?

Sa lèvre supérieure tremblait légèrement. Il comprit qu'elle était tendue, qu'elle se mettait en situation de risque sans avoir la moindre idée de ce que serait sa réponse.

Il l'attira entre ses bras et couvrit ses lèvres des siennes. Doucement, avec la plus grande tendresse, il l'embrassa tandis qu'elle se nichait contre lui. Mais le baiser ne resta pas doux et tendre bien longtemps. Marisa referma les bras dans son cou et ouvrit la bouche sous la sienne. Son désir se mit à gronder comme un fauve libéré après une longue captivité.

Il voulait la dévorer, il avait l'impression d'être sur un feu dormant depuis qu'elle avait mis les pieds dans sa vie, et son soudain consentement était le carburant qui transformait ce feu en fournaise.

Il rompit le baiser, impatient de l'emmener dans son lit, avant qu'elle ne change d'avis.

S'écartant d'elle, il lui prit la main et la conduisit dans le couloir jusqu'à sa chambre. Elle le suivit sans la moindre hésitation, même s'il sentait sa main trembler un peu dans la sienne.

La lampe de chevet était allumée, baignant d'une lumière intime et dorée son large lit, qu'il n'avait pas pris la peine de faire ce matin.

Relâchant sa main, il la regarda. S'il mourait d'envie de prendre ce qu'il voulait d'elle, il tenait à lui offrir une dernière chance de faire marche arrière.

— Marisa, ce n'était pas dans notre marché quand tu m'as proposé de t'épouser, dit-il d'une voix sourde qu'il ne reconnut pas. Je… je ne voudrais pas profiter de la situation. J'ai très envie de toi, mais je ne voudrais pas que tu te sentes forcée en aucune façon.

Elle ne répondit pas. Au lieu de cela, elle dénoua sa ceinture et laissa sa robe de chambre tomber dans un froissement sur le sol derrière elle. La chemise de nuit de soie rouge lui descendait à mi-cuisses, et son profond décolleté exposait l'émouvant renflement du haut de ses seins.

En voyant ses tétons durcis pointer, aguicheurs en diable, sous l'étoffe, Jack se mordit la lèvre pour réprimer un grognement.

— Crois-moi, Jack. Je ne fais jamais rien que je n'aie pas voulu.

Elle se rapprocha de lui, les yeux tel un puits obscur dans lequel il aurait facilement pu se noyer.

C'est dans un état de presque hébétude qu'il l'attira à lui, descendit les mains sur la soie pour lui empoigner les fesses, et plaqua son corps contre le sien.

Une fois encore, leurs lèvres se scellèrent dans un baiser passionné et fiévreux qui ne fit qu'attiser son désir. Quittant sa bouche, il déposa un chapelet de baisers sur sa joue, son menton et le long de son cou. Elle déglutit, le souffle coupé, lorsqu'il trouva un point particulièrement sensible derrière son oreille.

Le petit gémissement qu'elle émit fut comme un appel d'air sur l'incendie qui le consumait de l'intérieur. Titubant d'un pas en arrière, il arracha presque son T-shirt en le faisant passer par-dessus sa tête.

Quelques jours plus tôt, il aurait pu être doux et patient, mais il avait tant attendu qu'il se sentait comme un adolescent à l'orée de sa première expérience. Ses doigts s'affairaient gauchement sur les boutons de sa braguette tandis que Marisa se débarrassait de sa chemise de nuit et se glissait sous les draps.

Il fit sauter ses chaussures, retira enfin son jean, ôta ses chaussettes et la rejoignit dans le lit. Elle ne portait plus que sa culotte et lui son slip, mais lorsqu'ils s'étreignirent, le contact chaud de leurs peaux nues les fit frémir de la tête aux pieds.

Jack plongea les doigts dans la luxuriance des cheveux de Marisa et se mit à l'embrasser avec avidité. Elle lui rendit son baiser avec une fougue bien à elle, sa langue s'enroulant sur la sienne tandis que sa poitrine nue se pressait sur son torse. Des gémissements de plaisir lui échappaient, elle frétillait sous son corps.

Il suça un téton, puis l'autre, excité par les bruits de gorge qu'elle produisait tandis qu'il palpait ses seins, leur faisait l'amour.

Loin de demeurer passive, elle faisait courir ses mains partout, lui agrippait les épaules, explorait les fermes méplats de son dos.

Jack avait oublié combien la confrontation de deux corps, de deux chaleurs, pouvait être merveilleuse. Cette sensation ne fit que s'accentuer à mesure que leurs préliminaires devenaient plus intimes.

Il descendit la main sur son ventre plat, le cœur battant à se rompre. Lorsqu'il atteignit l'élastique de sa culotte, il la sentit bloquer sa respiration.

Il riva son regard dans le sien. Ses prunelles brillaient d'un éclat presque animal dans la lumière mordorée de la lampe. Sans rompre le contact visuel, il avança sa main entre ses cuisses à travers la soie, d'où irradiait une chaleur qui en disait long.

Elle était excitée, il le savait, mais elle se retenait. Or, il la voulait totalement abandonnée. Il voulait que ce self-control vole en éclats, il voulait l'emmener en un lieu où il n'existait plus que lui et ce qu'ils partageaient.

Il se mit à la caresser, s'aventura plus loin, jusqu'à ce

qu'un long gémissement s'échappe de ses lèvres et qu'elle projette le bassin en avant pour aller à sa rencontre.

Lui-même commençait à avoir le plus grand mal à se contenir. Saisissant sa culotte des deux mains, il la fit glisser le long de ses jambes. Elle cambra le dos pour lui faciliter la tâche, le regard enfiévré.

Puis il se débarrassa de son propre sous-vêtement, qu'il jeta par terre à côté du lit, avant de l'enlacer pour la gratifier d'un nouveau baiser ardent et passionné.

Pendant qu'il l'embrassait, elle avança la main jusqu'à son sexe érigé et referma les doigts dessus. Ce geste faillit signer sa perte. Il lui attrapa le poignet.

— Non ! l'enjoignit-il dans un soupir rauque. Si tu n'ôtes pas ta main, ce sera fini en quelques secondes.

Elle écarquilla légèrement les yeux, puis retira sa main tandis qu'il soumettait son intimité à de nouvelles caresses.

Il massa de ses doigts ses moiteurs secrètes, les agaça, les explora, désireux de faire chavirer sa raison, de la faire basculer dans un endroit où toute pensée devenait impossible.

— Laisse-toi aller, Marisa, chuchota-t-il. Lâche-toi…

Elle émit un petit bruit de gorge, ferma les yeux, et il la sentit se détendre, accueillir sans retenue les faveurs qu'il lui prodiguait.

Il ne fallut guère de temps avant que son corps ne se tende, que sa respiration s'alourdisse tout en s'accélérant. Elle arqua brusquement le dos, et il perçut la vague de plaisir qui la secoua tout entière.

Sans lui laisser le temps de récupérer, il se plaça entre ses cuisses. Elle rouvrit les yeux et le fixa, mais devant la lueur sauvage, presque égarée, qui brillait dans son regard, il sut qu'elle ne le voyait pas. Elle était perdue dans un océan de volupté.

Il la pénétra alors, et lâcha totalement la bride à son désir.

# 10

Marisa se réveilla la première. La pâle clarté de l'aube se diffusait par la fenêtre. Elle était blottie contre Jack. L'un de ses bras reposait mollement en travers de sa taille, et pendant un long moment de demi-sommeil elle se sentit en paix, aimée.

Une illusion, se dit-elle. Pourtant elle ne bougea pas, rechignant à briser ce moment de magie tant que ce n'était pas absolument nécessaire.

Faire l'amour avec Jack avait été au-delà de tout ce qu'elle avait imaginé. Elle s'était attendue à des étreintes passionnées. A du sexe à la hussarde, fougueux et sauvage. Mais ce qu'elle n'avait pas prévu, c'était cette tendresse dont il avait fait montre.

Des tonnes de tendresse. Elle ferma les yeux, la tête encore remplie de la pensée de Jack.

Elle reconnaissait que le hard-rocker excessif, que le batteur allumé de jadis n'avaient été en somme qu'une façade. Le véritable Jack Cortland était un homme sensible pour qui la famille et les amis comptaient beaucoup… et elle aussi, peut-être, un tout petit peu.

Cela étant, elle ne se faisait aucune illusion sur ce qui s'était passé cette nuit. Il s'était agi de sexe. Rien de plus, rien de moins. Ç'avait été une explosion de la tension sexuelle qui flottait entre eux depuis le premier instant où ils s'étaient vus.

Jack n'était pas amoureux d'elle. Il lui vouait peut-être de l'affection pour ce qu'elle faisait pour lui et les garçons. Mais entre l'affection et l'amour, il y avait un monde.

Pour sa part, elle l'aimait d'un amour qu'elle n'avait même pas éprouvé pour Tom à la fac, mais elle avait le terrible pressentiment que le sort qui l'attendait, au bout du compte, était un cœur brisé.

*Prends les jours comme ils viennent*, se raisonna-t-elle. Les siens seraient accaparés par Mick et David, et par la mise sur pied de son cher projet de création d'une agence de nounous.

Quant à ses nuits, elle n'était pas sûre de la manière dont elles allaient se passer, même si elle savait *où* elle voulait les passer — entre les bras de Jack.

Elle sentit une main masculine glisser sur sa hanche, signe qu'il était réveillé.

— Bonjour, susurra-t-il, la bouche contre sa nuque.

La tiédeur de son haleine déclencha un délicieux frisson dans son ventre. Elle eut beau se dire qu'elle devait se lever, elle demeura où elle était.

— Bonjour, murmura-t-elle en retour.

Avec Tom, il n'y avait jamais eu de matin. Elle ne s'était jamais réveillée dans ses bras après une nuit d'amour. Pour lui, elle n'avait jamais été autre chose qu'un bon moment à passer, et elle avait le sentiment que c'était ce qu'elle était devenue pour Jack.

Cette pensée la fit s'extirper dans la seconde de ses bras et quitter le lit. Elle ramassa sa robe de chambre sur le sol et en couvrit sa nudité.

— Déjà ? J'avais comme une envie de remettre ça, dit-il en se redressant sur son séant.

Il était attirant en diable avec ses cheveux ébouriffés, et ce sourire paresseux et sexy qui lui étirait les lèvres.

Le sourire retomba tandis qu'il la dévisageait dans la demi-pénombre de la chambre.

— S'il te plaît, ne me dis pas que tu éprouves les regrets du petit matin.

— Non, assura-t-elle, je n'ai aucun regret.

Et c'était vrai. En aucune manière elle ne pouvait regretter d'avoir fait l'amour avec lui.

— Simplement, reprit-elle, j'ai un programme très chargé aujourd'hui et je voudrais démarrer ma journée avant que les enfants ne soient réveillés.

— Tu vas travailler sur ton projet d'agence ? demanda-t-il d'un ton curieux.

Elle hocha la tête et resserra la ceinture de sa robe de chambre. Jack avait recouvré tout son sérieux.

— Nous n'avons pas parlé de ce que tu comptes faire de ta maison, observa-t-il. As-tu l'intention de la vendre ?

Elle songea au joli pavillon que ses parents lui avaient offert pour l'obtention de sa maîtrise. Elle adorait sa maisonnette, mais si leur mariage avait été un vrai mariage, elle l'aurait vendue sans plus attendre et sa vie se serait confondue avec celle de son mari.

Pourtant ce n'était qu'un mariage blanc, un simple arrangement, et sans boulc de cristal pour lire l'avenir, elle n'était pas prête à prendre le risque de tout abandonner.

— Pour le moment, je n'ai pas l'intention d'en faire quoi que ce soit, répondit-elle. A présent je vais me doucher. Je te retrouve dans la cuisine.

Sur ce, elle quitta la chambre.

Si elle restait vivre ici avec Jack et les garçons, tôt ou tard il lui faudrait récupérer un certain nombre de choses dans sa maison. Mais elle avait beau s'y être engagée, elle ne pouvait s'empêcher de penser que cet arrangement ne durerait peut-être pas éternellement. Conserver ce pavillon était un filet de sécurité pour le cas où les choses tourneraient mal.

Comme d'habitude, Jack passa la matinée avec ses employés sur le ranch, tandis qu'elle-même s'occupait des garçons et assurait quelques tâches ménagères. On était samedi, et il fallait qu'ils se débrouillent eux-mêmes pour les repas. Donc, au petit déjeuner : céréales, et au déjeuner : sandwichs. Pour le dîner, Marisa avait l'idée ambitieuse de préparer des spaghettis bolognaise.

C'est après que Mick et David eurent été couchés pour leur sieste que Jack lui annonça qu'il se rendait chez Kent pour discuter avec lui.

— Bien, j'en suis contente, répondit-elle en se laissant choir dans le sofa.

Il fronça les sourcils, le regard lointain.

— Je repense à l'époque qui a suivi mon retour ici, après le divorce, dit-il. J'étais dans un sale état. Si Kent n'avait pas été là, je ne sais pas si je serais encore en vie aujourd'hui.

Il se renversa dans son fauteuil et la considéra d'un air pensif.

— Mais toi, Marisa ? Est-ce que tu as des amis ? Je ne t'entends jamais téléphoner à qui que ce soit en dehors de ta tante Rita, et de temps à autre à tes parents.

— Après ma fausse couche, expliqua-t-elle d'une voix tendue, je me suis coupée de tout le monde.

L'émotion lui oppressait la poitrine au souvenir des sombres journées qui avaient suivi cette épreuve.

— Je suis entrée dans une période d'abattement, qui s'est peu à peu transformée en dépression.

Ramenant les jambes sous elle, elle cala sa tête contre le coussin.

— Mes amis ne semblaient pas comprendre que ce n'était pas un événement sur lequel je pouvais tourner la page, que je pouvais laisser derrière moi. Ma douleur les gênait. Au moment où j'ai passé ma maîtrise, j'avais pratiquement fait le vide autour de moi. J'ai tout de suite commencé à travailler comme nourrice, et ce job m'a suffisamment occupée pour qu'aucun de mes amis ne me manque vraiment.

Elle lui sourit. Elle voulait effacer le froncement de sourcils ombrageux, sur son visage.

— Ne prends pas cet air grave, Jack. J'ai fini par me réadapter, Dieu merci, et je suis ouverte à toute opportunité de me faire de nouveaux amis. Allons, sors d'ici, va fumer le calumet de la paix avec ton ami.

— Je devrais être rentré assez vite, dit-il en se dirigeant vers l'entrée.

— Prends tout le temps qu'il te faut. Je vais travailler un peu sur mon ordinateur, ensuite je tâcherai de nous concocter la meilleure sauce bolognaise que tu aies goûtée de ta vie.

Un large sourire éclaira le visage de Jack.

— J'en ai déjà l'eau à la bouche, répondit-il. A tout à l'heure. N'oublie pas de rebrancher l'alarme après mon départ.

Dès qu'il fut sorti, elle se leva du canapé, alla rebrancher l'alarme, puis se dirigea vers sa chambre où l'attendait son ordinateur allumé.

Au moment où Jack l'avait engagée, elle venait juste de s'atteler à la conception du site Web de son agence. Elle s'y replongea avec ardeur et ne vit pas les minutes passer. Une demi-heure plus tard environ, les garçons se réveillèrent de leur sieste.

Profitant de ce que Mick et David jouaient tranquillement dans le séjour, elle téléphona au journal local pour placer une petite annonce à l'intention de toute jeune femme intéressée par le travail de nourrice, puis les rejoignit au centre de la pièce où elle s'installa en tailleur.

Ils étaient lancés dans la construction d'un fort à l'aide de cartons et de boîtes lorsqu'elle entendit des coups frappés à la porte.

Elle se leva et jeta un coup d'œil par la fenêtre. Patrick se tenait sur le perron. Que faisait-il là ? Lorsqu'elle posa la main sur le bouton de la porte, la lumière du soleil fit briller l'alliance qui avait été celle de la mère de Jack.

— Patrick, fit-elle en l'accueillant avec un sourire crispé. Quelle surprise !

— Bonjour, Marisa. Je me suis dit que je pouvais te rendre une petite visite et voir si tout se passait bien pour toi.

Il hésita un moment, puis sourit à son tour.

— Je peux entrer ?

Elle tira à elle le battant et s'écarta pour lui céder le passage.

— Allons dans le séjour. Nous étions en train de construire un fort, les petits et moi.

Tout occupés à colorier les cartons dans des tons

marron et gris, Nick et David n'accordèrent qu'une attention distraite au nouveau venu.

— Tu me manques, Marisa, commença-t-il. Je t'ai accordé un peu de temps pour réfléchir, j'espérais que… peut-être tu changerais d'avis à mon sujet… Enfin, à notre sujet.

Marisa laissa échapper un long soupir silencieux. Elle devait annoncer à Patrick son mariage avec Jack, mais pour cela il lui fallait très vite décider de ce qu'elle allait exactement lui dire.

Sa fierté, ou peut-être la pudeur, lui interdisait de lui révéler la vérité, à savoir que Jack et elle avaient contracté un mariage blanc dans le seul intérêt des deux petits garçons qui barbouillaient à présent leur fort de violet et de rouge.

— Patrick, je suis désolée, mais je n'ai pas changé d'avis. En fait, aussi insensé que cela paraisse, je suis tombée amoureuse de Jack et il est tombé amoureux de moi. Nous nous sommes mariés la semaine dernière.

Pendant quelques secondes, Patrick parut estomaqué.

— Eh bien, voilà qui est du rapide, balbutia-t-il. Tu es sûre de ne pas avoir commis une erreur ?

— Absolument, répondit-elle sans hésitation. Je n'ai jamais été plus heureuse de ma vie.

A l'instant même où ces mots s'échappaient de sa bouche, elle sut que c'était vrai. Elle n'avait aucune idée du temps que durerait ce bonheur, mais elle avait l'intention de s'y agripper aussi longtemps qu'il existerait.

— Alors je suppose que je suis heureux pour toi, dit-il avec un sourire forcé.

Elle se détendit quelque peu.

— Merci.

— Bon, eh bien, il vaut mieux que je parte, j'imagine.

Alors qu'il se dirigeait vers la porte, il s'arrêta et se retourna.

— J'ai entendu dire que Jack avait conservé dans sa grange un tas de souvenirs de son groupe, Creation. Tu crois que je pourrais aller y jeter un coup d'œil ?

Marisa se rappela qu'il en avait été un grand fan.

— Je ne pense pas que ça pose problème, répondit-elle. Jack n'y verrait pas d'inconvénient… Les enfants, ça vous dit d'aller quelques minutes à la grange ?

Comme prévu, en un clin d'œil ils furent à ses côtés.

— Vous vous souvenez de Patrick ? leur demanda-t-elle.

Les garçons marmonnèrent un vague bonjour, tandis que Patrick haussait un sourcil.

— Mick et David ? Comme Mick Jagger et David Bowie ?

Marisa sourit.

— Tout à fait. Candace était semble-t-il une adoratrice de ces légendaires stars du rock. Allons-y.

Ils quittèrent tous les quatre la maison, les deux blondinets courant à droite et à gauche et sautillant à cloche-pied avec toute l'énergie de leur âge.

— Je me demande comment tu fais pour les supporter, grommela Patrick.

Il y avait dans son ton une exaspération retenue qui fit penser à Marisa, à tort ou à raison, qu'il n'avait guère d'atomes crochus avec les enfants.

Cela n'aurait rien auguré de bon dans un avenir avec lui, songea-t-elle. Car, d'une manière ou d'une autre, ces derniers auraient eu une place prépondérante dans sa vie.

Ni Sam ni Max n'étaient en vue lorsqu'ils atteignirent la grange. Sans doute se trouvaient-ils ailleurs sur le ranch. Elle se souvint que Jack lui avait dit qu'ils devaient réparer une section de clôture à environ trois kilomètres de la maison.

Le portail de la grange s'ouvrit en grinçant, et le petit groupe y entra. Patrick demeura bouche bée devant ce qu'elle contenait.

— Nom d'un chien ! J'avais bien entendu des rumeurs qui disaient qu'il avait aménagé ici un vrai musée, mais là…

Marisa ne put s'empêcher de sourire en le voyant évoluer dans le lieu. David se dirigea droit vers la batterie, et Mick eut tôt fait de retrouver les figurines avec lesquelles il avait joué lors de sa dernière visite.

Tandis que le cadet commençait à frapper sur une cymbale, Patrick grimaça.

— Tu ne peux pas lui dire d'arrêter ? demanda-t-il, une pointe d'irritation dans la voix.

Marisa le considéra d'un air surpris. Décidément, elle découvrait un aspect de sa personnalité qui n'avait rien de séduisant.

— David, viens ici, mon chéri.

Mais l'enfant l'ignora.

— Hé, j'ai une idée, dit Patrick.

Il alla chercher une chaise, la plaça devant lui et sourit à Marisa.

— Nous allons jouer aux gendarmes et aux voleurs, annonça-t-il en plongeant la main dans sa poche, pour en sortir un petit revolver. Assieds-toi, Marisa.

Toute légèreté avait disparu de sa voix. Marisa le dévisagea.

— Mais qu'est-ce que tu fais, Patrick ? Que se passe-t-il ?

Son cœur battait la chamade dans sa poitrine.

— J'ai dit assieds-toi, répliqua-t-il d'un ton sec. Tu ne veux certainement pas me mettre en colère et traumatiser les gosses.

Elle se laissa tomber sur la chaise, presque hypnotisée par l'arme dans sa main.

— C'est à cause de ma décision de rompre ? demanda-t-elle.

— Ne sois pas idiote ! s'exclama-t-il en sortant un rouleau de corde de sa poche. Les garçons, on va faire un jeu, OK ? On va ligoter Marisa.

Il approcha son visage de son oreille.

— Si tu ne coopères pas, je les tue tous les deux.

Associé au timbre menaçant de sa voix, l'éclat dur qui brillait dans ses yeux la convainquit qu'il était sérieux. Son sang se glaça dans ses veines.

— Patrick, s'il te plaît. Jack va rentrer d'un moment à l'autre. Je ne comprends pas. Pourquoi fais-tu cela ?

Tandis qu'il commençait à lui entraver les poignets par-derrière, les enfants s'approchèrent et le regardèrent l'attacher sur la chaise.

— Jack n'est pas près de rentrer, dit-il. Mon associé veille à ce qu'il ne revienne au ranch que lorsqu'il sera trop tard.

Il n'ajouta plus rien, jusqu'à ce que les poignets et les chevilles de Marisa fussent solidement arrimés aux montants de la chaise. Puis il s'écarta d'elle.

Elle tira sur ses mains pour les libérer, mais la corde était vraiment très serrée.

— Patrick, pourquoi fais-tu cela ?

Elle s'efforçait de garder une voix aussi calme que possible afin d'éviter d'effrayer Mick et David, qui observaient la scène sans comprendre, les yeux écarquillés.

Se redressant de toute sa hauteur, il la toisa d'un air hautain.

— Mon nom n'est pas Patrick. Au cours des années, j'ai eu plusieurs identités différentes, mais mon véritable nom est Paz Marquez. C'est mon père qui a trouvé le diamant, les « Larmes du Quetzal ». Il aurait dû lui appartenir. Le problème, c'est que Joseph Rothchild, le père d'Harold, a eu vent de sa découverte.

Le beau visage de Paz était à présent tordu en un masque de haine, une haine si intense que Marisa en eut presque le souffle coupé.

— Joseph Rothchild a tué mon père. Il l'a enterré vivant dans une galerie après lui avoir subtilisé le diamant. Je l'avais récupéré sur Candace le soir où je l'ai assassinée. Malheureusement, il m'a ensuite filé entre les doigts. Depuis lors, je me suis juré de faire payer les Rothchild.

Marisa déglutit avec peine. Il avait déjà tué. Il était le meurtrier de Candace. Et il était désormais clair que c'était lui l'auteur de toutes ces mystérieuses exactions commises à l'encontre de sa famille, et qui avaient défrayé la chronique dans les médias. Sa gorge se serra et la chair de poule la gagna tandis qu'elle prenait la mesure du danger dans lequel ils étaient tous les trois plongés, les enfants et elle.

— J'ai fini par le récupérer, reprit-il en arborant un sourire cruel. Il est revenu à son légitime propriétaire.

— Patrick, protesta-t-elle, sentant la terreur la gagner, je n'ai rien à voir avec cette histoire. Laisse-nous partir.

— Les gosses ont *tout* à voir avec cette histoire, rétorqua-t-il d'une voix qui vibrait littéralement de rage. N'est-ce pas, Mick ? N'est-ce pas, David ?

Il leur adressa un sourire qui se voulait amical, mais qui n'était en fait qu'une sinistre grimace.

— Je suis sûr qu'ils valent au bas mot un million de dollars chacun. Leur grand-père est tout à fait en mesure de payer cette somme. C'est le moins qu'il puisse faire, compte tenu de sa dette envers moi.

Une onde de panique traversa Marisa.

— Patrick, tu as la bague des Rothchild. Ce n'est pas suffisant ? Tu as ce diamant dont tu affirmes qu'il appartenait à ton père.

— Non, ce n'est pas suffisant.

Ses poings se serrèrent sur ses cuisses.

— Je veux le sang des Rothchild. Je veux leurs larmes. Je veux qu'ils connaissent le genre de souffrance que j'ai endurée par leur faute.

Un sanglot s'étrangla dans la gorge de Marisa. Elle tenta de nouveau de se détacher les mains. Il fallait qu'elle fasse quelque chose. Elle devait sauver les garçons.

Le seul choix dont elle disposait était de hurler en espérant que Max ou Sam l'entende. Ce qu'elle fit. Le cri jaillit du plus profond de son âme.

Elle ne le vit pas venir, mais sentit le coup violent qui percuta le côté de sa tête… Puis ce fut le néant.

La douleur — d'atroces élancements dans le crâne qui lui donnaient la nausée — la ramena à la conscience. Elle rouvrit les yeux, et se rendit compte que deux choses avaient changé.

Elle était bâillonnée avec de la bande adhésive, et les enfants n'étaient plus là.

Seigneur, où étaient Mick et David ? Rassemblant ce

qui lui restait d'énergie, elle tira de toutes ses forces sur la corde qui l'immobilisait sur sa chaise.

— Ah, je vois qu'on est revenu à soi.

Patrick se tenait devant elle, un bidon métallique rouge à la main.

Elle se débattit avec frénésie pour se libérer, submergée par la terreur, hurlant sous l'adhésif qui lui scellait les lèvres. Un gémissement étouffé lui échappa tandis que la chaise tombait de côté pour heurter durement le sol. Sa joue s'écrasa contre la surface de terre battue et des larmes lui brouillèrent la vue.

— Ce fut un plaisir de te connaître, Marisa, dit Patrick quelque part derrière elle. Ces deux petits garçons sont mon ticket pour la fortune. Toi, tu n'as aucune valeur, ma pauvre fille. J'espère cependant que ta mort fera verser une larme ou deux à Jack et à Harold.

C'est à ce moment qu'elle comprit que ce n'était pas l'argent qui le motivait, mais un désir forcené de vengeance. Elle entendit des bruits d'éclaboussements et sentit aussitôt les effluves d'essence lui monter aux narines. Le feu ! Il avait l'intention de la faire brûler vive.

L'odeur écœurante s'accentua au fur et à mesure qu'il versait le carburant un peu partout dans la grange.

Avec une énergie désespérée, Marisa tira de toutes ses forces sur ses liens pour se détacher, mais sa tentative resta vaine. Ses poignets et chevilles étaient à vif, et les émanations d'essence devenaient suffocantes.

« Mick ! David ! » hurla son cœur. Elle en oublia presque sa peur pour elle-même tandis que son esprit se concentrait sur les deux petits garçons qu'elle en était venue à aimer de toute son âme.

« Jack, où es-tu ? Viens sauver tes bébés ! Viens me sauver ! »

— Je crois que le moment des adieux est venu, dit Patrick dans son dos.

Elle entendit le frottement d'une allumette, suivi d'un puissant « wooof ! ». Le portail de la grange se referma en claquant, la laissant seule avec les flammes, qui en quelques secondes s'élevaient déjà dans des craquements sinistres.

De la fumée tourbillonna autour d'elle, l'aveuglant et l'empêchant de respirer. Elle toussa et s'étrangla sous son bâillon, et bientôt ses poumons lui parurent sur le point d'exploser.

Des ombres noires se refermèrent sur elle, occultant sa vision tandis qu'elle sombrait peu à peu dans l'inconscience.

Sa dernière pensée lucide fut qu'elle s'en voulait amèrement d'avoir amené un monstre à la porte de chez Jack.

# 11

Il avait fallu une semaine à Rita pour apprendre que Patrick Moore, l'homme avec qui sortait Marisa, n'existait pas.

Elle avait commencé à nourrir des soupçons à son sujet lorsqu'elle s'était rendu compte que la dernière fois qu'elle avait vu la bague, c'était juste avant la soirée où Marisa et lui étaient venus dîner chez elle.

Rita savait que sa nièce ne serait jamais entrée dans son bureau, et en aucun cas n'aurait pris quelque chose qui ne lui appartenait pas. Mais elle se rappelait distinctement que Patrick les avait quittées toutes les deux pendant qu'elles faisaient la vaisselle, pour se rendre aux toilettes, avait-il dit. Son instinct lui soufflait qu'il avait très bien pu mettre à profit ce temps pour lui voler la bague.

Cela étant, elle avait toujours le plus grand mal à comprendre comment il avait pu savoir où trouver le bijou, et comment il était parvenu à l'extraire du coffre de sûreté où elle rangeait son arme. C'était à l'évidence l'œuvre d'un professionnel…

La veille, elle avait téléphoné au cabinet d'expertise comptable où Patrick était censé travailler, et avait ainsi découvert qu'il avait abandonné son poste quelque deux semaines plus tôt. Après s'être fait communiquer son adresse, elle s'y était rendue tard dans la soirée, pour tomber sur un terrain en friche de la périphérie de la ville.

Elle était restée plantée là une bonne minute, saisie d'une peur nouvelle. Qui était Patrick Moore ? Et pourquoi avait-il une fausse adresse ? Ce genre de pratique était généralement le fait de criminels.

Quelques minutes plus tôt, Rita avait essayé d'appeler Marisa au ranch Cortland, afin de voir si celle-ci pouvait lui fournir une quelconque information susceptible de la mettre sur la piste de l'identité réelle de l'individu. Personne n'avait décroché.

Elle devait à tout prix récupérer cette bague. Sa carrière même était en jeu. Mais par-dessus tout, elle devait avertir Marisa que Patrick Moore n'était pas l'homme merveilleux qu'elles avaient cru toutes les deux.

Elle avait la très déplaisante intuition que quelque chose de grave était sur le point de se produire. Décrochant son téléphone, elle réitéra sa tentative de contacter le ranch. Cette fois, elle voulait juste s'assurer que tout allait bien pour Marisa.

Elle poussa un soupir contrarié en constatant qu'on ne décrochait toujours pas. Attrapant ses clés, elle se dirigea d'un pas décidé vers la porte de son appartement, incapable de rester là à se ronger les sangs.

Elle allait commencer par le cabinet d'expertise comptable et interroger les anciens associés de Patrick. Peut-être détenaient-ils sans le savoir des informations pouvant éclairer sa lanterne sur le personnage et sur l'endroit où il habitait.

— Il faut vraiment que j'y aille, dit Jack pour la troisième fois en quinze minutes.

Il se trouvait déjà chez Kent depuis plus d'une heure et demie. Ce qui avait commencé comme un raccommodage après une brouille entre amis s'était transformé en remémoration des bons moments du passé.

— Hé, tu te souviens quand nous avons joué au Riverside et que le proprio du bar nous a payés en bières ? demanda Kent, à l'évidence peu désireux de mettre fin à leur conversation.

Jack se leva de son fauteuil dans le minuscule séjour de son ami.

— Oui, je me souviens. Nous étions tous au-dessous de l'âge légal, et nous sommes restés près de deux jours ronds comme des queues de pelle. Bon, tu sais, Kent, je dois vraiment partir. Il faut que je rentre à la maison pour les enfants.

Kent consulta sa montre, puis se leva à son tour.

— O.K., s'il s'agit d'un cas de force majeure...

— C'en est un, répondit Jack.

— En tout cas, vieux, merci d'être passé, dit Kent tandis que les deux hommes sortaient sur le perron. J'avoue que notre dispute m'était restée en travers de la gorge. J'aurais aimé pouvoir te dire qui a tuyauté Harold sur ce qui se passe chez toi, mais tu devrais savoir que jamais je ne chercherais à te nuire.

Il lui tendit la main, et Jack la serra avec fermeté.

Quelques minutes plus tard, cependant, en roulant vers le ranch, il n'était toujours pas convaincu à cent pour cent de pouvoir lui faire confiance. Certes, Kent avait clamé son innocence avec les mots qu'il fallait et la conviction qu'il fallait. Mais comment être sûr qu'il ne simulait pas ?

En tout état de cause, tant qu'il ne connaîtrait pas

le nom de l'informateur de son ex-beau-père, la seule solution qui leur restait, à Marisa et à lui, c'était de veiller au grain et de faire en sorte que rien n'arrive.

Ses pensées le ramenèrent à Marisa et à leur nuit d'amour. Ç'avait été incroyable. Ils s'étaient adaptés l'un à l'autre aussi naturellement que s'ils étaient voués depuis toujours à être ensemble. Même à présent, le simple fait d'y penser l'émouvait.

Elle avait transformé sa vie, et il lui serait à jamais reconnaissant pour tout ce qu'elle avait accompli.

Mais le sentiment qui l'envahissait en songeant à elle n'avait que peu à voir avec la gratitude. S'agissait-il de tendresse ? D'amour ? Toujours est-il qu'il ne pouvait plus se passer de ce sourire divin qui éclairait son visage et faisait briller le marron velouté de ses yeux, qu'il adorait ce rire clair et limpide qui réchauffait un endroit, au fond de lui, demeuré froid depuis trop longtemps.

Malgré tout cela, il n'était pas convaincu qu'elle était dans sa vie pour le long terme. Pour preuve, elle ne manifestait aucune intention de se défaire de sa maison. Elle assurait ses arrières, se ménageait une retraite facile et rapide pour le cas où les choses se détérioreraient entre eux.

Drôle comme l'idée qu'elle ne soit plus sous son toit ni dans sa vie lui serrait la gorge…

Il était si heureux de ce qu'elle avait accompli avec ses enfants, et plus encore de ce qu'elle avait fait pour lui : elle l'avait aidé à croire qu'il pouvait devenir le genre d'homme qu'il souhaitait être. Elle lui avait donné confiance non seulement dans sa mission de père, mais — et c'était là le plus remarquable — dans l'être qu'il était au fond de lui.

Au moment de s'engager dans le chemin qui conduisait au ranch, il aperçut de la fumée. De grosses volutes grises qui s'élevaient vers le ciel.

Son cœur s'arrêta de battre quand il comprit que c'était sa grange qui était en feu. Il écrasa la pédale d'accélérateur et, une fois devant la construction en flammes, freina brutalement dans un crissement de pneus.

Sam et Max étaient déjà là, s'activant avec des tuyaux d'arrosage dans une dérisoire tentative pour stopper le sinistre.

— Appelez les pompiers ! cria Jack en bondissant hors de sa voiture.

— C'est fait ! lui lança Max par-dessus le ronflement lugubre de l'incendie.

Jack se fichait comme d'une guigne du matériel et de tout ce que contenait la grange. Ce n'était que des reliques du passé, des choses qui ne comptaient plus véritablement pour lui. Mais Mick aimait beaucoup jouer avec ces ridicules figurines et David adorait taper sur les cymbales, aussi décida-t-il de tenter le tout pour le tout et d'essayer de sauver au moins ça.

Arrachant le tuyau des mains de Sam, il s'aspergea de la tête aux pieds, puis lui rendit le tuyau et fonça entre les vantaux ouverts du portail.

La visibilité était très réduite, et la fumée lui agressait les poumons tandis qu'il courait vers le coffre où étaient rangées les figurines. C'est alors qu'il la vit. Marisa. Ligotée sur une chaise renversée, et aussi inerte qu'un cadavre.

Un cri d'horreur lui échappa, et il se rua vers elle. Un million de pensées se télescopèrent dans sa tête. Que faisait-elle là ? Qui l'avait attachée à cette chaise ?

Au-dessus de lui l'incendie faisait rage, et les craquements sinistres du bois lui firent prendre conscience que la toiture risquait à tout moment de s'effondrer.

Plutôt que de perdre du temps à tenter de dénouer ses liens, en une fraction de seconde il prit la décision d'empoigner la chaise par ses montants et de la tirer vers le portail avec Marisa ficelée dessus.

« Ne sois pas morte. S'il te plaît, ne sois pas morte. » La prière se répéta dans sa tête comme un mantra tandis qu'il luttait pour la sortir de la grange.

Il faillit sangloter de soulagement lorsqu'ils retrouvèrent l'air frais de l'extérieur et qu'elle rouvrit les yeux. Elle se mit aussitôt à tousser, suffoquant sous l'adhésif qui lui scellait les lèvres.

Il arracha son bâillon, puis se redressa et se tourna vers la grange. Les enfants. Oh, Seigneur. S'y trouvaient-ils aussi ? Une fois encore, il eut l'impression que son cœur s'arrêtait de battre.

— Marisa, les enfants sont dans la grange ? demanda-t-il d'une voix pleine d'angoisse, le cœur martelant si fort sa cage thoracique qu'il craignit de ne pas entendre sa réponse.

Il poussa un énorme « ouf ! » de soulagement en la voyant secouer violemment la tête. Mais ce soulagement retomba lorsqu'elle crispa la main sur son bras et annonça :

— Ils sont partis, Jack. Il les a emmenés…

Elle s'interrompit, saisie d'une nouvelle quinte de toux.

De loin leur parvint le son de sirènes. Les pompiers arrivaient. Jack se pencha sur Marisa, la poitrine si oppressée qu'il ne parvenait qu'avec difficulté à respirer.

— Qui ? Qui a emmené les enfants, Marisa ?

Les larmes dégoulinaient sur ses joues maculées de suie.

— Patrick. Oh, mon Dieu, Jack. Il les a enlevés. Je suis tellement désolée.

Puis elle éclata en sanglots.

Au moment où les véhicules des pompiers s'arrêtaient devant la grange, le portable de Jack se mit à vibrer dans sa poche de poitrine.

Il se releva, et tout en se dirigeant vers sa voiture, le sortit et consulta l'écran. Numéro inconnu.

— Cortland, dit-il en se glissant derrière le volant, avant de claquer sa portière.

Les sirènes venaient fort à propos de s'arrêter.

— Je détiens vos deux fils. Si vous contactez la police, je les tue. Si vous avertissez une quelconque autorité, je les tue. Vous comprenez ?

La voix de Patrick était grave et glaciale.

Jack contint sa rage, sachant que la vie de ses fils était en jeu.

— Je comprends. Que voulez-vous ?

— Deux millions de dollars.

Jack eut un ricanement dur.

— Rien que ça ? Je n'ai pas une telle somme. Vous avez oublié ? Je suis un has-been qui a claqué tout son fric en drogue et en alcool.

— Vous ne l'avez peut-être pas, mais vous pouvez l'obtenir, rétorqua Patrick.

— Ah bon. Et de quelle manière ?

— Harold Rothchild sera heureux de payer pour la restitution de ses petits-enfants. Vous avez jusqu'à ce soir 21 heures pour rassembler l'argent. Je vous rappellerai.

Puis il raccrocha.

Jack rangea son portable dans sa poche puis serra avec une telle force les mains sur le volant que ses jointures blanchirent. Au-dehors de la voiture, le chaos régnait. Les pompiers étaient en train de perdre la bataille contre l'incendie, et Marisa était assise à même le sol, le nez et la bouche couverts par un masque à oxygène.

Mais pour dramatique qu'elle fût, la scène qu'il avait sous les yeux n'était rien comparée à l'orage qui sévissait sous son crâne. Mick et David étaient en danger de mort, et les larmes lui brûlaient les yeux à la pensée de ses deux précieux enfants entre les mains d'un forcené.

Sa première impulsion fut d'appeler la police, mais les menaces proférées par Patrick résonnaient encore dans sa tête, et il n'osait imaginer les conséquences d'une telle action. Il y avait quelque chose dans sa voix qui ne laissait aucun doute sur le fait qu'il n'aurait aucun scrupule à s'en prendre aux gosses.

Quittant la voiture, il s'empressa de rejoindre Marisa. A son approche, celle-ci ôta son masque à oxygène et fondit en larmes.

Il la releva et l'étreignit longuement, imaginant sans mal la torture qu'elle endurait.

— Je suis tellement désolée, tellement désolée, bredouilla-t-elle contre son épaule, les joues inondées. Je n'ai pas pu l'arrêter. Il a dit qu'il voulait voir les objets datant du succès de ton groupe. Je n'aurais jamais pensé... Jamais... Il a sorti une arme, je ne pouvais rien faire...

— Chut, tout va bien, murmura Jack en lui massant le dos d'une main réconfortante. Maintenant il faut que tu te ressaisisses, Marisa. Tu vas me dire exactement ce qui s'est passé ainsi que ce qu'il t'a dit, mot pour mot.

Peut-être Patrick avait-il sans le savoir lâché un indice permettant de connaître l'endroit où il gardait les enfants.

Marisa leva la tête et le regarda, une expression douloureuse dans les yeux.

— Il a tué Candace, Jack. Il m'a dit que c'était lui qui l'avait tuée.

A ces mots, le sang de Jack ne fit qu'un tour dans ses veines.

— Va dans ma voiture, ordonna-t-il. J'arrive tout de suite.

Pendant qu'elle s'y dirigeait, il alla s'entretenir avec le chef des pompiers. Le feu brûlait toujours, et il était clair que la grange était irrémédiablement détruite.

Jack informa l'officier qu'il devait partir, mais qu'il contacterait les autorités le lendemain. Puis il tourna les talons et se hâta vers sa voiture, où l'attendait Marisa.

Dès qu'il eut démarré, celle-ci entreprit de tout lui relater depuis le moment où Patrick s'était présenté à la porte de la maison. Lorsqu'il elle lui eut rapporté les paroles précises que son ex-petit ami avait prononcées, Jack ne fut plus qu'un bloc de glace.

— Où habite-t-il ?

— Je l'ignore. C'était toujours lui qui venait chez moi.

Elle croisa les bras et les pressa sur son ventre comme si elle était physiquement malade.

— Tu vas appeler la police ?

— Patrick vient de me téléphoner sur mon portable. Il m'a dit qu'il avait les enfants et qu'il les tuerait si je prenais contact avec la police ou qui que ce soit.

Ses mains se crispèrent sur le volant comme s'il voulait le broyer.

— Et je le crois. Je vais devoir me débrouiller seul, sans l'intervention des autorités.

— J'allais oublier : il a précisé qu'il avait un associé.

Celui-ci était chargé de veiller à ce que tu rentres le plus tard possible à la maison. Ça ne peut être que Kent.

Le brasier qui s'alluma dans les entrailles de Jack était plus brûlant que celui qui avait ravagé sa grange, tandis qu'il revoyait Kent faisant tout pour le retenir chaque fois qu'il manifestait son désir de rentrer au ranch.

S'il voulait récupérer ses fils, alors Kent était *la* personne à passer sur le gril. Il fonça sur l'autoroute en direction de la maison de ce dernier, empli d'une fureur qui enflait à chaque instant.

Si quoi que ce soit arrivait à ses enfants et que Kent était impliqué à un niveau ou à un autre, il le tuerait. C'était aussi simple que cela.

Il s'arrêta devant la fermette de ce dernier, descendit de la voiture et remonta l'allée qui menait à la petite bâtisse, Marisa sur ses talons.

La brûlure dans son ventre devenait insupportable. Lorsque Kent ouvrit la porte, Jack lui expédia de toutes ses forces son poing dans figure. Kent tomba en arrière et le sang se mit à couler de son nez éclaté.

— Bon sang, mais qu'est-ce qui te... ?

Se relevant tant bien que mal, il recula tandis que Jack marchait de nouveau sur lui.

— Où sont mes fils ? rugit celui-ci.

Il l'aurait frappé de nouveau si Marisa ne l'en avait pas empêché en le retenant d'une main ferme par le bras.

— Mais de quoi me parles-tu ? beugla Kent en fouillant dans sa poche arrière pour en sortir un mouchoir en papier.

Il pressa celui-ci contre son nez et tenta de prendre un air belliqueux, mais Jack sentait la peur exsuder de lui.

— Patrick m'a dit que vous étiez son associé en me

ligotant sur une chaise dans la grange, avant d'y mettre le feu, déclara Marisa, les doigts plantés dans le bras de Jack. Il a tué Candace, Kent. Et il a voulu me tuer aussi. Votre associé est un assassin.

Les yeux de Kent s'écarquillèrent, et un bruit étranglé jaillit de sa gorge.

— Il ne devait y avoir aucune violence, protesta-t-il. Il avait promis qu'il n'arriverait rien à personne.

— Qu'as-tu fait, Kent ? demanda Jack dans un murmure, la voix brisée.

— Ça devait se passer en douceur, répondit Kent. On enlevait les gosses, on touchait la rançon, ensuite je mettais les voiles et me la coulais douce pour le restant dc mes jours.

— Pourquoi m'as-tu fait ça ? grogna Jack. Moi qui te considérais comme mon meilleur ami.

Kent recula d'un pas, et ce qui ressemblait à de la colère rentrée assombrit son regard.

— Parce que tu m'as laissé en rade. Tout au long de notre enfance et de notre adolescence, nous ne parlions que d'aller à Los Angeles, de monter notre groupe. Puis tu as pris ton envol et après cela tu n'as plus jamais pensé à moi. Tu as tout gagné, pendant que moi je me morfondais ici.

Jack le considéra avec stupéfaction. Il s'agissait d'une question de jalousic ?

— Je n'ai pas de temps pour ça. Où a-t-il emmené mes enfants ?

— Aucune idée. Il était censé me passer un coup de fil quand il les aurait, mais ce coup de fil, je l'attends toujours.

Avec précaution, il ôta le mouchoir imbibé de sang de son nez.

Jack mourait d'envie de le gratifier d'un nouveau direct du droit. Au lieu de cela, il pivota sur ses talons, saisit la main de Marisa et regagna à grands pas la voiture.

— Que fait-on maintenant ? demanda-t-elle tandis qu'il sortait son portable de sa poche.

— J'appelle Harold. Je n'ai pas d'autre choix que de lui demander les deux millions de dollars de la rançon.

— Mais quand ce sera terminé, il se servira de ça pour t'arracher les enfants, objecta-t-elle dans un murmure angoissé.

— Probablement. Mais c'est un risque que je dois prendre.

Une angoisse terrible le submergea, si intense que les larmes lui montèrent aux yeux, lui brouillant la vue.

Il composa le numéro de son ex-beau-père puis, quand ce dernier eut décroché, lui expliqua ce qui s'était passé et ce qu'il attendait de lui.

Après quoi il se tourna vers Marisa, en proie à un sentiment d'égarement qu'il n'avait jamais connu jusqu'à ce jour. C'était comme s'il souffrait déjà d'une perte trop énorme pour en mesurer toute l'étendue.

Marisa devait avoir perçu dans ses yeux la dimension de son désespoir, car elle posa une main sur son épaule et déclara d'une voix douce :

— Ne baisse pas les bras, Jack. Mick et David ont besoin que tu restes fort. C'est l'argent qui intéresse Patrick. Une fois qu'il aura ce qu'il veut, il les relâchera.

— J'espère que tu as raison, dit-il.

Il démarra la voiture et s'éloigna de la fermette de Kent. Dès qu'il aurait récupéré Mick et David sains et saufs, il veillerait à ce que son ancien ami passe le reste de sa misérable existence derrière les barreaux. Pour le moment, la seule chose qui importait était le sort de ses enfants.

S'il leur arrivait quoi que ce soit, alors il n'y aurait aucun endroit sur terre où Kent ou Patrick pourraient se cacher. Il n'aurait d'autre but que de les retrouver et de les détruire.

Grand, mince, l'allure aristocratique, Harold Rothchild était un bel homme. Ses cheveux d'un blanc de neige offraient un contraste marqué avec le costume noir qu'il portait avec une élégance décontractée.

Il était arrivé chez Jack quelques moments plus tôt avec deux grandes valises, et n'avait montré aucune émotion quand celui-ci lui avait présenté Marisa comme étant son épouse.

Pendant le laps de temps où ils l'avaient attendu, Marisa avait pris une douche rapide pour éliminer les traces de suie et de cendre dont elle était couverte. Debout sous le jet d'eau chaude, elle s'était laissée aller et avait versé des larmes de peur pour Mick et David, mais également pour Jack.

A l'arrivée d'Harold, Jack avait passé une dizaine de minutes à lui relater ce qui s'était passé durant les deux heures précédentes. Le vieil homme n'avait rien dit, mais son regard bleu perçant n'avait jamais quitté le visage de son interlocuteur.

Ils étaient tous les trois assis à la table de la salle à manger, le portable de Jack posé devant lui comme s'il attendait un autre coup de fil de Patrick.

— Patrick Moore, prononça lentement Harold, les

sourcils froncés. Il est un homme mort et il ne le sait même pas encore.

Avec la bousculade d'événements depuis que Jack l'avait sauvée de la grange en feu, Marisa se rendit compte qu'elle avait omis de parler des révélations de Patrick sur son identité.

— Il ne s'appelle pas Patrick Moore, dit-elle.

Les deux hommes se tournèrent de concert vers elle.

— Je viens juste de me le rappeler. Il m'a dit que son nom était Paz… Paz Martin, ou Martinez.

— Paz Marquez, rectifia Harold d'un ton plat, l'œil rivé sur elle.

— Oui, c'est ça, agréa-t-elle. Il m'a parlé d'un diamant, et du fait que son père avait été assassiné.

Harold se carra contre son dossier, le teint soudain couleur de cendre.

— Ce n'est pas une question d'argent. Il s'agit de vengeance. Il s'agit de ce maudit diamant.

Levant la main, il se massa le front comme sous le coup d'une migraine subite.

— De quoi parlez-vous ? demanda Jack. Qui est Paz Marquez ?

— Antonio Marquez, le père de Paz, est le mineur qui a trouvé le diamant que nous connaissons aujourd'hui sous le nom de « Larmes du Quetzal ».

Les joues d'Harold regagnèrent un peu de leur couleur.

— Il ne l'a pas remis à mon père ainsi qu'il était censé le faire, mais l'a gardé par-devers lui et a quitté son poste. Mais mon père l'a découvert, et un soir, tombant sur Antonio dans la mine, il l'a sévèrement corrigé, lui a repris le diamant et… l'a enterré vivant.

Harold baissa la tête, avec sur le visage l'expression d'un homme portant le poids du monde sur ses épaules.

— Je n'étais encore qu'un gosse, mais j'étais là et j'ai tout vu. Je n'en ai jamais parlé à personne et, à présent, il semble que je doive payer pour mon silence.

Il ajusta le nœud de sa cravate argent et noir, comme si ce geste anodin pouvait lui apporter un quelconque réconfort. Marisa nota que ses mains tremblaient légèrement.

— J'ai essayé de réparer cet acte, reprit-il. Dès que j'ai été en âge de le faire, tous les mois j'ai envoyé de l'argent à la mère de Paz, Juanita. Par la faute de mon père, elle s'était retrouvée veuve avec trois enfants à charge. J'ai arrangé les choses pour qu'elle puisse se rendre en Arizona et commencer une nouvelle vie. Je croyais que ce serait suffisant.

— Apparemment, ce ne l'était pas, observa Jack.

Harold lui adressa un sourire crispé.

— J'ai toujours pensé que c'était vous qui commettriez une action stupide qui mettrait mes petits-enfants en danger. Pas un instant je n'aurais imaginé que leur vie pût être menacée à cause de moi.

— Ça n'a plus d'importance à présent, répliqua Jack. Ce qui en a, par contre, c'est que vous et moi travaillions la main dans la main pour ramener les enfants à la maison.

Marisa détourna la tête et regarda par la fenêtre. Le matériel d'incendie avait été dégagé, et il ne restait plus de la grange qu'un amas de débris calcinés. Le crépuscule enveloppait le paysage de son ombre. Une sourde terreur l'envahit à l'arrivée imminente de la nuit.

Où était David ? Où était Mick ? Avaient-ils peur ? Pleuraient-ils ? L'appelaient-ils ?

Son besoin de les avoir de nouveau dans ses bras était tel que son cœur lui faisait mal. Pendant la brève période où elle avait partagé leur existence, ils avaient pris une place si importante dans sa vie qu'il lui semblait les avoir elle-même mis au monde.

Mais ce n'était pas seulement la pensée des enfants qui lui étreignait le cœur. Alors qu'elle reportait son attention sur Jack de l'autre côté de la table, la douleur qu'elle lut sur ses traits lui donna envie de pleurer.

On aurait dit un homme qui avait pris un coup de couteau dans le ventre. Son teint était d'une pâleur malsaine, son regard enfiévré par l'angoisse.

La soirée s'étira au rythme torturant du tic-tac de l'horloge. Chaque minute semblait une éternité tandis qu'ils attendaient le coup de téléphone de Patrick.

Marisa prépara des sandwichs que personne ne mangea, et du café qui fut ingurgité avec un empressement nerveux par chacun. Tous les esprits étaient tendus vers cet appel qui, elle l'espérait, signerait le retour des enfants à la maison.

La maison… C'est ainsi qu'elle avait commencé à considérer cet endroit où elle vivait avec Jack et les garçons. Depuis leur mariage éclair, elle était plus heureuse qu'elle ne l'avait jamais été de sa vie.

Elle avait beau ne pas vouloir se bercer d'illusions quant à un avenir potentiel avec eux, elle rêvait de carnavals scolaires et de parties de base-ball, de sorties en famille, de barbecues et de fous rires. Chaque fois qu'elle fantasmait ainsi, Jack et elle étaient des parents fiers de leurs deux petits garçons, qu'ils aimaient de tout leur cœur autant qu'ils s'aimaient l'un l'autre.

Mais ce n'était que des fantasmes. Quoi qu'il se passe ce soir, elle en avait la certitude, ce serait la fin de son rêve.

Même si Mick et David étaient rendus sains et saufs, elle avait le sentiment qu'Harold ne perdrait pas de temps à en contester la tutelle à Jack, et dans l'état d'esprit actuel de celui-ci, elle n'était pas sûre qu'il aurait assez d'énergie pour se battre.

Le nœud qui lui comprimait la poitrine à l'idée de leur faire ses adieux était aussi douloureux que ses efforts pour respirer lorsqu'elle était au milieu des flammes.

Ce n'était pas seulement les enfants qui lui manqueraient. C'était aussi Jack. Dès les cinq premières minutes de leur rencontre, elle avait su qu'il était le type d'homme qui pouvait emporter son cœur. Elle avait eu beau tenter de garder ses distances, rien n'y avait fait. Il s'était insinué dans sa chair et dans son sang, et lorsque le moment serait venu de partir, elle laisserait à jamais un morceau d'elle-même avec lui.

Elle venait de se lever pour les resservir en café lorsque le portable de Jack sonna. Pendant quelques secondes, ce fut comme si chacun avait été frappé de paralysie.

Les battements de son cœur cognaient si fort dans sa tête qu'elle se demanda si elle n'avait pas rêvé. Ce n'est qu'en voyant la main de Jack fondre sur l'appareil qu'elle sut qu'il avait bien sonné.

— Cortland, annonça-t-il d'une voix sèche.

La tension dans la pièce était d'une densité telle que l'estomac de Marisa se crispa. Elle avait longtemps versé des larmes amères sur un bébé qu'elle n'avait jamais pu bercer, un bébé qui n'avait jamais respiré l'air de la vie. Elle ne pouvait imaginer de pleurer de nouveau sur Mick et David. L'idée même lui était insupportable.

— J'ai l'argent, dit Jack. Je veux parler à mes enfants.

Il se leva de table d'un mouvement si brusque qu'il renversa sa chaise derrière lui.

— Passez-moi Mick, nom de Dieu, que je puisse lui parler !

Presque aussitôt, son masque de fureur tomba pour être remplacé par quelque chose de beaucoup plus doux.

— Hé, Mick. Ça va, fiston ? Ne t'inquiète pas, papa va venir vous chercher, O.K. ?

Dans l'instant qui suivit, Marisa vit l'horrible masque se remettre en place.

— Dites-moi juste à quel endroit et je viendrai avec l'argent, dit Jack. Oui… oui… très bien. J'ai compris.

Ses yeux se réduisirent à des fentes menaçantes.

— Ecoutez-moi bien, Patrick, si vous touchez à un seul cheveu de mes gosses, je vous tue.

Puis il raccrocha.

— Alors ? s'enquit Harold, les traits aussi déformés par la rage que ceux de Jack.

— 11 heures ce soir derrière l'ancien casino King's Inn, dans le centre-ville, répondit-il.

— Ne devrions-nous pas aller trouver la police ? demanda Marisa, redoutant que les choses ne virent au drame.

Elle savait où se situait le King's Inn. Avant sa fermeture, trois mois plus tôt, l'établissement était une sorte de bouge fréquenté surtout par les autochtones, et qui offrait quelques machines à sous et tables de jeux.

— Non, pas de police, dit Harold.

— Il a raison, agréa Jack. Pas de police.

— Que fait-on pour Kent ? demanda-t-elle. Il devrait

être arrêté pour complicité, non ? Pour ce que nous en savons, il a peut-être déjà quitté la ville à l'heure qu'il est.

— Nous le rattraperons, répliqua Harold. Ce type n'est qu'un imbécile prêt à vendre un ami pour un pack de bière…

Il se tourna vers Jack.

— Je suppose que vous savez que c'était lui qui me tenait informé de la manière dont les choses se passaient entre vous et mes petits-enfants.

— Oui. C'est un sacré choc de découvrir un beau jour que l'on a accordé sa confiance à la mauvaise personne.

Se tournant vers Marisa, il plongea son regard dans le sien et ajouta, avec un sourire :

— Et tout autant de découvrir le contraire.

Plutôt que de la réconforter, son sourire fit courir un doigt glacé le long de l'échine de Marisa. S'il arrivait quoi que ce soit à Mick et David, elle en aurait le cœur brisé. Et au fond d'elle-même, elle savait que l'homme qu'elle aimait en serait complètement anéanti.

# 12

Jack roula au pas en descendant la rue où se trouvait l'ancien casino King's Inn. Le secteur du centre-ville que la plupart des gens visitaient était le Freemont Street Experience — cinq vastes îlots de casinos et de restaurants sous une immense canopée d'enseignes et d'écrans lumineux destinés à attirer le chaland.

Il existait à Las Vegas un autre centre-ville, moins rutilant, où de petits établissements miteux abritaient un monde interlope et désenchanté, où les junkies traînaient dans l'ombre, où souteneurs et prostitués hélaient les automobilistes, et où pickpockets et agresseurs de tout poil épiaient le touriste imprudent.

C'était dans cette zone que pénétrait Jack.

Il était seul dans sa voiture avec deux millions de dollars en liquide, et espérait, priait, pour qu'il reste à Patrick assez de sens moral pour ne pas faire de mal à ses enfants.

Sa peur était presque palpable dans l'habitacle. Une angoisse indicible lui consumait le cœur, et celui-ci battait avec assez d'adrénaline pour alimenter l'équipe des Las Vegas Gladiators dans un match de championnat.

Harold avait insisté pour l'accompagner, mais Jack avait refusé. Patrick lui avait dit de venir seul, et il n'avait pas l'intention de contrevenir aux règles d'une partie de dés dont Mick et David étaient les enjeux.

En revanche, ils étaient convenus qu'il le suivrait avec Marisa, se garerait à un pâté de maisons du lieu de rendez-vous et attendrait là qu'il ait récupéré ses enfants.

Jack savait que les petits réclameraient Marisa. Ils auraient besoin de la tendresse de ses bras et de la douceur de sa voix leur assurant que tout allait bien. Et pour tout dire, il y avait eu des moments, pendant cette longue attente, où lui-même aurait souhaité sentir ses bras autour de lui.

Tout en s'engageant dans le parking désert situé derrière le bâtiment désaffecté, il consulta sa montre. Il était en avance de quinze minutes.

Il se gara, éteignit ses phares et jeta un regard circulaire sur son environnement. Une vieille benne à ordures était adossée à l'immeuble, à peine visible dans le noir. En dehors de cela, il n'y avait rien.

La lumière des lampadaires placés de l'autre côté du bâtiment d'un étage ne perçait qu'avec parcimonie l'obscurité. Il regarda de nouveau l'heure à sa montre, vibrant d'une tension qui lui râpait les nerfs comme du papier de verre.

Impatient, il baissa sa vitre pour laisser entrer l'air suffocant de juillet, mais la chaleur échoua à faire fondre le carcan de glace qui lui enserrait le cœur.

Il tendit la main et toucha le revolver posé sur le siège passager. En aucun cas il ne se serait placé dans une telle position sans s'être au préalable muni d'une arme. Il n'avait aucune intention de s'en servir, sauf s'il fallait sauver sa vie. La dernière chose dont il avait besoin était de jouer les héros de série B, et de faire basculer une situation déjà incertaine dans quelque chose de pire encore.

Pour autant qu'il était concerné, Patrick pouvait avoir l'argent d'Harold à partir du moment où il lui rendait Mick et David indemnes.

« L'argent, ça se remplace, se dit-il. Pas les enfants. »

Il consulta de nouveau sa montre, saisi d'une appréhension croissante. N'ayant aucune idée de la direction d'où viendrait Patrick, il ne cessait de promener son regard à droite et à gauche pour ne pas être pris au dépourvu le moment venu.

— Ne me les enlève pas, murmura-t-il tout bas. Je viens seulement d'apprendre comment me comporter avec eux, je ne veux pas que ce ne soit pour rien.

Il était parfaitement conscient du fait qu'Harold l'attaquerait sans doute pour obtenir la garde des petits dès que tout cela serait terminé. Mais il se battrait. Il avait la conviction ferme et inébranlable que leur place ne pouvait être qu'avec lui.

Pour la première fois, il lui semblait enfin être devenu l'homme qu'il avait souhaité être, celui dont ses parents auraient été fiers, celui dont Marisa avait su qu'il existait quelque part en lui.

Il se redressa sur son siège. Une berline qui roulait tous feux éteints venait de contourner le bâtiment et se garait à présent face à sa voiture. Pendant une longue minute insupportable, rien ne se passa.

Un nerf se mit à battre à la base de son crâne, et ses mains devinrent moites sur le volant.

Les phares de la berline s'allumèrent soudain, l'aveuglant à moitié. La portière côté chauffeur s'ouvrit, et Patrick descendit. L'acier de l'arme qu'il tenait à la main brilla dans la lumière de ses phares.

Jack attrapa son revolver sur le siège passager et, tout en quittant à son tour son véhicule, le glissa discrètement dans son dos.

— Où sont mes enfants ? demanda-t-il d'un ton âpre.

— Une chose à la fois, répliqua Patrick. Jetez votre arme sur le sol.

Jack hésita.

— Allons, Cortland. Je sais que vous ne seriez pas assez stupide pour venir ici désarmé. A présent jetez-la, que nous en finissions une fois pour toutes. Pas de geste brusque. Ne faites rien qui me rende nerveux. Croyez-moi, j'ai l'index très chatouilleux.

Jack ne voulait pas prendre le moindre risque. Il ne voulait pas provoquer Patrick. Il voulait seulement récupérer ses enfants et s'en aller.

Lentement, il passa la main derrière lui, ôta le revolver de sa ceinture, puis se baissa pour le déposer sur l'asphalte et l'éloigna d'un coup de pied. L'arme glissa dans un crissement métallique à trois mètres de l'endroit où il se tenait.

— Où sont mes gosses ? demanda-t-il de nouveau.

— Je vous l'ai dit, une chose à la fois. Où est l'argent ?

— Dans deux valises, sur mon siège arrière, répondit-il.

— Sortez-les.

Jack obtempéra et retira les deux valises de la banquette arrière de sa voiture. Il ne voyait pas ses enfants dans celle de Patrick, et cela l'inquiétait. Il espérait qu'ils étaient là. Peut-être étaient ils couchés et endormis.

— Maintenant, posez-les au sol entre nous deux.

— Dites-moi d'abord où sont Mick et David, rétorqua Jack.

— Ils sont dans un endroit sûr, mais je ne vous le dirai qu'une fois que j'aurai eu l'argent.

— Comment puis-je savoir que vous tiendrez parole ?

Les dents de Patrick luisirent dans le contrejour de la lumière de ses phares.

— Eh bien, en fait, vous ne le pouvez pas.

Une fureur noire menaça de faire perdre à Jack tout son self-control, mais il la refoula. Jamais il n'avait souhaité à ce point faire du mal à quelqu'un. Mais la situation était ce qu'elle était : il n'avait d'autre choix que de se plier aux exigences de son vis-à-vis. Les risques étaient trop élevés pour qu'il tente quoi que ce soit.

Il s'avança avec les valises, le cœur battant si violemment dans sa poitrine qu'il craignit d'être terrassé par une attaque cardiaque. Des milliers de pensées tournoyèrent sous son crâne. Sa peur ne concernait pas seulement lui-même, mais également Marisa.

Elle avait déjà subi un terrible traumatisme dans sa vie, et par amour pour ses fils, elle n'avait pas hésité à aliéner sa liberté, à unir sa vie à la sienne dans leur seul intérêt. Si les choses tournaient au drame, force lui était de reconnaître qu'il ne serait pas le seul à souffrir.

Il déposa les valises à l'endroit indiqué.

— Maintenant, reculez, grogna Patrick.

Le revolver demeurait pointé sur le torse de Jack.

Tandis que celui-ci s'exécutait, Patrick s'avança, une lueur avide et triomphale dans ses prunelles sombres. Il posa un genou au sol pour ouvrir l'une des valises, son arme toujours braquée sur l'homme qui lui faisait face.

— Tout y est, dit Jack. Deux millions de dollars en

billets non marqués. A présent, rendez-moi mes enfants. Nous n'avons rien à voir avec le meurtre de votre père.

Le sourire de Patrick retomba, et quelque chose de brutal scintilla dans ses yeux.

— Vous savez donc qui je suis.

— Marisa me l'a dit. Je suis parvenu à la sortir à temps de la grange que vous avez incendiée. Elle m'a expliqué que vous étiez en réalité Paz Marquez. Le grand-père de Candace a tué votre père dans une mine alors que vous n'étiez encore qu'un enfant. Ce n'est pas mon combat, Paz. Et c'est encore moins celui de Mick et David.

Les traits de Paz, alias Patrick Moore, se tordirent de rage.

— Il a détruit ma vie.

— Et vous avez tué Candace. Je dirais que vous êtes quittes.

— Nous ne serons jamais quittes ! s'exclama Paz, les tendons de sa gorge saillant sous la peau. Oui, j'ai tué Candace parce que je voulais la bague, la bague où était serti le diamant qui aurait dû être à moi. Mais le meurtre de Candace n'était que le début. Je me suis juré de transformer la vie des Rothchild en enfer depuis le jour où j'ai débarrassé la planète de la précieuse petite fille d'Harold.

— Comment avez-vous fait pour échapper aux recherches aussi longtemps ?

— Je suis un maître du déguisement, mon cher… Et je suis très motivé, ajouta-t-il avec un rictus sinistre. Il ne m'a pas été difficile de cacher mon identité lorsque j'ai enlevé Jenna Rothchild et Rita Perez, la tante de Marisa. Je les aurais tuées toutes les deux avec joie si cela m'avait permis de récupérer la bague… Mais ça n'était pas nécessaire, dit-il en haussant les épaules. Je savais que Rita l'avait en sa possession, et que le meilleur moyen de me rapprocher d'elle était de m'arranger pour séduire sa nièce. Ça n'a ensuite été qu'un jeu d'enfant de prendre le bijou dans l'appartement de Rita.

Paz était branché sur du courant haute tension, pérorait avec morgue, mais le revolver ne bougeait pas d'un millimètre dans sa main, remarqua Jack.

— Harold a essayé de réparer cette faute, avança-t-il, tentant de faire appel au peu de raison que Paz pouvait encore avoir. Il a envoyé régulièrement de l'argent à votre mère. Il vous a aidés à déménager en Arizona afin que vous puissiez mener une vie décente.

— Une vie décente ?

Il cracha sur le sol.

— L'argent glissait entre les doigts de ma mère presque aussi vite que les hommes dans son lit. Même Harold a eu une brève liaison avec elle, ce qui est d'ailleurs la raison pour laquelle j'ai su que c'était lui, notre généreux donateur.

Il renifla.

— Il nous jetait une poignée de dollars, puis retrouvait son style de vie de multimillionnaire. Non, nous ne sommes pas quittes. Nous ne le serons *jamais*.

— Rendez-moi mes enfants, dit Jack, la voix brisée par l'anxiété. Vous avez la bague avec le diamant, vous avez l'argent. Qu'attendez-vous d'autre de moi ? Vous voulez que je vous supplie à genoux ? Je le ferai. Mais, de grâce, rendez-moi mes enfants.

Paz prit une profonde inspiration, comme pour apaiser la rage qui bouillonnait en lui.

— Vous savez ce que je me suis dit, Jack ? Je me suis

dit : pourquoi ne pas considérer cette somme comme un premier versement ?

— Un premier versement ?

Un voile rouge brouilla la vue de Jack face à ce qu'impliquaient ces paroles.

— Où sont mes fils ? gronda-t-il en faisant un pas vers lui.

— En arrière, ou je tire ! cria Patrick tandis qu'il s'avançait d'un nouveau pas.

Jack entendit la déflagration, le craquement sec d'un coup de feu qui résonna, assourdissant, dans sa tête.

L'espace d'une milliseconde, son cœur hurla. Moins parce qu'il pensait qu'il allait mourir que parce qu'il pensait qu'il allait mourir sans avoir vu Mick et David faire leur première rentrée scolaire, puis devenir adolescents, puis entrer dans l'âge adulte.

Son cœur hurla pour eux, mais aussi pour Marisa, dont il comprenait à présent qu'il aimait non pas la figure maternelle qu'elle représentait aux yeux de ses gosses, mais la femme qu'il voulait pour toujours dans sa vie.

Il se raidit, attendant l'impact létal du projectile, mais au lieu de cela il vit, stupéfait, Patrick s'effondrer devant lui sur l'asphalte huileux.

Harold sortit de l'ombre à l'angle du bâtiment, un revolver à la main.

— Je ne pouvais pas le laisser vous tuer, dit-il.

Jack contempla la masse inerte du corps de Paz, soudain saisi de panique.

— Mon Dieu, qu'avez-vous fait ?

Il s'accroupit devant son adversaire, vaguement conscient que Marisa venait de rejoindre Harold. Un seul coup d'œil lui suffit pour comprendre qu'il était mort.

Il le considéra un moment d'un œil hagard, puis se tourna vers ses deux compagnons.

— Il ne m'a pas dit où étaient les enfants, annonça-t-il d'une voix blanche. Je ne sais pas où sont Mick et David…

Lâchant un cri, Marisa se précipita vers la voiture de Paz dont elle ouvrit la portière arrière à la volée.

— Ils ne sont pas là ! s'écria-t-elle, avant de fondre en larmes.

— Je devais le tuer, se justifia Harold d'une voix qui trahissait un mélange de peur et de colère. Sinon, c'est lui qui vous aurait tué.

Le coffre. La gorge nouée d'appréhension, Jack avisa le véhicule dont les feux étaient toujours allumés. Etait-il possible que Paz ait enfermé ses fils dans le coffre de sa voiture ?

Il se pencha, fouilla les poches du défunt et trouva les clés. Les seuls bruits qu'il entendit en contournant le véhicule pour accéder au coffre furent les sanglots de Marisa.

Un grondement lui emplissait la tête. Allait-il les trouver recroquevillés l'un contre l'autre, ne respirant plus ? Sa main tremblait si violemment qu'il dut s'y reprendre à plusieurs fois pour réussir à insérer la clé dans la serrure.

Il parvint enfin à ouvrir le coffre, et ne sut trop s'il devait se sentir soulagé ou abattu. Il était vide.

— Appelez la police, dit-il d'une voix qui semblait venir de très loin.

Où étaient ses deux fils ? Où ce salaud de Paz les avait-il cachés ?

Ils étaient tous assis autour d'une longue table, dans une salle d'interrogatoire de l'Hôtel de Police de Las Vegas. Kent avait été arrêté et, poignets et chevilles entravés, se tenait à la gauche de l'officier Jeff Cookson.

Celui-ci essayait de déterminer le sens de la présence conjointe d'un cadavre et de l'un des hommes les plus riches du pays — présentement assis en face de lui — sur le parking d'un casino désaffecté à cette heure tardive.

Installés côté à côte, les mains soudées l'une à l'autre, Marisa et Jack écoutaient le policier passer Kent sur le gril, à l'affût de toute information susceptible d'aider à localiser Mick et David.

Une alerte orange avait été lancée, mais qui, jusqu'à présent, n'avait rien donné. Des agents avaient été diligentés sur les lieux pour inspecter les alentours du King's Inn. La nuit était déjà bien avancée, et les deux enfants étaient dehors quelque part, seuls et, il fallait l'espérer, toujours vivants.

Marisa sentait le désespoir de Jack littéralement irradier de sa main. Ce désespoir, elle le partageait.

— J'ai rencontré Patrick dans un bar, expliquait Kent. Nous avons bu, discuté, et de fil en aiguille, il s'est mis à évoquer sa haine pour les Rothchild, et moi la mienne pour Jack.

Il se tourna vers ce dernier.

— Nous étions meilleurs amis, accusa-t-il, les dents serrées. Tu aurais pu changer ma vie, mais tu es parti sans jamais regarder en arrière.

— Tu aurais pu la changer toi-même, ta vie, répliqua Jack avec dureté. Je n'étais pas ton père, Kent. Je n'étais pas responsable de toi.

Ils avaient déjà appris que c'était lui qui avait tenté de

s'introduire dans la maison par la chambre de Marisa. Il avait observé leurs habitudes, et savait qu'elle et Jack restaient souvent tard dans le séjour à bavarder.

Son plan était de passer par la fenêtre, puis de se faufiler sans bruit jusqu'à la chambre des garçons. Comme ils le connaissaient bien, ils n'auraient pas eu peur s'ils s'étaient réveillés. Kent les aurait ensuite passés à Patrick qui se tenait posté de l'autre côté de la fenêtre.

Ce plan ayant échoué, Patrick avait décidé d'imaginer un moyen de s'emparer seul des enfants. Quand Jack avait téléphoné à Kent pour lui faire part de son désir de venir le voir afin de parler de leur dispute, ce dernier s'était empressé de prévenir Patrick que Marisa et les garçons seraient seuls au ranch.

Tout en l'écoutant, Marisa sentit son sang se figer dans ses veines, si tant est que ce soit possible tant il lui paraissait déjà congelé par l'horreur des derniers événements.

Qu'avait donc fait Patrick des enfants ? Où avait-il pu les laisser pendant qu'il venait prendre livraison de la rançon ? Etaient-ils à l'abri ? Avaient-ils faim ou soif ? Etaient-ils seulement toujours en vie ?

Son cœur défaillit, et elle écarta aussitôt cette pensée de son esprit. Elle devait s'accrocher à l'idée qu'ils allaient bien. Toute autre que celle-là lui était intolérable.

— Je te l'ai dit cent fois, je ne sais absolument pas ce qu'il a fait des gosses ! s'exclama Kent. J'ignore où il habitait et quels étaient ses projets précis. Nous ne nous voyions que dans des bars ou bien chez moi. Ce n'est pas ma faute. Je ne savais pas qu'il était dangereux.

Marisa le dévisagea, sidérée. Comment Kent avait-il pu faire une telle chose ? Même s'il haïssait Jack, comment avait-il pu ainsi placer deux petits êtres innocents en situation de danger ?

Jack se pencha au-dessus de la table, son regard gris brillant de fureur contenue.

— Tu n'as rien fait pour changer ta vie dans le passé, dit-il. Mais je te garantis que ce que tu viens de faire changera radicalement ton avenir. Je veillerai en personne à ce que tu passes le reste de tes misérables jours en prison.

Lâchant la main de Marisa, il se leva et sortit de la salle d'interrogatoire. Marisa l'imita, et le retrouva adossé au mur du couloir.

Son corps était secoué de sanglots. Elle l'enlaça, le tint serré contre elle, et ensemble ils pleurèrent pour les deux petits garçons perdus, leur angoisse presque palpable dans l'air confiné du couloir du commissariat.

Marisa n'aurait su dire combien de temps s'était écoulé lorsqu'il se redressa enfin et que, s'écartant d'elle, il se couvrit les yeux de la main comme s'il était gêné d'exposer ainsi ses émotions.

— J'essaie d'être fort, dit-il d'une voix lasse au bout d'un petit moment.

— Mais tu es fort, Jack, lui assura-t-elle.

Ecartant la main qui les cachait, elle le regarda au fond des yeux.

— C'est l'histoire d'un homme courageux qui se rend seul la nuit dans un parking désert avec deux valises pleines d'argent. L'histoire d'un homme désintéressé qui va trouver la personne qu'il craint le plus pour obtenir de l'argent pour sauver ses fils. Et celle d'un homme fort qui affronte sa propre peur à l'endroit de ses enfants.

— Où sont-ils, Marisa ? Qu'a-t-il bien pu en faire ?

Son regard tourmenté reflétait la douleur qu'elle-même éprouvait en son for intérieur.

— Si seulement je le savais...

Il l'attira à elle, et une fois de plus ils cherchèrent réconfort dans les bras l'un de l'autre. Ils étaient toujours enlacés lorsque l'officier Cookson sortit de la salle d'interrogatoire en compagnie d'Harold.

— Je ne crois pas que M. Goodall possède des informations de nature à nous mettre sur la piste des enfants, déclara-t-il. Il a été renvoyé en cellule et se verra signifier son chef d'accusation lundi matin à la première heure. D'ici là, il faut que je m'occupe du cas de M. Rothchild.

Harold ne dit rien. Durant cette dernière heure, il semblait avoir vieilli de dix ans. Son visage avait pris une teinte terreuse, et il avait les épaules affaissées d'un homme vaincu.

— Il m'a sauvé la vie, dit Jack. S'il n'avait pas descendu Paz, je ne serais pas ici pour vous parler. Vous ne pouvez pas l'arrêter. Il a tué un homme très dangereux.

— Ecoutez, répondit Cookson. Nous allons maintenant voir le procureur et lui expliquer la situation. C'est à lui qu'il appartiendra de décider. Mais pour ma part, je doute que M. Rothchild fasse l'objet d'une inculpation.

Alors qu'ils s'apprêtaient à partir, un autre officier s'avança vers eux.

— J'ai une nouvelle qui devrait vous intéresser, annonça-t-il. Nous venons de recevoir un appel du motel Timberline. Le gérant a trouvé un bambin de trois ou quatre ans qui se baladait seul sur le parking. Il l'a emmené dans son bureau, et attend que quelqu'un vienne le chercher.

Jack serra si fort la main de Marisa que celle-ci grimaça de douleur.

— Le motel Timberline ?

— Allons-y, dit Cookson. Je sais où c'est. Vous n'avez qu'à me suivre.

Quelques minutes plus tard, Marisa avait pris place sur le siège passager de la voiture de Jack, Harold à l'arrière, tandis qu'il roulait à toute allure derrière le véhicule de patrouille de Jeff Cookson.

Le cœur de Marisa battait la chamade, quand bien même elle hésitait à s'accrocher au fragile fétu d'espoir qui venait de se présenter. Ce pouvait être l'enfant d'un client du motel. L'appel n'avait peut-être absolument rien à voir avec Mick ou David.

Les jointures des doigts de Jack étaient blanches sur le volant, et un muscle battait dans sa mâchoire. Elle voulait lui dire de ne pas trop espérer, mais dans ses yeux elle voyait briller le besoin de croire que cet enfant était le sien. Et même si elle avait peur pour lui, elle ne voulait pas être celle qui lui ôterait cet espoir.

Le motel Timberline était situé dans le centre-ville, à environ dix minutes du casino désaffecté derrière lequel Paz avait fini sa vie.

Au royaume des lumières multicolores tapageuses et clignotantes, le bâtiment de plain-pied paraissait minable et déplacé avec son enseigne dont la plupart des ampoules étaient grillées. C'était à l'évidence un établissement à bas prix, le genre de motel où les chambres étaient louées à l'heure plutôt qu'à la nuitée.

La voiture s'arrêta en crissant devant le petit bâtiment abritant la réception. Tous trois bondirent en même temps du véhicule et coururent vers la porte.

Marisa, qui se tenait juste derrière Jack lorsqu'il la poussa, poussa un cri de soulagement en voyant Mick et David installés dans les fauteuils du petit bureau d'accueil.

— Papa ! s'écria Mick, se ruant aussitôt vers lui.

Jack réprima un sanglot de bonheur en le soulevant dans ses bras, puis courut vers David pour le serrer également contre son cœur.

— Papa, David doit aller sur la chaise-piquet. Il s'est encore sauvé par la fenêtre ! s'exclama Mick d'un ton indigné.

— La chaise-piquet ! répéta David en hochant la tête avec un grand sourire.

— Nous verrons cela plus tard, répondit Jack à travers ses larmes.

David avait fait son petit Houdini, se carapatant par la fenêtre de la chambre où ils étaient retenus prisonniers.

Marisa laissa à Jack un moment pour étreindre et embrasser ses enfants, avant de s'avancer vers eux, impatiente de recevoir à son tour leurs câlins et leurs baisers.

Pendant que tous les quatre célébraient leurs retrouvailles, l'officier Cookson et Harold interrogèrent le gérant du motel.

— Chambre 121, expliqua ensuite Cookson à Jack. Il s'était inscrit sous le nom de Martin Bale. Il n'a présenté aucune pièce d'identité et a payé en liquide pour une seule nuit. J'ai appelé le labo. Ils envoient une équipe de techniciens qui passera l'endroit au peigne fin.

— Je ramène les enfants à la maison, dit Jack.

Il tenait Mick dans ses bras, tandis que de son côté

Marisa était chargée de David, qui serrait tendrement ses petits bras autour de son cou.

— Attendez, j'ai encore des questions à vous poser, objecta Cookson.

— Plus tard, rétorqua Jack d'une voix ferme. Mes fils devraient être couchés depuis longtemps. Nous partons tout de suite afin qu'ils puissent dormir dans leurs lits.

Il devança la réplique de l'officier d'un regard péremptoire.

— Ecoutez, si vous y tenez, vous pouvez venir poser vos questions au ranch maintenant ou demain matin, mais pour ce qui nous concerne, nous rentrons.

— Je vais rester ici, intervint Harold. Je leur dirai tout ce qu'ils doivent savoir. Ensuite je pense que l'officier Cookson aura l'obligeance de me reconduire à ma voiture, n'est-ce pas ?

Cookson acquiesça.

Tandis qu'ils sortaient de la réception du motel, une joie indicible, euphorique, submergea Marisa. C'était terminé. Le danger, le drame, la terreur, tout cela était enfin derrière eux et sa famille était saine et sauve.

Sa famille… Un farouche désir de protection lui gonfla le cœur. Mick, David et Jack. En une période incroyablement brève de sa vie, ils étaient devenus une partie d'elle-même, de son âme. Ils étaient un bloc d'amour dont elle ne pouvait plus désormais imaginer l'absence dans sa vie.

Ils venaient juste de sangler les deux garçons dans leurs sièges à l'arrière lorsque Harold s'approcha de la voiture. Instantanément, elle se crispa.

Durant les longues minutes où ils avaient été ensemble

dans la voiture de Jack puis l'avaient suivi jusqu'au parking de l'ancien casino, Harold avait beaucoup parlé. Ses paroles avaient montré à Marisa un homme qui reconnaissait les erreurs qu'il avait commises au cours de sa vie, un homme qui semblait vouloir les corriger, s'en amender.

Mais en le voyant à présent marcher vers eux, cet instinct protecteur qui avait surgi en elle balaya toute autre considération. Elle ne pouvait oublier qu'il était la seule personne au monde qui pouvait légalement retirer ses enfants à Jack.

— Jack, dit-il. Il faut que nous parlions.

Elle se plaça aussitôt entre les deux hommes.

— Monsieur Rothchild, il est tard et nous devons ramener les garçons à la maison, là où est leur place.

Elle détacha bien chacun des derniers mots.

— Je suis sûre que ce que vous avez à dire peut attendre un autre jour.

A sa grande surprise, les lèvres d'Harold se retroussèrent en un demi-sourire.

— Une sacré petit bout de femme, hein ? Je vois à présent ce que Jack vous trouve. Voyez-vous, je crois qu'il sera heureux d'apprendre ce que j'ai à lui dire.

Posant une main sur l'épaule de Marisa, Jack se dressa devant son ex-beau-père.

— De quoi s'agit-il, Harold ?

— J'ai fait beaucoup d'erreurs dans ma vie, Jack. Je n'ai pas toujours été un homme bon ni juste.

— Vous êtes venu jusqu'ici pour me dire ça ?

Harold secoua la tête.

— Je suis venu jusqu'ici pour vous dire que je me rends compte aujourd'hui que vous enlever les enfants ne serait qu'une nouvelle et grave erreur de ma part. Je ne vous en disputerai pas la tutelle, reprit-il. Je vois combien Mick et David vous aiment… et combien vous les aimez. Je voulais juste que vous sachiez que je n'entreprendrai rien contre vous.

Il le regarda au fond des yeux.

— Vous n'avez plus de souci à vous faire à cause de moi, je vous le promets. On peut me reprocher beaucoup de choses, mais vous savez que je suis un homme de parole.

Il lui tendit la main. Marisa laissa échapper l'air qu'elle retenait dans ses poumons. Elle croyait Harold. Apparemment, c'était aussi le cas de Jack puisqu'il avança la sienne et la lui serra.

L'air lui semblait soudain plus léger grâce à la réconciliation entre ces deux hommes qui, chacun à sa manière, voulaient que les choses se passent au mieux pour les deux précieux petits êtres qui étaient déjà endormis dans leurs sièges capitonnés.

— Si vous avez besoin de quoi que ce soit pour eux ou pour vous-même, ajouta Harold lorsqu'ils rompirent leur poignée de main, n'hésitez pas à me passer un coup de fil.

Ce n'est que lorsqu'ils furent dans la voiture en route pour le ranch que Marisa prit brutalement conscience de ce que ces paroles induisaient. Toute sa joie retomba sur-le-champ comme un soufflé.

Jack savait à présent de quel genre de père ses fils avaient besoin : à la fois aimant et autoritaire. Quant à Harold, il avait promis qu'il ne livrerait aucune bataille de tutelle.

Cela signifiait que sa présence dans la vie de Jack

n'avait plus aucune raison d'être. La véritable raison de leur mariage était caduque. On n'avait plus besoin d'elle.

Elle regarda Jack du coin de l'œil, se demandant combien de temps s'écoulerait avant qu'il n'arrive à la même conclusion.

# 13

Jack demeura des heures assis dans la chambre des garçons après leur retour de l'hôtel de police. Il avait besoin d'être auprès d'eux, de les entendre respirer, de sentir leur émouvante odeur infantile, si familière.

Seigneur, il avait été si près de les perdre… Son cœur se serra douloureusement et une terreur rétrospective le glaça à ce souvenir.

Si près, si horriblement près…

Mais à présent ils étaient en sécurité dans le foyer qui était le leur, et Harold avait promis qu'il ne chercherait pas à les lui enlever.

Jack le croyait. Comme le vieil homme l'avait dit, on pouvait lui reprocher beaucoup de choses, mais pas de manquer de parole. Il ne lui causerait plus aucune inquiétude concernant le sort de ses deux fils, et Jack pourrait dormir la nuit sur ses deux oreilles sachant que le père de Candace ne constituait plus une menace.

Ce qu'Harold avait dû voir entre Marisa, lui et les deux petits, c'était l'amour qui les unissait. L'image d'entité familiale soudée qu'ils offraient devait avoir été le facteur déclenchant de sa décision de les laisser enfin en paix.

Certes, il y aurait sans doute encore des moments dans le futur où Harold et lui se crêperaient le chignon, et il fallait s'attendre à ce qu'Harold occupe sa place de grand-père dans la vie des enfants. Mais l'angoisse de les perdre avait été évacuée du cœur de Jack, laissant s'épanouir librement l'immense amour paternel qu'il leur portait.

C'était presque l'aube quand Marisa apparut dans l'encadrement de la porte, dans sa courte chemise de nuit de soie rouge et les cheveux tout emmêlés. Sa vue chassa instantanément de l'esprit de Jack tous les souvenirs de terreur, et il se leva enfin de sa chaise.

— Il faut que tu dormes un peu, dit-elle d'une voix douce.

Il fourragea d'une main dans ses cheveux et laissa échapper un soupir las.

— Tu as raison.

Souriant, il glissa l'index le long de sa joue, aussitôt émoustillé par le contact de sa peau.

— Tu viens te coucher avec moi ?

Il y eut un moment d'hésitation, pendant lequel elle scruta son regard.

— Oui, répondit-elle enfin.

Ensemble, ils remontèrent le couloir jusqu'à sa chambre, où il se déshabilla tandis qu'elle se glissait sous les draps.

Il était épuisé, tant physiquement que du point de vue émotionnel. Mais à l'instant où il la rejoignit dans le lit et attira son corps tiède contre le sien, il eut une énorme envie d'elle.

Il ne voulait pas parler. Il ne voulait pas discuter des événements tragiques de la nuit. Il voulait juste faire l'amour avec sa femme.

Elle sembla sentir ce dont il avait besoin. Sans un mot, elle fit passer sa chemise de nuit par-dessus sa tête, la laissa tomber au bas du lit et ils s'enlacèrent avec une infinie tendresse. Toute l'horreur des événements de la nuit s'envola, remplacée par la chaleur de ses lèvres et le réconfort de son corps contre le sien.

Pourtant, il y avait quelque chose de désespéré dans le baiser de Marisa, dans la manière dont ses mains se crispaient sur ses épaules. Le contrecoup des émotions qu'ils venaient de connaître, se dit-il.

Resserrant son étreinte, il l'embrassa avec toute la ferveur, tout l'amour qui lui embrasait le cœur. Oui, elle était celle qui lui était destinée comme épouse, son exacte complémentaire parmi toutes les femmes.

C'était le vent du Destin qui l'avait amenée dans sa vie. Elle avait eu besoin de ses fils, ct ils avaient eu besoin d'elle. Qu'il soit tombé aussi éperdument amoureux d'elle n'était que la cerise sur le gâteau.

Elle poussa des gémissements de plaisir sous ses caresses. Il aimait la douceur satinée de sa peau, le goût de sa chair tandis qu'il glissait ses lèvres d'un sein à l'autre.

Il n'avait jamais rien ressenti de tel avec Candace. Il n'avait jamais éprouvé ce désir, cette qualité de communication qui allaient bien au-delà des relations physiques. Lorsqu'il sut qu'elle était prête, il se déplaça pour la prendre pleinement.

Tout en la pénétrant, il contempla son visage baigné par la clarté diaphane du jour naissant. Des larmes apparurent aux commissures de ses paupières, dont il supposa qu'elles étaient de soulagement, de plaisir.

Il ferma les yeux pour mieux savourer cette merveilleuse sensation d'être uni à elle. Il était perdu en elle, et cette fusion avec cette femme qu'il aimait élimina pour de bon les dernières réminiscences du cauchemar qu'ils avaient vécu, le laissant comblé et en paix.

Les bruits produits par les garçons les réveillèrent juste après 8 heures. Avec un petit grognement, il voulut attirer Marisa à lui, mais elle se glissa prestement hors du lit et enfila sa chemise de nuit.

— Dors, dit-elle. Je vais m'occuper d'eux.

Il referma les yeux tandis qu'elle quittait la chambre. Quelques minutes plus tard, il entendit les rires de Mick et David, et il comprit qu'il était vain d'espérer pouvoir rester au lit.

Du reste, il voulait partager ces moments de joie simple avec eux. Il avait besoin d'être entouré de ses fils et de Marisa. Sa famille, songea-t-il avec une bouffée de fierté et d'instinct protecteur.

Il sortit du lit, se glissa dans son jean puis quitta la pièce pour se joindre à cette hilarité matinale débordante d'amour.

— Il ne sera retenu aucune charge contre Harold, annonça Rita à Jack et Marisa tandis qu'ils prenaient le café, installés dans les fauteuils du séjour.

Rita était arrivée au ranch juste après le déjeuner pour prendre des nouvelles de sa nièce et voir comment se portait tout ce petit monde.

— Je n'osais l'espérer, répondit Jack. Vous reprendrez un peu de café ?

— Non, je vous remercie. Il va falloir que j'y aille. Nous sommes toujours en train d'essayer de démêler toute cette affaire.

Elle reporta son attention sur Mick et David, qui jouaient au milieu de la pièce avec leurs camions.

— Nous avons trouvé de l'antalgique pour enfants dans la chambre du motel. Nous croyons que Paz a tenté de les droguer avant de les laisser seuls pour vous rejoindre. Mais apparemment, les doses étaient insuffisantes pour qu'ils dorment assez longtemps.

— Dieu merci, soupira Jack.

— Mick m'a confié qu'il leur avait donné un hamburger et un soda, expliqua Marisa. David est tombé endormi le premier sur le lit, et lui-même peu de temps après. Quand ils se sont réveillés, ils étaient seuls. C'est alors que David a décidé que ce devait être plus drôle à l'extérieur. Il n'a pas réussi à débloquer le verrou du bouton de la porte, mais il s'est débrouillé pour grimper sur la commode placée sous la fenêtre. La suite, vous la connaissez.

— Eh bien, pour une fois je me réjouis qu'il ait cette prédisposition à l'évasion ! s'exclama Jack.

Il considéra ses deux fils, le cœur rempli de joie, puis reporta les yeux sur Marisa et l'observa un instant. Depuis son réveil, ce matin, elle était calme et songeuse, presque distante.

— Si Harold n'avait pas tué Paz, poursuivait Rita, celui-ci aurait passé le reste de sa vie en prison. Nous savons que c'est lui qui a tué Candace, et les prélèvements d'ADN effectués dans le cadre de l'enquête sur le rapt de Jenna l'incrimineront aussi très certainement.

Elle porta la main au pansement sur sa tempe.

— Il a bien failli me tuer, moi aussi. Et quand je pense que Marisa aurait pu périr dans l'incendie de cette grange, j'en ai des frissons dans le dos.

Marisa lui prit la main.

— Dieu merci, ce n'est pas arrivé.

— L'autre bonne nouvelle, c'est que nous avons retrouvé

le coffre bancaire où Paz avait déposé les « Larmes du Quetzal ». La bague est à présent en sûreté dans les locaux de la police, d'où elle n'aurait jamais dû sortir.

— Et tu as conservé ton job, la taquina Marisa.

Sa tante leur avait relaté la disparition de la bague chez elle, et son affolement lorsqu'elle s'en était aperçue et s'était lancée dans une recherche frénétique pour la retrouver.

— Grâce à Dieu, répondit Rita en souriant, mon supérieur hiérarchique a un cœur. Et je lui ai juré que plus jamais je n'emporterai le moindre indice pour l'étudier chez moi.

— En somme, tout est bien qui finit bien, conclut Jack.

— Nous ne connaissons toujours pas l'étendue des crimes de Paz, nuança Rita. Je crains qu'il nous faille du temps pour en avoir une idée précise.

— Sa haine a mijoté pendant des années, fit remarquer Marisa.

— Tout comme celle de Kent, dit Jack.

Il fronça les sourcils à la pensée de cet homme qui avait jadis été son meilleur ami.

— Il n'a pas eu assez de tripes pour partir d'ici et essayer de tracer lui-même son chemin. Il a eu peur de tenter l'aventure à Los Angeles. Mais il m'a haï pour avoir eu le courage de le faire sans lui.

— Eh bien, il aura tout le temps d'y réfléchir en prison, philosopha Rita.

Ils devisèrent encore ainsi quelques minutes, puis Rita se leva pour partir.

— Marisa, tu me raccompagnes ?

Jack regarda les deux femmes se diriger vers la porte.

puis, lorsqu'elles furent sorties, s'installa sur le sol entre Mick et David et se mit à jouer avec eux.

Désormais, plus rien ne les empêchait de reprendre leur vie d'avant le kidnapping. C'était ce qu'il voulait. Un quotidien paisible et agréable. Partager de bons moments avec ses fils la journée, retrouver Marisa et les étreintes amoureuses la nuit.

Pour la première fois depuis longtemps, il voyait se dessiner devant lui un avenir qu'il aimait, et souhaitait vivre pleinement toutes ses promesses.

Marina revint et gagna directement sa chambre. Jack fronça les sourcils. Son étrange humeur le mettait mal à l'aise. Que se passait-il sous son joli crâne ? Aujourd'hui était censé être un jour de joie, mais une aura de tristesse semblait l'envelopper, ce qu'il ne comprenait pas et l'inquiétait au plus haut point.

Il repensa aux larmes qu'il avait vues perler aux coins de ses yeux quand ils avaient fait l'amour. A ce moment-là, il avait cru qu'il s'agissait de larmes de soulagement après ces heures traumatisantes. S'était-il trompé ?

Son inquiétude s'accrut lorsqu'il la vit pointer la tête hors de sa chambre et l'appeler.

— Jack, je peux te parler un instant ?

— Je reviens tout de suite, les enfants, dit-il en se relevant.

— Dépêche-toi, papa, s'écria Mick. On va faire une course de camions.

Comme toujours, le mot « papa » distilla en lui une douce chaleur. « Jack méchant » n'était plus qu'un souvenir. Désormais, même quand il les réprimandait, ses fils continuaient à l'appeler papa. Marisa lui avait restitué sa paternité.

Jack entra dans sa chambre, où flottait son parfum, toujours aussi émouvant.

— Qu'y a-t-il ?

— Tante Rita m'a apporté quelque chose que je pense qu'il faut que tu voies, répondit-elle en lui tendant une enveloppe blanche.

Il fronça les sourcils.

— Qu'est-ce que c'est ?

— Les résultats d'un test de paternité, pour toi et les enfants.

Il la considéra d'un air ébahi.

— Mais, je ne me suis soumis à aucun test.

Une lueur de culpabilité brilla dans les beaux yeux marron de la jeune femme.

— Je me suis permis d'effectuer des prélèvements dans la bouche des enfants, de subtiliser un gobelet où tu venais de boire ton café, et j'ai apporté le tout à Rita. Je savais que je me mêlais de ce qui ne me regardait pas, mais je savais aussi que les doutes sur ta paternité étaient une menace agitée par Harold comme une épée de Damoclès au-dessus de ta tête. Quoi qu'il en soit, Rita a obtenu du labo du FBI qu'ils procèdent rapidement à une analyse comparative des ADN. Un renvoi d'ascenseur, m'a-t-elle expliqué.

Jack contempla l'enveloppe comme s'il s'agissait d'un serpent venimeux. Il repensa à toutes les fois où Candace avait laissé entendre qu'elle l'avait trompé, à toutes les fois où Harold lui avait dit qu'il y avait de fortes présomptions pour qu'un des deux garçons au moins ne soit pas le sien.

— Je m'en fiche, grommela-t-il en fourrant les mains dans ses poches. Ça m'est égal de savoir ce qui est inscrit sur ce papier. Ce sont mes fils, tous les deux. Ils sont ma raison de vivre, et ce n'est pas un test à la noix qui y changera quoi que ce soit.

— Ouvre-la, Jack. Vas-y. Tu en auras le cœur net une fois pour toutes.

Elle lui plaça l'enveloppe presque sous le nez.

A contrecœur, il ôta ses mains de ses poches et s'en saisit. Le papier semblait brûlant sous ses doigts. Sa gorge devint toute sèche et son rythme cardiaque s'accéléra.

Il était sincère. Il se moquait de ce que le test pouvait révéler. David et Mick étaient ses enfants de toutes les manières qui importent. Qu'ils soient ou non de son sang ne changerait rien à l'amour qu'il leur portait.

Pourtant, dans la connaissance était le pouvoir, disait l'adage. Même si Harold avait promis de ne rien faire pour lui enlever ses gosses, la question de sa paternité pouvait très bien revenir un jour sur le tapis. Ne valait-il pas mieux être armé dès maintenant de la vérité ?

C'est d'une main nerveuse et maladroite qu'il ouvrit l'enveloppe. Il retira le feuillet plié qu'elle contenait et la laissa tomber en voletant jusqu'à terre.

— Vas-y, Jack, regarde, dit doucement Marisa.

Ses yeux brillaient d'un éclat inhabituel.

Il n'avait qu'une envie, jeter ce maudit papier et emmener Marisa jusqu'à son lit. Au lieu de cela, il le déplia et regarda.

Un petit cri lui échappa. Dans les deux cas, il était bel et bien le père des garçons. Il n'y avait absolument aucun doute sur ce point. Il releva les yeux. Marisa souriait.

— Tu savais, dit-il à mi-voix.

Elle hocha la tête.

— Je l'ai lu avant de te le donner.

— Qu'aurais-tu fait si les résultats avaient été différents ? Me l'aurais-tu donné quand même ?

Elle fronça les sourcils, l'air songeur.

— Je n'en sais rien. Dieu merci, ce dilemme m'a été épargné.

Ce n'est qu'alors que Jack aperçut, par-dessus son épaule, une valise ouverte sur le lit.

— Qu'est-ce que tu fais ? s'étonna-t-il.

— Tu le vois. Mes bagages.

— Tes bagages ?

Il fouilla son visage, éberlué.

— Nous allons quelque part ?

— Pas nous. Je.

Détournant les yeux, elle recula d'un pas.

— Tu n'as plus besoin de moi ici, Jack. Tu te débrouilles très bien avec les enfants, et Harold a promis qu'il n'engagerait aucune procédure pour te les prendre. Je n'ai plus de raison valable de rester ici.

Des milliers de pensées se télescopèrent dans la tête de Jack, des milliers de raisons pour lesquelles il voulait, il devait, la garder.

— Les garçons ont besoin de toi.

— Ils ont tout ce qu'il leur faut avec toi, répliqua-t-elle, évitant toujours son regard.

Elle se dirigea vers le placard, décrocha plusieurs chemisiers de leur cintre et les déposa sur le lit à côté de sa valise.

Une soudaine panique s'empara de lui. Ce qui l'alarmait, ce n'était pas tant le fait qu'il n'aurait plus personne pour l'aider à s'occuper de Mick et David. Il savait que Marisa avait raison. Il était désormais parfaitement à même de se débrouiller seul avec eux. Mais seul, il ne voulait pas l'être.

Il paniquait parce qu'il l'aimait. A en perdre la tête.

Sauf qu'il n'avait pas le droit de mettre en avant cet argument. Elle avait été très claire depuis le début : elle était là pour ses enfants, pas pour lui.

— J'aimerais que tu réfléchisses, dit-il.

Ces mots étaient à des années lumières de la peine qu'il ressentait.

Elle secoua la tête.

— C'est pour le mieux, répondit-elle, avant de revenir vers lui et d'ôter de son doigt la bague qu'il lui avait donnée lors de la brève cérémonie de mariage. Tiens, elle est à toi. Je ne la portais qu'à titre temporaire.

Il replongea les mains dans ses poches, refusant de prendre cette alliance qui avait jadis été celle de sa mère et qui, dans son esprit, appartenait aujourd'hui à Marisa.

Elle haussa les épaules et posa le bijou sur la coiffeuse, où le soleil fit scintiller le petit diamant.

— Je préférerais que tu ne dises pas aux enfants que je m'en vais pour toujours. Je leur expliquerai que je dois faire un voyage. Ils sont jeunes. Dans deux ou trois semaines, je ne serai plus pour eux qu'un vague souvenir.

Sa voix s'était légèrement altérée.

Tandis qu'elle commençait à plier les chemisiers et à les placer dans la valise, Mick se mit à crier. Jack la laissa pour aller s'occuper des garçons.

Il savait faire de la musique.

Il savait maintenant comment réagir lorsqu'un de ses fils se comportait mal.

Mais il n'avait pas le moindre début d'idée quant au moyen d'empêcher la femme qu'il aimait de l'abandonner.

Des larmes brûlantes affluèrent aux yeux de Marisa. Assise sur le rebord du lit, elle tenta bien de les refouler, mais elles jaillirent malgré elle, dégoulinant sur ses joues telle une rivière rompant ses digues.

Elle s'était réveillée ce matin dans la chaleur des bras de Jack, le corps imprégné de son odeur, et sachant qu'elle devait partir.

Le faire maintenant serait moins pénible que de reporter son départ à plus tard. Au moins s'en allait-elle par sa propre volonté plutôt que d'en être priée par Jack.

Pour autant, cela n'allégeait pas la souffrance qui la déchirait. Elle avait cru pouvoir y arriver, cru qu'elle pourrait épouser Jack dans le seul intérêt des enfants tout en conservant ses distances émotionnelles avec leur père.

Elle s'était trompée. Jack avait instillé en elle un amour et un désir infiniment plus forts que ce qu'elle avait connu jusque-là, et elle en était terrifiée.

Dans le long terme, il ne pourrait se satisfaire d'être marié à une femme qu'il n'avait épousée que dans le but de lever toute menace sur sa tutelle concernant les enfants. Il valait mieux partir maintenant, plutôt que d'attendre de le voir malheureux et de s'y sentir forcée.

Elle ne pouvait rester au ranch en sachant qu'elle avait son respect, sa gratitude, et de façon ponctuelle son désir. Mais un désir sans amour. C'était au-dessus de ses forces.

Il aurait été plus facile de filer à l'anglaise au milieu de la nuit sans un mot d'adieu, mais sitôt née, elle avait chassé de son esprit cette idée insupportable de disparaître sans embrasser ses chers petits.

Se relevant du lit, elle se remit à la tâche, essayant d'ignorer le bruit que Mick et David faisaient en jouant dans le séjour et la voix grave, mélodieuse, de Jack qui les accompagnait.

Alors qu'elle achevait de remplir sa valise, Marisa se rendit compte qu'une partie d'elle-même, quelque part, s'était attendue à ce moment. C'était la raison pour laquelle elle n'avait entrepris aucune démarche pour vendre sa maison.

Elle s'empressa de verrouiller les serrures de son bagage et fut bientôt prête. Une fois encore, les larmes lui gonflèrent les paupières. Elle ne voulait pas partir, mais la force de ses sentiments pour Jack lui donnait envie de fuir sur-le-champ et de se cacher avant que la douleur ne prenne le dessus.

C'est avec toute la détresse du monde qu'elle empoigna la valise avec laquelle elle était arrivée au ranch. Elle paraissait beaucoup plus lourde que ce jour-là, mais elle savait que l'excédent de poids n'était autre que son émotion.

Quand elle arriva dans le séjour, Jack et les enfants étaient allongés par terre au milieu de la pièce, absorbés dans les cabrioles d'un rallye de petits camions.

— M'isa, regarde ! dit David en faisant passer l'un d'eux par-dessus un coussin, puis remonter le long du bras de Jack.

Cet appel lui serra la gorge et faillit la faire flancher. Mais elle refusa de pleurer devant les enfants.

— David, Mick, venez vous asseoir ici une minute avec moi.

S'installant sur le canapé, elle tapota les coussins à sa droite et à sa gauche. Les garçons grimpèrent à ses côtés, et elle passa les bras autour de leurs épaules.

La peine qui la submergeait était indicible. Pendant quelques instants, elle ne parvint plus à respirer. Ces enfants, songea-t-elle, étaient censés être aujourd'hui les siens, et sans le savoir, cet homme assis à même le sol possédait à jamais son cœur.

— Il faut que je parte pour un petit voyage, annonça-t-elle enfin. Je veux que vous soyez très gentils avec votre papa pendant mon absence, d'accord ?

Mick se figea, la mine incrédule.

— Tu avais promis, protesta-t-il avec une grimace indignée. Tu avais promis que tu ne t'en irais pas !

— Oui, tu avais promis, fit écho David. M'isa méchante !

Elle ne sut trop si elle devait éclater de rire ou fondre en larmes. Elle se tourna vers Jack, mais celui-ci ne lui fut d'aucun secours. Il demeura assis par terre, une vague lueur accusatrice dans ses yeux gris.

— Je sais, reconnut-elle. Mais vous n'avez plus besoin de moi. Vous avez votre papa, qui s'occupera de vous pour toujours.

— Mais nous te voulons toi aussi, insista Mick.

David se colla à elle de toute la vigueur de son petit corps, et la fixa d'un œil courroucé.

— M'isa méchante, répéta-t-il.

Ils lui brisaient le cœur. Incapable de contenir plus longtemps ses larmes, elle chercha de nouveau l'appui de Jack.

— M'isa méchante, dit-il.

Ebranlée, elle se leva du canapé, sachant que si elle ne le faisait pas maintenant elle ne le pourrait plus. Que les enfants lui en veuillent était déjà déchirant en soi, mais cette expression de panique dans les yeux de Jack lui portait le coup de grâce.

— On se reverra très bientôt, dit-elle à Mick et David.

Empoignant ses bagages, elle se dirigea vers la porte, qu'elle ne voyait plus que brouillée.

— Marisa, attends.

Jack se leva et s'avança vers elle.

— Les garçons, si vous essayiez de nous faire une route avec tous ces cubes ?

Tandis que les petits retournaient à leur jeu, Jack lui saisit les deux épaules et plongea son regard gris dans le sien avec une intensité telle qu'un regain de douleur la traversa.

— Je ne peux pas te laisser partir sans te dire quelque chose, déclara-t-il.

Elle ferma les yeux un moment, incapable de le regarder tandis qu'il lui répétait combien il appréciait ce qu'elle avait fait pour ses fils et pour lui-même.

— Marisa, je t'aime, dit-il enfin.

Elle rouvrit les yeux et le regarda avec stupéfaction.

— Je ne voulais pas t'en parler, poursuivit-il, parce que j'étais conscient que m'aimer n'était pas stipulé dans ton contrat d'embauche.

— Tu m'es juste reconnaissant, balbutia-t-elle, les poumons oppressés par une grosse boule d'émotion.

— C'est vrai, je te suis reconnaissant. Mais ce n'est qu'une infime parcelle de ce que je ressens pour toi. La vérité, c'est que je suis fou amoureux de toi.

Il posa la main sur sa jouc.

— Tu me stimules, Marisa. Tu me fais du bien, tu m'inspires. Je veux que tu sois la femme qui sera à mes côtés quand mes enfants passeront du stade de marmots exubérants à celui de beaux jeunes gens… Et je veux que nous passions le reste de notre vie ensemble.

Laissant retomber sa main, il scruta son regard, les yeux assombris par ce qui ressemblait à de l'appréhension.

— Mais si tu restes ici, reprit-il, je ne veux pas que ce soit à cause des enfants. Je veux que ce soit parce que tu m'aimes, toi aussi. A présent si tu décides de t'en aller, je comprendrai.

— Oh, Jack, je m'en allais parce que je suis amoureuse de toi, parce que je ne pouvais supporter l'idée de continuer à vivre ici avec uniquement ta reconnaissance.

Elle lui sourit à travers ses larmes.

— Je t'aime, Jack Cortland. De tout mon cœur. Et je serai très honorée d'être cette femme qui se tiendra à tes côtés jusqu'à la fin de ta vie.

A peine eut-elle prononcé ces mots qu'il fondit sur sa bouche, et prit possession de ses lèvres dans un baiser qui fit voler en éclats le reste de la peur qui pouvait encore demeurer au fond d'elle, un baiser qui l'électrisa de passion et de la promesse d'un amour qui durerait toujours.

— On les attrape ! cria Mick en refermant ses petits bras sur les jambes de Jack.

— On les attrape ! répéta David en se joignant à lui. Papa et maman par terre !

Jack se laissa choir sur le sol, emmenant Marisa avec lui, et ce ne fut plus que rires, chatouillis et tendresse. Marisa sut alors que sa véritable place était ici, à jamais… avec la famille de son cœur.

# Épilogue

Les gens s'agglutinaient sur la pelouse devant la maison, où des tables chargées de nourriture et de boissons avaient été dressées. Sur une petite estrade à côté, un trio jouait de la bonne vieille musique country.

Deux semaines s'étaient écoulées depuis le rapt des enfants, et Jack et Marisa avaient décrété qu'une petite fête s'imposait pour célébrer leur vie de couple. Toute la famille Rothchild avait été invitée, de même que celle de Marisa.

La fête avait démarré une heure plus tôt, et battait déjà son plein. Depuis le perron de la maison, Marisa promena son regard sur la petite foule en effervescence.

Ses parents se tenaient à côté d'Harold et de sa seconde épouse, Anna. Tous les quatre conversaient avec animation, sans aucun doute de l'immobilier à Las Vegas et de la dépression actuelle du marché.

Harold était rentré chez lui le matin même de son audition à l'hôtel de police, et avait annoncé à sa femme potiche qu'il voulait divorcer. Celle-ci avait depuis quitté la maison avec leur fils, et ils étaient aujourd'hui engagés dans une âpre bataille pour régler les détails de leur séparation. Entretemps, Harold avait renoué avec sa précédente épouse, Anna.

Conner Rothchild, son neveu, était venu en jeune marié avec sa femme, Vera LaRue, une femme délicieuse, ancienne danseuse au caractère affirmé et qui n'avait pas sa langue dans sa poche. Marisa reconnut également la sœur jumelle de Candace, Natalie, en compagnie de son mari, Matt, devant la table à victuailles.

— J'ai une fournée de chili con carne toute chaude, annonça Betty depuis la porte, derrière elle. Vous connaissez les règles, madame Cortland : je cuisine, mais je ne sers pas.

Marisa se retourna et lui sourit.

— Merci, Betty. Je vais m'en charger.

La cuisinière s'activait depuis deux jours à préparer la nourriture pour l'événement, sans jamais se plaindre. Petite révolution, elle acceptait même désormais que Marisa prenne son café du matin dans la cuisine, et des liens d'amitié commençaient à se tisser entre les deux femmes.

Jenna Rothchild et son fiancé, l'agent du FBI Lex Duncan, étaient en discussion avec Rita, et il y avait fort à parier que le sujet en était Paz Marquez et ses odieux crimes.

Marisa entra d'un pas leste dans la cuisine et se saisit du grand plat de chili qui attendait, fumant et diablement appétissant, sur la table de bois brut.

En le portant à l'extérieur, elle aperçut Sam et Max qui se tenaient un peu à l'écart de l'assemblée, mal à l'aise dans leur costume du dimanche. Ils ne lui donnaient plus la chair de poule. Elle avait fini par comprendre qu'ils étaient simplement d'une grande timidité. Déposant le plat sur la table, elle leur fit signe de s'approcher.

— J'espère que vous allez faire honneur à la cuisine de Betty, déclara-t-elle. Et peut-être, tout à l'heure, me montrerez-vous comment on danse le « two-step ».

Le visage de Sam vira au cramoisi.

— Je ne sais pas danser, confessa-t-il d'un air gêné. Mais en revanche ce chili me met l'eau à la bouche.

— Pour ma part je ferais bien un « two-step » tout à l'heure, confia Max en observant une jolie blonde qui était là en tant qu'invitée.

Une main se posa sur l'épaule de Marisa. Elle se retourna pour se retrouver face à Rita.

— Géniale, ta petite fête, observa celle-ci.

— Merci. Ça fait plaisir de voir les Rothchild s'entendre aussi bien.

— Harold t'a-t-il dit qu'il avait récupéré la bague ? Elle est aujourd'hui en lieu sûr, attendant d'être cataloguée. Il en a fait don à sa collection d'art itinérante.

— Eh bien, bon voyage ! répondit Marisa. Ce bijou aura causé plus de souffrance que de joie.

— Oh, ça, je n'en sais rien. A en croire la légende maya, toute personne qui s'en approche rencontre l'amour de sa vie.

Marisa éclata de rire.

— Je suis la preuve vivante que c'est faux. Patrick et moi étions ensemble quand je me suis trouvée à proximité de cette bague. Et en ce qui me concerne, il n'était certainement pas l'amour de ma vie.

Un sourire étira les lèvres de sa tante.

— Tu devais être encore un peu sous son influence magique quand tu as rencontré Jack. Car si j'en crois ce que tu m'as dit, ç'a été le coup de foudre des deux côtés.

D'un geste spontané, elle la serra entre ses bras.

— Je ne t'ai jamais vue aussi heureuse.

— Parce que je n'ai jamais été aussi heureuse, répliqua Marisa tandis que Rita la relâchait.

— Au fait, j'ai appris que tu avais commencé tes entretiens d'embauche pour ton agence ?

Marisa hocha la tête.

— Le premier a eu lieu hier. D'ici deux mois, je pense avoir mon effectif au complet et être opérationnelle.

— J'en suis contente pour toi, s'exclama Rita. Et maintenant, si tu ne m'en veux pas, je vais m'emplir une assiette de cette délicieuse nourriture.

Remontant vers la maison, Marisa nota la présence de la fille d'Anna, Silver Rothchild, assise dans l'un des fauteuils de jardin, aux côtés de son très séduisant mari, le capitaine Austin Dearing.

Le sourire aux lèvres, celui-ci tendit la main et la posa sur le ventre arrondi de Silver, geste intime, s'il en était, entre un homme et la femme enceinte qu'il aimait, et Marisa en eut un léger pincement au cœur.

Jamais son ventre ne connaîtrait le contact de la main d'un homme à l'occasion d'une grossesse. Jamais elle ne ferait l'expérience des nausées matinales aux premiers jours du développement d'un bébé.

Mais son pincement au cœur s'envola tandis que lui parvenait le rire cristallin de David, porté par la chaude brise estivale. Elle reporta son regard au-delà de l'étendue de terre calcinée où s'était élevée la grange, vers l'écurie un peu plus loin.

Jack avait fait aux enfants la surprise de l'acquisition de deux poneys, et il les emmenait à présent pour leur toute première promenade équestre.

Son cœur se gonfla d'émotion à la vue de cet homme qui, s'il ne l'avait pas fait frétiller des hanches par ses talents de batteur au sein de son groupe Creation, avait tourneboulé son univers par la force de son amour.

— C'est vraiment devenu un type bien, fit la voix profonde d'Harold juste derrière elle.

Marisa pivota sur elle-même et sourit au sémillant vieil homme.

— En effet, agréa-t-elle. Il a toujours été pétri de qualités. Il lui manquait juste quelqu'un qui croie en lui.

— Et vous avez cru en lui.

— De tout mon cœur, répondit-elle.

Les yeux d'Harold survolèrent la petite foule pour s'arrêter sur Anna, sa seconde épouse.

— C'est important d'avoir quelqu'un qui croit en vous dans la vie, dit-il. Quelqu'un qui vous aime. J'espère cette fois ne pas commettre d'erreur. Anna est en tout point une femme remarquable.

Son portable sonna dans sa poche. Il fronça les sourcils, le sortit et décrocha en s'éloignant.

Marisa le suivit un instant des yeux, se disant qu'Harold était finalement plus humain qu'elle ne l'avait d'abord cru. Avec un soupir, elle reporta son attention sur l'écurie et aperçut Jack qui lui faisait signe.

Même à cette distance, elle sentit son amour voler jusqu'à elle et son cœur s'emballa. Sans doute, songea-t-elle, serait-il grossier de sa part d'abandonner ses invités et de se précipiter vers l'écurie.

Mais son hésitation dura le temps d'un feu de paille et elle se dirigea d'un pas vif vers Jack et les enfants. Il devait être évident pour tout le monde qu'elle se hâtait de retrouver les deux petits garçons de son cœur.

Après tout, ses invités lui pardonneraient certainement de les délaisser pour rejoindre l'homme qu'elle adorait, et la promesse d'un avenir de rires, de tendresse et d'amour.

JENNA RYAN

# Double identité

*Traduction française de*
VÉRONIQUE MINDER

BLACK ROSE

HARLEQUIN

*Titre original :*
A PERFECT STRANGER

*Ce roman a déjà été publié en 2010.*

# Prologue

*Los Angeles, 2006*

Le commissariat de police sentait la transpiration et les effluves écœurants de café froid. L'air conditionné ne fonctionnait pas, ou par à-coups, transformant les lieux en une véritable étuve. Le vacarme habituel, fait d'allées et venues, de conversations téléphoniques et de raclements de chaises, régnait dans le poste, accru par une rumeur persistante provenant de l'extérieur. Quand on fermait les yeux, on avait l'impression d'être dans un grand magasin new-yorkais un jour de soldes et de canicule.

Assise dans le couloir, Shannon Hunt s'éventait avec un dossier. Les conditions dans lesquelles elle attendait avaient beau être à la limite du supportable, pour l'intrépide journaliste qu'elle était, l'endroit représentait un vivier incomparable d'histoires et autres faits divers passionnants.

Elle souriait à cette pensée quand la capitaine Carmela Holden ouvrit brusquement la porte de son bureau et l'appela d'une voix forte qui ne présageait rien de bon.

— Que personne ne nous dérange, merci ! ajouta Carmela au policier préposé à l'accueil.

D'un signe, elle invita Shannon à entrer, puis referma la porte et retourna s'asseoir derrière son bureau.

— Vous allez devoir vous teindre les cheveux, Hunt, déclara-t-elle à brûle-pourpoint.

Prise de court, Shannon haussa les sourcils.

— Pardon ?

— Teignez-les ou changez de coupe. Achetez-vous des lunettes. Ou des lentilles de couleur. Et vendez votre maison.

— Ce n'est pas une maison mais un appartement, répliqua Shannon. Vous pouvez m'expliquer ce qui se passe, capitaine ?

Le regard de Carmela Holden se durcit.

— Frankie Maco a été condamné à douze ans de réclusion criminelle à la prison d'Etat de San Quentin.

— Je sais. Je vous rappelle que j'ai témoigné à son procès. J'étais là quand le verdict est tombé. Si vous voulez mon avis, douze ans, ce n'est pas assez. Moi, je lui en aurais donné vingt-cinq rien que pour ses trafics de drogue !

— Je ne vous le fais pas dire. Vous avez témoigné, et vous avez reçu des menaces de mort.

Shannon balaya l'air de la main avec insouciance.

— Très subtilement, par l'un de ses neveux. Je crois qu'il avait un peu trop forcé sur la cocaïne, ce jour-là.

— Et vous n'avez pas remarqué le sourire de Frankie, pendant que son neveu vous menaçait ? demanda Carmela, les sourcils froncés.

— Un sourire ? Non. J'aurais plutôt dit une grimace de contrariété devant l'attitude déplorable de son neveu !

— Des menaces n'en restent pas moins des menaces.

Shannon ne put retenir un soupir en voyant la gravité

empreinte sur ses traits. De toute évidence, la capitaine Holden s'inquiétait pour sa sécurité.

Cela faisait dix-huit mois que Shannon travaillait comme journaliste d'investigation au sein d'un grand magazine de Los Angeles. Elle avait largement contribué à l'arrestation de Frankie Maco en infiltrant le clan, puis en signant un article choc sur ses agissements. De nombreuses preuves étayaient ses conclusions, dont des photographies et des enregistrements vidéo.

— Ecoutez, capitaine…

Carmela Holden tapa vigoureusement du plat de la main sur la table pour l'interrompre.

— Non, Hunt, c'est vous qui allez m'écouter. Bon sang, vous avez beau avoir dix ans de plus que ma fille, vous êtes aussi têtue qu'elle !

Shannon se pencha légèrement en avant et la regarda droit dans les yeux.

— Vous ne réussirez pas à me convaincre de changer d'apparence. De toute façon, je serais ridicule en brune. J'ajoute que Frankie Maco n'est pas un tueur.

— Il a des exécutants, des bras armés qui tuent de sang-froid.

— C'est un parrain qui ne fait que brasser les milliers de dollars que lui rapportent l'extorsion, l'usure et le trafic de drogue.

— Qui sont, jc vous le rappelle, des activités criminelles !

— Son influence se limite à Los Angeles, riposta Shannon, déterminée à ne pas céder.

— Peut-être, mais elle n'en est pas moins prépondérante.

— Sauf que, depuis l'arrestation de Frankie Maco,

des querelles intestines divisent le clan, ce qui a pour effet de l'affaiblir.

— Le clan n'en reste pas moins soudé, et pourvu de connexions redoutables, répliqua Carmela Holden qui s'échauffait. N'oubliez pas ses émissaires en col blanc !

— Et vous, vous ne devriez pas oublier que Frankie Maco a de nombreux ennemis. Vous vous souvenez de la série de représailles qui a opposé son clan à un clan rival ? Frankie en prison, l'hégémonie de la dynastie Maco va décroître inévitablement.

— Ses ennemis et rivaux n'épargneront pas pour autant une journaliste d'investigation, qui pourrait infiltrer leur organisation, contribuer à l'arrestation d'un autre parrain et le charger au cours du procès ! s'exclama Carmela Holden, cette fois ouvertement excédée.

D'un geste sec, elle introduisit une clé USB dans son ordinateur et tourna l'écran vers Shannon.

— Je vous ai trouvé une nouvelle identité. Darcy Nolan, fille unique d'Ann et Jerry Nolan, agents immobiliers. Vos parents, qui étaient à la retraite depuis cinq ans, sont morts récemment à huit mois d'intervalle. Darcy est d'origine écossaise — c'est pourquoi je vous conseille de vous teindre les cheveux en roux et de porter des lentilles de contact vertes. J'aurai un nouveau boulot pour vous dès demain. Pas ici. Partout sauf à Los Angeles.

La proposition acheva de rendre Shannon furieuse. Comment se faisait-il qu'elle lui en veuille autant alors qu'elle n'avait à cœur que sa sécurité ?

— J'espère que vous n'êtes pas aussi tyrannique avec votre fille, ou il ne faudra pas vous étonner si elle se met un jour à ruer dans les brancards !

— Ne vous inquiétez pas pour ma fille.

— Ecoutez, capitaine, je…

Carmela Holden posa la main sur son bras, les yeux rivés aux siens.

— Réfléchissez bien. Vous savez quel genre d'homme est Frankie Maco. Vous connaissez aussi ses agissements.

Un instant, Shannon considéra sa main posée sur son bras, puis releva les yeux vers elle.

— Très bien, je vais réfléchir.

Et elle ajouta sur le ton de la plaisanterie :

— Mais il est hors de question que je me teigne les cheveux. Blonde je suis, blonde je resterai.

— Il ne faut jamais dire jamais.

Carmela lui donna un dernier conseil avant d'ôter sa main :

— Surtout, soyez prudente, Shannon.

Son entretien avec la capitaine Holden l'avait déstabilisée, dut admettre Shannon en quittant le commissariat au volant de sa voiture. Il faut dire que, depuis la fin du procès de Frankie Maco, elle cédait à une émotivité qui ne lui était pas habituelle. Force lui était même de reconnaître que son malaise datait en réalité de la parution de son article, lequel avait mis le feu aux poudres.

Si Maco, du fond de sa prison de San Quentin, ne pouvait se venger d'elle en personne, il était parfaitement capable de confier la tâche à quelqu'un d'autre.

Le cœur battant, elle leva brusquement les yeux vers son rétroviseur et observa la route derrière elle. Personne, constata-t-elle avec soulagement. Ce qui ne l'empêcha pas de rester vigilante jusque chez elle, à Little Tujunga Canyon.

Son retour se déroula sans encombre, et lorsqu'elle se

gara sur sa place de parking, elle se sentait déjà mieux. Au diable Carmela Holden et ses tentatives d'intimidation !

Elle descendit de voiture et referma sa portière. Un souffle de vent passa sur son visage, chaud et sec, nullement rafraîchissant. Malgré sa tenue légère — haut fluide et pantalon en lin —, elle transpirait. La chaleur de ces derniers jours rendait les gens agressifs. Même les policiers ! songea-t-elle avec humour.

Alors qu'elle regagnait son appartement, un buisson frémit sur sa gauche, aussitôt suivi d'un bruit de pas. Avant qu'elle ait eu le temps de réagir, des doigts se refermèrent brutalement sur la gorge. La surprise et la terreur lui coupèrent le souffle.

Sous la violence du choc, elle rejeta la tête en arrière et se cogna à la porte de son appartement. Des effluves d'eau de Cologne lui montèrent aux narines, puis un regard haineux vint se river au sien, achevant de la paniquer.

Vince Maco.

Le fils de Frankie.

— J'ai un message pour toi, Shannon Hunt, gronda-t-il avec haine.

Elle s'efforça de ne pas détourner les yeux.

— Lâche-moi, Vince, articula-t-elle d'une voix hachée, presque sans timbre. Des policiers surveillent mon immeuble.

— Tu parles ! Ils sont en train de s'empiffrer de pizza et fixent la fenêtre de ta chambre en fantasmant comme des malades.

Et il resserra la pression de sa main sur sa gorge.

Brusquement privée d'air, elle vit des taches de lumière danser devant ses yeux. Ses mains tâtonnèrent ; tant bien que mal, elle réussit à atteindre la poche de son jean et, de l'index, crocheta l'anneau de son porte-clés anti-agression. La sirène retentit aussitôt. Un son strident de près de cent vingt décibels, l'équivalent du bruit d'un avion à réaction ou d'un marteau-piqueur.

Vince la lâcha pour plaquer les mains sur ses oreilles, tandis que des fenêtres s'ouvraient dans l'immeuble, accompagnées d'exclamations de protestation.

Loin de se montrer vaincu, Vince se rapprocha d'elle avec un sourire cruel.

— Tu ne sauras pas où et quand, siffla-t-il. Tu ne verras et n'entendras rien. Ça aura lieu au moment où tu t'y attendras le moins. Chauffeur de taxi, vendeur ou passant en train de mettre une pièce dans l'horodateur... Ce sera quelqu'un, un jour. N'importe qui, n'importe quand. Moi, sûrement. Un seul coup de feu, ma belle. *Pang*. C'est tout ce dont j'ai besoin pour me venger.

Sur ces mots, il prit la fuite, l'abandonnant, paralysée par la terreur, sur le seuil de son appartement.

Une microseconde plus tard, les policiers en faction devant chez elle déboulaient, alertés par la sirène. L'un d'eux prit Vince Maco en chasse, tandis que l'autre la faisait entrer dans l'appartement et s'asseoir sur une chaise.

Elle répondit machinalement à ses questions, deux pensées tournoyant dans sa tête.

Un : ils ne rattraperaient pas le fils de Frankie Maco.

Deux : il était temps que Shannon Hunt disparaisse de la surface de la Terre.

# 1

*New York, 2009*

Il faisait chaud. Un vent moite véhiculait toutes les nuisances sonores du quartier — bruits de circulation, boum-boum frénétiques de la techno qu'écoutait un voisin, aboiements hystériques. Une nuit d'été typique, songeait Marlowe Damon, vautré dans son canapé. Brûlante et infernale, où tout le monde était sur les nerfs.

Poussés par la canicule, les New-Yorkais avaient réglé leurs climatiseurs au maximum, ce qui avait provoqué deux pannes d'électricité en l'espace de deux jours. Manque de chance, la météo prévoyait des températures encore plus élevées dès le lendemain. Les autorités demanderaient-elles aux New-Yorkais de faire preuve d'un peu de civisme ? Marlowe n'en avait aucune idée, et de toute façon il s'en fichait complètement. Seul dans la pénombre de son studio de Soho, il s'adonnait aux idées noires.

Il tressaillit en entendant un grondement monter dans les canalisations de l'immeuble. Le bruit devint bientôt tel que les murs se mirent à trembler. Nul doute que le papier peint, véritable collector des années soixante-dix, ne tarderait pas à se décoller, ironisa-t-il avant de boire une gorgée de bière bien fraîche.

Il s'étira, puis regarda distraitement un cafard longer une fissure dans le mur. Certaines nuits, il en comptait jusqu'à dix — un nombre tout à fait acceptable pour le quartier. Dans l'appartement de son ex, à Los Angeles, il y en avait deux fois plus.

A cette évocation, la douleur qu'il ressentait toujours quand il pensait au passé faillit le submerger. Le passage du temps avait eu beau l'atténuer, elle restait tenace, la garce ! De fait, il s'obligeait à verrouiller ses souvenirs dès qu'ils surgissaient au détour d'un rappel olfactif, visuel ou sonore. Il refusait de descendre au fond de sa détresse, de peur de ne pas trouver la force de remonter.

Une fois de plus, il réagit à temps et but une bonne rasade de bière, histoire de s'en récompenser.

Au même instant, une mélodie s'éleva non loin de lui. *Tears in Heaven*, la chanson d'Eric Clapton qu'il avait choisie en guise de sonnerie pour son portable. Il l'écouta un instant, tournant sa bière entre ses doigts, avant de se décider à décrocher.

— Damon.

— Ai-je l'honneur de parler à Marlowe Damon, de MD & associés ?

Léger accent européen, élocution parfaite et ton courtois. En consultant l'écran de son portable, Marlowe s'aperçut que son interlocuteur appelait de la Californie du Sud.

— Vous savez quelle heure il est à New York ? grommela-t-il. Presque minuit.

— J'interprète votre remarque comme la confirmation que vous êtes bien Marlowe Damon. C'est l'un de vos anciens clients qui m'a recommandé à vous ; il a actuellement un cabinet et exerce le droit pénal à Manhattan.

— Je vois : Peter Duggan.

Son interlocuteur parut impressionné par la rapidité de ses déductions.

— Votre réputation semble conforme à la réalité, monsieur Damon. Peter et moi avons collaboré sur une affaire, à Los Angeles. Je me présente, Umer Lugo, avocat. Puis-je vous demander si vous êtes engagé dans une mission, actuellement ?

Marlowe esquissa un mince sourire.

— J'ai des clients, répondit-il, sibyllin.

— Vous m'en voyez ravi, mais on m'a recommandé de vous offrir des honoraires deux fois plus élevés que ceux que vous percevez habituellement, voire le triple si vous pouvez conclure l'affaire que je vous propose dans un délai de cinq jours. Je dois toutefois vous préciser que je n'ai que peu d'informations sur la personne que je cherche à localiser.

— Vous êtes bien mystérieux, monsieur Lugo, remarqua Marlowe. A moins que vous ne ménagiez le suspense pour mieux m'appâter. Mais je préférerais que vous en veniez directement aux faits. De mon passage à la police criminelle, j'ai gardé l'efficacité et la précision. Qui voulez-vous que je retrouve et pourquoi ?

— Shannon Hunt. Du moins était-ce son nom il y a trois ans. Je ne sais pas comment elle s'appelle, aujourd'hui.

— Un mandat d'arrêt a été lancé contre elle ?

— Non. Sa famille cherche simplement à la retrouver afin qu'elle rentre à la maison.

— Quel âge a-t-elle ?

— Vingt-huit ans. Elle en aura vingt-neuf à Thanksgiving. Je peux vous envoyer une photo d'elle, mais il est possible qu'elle ait changé d'apparence.

Il pinça le goulot de sa bouteille de bière entre le pouce et l'index.

— Pourquoi ?

L'avocat poussa un soupir.

— Des explications sont-elles indispensables ?

— Oui, si vous voulez que je me charge de votre affaire.

— Eh bien, c'est un peu délicat à expliquer. Voyez-vous, Shannon s'est disputée avec son grand-père, qui a récemment perdu son unique petit-fils dans un accident de voiture. Et quand vous avez quatre-vingt-douze ans, monsieur Damon, et que votre santé est chancelante, vous avez envie de renouer les liens avec vos descendants, et, surtout, de pardonner… Je suis désolé de la platitude et de la brièveté de mon exposé, mais vous vouliez que je replace les faits dans leur contexte. Ces précisions faites, j'ajoute que mon cabinet, bien que modeste, jouit d'une excellente réputation. Vous pouvez bien entendu vérifier mes dires. Je vais cependant vous demander de procéder à ces vérifications aussi rapidement que possible. J'ai en effet besoin d'une réponse de votre part, à 6 heures, heure de l'Est.

Le regard de Marlowe tomba sur l'écran de télévision, où défilaient les images d'un manège à l'ancienne. Perché sur un cheval de bois, un enfant riait aux éclats en tendant le bras pour attraper le pompon doré.

Marlowe se redressa brusquement, puis secoua la tête. Quittant la télévision des yeux, il se passa la main dans les cheveux avec un soupir.

— Le grand-père de Shannon Hunt a quatre-vingt-douze ans ?

— Et je doute malheureusement qu'il atteigne ses quatre-vingt-treize. Acceptez-vous cette mission ?

Quelque chose dans sa voix le mit en alerte, sans qu'il sache pourquoi. Pensif, il regarda devant lui tout en effectuant des mouvements de la tête, tant pour assouplir sa nuque que pour s'aider à réfléchir.

— Envoyez-moi les informations en votre possession. Si vous payez bien, j'en suis.

— Vous êtes un homme généreux, monsieur Damon.

— Non, seulement un homme, corrigea-t-il.

Puis il raccrocha et, se radossant au canapé, termina sa bière.

— Darcy, tu es là ? Bon sang, je ne t'entends plus. Réponds-moi à la fin ! J'ai laissé des messages sur ta boîte vocale toute la journée !

Elaine Holland, rédactrice en chef d'un grand magazine à Philadelphie, semblait très énervée. Or Darcy n'avait vraiment pas besoin de ça. Ecartant son portable de son oreille, elle tenta d'expliquer la situation au mécanicien argentin qui se tenait à côté d'elle, une clé à mollette à la main.

— C'est le tuyau du radiateur. Il est fendu, et ça fuit, précisa-t-elle en accompagnant cette information d'un geste évocateur. Je vous laisse regarder, d'accord ?

Puis elle reprit à l'attention de son interlocutrice :

— Désolée, Elaine, je n'ai pas eu le temps de consulter ma messagerie, aujourd'hui. Ma voiture de location est tombée en panne en pleine pampa.

Son regard se posa sur la cabane isolée et toute branlante qui tenait lieu de station-service, et elle ajouta :

— Je crois que je ne serai pas de retour dans les délais prévus…

De la pointe de sa clé à mollette, le mécanicien lui montra une chèvre qui gambadait dans le pré. Le message était clair : il lui proposait de poursuivre son voyage sur le dos de l'animal.

— Je suis toujours en Argentine, reprit-elle à l'adresse de sa rédactrice en chef. En panne au milieu de nulle part, et incapable d'expliquer ma situation en espagnol.

— Tu es en rade ? Isolée ?

— *Si.*

— Il ne manquait plus que ça ! J'espère que tu as quand même pu t'entretenir avec le célébrissime Dr Aquilina ?

— Oui. Je l'ai même pris en photo. Il m'a fait visiter son laboratoire et sa ferme expérimentale. D'après lui, la famine dans les pays industrialisés est imminente, mais elle sera évitable si, je cite, « nous réussissons à ouvrir nos esprits et nos estomacs aux divines protéines des insectes, au seigle et au *cocoluna* ». Traduis ça par « chocolat de lune ». Je t'épargne les détails de la composition de cette mixture infernale.

Elle poussa un soupir. Vu les conditions, il semblait évident qu'elle ne pourrait pas rendre son article à temps pour le prochain numéro. A côté d'elle, le mécanicien donnait maintenant des coups de pied dans les pneus de sa voiture sans conviction. Décourageant…

Explique-moi plutôt pourquoi tu m'as harcelée d'appels, aujourd'hui.

— Un type est venu poser de drôles de questions sur toi.

Darcy sentit son cœur manquer un battement. Laissant le mécanicien tripatouiller dans le moteur de sa voiture, elle s'éloigna et alla se réfugier sous l'ombre d'un belombra.

— Quel genre de questions ?

— Du genre bizarre. Pour commencer, il a évoqué une certaine Shannon, que personne ne connaît au magazine. Au bout d'un moment, je me suis rendu compte que c'était de toi qu'il parlait. Shannon, c'est ton deuxième prénom ?

— Pas du tout, répondit-elle. Que lui as-tu dit ?

— Que tu travaillais pour le magazine depuis environ un an. Au début, j'ai cru que c'était un flic, puis j'ai compris qu'il était détective privé. Mais pourquoi un détective te rechercherait-il ? C'est en me posant cette question que je me suis aperçue que je ne savais presque rien de toi. Tu es une véritable énigme, Darcy ! Charmante, certes, mais bien mystérieuse.

— Peut-être, fit-elle distraitement. Comment s'appelle ce détective ?

— Marlowe Damon.

Inconnu au bataillon.

— Description ?

— En un mot : Waouh ! Grand, mince et musclé. Des cheveux noirs et bouclés qui n'ont pas vu une paire de ciseaux depuis plusieurs mois. Ça lui donne un petit air canaille à croquer, commenta Elaine, un sourire dans la voix. Il ne mâche pas ses mots, et est plutôt du genre tenace. D'abord, je me suis dit que c'était un artiste, du style musicien ou poète maudit. Il a des yeux dorés — je te jure que c'est vrai ! Quelqu'un de normal dirait « noisette », mais l'écrivain frustré en moi me souffle qu'il a les yeux ambrés, exactement comme Heathcliff.

Darcy fronça les sourcils. Personne de sa connaissance ne correspondait à cette description. Perplexe, elle laissa dériver son regard sur le paysage qui l'entourait. A l'exception de la chèvre, d'un chien de la taille d'un shetland et du mécanicien qui s'était glissé sous sa voiture, il n'y avait aucun signe de vie. La pampa, jalonnée de cailloux et d'herbe, s'étendait à perte de vue, et le belombra sous lequel elle s'était abritée du soleil semblait le seul arbre à des kilomètres à la ronde.

— Il m'a montré son badge, poursuivait Elaine à l'autre bout du fil. Il s'appelle bien Marlowe Damon, et il travaille à New York.

Darcy grimaça. Les papiers d'identité, ça se falsifiait facilement, de même qu'une identité.

— Tu lui as dit où je me trouvais actuellement ?

— Difficile, puisque je n'en avais pas la moindre idée ! Rentre vite à Philadelphie avant que ce malade d'Aquilina cesse ses expériences sur les insectes et s'intéresse au cannibalisme !

Darcy ne put s'empêcher de rire.

Il y eut un silence, puis sa rédactrice en chef demanda :

— Tu es sûre que tu n'as pas une cousine qui s'appelle Shannon ?

— Non.

— Une jumelle diabolique, alors ?

— Excuse-moi, Elaine, mais je dois te laisser.

Alors qu'elle raccrochait, le mécanicien lui fit signe et, avec un sourire, lui montra le capot fumant de sa voiture. Elle lui rendit son sourire, puis se dirigea vers lui tout en agitant la main pour chasser un moustique obstiné.

Au même instant, une explosion retentit sous le capot.

— Trois jours et demi. Bravo !

Ils étaient assis à une table dans un restaurant turc.

Avec un sourire satisfait, Umer Lugo tendit à Marlowe un chèque provenant d'une banque suisse.

— Je suis ravi et impressionné par votre efficacité, monsieur Damon. Elle sera vraiment de retour à Philadelphie jeudi soir ?

— C'est en tout cas ce que ses collègues m'ont affirmé.

— Eh bien, je vous remercie pour vos services. Le reste, je m'en occupe.

L'avocat se leva et récupéra sa mallette posée au pied de sa chaise.

— Je dois malheureusement vous quitter, un autre rendez-vous m'attend. Mais choisissez ce que vous voulez dans le menu, monsieur Damon. Les frais sont pour moi, précisa-t-il avec un petit sourire. Vous savez, j'envisage de rester à Philadelphie jusqu'au retour de Mlle Nolan. Cela me permettra de jouer les touristes. Il y a tant de beaux sites à visiter, par ici.

Ses paroles élogieuses n'abusèrent pas Marlowe : l'homme mentait, et il mentait mal.

Et alors ? Ce n'étaient pas ses affaires.

Une fois l'avocat parti, il commanda le plat du jour et un verre de raki au serveur qui passait près de sa table, puis attendit en s'énumérant le nombre de factures en souffrance qu'il allait enfin pouvoir payer. Après un rapide calcul mental, il constata qu'il lui resterait encore une somme fort honorable. Parfait. Avec le reliquat de ses honoraires, il pourrait en profiter pour partir en voyage. Au Chili, par exemple. En pleine cordillère des Andes. Le plus loin possible de New York, dans un endroit où il ne connaîtrait personne et où personne ne le connaîtrait.

Il venait de boire une gorgée de raki quand les premières notes de *Tears in Heaven* s'élevèrent dans sa poche. Attrapant son portable, il consulta l'écran. L'appel provenait de Valentino Reade, un de ses collègues au temps où il travaillait pour la police de Los Angeles. Marlowe ne l'avait pas vu depuis une éternité, mais il avait eu de ses nouvelles récemment par le truchement de la presse.

— Salut, vieux ! lança Val à l'autre bout du fil. J'ai entendu dire que tu étais à Philadelphie. Quel bon vent t'amène chez nous ? Tu es sur une affaire ?

Marlowe sourit. Quelles que soient les circonstances, son ami était toujours de bonne humeur.

— Rien qui concerne la police de Philadelphie.

Puis, changeant de sujet, il ne put résister au plaisir de le mettre en boîte.

— Alors, Val, il paraît que tu as pris une vieille dame pour un punching-ball, dans un bar de la ville ? Figure-toi que le récit de tes exploits est venu jusqu'à moi !

— J'en conclus que tu as lu ce magazine à la noix qui m'a incendié... Laisse-moi t'expliquer le contexte : il y avait un bar à cocktails au rez-de-chaussée et un ring de catch au sous-sol. Ou plutôt, un repaire de truands ! On était en train de perquisitionner quand la situation nous a subitement échappé.

Marlowe éclata de rire.

— C'est ce que j'ai lu, mais en des termes moins fleuris. Vous êtes cinq à avoir reçu un blâme, c'est ça ?

— Sans commentaire. Ecoute, je quitte le service dans une heure. Tu bosses, là ?

Il ne répondit pas tout de suite. Un sentiment de malaise l'envahissait chaque fois qu'il pensait à la mission qu'il venait d'effectuer pour Umer Lugo. Quelque chose dans cette histoire, à moins que ce ne soit dans l'attitude de l'avocat, le troublait.

Il décida brusquement d'en avoir le cœur net.

— Je pensais rentrer à New York ce soir, mais je crois que je vais rester à Philadelphie au moins jusqu'à demain.

— Par plaisir ou pour une femme ?

— Comme tu le dis si bien : sans commentaire.

— Une très belle femme, alors !

Val lui donna ensuite le nom et l'adresse d'un bar.

— Rendez-vous là-bas à 22 heures. Si tu arrives le premier, demande la table 10. J'espère que tu as du pognon, parce que moi, je suis fauché.

Marlowe secoua la tête avec indulgence avant de raccrocher.

Il se plongea dans la contemplation de son verre de raki. Dans le restaurant régnait une chaleur étouffante. Quelqu'un avait augmenté le volume de la musique, et une chanson turque dont les notes s'égrenaient jusque-là avec une agréable discrétion, remplissait maintenant l'espace sonore. Inexplicablement, à moins que ce ne soit à cause de l'odeur entêtante de l'encens, de la chaleur ou des plats fortement épicés, il se rappela une fois de plus le visage d'une jolie blonde aux yeux très bleus qu'il n'avait vu qu'en photo.

Le visage de la femme dont il venait de retrouver la trace.

Les sourcils froncés, il leva son verre de raki et en but une gorgée. Pourquoi cette affaire, qu'il avait pourtant bouclée, le tourmentait-elle à ce point ?

Le jeudi soir à 22 h 20, Darcy était enfin de retour à Philadelphie.

Elle avait dû abandonner sa voiture de location pour continuer sa route dans une Ford antédiluvienne pétaradante et crachotante, laquelle avait finalement rendu l'âme à son arrivée à l'aéroport de Cordoba. De là, elle avait pris quatre vols : Cordoba-Buenos Aires, Buenos Aires-Miami, Miami-Chicago, Chicago-Philadelphie. Un voyage interminable et atrocement compliqué. A son arrivée à l'aéroport de Philadelphie, elle avait pris un taxi afin de rentrer rapidement chez elle.

C'en était fini de sa tranquillité, et elle le savait. Le détective privé qui avait interrogé Elaine était sans aucun doute à la botte du clan Maco.

Trois ans et un mois s'étaient écoulés depuis l'arrestation de Frankie Maco, l'obligeant à changer de vie. Elle s'était installée à Chicago, puis à Minneapolis et à Dallas ; elle avait beaucoup voyagé, couvrant l'actualité à Londres, Sydney et Shanghaï. Pendant trois ans, elle n'avait que rarement éprouvé la sensation de danger qui l'étreignait maintenant — sauf peut-être en Australie, ce pays réputé pour détenir le plus grand nombre d'animaux venimeux de la planète (grenouilles toxiques, serpents mortels, méduses venimeuses, araignées, etc.). Mais à présent, l'état de grâce était terminé : son identité avait été éventée.

Après avoir payé le chauffeur de taxi, elle prit son ordinateur portable et sa valise dans le coffre, et se dirigea vers sa maison.

— Darcy ! Comme je suis contente que vous soyez de retour !

Sa propriétaire, une femme alerte et pétulante, dévalait le perron de la maison voisine. Hannah Brewster avait transformé son immense demeure de style victorien en pension pour gens de passage, et louait l'autre à l'année. C'était là que vivait Darcy depuis son arrivée à Philadelphie.

Vêtue d'un boubou multicolore, de bijoux de pacotille et chaussée de tongs ornées de fleurs fantaisie pailletées, Hannah offrait, comme à son habitude, un spectacle haut en couleur.

— J'ai reçu un paquet de Suisse pour vous, annonça-t-elle.

— C'est sans doute ma marraine. Si je ne l'appelle pas tous les mois, elle m'envoie une montre suisse.

— Ah ?

— Oui, c'est une façon de me rappeler à son bon souvenir, poursuivit Darcy, qui eut tout à coup mauvaise conscience. Résultat, je possède assez de montres pour ouvrir un musée d'horlogerie.

Hannah esquissa un geste désinvolte.

— Réjouissez-vous, Darcy : ma seule montre est à l'étage et ronfle, les pieds en éventail sous le ventilateur. C'est Eddie, précisa-t-elle en voyant son air déconcerté. Eh oui, ma chère, mon mari est un vrai coucou suisse. Prononcez le nom d'un événement sportif, et il vous dira à quelle heure il sera diffusé à la télévision ! Le pauvre, il a été très déprimé quand trois de nos locataires, passionnés de sport, sont partis, le mois dernier. Par chance, j'ai loué une chambre, hier.

Darcy jeta un coup d'œil vers la maison de sa voisine.

— Pour longtemps ?

— A la journée, pour commencer. Mais comme le prix à la journée est élevé, il est fort possible que nous revoyions le contrat.

Hannah la scruta.

— Vous allez bien, au moins ? Ces longs voyages, ça rend parfois tout chose.

— Je vais bien. Comment est votre nouveau locataire ?

— Oh, très sympathique ! Il s'appelle Hancock. Il a un accent, bien que je n'arrive pas à définir lequel. Anglais, peut-être… En tout cas, il n'est pas du tout votre type.

— Ah ? Parce que j'ai un type d'homme ? fit Darcy, amusée.

— Oui, et M. Hancock n'en fait pas partie. Ce qu'il vous faut, c'est quelqu'un comme James Dean. Vous voyez ce que je veux dire ?

Non. Et d'ailleurs, ce qu'il lui fallait pour l'instant, c'étaient des renseignements sur le type qui posait des questions sur elle. Malheureusement, Hannah ne lui apprendrait rien à ce sujet.

— Je passerai prendre mon paquet demain, dit Darcy avec un sourire. Est-ce que votre nouveau locataire qui n'est pas mon type d'homme a un prénom ?

— John.

John Hancock. Banal mais pas forcément suspect.

Se baissant, elle récupéra sa valise et son ordinateur portable.

— J'espère que vous parviendrez à louer rapidement vos deux autres chambres, Hannah.

— L'une est occupée par mon neveu… Pour l'autre, on verra. En tout cas, merci, mon petit. Et bon retour chez nous ! Au fait, vous avez jusqu'à lundi pour le loyer. Vous êtes une merveilleuse locataire, et je serais navrée de vous perdre.

Comme sa propriétaire tournait les talons pour rentrer chez elle, Darcy se dirigea vers ce qui, aux dires d'Hannah, était la « fleur de la location à Philadelphie ». Certes, la maison était agréable, mais le jour où elle s'installerait vraiment, elle en choisirait une plus simple, plus moderne, et surtout avec des baies vitrées qui faisaient entrer la lumière.

Sauf qu'elle ne se fixerait que lorsque Frankie Maco et consorts seraient définitivement hors d'état de lui nuire.

Elle arrivait devant sa porte quand un chat sortit de la haie de cèdres avec un miaulement désespéré.

— Je compatis, mon vieux Podge. Il fait vraiment une chaleur épouvantable…

Posant ses affaires par terre, elle se mit à fouiller dans son sac à main à la recherche de ses clés. Tout à coup, des bras, comme jaillis de nulle part, la ceinturèrent et la firent tomber dans le parterre de dahlias, qui amortit légèrement sa chute. Un peu sonnée, elle sentit qu'on passait un bout de tissu rêche devant ses yeux en guise de bandeau. Puis une odeur âcre très prononcée lui monta aux narines. Du chloroforme, comprit-elle.

L'adrénaline coulant dans ses veines, elle roula sur le côté et se débattit avec force coups de pied pour se libérer de l'emprise de son agresseur. Un cri de douleur fusa, signe qu'elle l'avait touché. Luttant de plus belle, elle lui asséna un autre coup — sur l'oreille, si elle en croyait ses sens —, et l'entendit gémir. L'homme était fort, mais, aveuglée par le bandeau, elle n'aurait su dire s'il était jeune ou non, ni à quoi il ressemblait.

Revenant à la charge, il s'assit à califourchon sur elle afin de l'immobiliser. Elle le repoussa de toutes ses forces et parvint à se dégager. Puis, se fiant à son instinct, elle visa l'entrejambe — l'endroit le plus vulnérable chez un homme.

Etrangement, alors qu'elle était persuadée de l'avoir raté, il la lâcha brusquement et détala à toutes jambes.

Roulant sur le dos, elle arracha le bandeau qui l'aveuglait et le laissa tomber dans les dahlias. Le chiffon imbibé de chloroforme avait disparu en même temps que son agresseur.

Elle resta allongée par terre le temps de reprendre son souffle et ses esprits. Au bout d'un long moment, elle tourna les yeux vers le chat d'Hannah.

— Que s'est-il passé, Podge ?

Pas de réponse, bien sûr.

Se redressant, elle prit appui sur ses mains et se releva péniblement. Ses jambes tremblaient. Elle dut faire appel à toute sa volonté pour se ressaisir.

Encore sous le choc, elle attrapa son portable, l'ouvrit et composa le 911. Elle allait appuyer sur le bouton d'appel quand une main se referma sur la sienne.

— Je vous conseille de laisser la police en dehors de tout ça, mademoiselle Hunt.

# 2

A ces mots, la peur l'envahit avant de disparaître aussi vite qu'elle était apparue. L'homme avait parlé d'une voix ferme mais pas agressive.

Un peu rassurée, elle lui fit face.

— Laissez-moi deviner… Vous êtes Marlowe Damon, c'est ça ?

— Quelle perspicacité ! Je suis impressionné.

— Pas de quoi. Je travaille dans la presse, et les rumeurs vont vite dans ce milieu.

Il y eut un silence pendant lequel il garda sa main sur la sienne.

— Euh… Vous permettez que je reprenne ma main ? demanda-t-elle, un peu gênée.

Il la lâcha et s'écarta d'un pas.

Elle en profita pour l'observer. Devant ses yeux se trouvait ce qu'il convenait d'appeler un très bel homme. La description élogieuse qu'avait faite sa rédactrice en chef de Marlowe Damon ne mentait pas : il incarnait le type même de la séduction masculine. Et elle aurait pu le regarder longtemps avec cet air béat si une autre pensée ne lui était venue à l'esprit.

— Vous m'avez sauvé la vie. Merci, déclara-t-elle avec son plus beau sourire.

Il haussa les épaules.

— Inutile de me…

La gifle qu'elle lui donna l'interrompit net. Mais si son geste parut le surprendre, il n'en montra rien.

— Vous vous sentez mieux maintenant ? s'enquit-il, impassible.

— Non ! Et c'est bien dommage, parce que vous ne l'aviez vraiment pas volée, celle-là ! s'écria-t-elle, furieuse. Bon sang, si je ne me retenais pas…

Elle s'arrêta afin de reprendre son souffle, mais elle avait du mal à décolérer.

— D'accord, vous venez de me sauver la vie, mais vous avez aussi détruit ma couverture. Et par-dessus le marché, vous avez perdu la trace de mon agresseur. Résultat, je vais désormais me faire un mouron monstre à me demander de qui il s'agissait et s'il compte revenir ! Non, mais franchement, pourquoi êtes-vous venu à mon aide ? Quel profit espériez-vous en tirer ? Avez-vous conscience des dégâts que vous avez causés ? En avez-vous la plus petite idée ?

Il attendit qu'elle ait fini pour prendre la parole.

— Vous voulez de nouveau me gifler ?

Le calme qu'il manifestait offrait un contraste curieux avec sa propre rage, et elle sentit sa colère décroître.

— J'adorerais. Vous m'y autorisez ?

— Pourquoi pas ?

Devant sa réponse inattendue, elle sourit. Un sourire qui céda vite la place à la méfiance.

— Qui vous a engagé ? Vince ?

— Non, Umer Lugo.

Elle fronça les sourcils.

— Qui ?

— L'avocat de votre grand-père de quatre-vingt-douze ans qui va bientôt mourir.

— Mon… ?

En dépit de sa surprise, elle ne s'arrêta pas à cette réponse et passa au sujet qui lui paraissait pour l'instant le plus urgent.

— Vous avez vu mon agresseur ?

— Mal. Il a filé en vélo. Il était déjà loin quand j'ai atteint le coin de la rue.

Elle poussa un soupir de frustration.

— Laissez-moi résumer : vous mettez quelqu'un sur ma trace — volontairement ou non, vous n'allez pas tarder à me le dire. Là-dessus, vous décidez subitement de changer de camp, et vous venez à ma rescousse. Figurez-vous que je suis journaliste d'investigation…

Elle s'interrompit.

— Que je suis bête… Vous le savez déjà, bien sûr. Vous connaissez ma véritable identité. Vous l'avez transmise à Umer Lugo, qui l'a communiquée à Frankie Maco. A cette heure, je devrais être morte, et vous, vous devriez être en train de vous dorer la pilule aux Bahamas. Alors, pourquoi le scénario est-il différent, monsieur le détective ?

— Vous vous méfiez de moi ?

— Excusez-moi de vous décevoir, mais dans le cas contraire je m'interrogerais sérieusement sur l'état de ma santé mentale. Ne biaisez pas et dites-moi la vérité. Quelle est la raison de votre présence devant chez moi, ce soir ?

— Je suis venu par acquit de conscience. Peut-être parce que j'ai été flic, dans une autre vie… Si vous voulez tout savoir, le fait d'avoir perdu la trace de votre agresseur me contrarie énormément, mais je le suis encore plus de m'être fait piéger comme un débutant.

— Frankie est très rusé. Vous savez qui est Frankie Maco, au moins ?

— Oui. Sa photo était dans tous les commissariats, avant que je quitte la police.

— Apparemment, vous avez besoin d'une mise à jour : Frankie est en prison depuis trois ans, répliqua-t-elle. Bon sang, votre Umer Lugo a bien joué sa partition : il vous a raconté des fables, et vous avez foncé tête baissée dans le panneau. Je parie qu'il vous a grassement payé ?

— Plutôt, oui. Ecoutez, Shannon…

Elle eut un sourire crispé.

— Darcy, s'il vous plaît. Je sais que ça n'a plus guère d'importance, maintenant, mais j'aimerais sauver les apparences aussi longtemps que possible.

A cet instant, un souffle d'air agita la haie de cèdres qui délimitait son jardin de celui du voisin.

Elle reprit en baissant la voix :

— Ecoutez, je vous propose de finir cette conversation chez moi : je crains les espions comme la peste. Du moins, un cycliste enragé qui surgirait de la haie pour me trancher la gorge. Imaginez les gros titres des journaux ! Ma rédactrice en chef aurait l'exclusivité dont elle rêve, puis un contrat en or pour écrire un livre, et au final elle toucherait le pactole en vendant les droits d'adaptation au cinéma. Elle ne recule devant rien, vous savez.

Très gentleman, il se baissa pour prendre son ordinateur portable et sa valise, et la suivit jusqu'à la porte.

— Vous ne l'aimez pas ?

— Oh non, au contraire. Elaine et moi sommes amies,

mais elle est avant tout rédactrice en chef, donc toujours à l'affût d'un scoop.

— On dirait que ça vous amuse ?

— Mieux vaut en rire qu'en pleurer. L'amertume, je vous jure que ça vous pourrit la vie. Alors, je positive.

— Et ça vous aide ?

Elle lui adressa un sourire par-dessus son épaule.

— Evidemment ! Regardez-moi : un changement d'identité et une agression plus tard, je suis toujours vivante !

Marlowe n'avait pas envie d'entrer chez elle. Il n'avait pas non plus envie de faire sa connaissance — du moins, de *mieux* faire sa connaissance. Il lui semblait plus simple et beaucoup plus raisonnable de rester à bonne distance de cette jeune femme au charme indéniable.

Malheureusement, il était déjà trop tard. Non seulement elle excitait sa curiosité, mais l'attirance qu'elle exerçait sur lui à son insu était loin de le laisser indifférent. C'est pourquoi, au lieu de prendre ses jambes à son cou, il déposa ses affaires dans l'entrée et la suivit dans le couloir.

La maison semblait habitée par des ombres mystérieuses. L'escalier baignait dans la pénombre, et sur les murs blancs se dessinaient d'inquiétants motifs. En pénétrant dans la cuisine, Darcy alluma la lumière, puis se tourna vers lui.

— Je vous propose un marché : vous me révélez ce que je suis en droit de savoir, et je vous sers une bière.

Sa franchise l'amusa.

— Ne vous inquiétez pas, je ne vais pas me faire prier pour étancher votre curiosité. Tout ce que je vous ai dit est vrai, et plus ou moins vérifiable. Lors de son coup de fil, Umer Lugo m'a dit que je lui avais été recommandé par un ancien client. J'ai appelé cette personne qui s'est portée garante de sa respectabilité. Lugo me proposait de généreux honoraires, il semblait irréprochable, j'ai donc accepté la mission qu'il me confiait.

— Vous étiez aussi crédule quand vous étiez flic ? lui demanda-t-elle en levant les yeux vers lui.

Il laissa échapper un rire dénué d'humour.

— Dites plutôt cynique, froid et indifférent envers le commun des mortels.

— Ce qui peut se traduire par « fatigué de vivre »…

— Comme vous voulez. Quoi qu'il en soit, dans cette affaire, je me suis trompé, et vous en payez le prix fort. Si on vous tue, j'aurai votre mort sur la conscience.

— Vous, au moins, vous ne mâchez pas vos mots !

— Vous préférez que je vous donne une vision plus rose de la réalité ?

— Non, ce que je veux, c'est le numéro de téléphone de votre Umer Lugo, même si je suis sûre à 99,99 % qu'il est à la solde du clan Maco. J'ai écrit de nombreux articles sur le crime organisé, la corruption — enfin, ce genre de joyeusetés. J'ai fouillé la vie d'autres individus peu recommandables qui ont maudit ma descendance sur plusieurs générations. Ma devise, c'est : m'informer, informer et démasquer. C'est pour ça que je veux tout savoir sur Lugo.

Sur ces mots, elle ouvrit le frigo, se pencha afin d'étudier son contenu et se redressa, une bière brune à la main. Il prit la bouteille qu'elle lui tendait. Puis, comme elle se penchait de nouveau, il laissa son regard glisser sur elle.

Darcy était belle, surtout pour les hommes — et il en faisait partie — qui avaient un faible envers les blondes pulpeuses aux jambes interminables. Ses yeux bleu indigo pétillaient d'intelligence, et son sourire était enchanteur. Ses cheveux longs, plus doux que la soie, cascadaient sur ses épaules dans une coupe classique qui convenait à la régularité de ses traits. C'était d'ailleurs le seul changement qu'elle avait effectué lorsqu'elle avait endossé sa nouvelle identité, constata-t-il.

Il en était là de ses réflexions quand sa voix moqueuse le ramena sur terre.

— Ne vous gênez pas, surtout ! Les hommes sont généralement plus discrets quand ils me déshabillent des yeux !

Elle avait sorti du frigo une bouteille de jus d'orange pétillant et la décapsulait.

— Autant mettre cartes sur table, reprit-elle. Je n'ai pas l'intention de vous séduire. Je joue de mon charme dans le seul but d'obtenir des informations ultraconfidentielles. Je ne succombe pas aux cyniques indifférents au genre humain, comme vous.

— Vous pratiquez la pensée positive, et moi, j'aime la simplicité : nous ne sommes pas faits pour nous entendre. C'est clair comme de l'eau de roche.

— Dites plutôt : clair comme les eaux troubles du Mississippi !

Ils burent une gorgée en silence.

— Parlez-moi de Lugo, lui demanda-t-elle en faisant tourner sa bouteille entre ses doigts.

— Il m'a dit qu'il resterait à Philadelphie jusqu'à votre retour. Peut-être que c'est vrai, peut-être que c'est faux. Vous avez un ordinateur ?

— Un portable. Vous l'avez déposé dans l'entrée.

Elle fronça les sourcils.

— Pourquoi Umer Lugo aurait-il eu envie de rester à Philadelphie ? Au fait, quel âge a-t-il ?

— Une bonne cinquantaine.

— Musclé et petit ?

— De grande taille. Mais un peu voûté.

— Et vous avez le nom de l'hôtel où il est descendu, à Philadelphie ?

— Donnez-moi cinq minutes, le temps de consulter votre ordinateur.

Un petit sourire aux lèvres, elle s'approcha de lui avec une démarche lascive qu'il ne manqua pas de remarquer. Bon sang, cette femme avait le don de faire monter la température !

— Et ensuite ? minauda-t-elle, séductrice.

Il but une gorgée de bière, cachant son sourire derrière sa bouteille.

— Ensuite, rien. Désolé de vous décevoir, Darcy, mais j'ai déjà eu maille à partir avec des journalistes. Depuis, je fais cavalier seul. Si vous voulez me suivre, il vous faudra accepter mes conditions. Ce n'est pas négociable.

Elle s'humecta les lèvres de la pointe de sa langue, et se rapprocha encore.

— Vous êtes mystérieux et bien troublant, Marlowe. Je pressens déjà de nombreux problèmes dans notre future collaboration.

— Je ne les pressens pas : j'en ai déjà conscience.

Elle eut un petit rire.

— Pas la peine de vous mettre sur la défensive ! Je ne plaisantais pas quand je vous disais que je ne jouerais pas les vamps avec vous.

Ah, il était sur la défensive ? se demanda-t-il sans la quitter des yeux. Peut-être, après tout. Il voulait garder le contrôle d'une situation qui, en l'espace de quelques minutes, menaçait de lui échapper totalement.

— Vous ne m'impressionnez pas.

Elle eut un sourire teinté de sensualité.

— Je sais. Vous êtes le genre d'homme que rien ne peut ébranler. Vous êtes énigmatique, indéchiffrable — un danger pour toutes les malheureuses qui, d'un regard, s'entichent de vous. Sans compter que vous êtes aussi très attirant, sexy, et avec un petit air rebelle qui vous rend irrésistible aux yeux des femmes en général et de moi en particulier. Et je crois que…

Elle le dévisagea un instant, puis passa le doigt dans l'encolure de son polo.

— … je crois que nous devrions régler ce petit problème d'attirance avant de continuer l'aventure ensemble.

— Du calme, Darcy ! Comme vous venez si bien de le dire, je suis dangereux. Je n'ai rien d'un gentleman, sachez-le. Et à vouloir jouer avec le feu, on se brûle…

— Le danger me stimule. Le risque aussi. Et je ne vois pas d'inconvénient à brûler si c'est de passion.

Son regard l'enveloppait, ambigu et délicieusement provocateur. Troublé, il posa sa bouteille sur le comptoir derrière lui et lui prit le menton.

— C'est sûrement une grosse erreur, mais je sens que je vais l'adorer, murmura-t-il.

Et sans lui laisser le temps de réagir, il posa ses lèvres sur les siennes.

Marlowe Damon avait le goût des plaisirs interdits, songea-t-elle tout en sentant le feu monter en elle. Et elle aurait dû fuir au lieu de jouer avec lui comme elle venait de le faire.

Son baiser était profond, intense, sans précipitation. De toute évidence, il prenait son temps ; il savourait l'instant. Conquise, elle voyait défiler dans sa tête des harmonies de lumières et de couleurs, tel un feu d'artifice éblouissant.

Quand, au bout d'un instant qui lui parut interminable, il s'écarta, son cœur battait à coups sourds dans sa poitrine, et elle avait l'impression d'être devenue muette. Elle garda donc le silence, profitant des sensations qui perduraient en elle. Une brume étrange, mais ô combien agréable, semblait l'avoir prise dans ses filets.

Elle venait de vivre le plus beau baiser de sa vie.

Devant elle, si près qu'elle aurait pu le toucher rien qu'en avançant la main d'un millimètre, Marlowe ne disait mot. Il la regardait, les yeux rivés aux siens.

Il semblait réfléchir. A quoi ? Mystère.

Après quelques secondes, il s'écarta, rompant ainsi le charme, puis disparut dans le couloir pour aller chercher son ordinateur. Elle attendit qu'il revienne, immobile.

La torpeur dans laquelle elle baignait ne se dissipa que lorsqu'il lui eut annoncé dans quel hôtel Umer Lugo était descendu.

A peine vingt minutes plus tard, ils pénétraient sur le parking défoncé et à moitié désert du Declaration Inn.

— Moi, je l'aurais plutôt appelé le « Motel de la Fin du Monde », déclara Darcy. Sur les cinq voitures garées ici, trois sont de véritables épaves. On ne voit de lumière — enfin, si on peut appeler lumière cette lueur glauque — que dans le hall. Visiblement, il n'y a personne à l'accueil.

Elle descendit de voiture, imitée par Marlowe.

— A ton avis, pourquoi Lugo serait-il descendu dans

un endroit pareil ? lui demanda-t-elle, décidant d'abandonner le vouvoiement.

Après le baiser qu'ils venaient d'échanger, continuer à se vouvoyer aurait été plutôt hypocrite.

— Aucune idée.

Le revêtement du parking était tellement abîmé qu'elle trébucha sur ses hauts talons. Marlowe lui prit le bras pour la conduire vers l'entrée.

— Tu n'aurais pas dû mettre des talons aiguilles, remarqua-t-il en baissant les yeux vers ses chaussures.

— Si j'avais su que cet endroit était aussi délabré, j'aurais mis des bottes de combat.

Et remplacé par un treillis sa robe de mousseline rose pâle, lacée dans le dos et dont l'ourlet lui arrivait juste au-dessus du genou ? Quelle horreur !

— J'espère que le gérant n'est pas une caricature, marmonna-t-elle. Cela dit, il n'a pas l'air d'être là.

— Tant mieux. On trouvera plus facilement la chambre de Lugo.

— Où se trouve la limite qui sépare le policier du cambrioleur ?

— *Ex*-policier.

— Je vois… J'imagine que la limite est encore plus ténue.

Un craquement sinistre résonna quand ils poussèrent la porte du hall. Aucune clochette n'annonça leur arrivée. Le seul son qui leur parvint fut celui du bourdonnement des mouches par-dessus les accords mélancoliques de Merle Haggard qui s'échappaient des haut-parleurs fixés à un mur pouilleux.

Un linoléum verdâtre recouvrait le sol du hall. Sûre de garder l'équilibre à présent, Darcy libéra son bras de celui de Marlowe. Mieux valait qu'elle garde ses distances, désormais, car le baiser qu'il lui avait donné l'avait troublée plus que de raison. Une sensation à la fois inédite et effrayante.

Elle étudia le registre de l'hôtel pendant que Marlowe jetait un coup d'œil derrière le comptoir.

— Il y a un dénommé Jones dans la chambre 3, annonça-t-elle. Un double X dans la chambre 11… Et une ligne gribouillée avec deux oreilles de lapin dans la 5.

— Pas d'Umer Lugo ?

Elle finit de parcourir la liste.

— Si, chambre 7, déclara-t-elle avant de lever les yeux vers le tableau des clés. Il doit être là. Sa clé n'y est pas.

Marlowe la prit par la main.

— Allons-y.

Tout en l'entraînant vers les chambres à pas feutrés, il sortit un pistolet de la ceinture de son jean. Le couloir baignait dans une semi-pénombre qui éclairait à peine les chiffres sur les portes.

Arrivée devant la chambre 7, Darcy frappa deux coups fermes.

— Monsieur Lugo ? Je suis Darcy Nolan.

Quelques secondes s'écoulèrent, sans réponse.

Elle frappa de nouveau.

— Monsieur Lugo ? Vous êtes là ?

Toujours rien.

Elle se tourna vers Marlowe, découragée.

— Les portes de ce motel sont plus fines que du papier à cigarette. A moins que Lugo ne porte des bouchons dans les oreilles, je pense qu'il…

Elle écarquilla les yeux en le voyant sortir sa carte de crédit pour forcer la porte.

— Tu ne vas quand même pas entrer par effraction !

— Tu vois une autre solution ?

Dans la chambre régnait une odeur insoutenable, faite de poussière et de renfermé. La télévision allumée diffusait un western à plein volume, et le son des cavalcades mêlées de coups de feu achevaient de rendre l'endroit sordide. Quand Marlowe appuya sur l'interrupteur, l'ampoule nue dispensa une lueur si glauque que Darcy en regretta presque la pénombre.

Elle regarda autour d'elle. Une bonne bouteille de Bordeaux entamée trônait sur la table de chevet, et une valise griffée reposait sur l'un des lits jumeaux. La chambre en elle-même était tout simplement dégoûtante.

— Murs tachés, moisissures sur une moquette qui a dû être verte, autrefois… C'est vraiment immonde, ici, commenta-t-elle, écœurée.

— Lugo avait sans doute de bonnes raisons de descendre dans un endroit aussi minable.

Marlowe alluma une lampe dont la lueur, loin de dissiper l'aspect sinistre des lieux, révéla davantage de taches et saletés. Elle plissa un peu plus le nez.

— Voilà son ordinateur, annonça-t-il soudain.

Il se dirigea vers un petit bureau encastré dans un coin de la pièce. Tandis qu'il regardait l'écran, elle s'avança vers la salle de bains.

— Je suis sûr que cet ordinateur va nous donner des informations, disait Marlowe derrière elle.

Sans répondre, elle s'arrêta devant la porte de la salle de bains.

— Monsieur Lugo ? appela-t-elle.

Pas de réponse.

Elle poussa le battant.

— Monsieur Lugo ? répéta-t-elle en passant la tête par l'entrebâillement.

Une fenêtre crasseuse laissait filtrer juste assez de lumière pour montrer que Lugo n'était pas là non plus.

— Qu'est-ce qu'il y a sur son ordinateur ? lança-t-elle à Marlowe tout en s'approchant de la douche.

— Un e-mail qu'il n'a pas eu le temps d'envoyer.

Elle leva le bras et attrapa le rideau de douche.

— Je parie que c'est un nid à araignées, là-derrière, déclara-t-elle en se forçant à plaisanter.

Mais à peine eut-elle tiré le rideau qu'elle se figea. La baignoire était remplie, et l'eau gouttait du robinet à intervalles réguliers.

— Apparemment, Lugo travaillait sur un rapport destiné à son client, déclara Marlowe depuis la chambre.

Le son de sa voix l'arracha à la paralysie qui l'avait envahie. Les yeux toujours fixés sur la baignoire, elle recula lentement. Un cri silencieux s'était coincé dans sa gorge, et elle dut se forcer pour arriver à parler.

— Je doute qu'il termine son rapport, Marlowe. Lugo est mort. Une balle entre les deux yeux.

# 3

Darcy avait déjà vu des cadavres lors d'un reportage en forêt amazonienne, et dans des circonstances nettement plus macabres qu'aujourd'hui. Mais, là, elle était sous le choc devant cette découverte aussi sinistre qu'inattendue.

— Bois, Darcy, déclara Marlowe.

Elle sursauta en sentant quelque chose de froid dans sa main. Baissant les yeux, elle constata qu'il s'agissait d'une bouteille d'eau minérale.

— Merci.

Depuis le lit où elle s'était assise, elle regarda Marlowe, puis la porte de la salle de bains, qu'il avait refermée.

— Je… je vais bien. Je suis seulement un peu choquée. C'est juste que…

Elle se tut tandis que l'image du corps sans vie d'Umer Lugo lui revenait à la mémoire.

— Il est en costume… L'eau est rouge de sang. Se faisait-il couler un bain quand le tueur est arrivé ? L'a-t-on obligé à entrer dans la baignoire pour ensuite le supprimer ?

— C'est possible. Tu es sûre de ne pas le reconnaître ?

— Sûre et certaine. Fais-moi confiance, je l'ai bien regardé.

Il s'accroupit devant elle et lui prit le menton entre ses doigts.

— J'ai appelé un ami policier. Il sait que Lugo m'avait payé pour retrouver ta trace. Il s'appelle Val Reade.

A ce nom, elle leva un sourcil.

— Reade ? Comme le flic qui a pris une vieille dame pour un punching-ball, lors d'une bagarre dans un bar ?

— Ce raccourci ne plaide pas en sa faveur, mais, oui, il s'agit bien de lui.

Un autre visage se superposa à celui de Lugo dans son esprit. Val Reade. Cheveux blonds bouclés et traits juvéniles.

Elle sourit.

— J'ai fait partie des journalistes qui ont interviewé ton ami, après son audition disciplinaire. Elaine avait besoin de deux pages en urgence, avant le bouclage.

— C'est toi qui as rédigé l'article qui l'a descendu en flèche ?

— C'est moi qui l'ai commencé, corrigea-t-elle. Entre-temps, j'ai dû terminer un papier sur un scandale politique en Alabama. Elaine l'a donc repris, achevé et peaufiné. Mais elle n'est pas aussi diplomate que moi, surtout dans les affaires incriminant la police.

Elle poussa un soupir et reporta son attention sur la porte de la salle de bains.

— Est-ce que c'est Frankie Maco, le responsable ?

— Frankic Maco cst cn prison, lui rappcla Marlowc en lui caressant la joue. Je peux te laisser un instant ? Je voudrais regarder l'ordinateur de Lugo.

— Ne t'inquiète pas pour moi. J'ai vu et entendu de véritables horreurs, au cours de ma vie. Et ça…

Elle chercha le mot adéquat.

— … ça, c'est du travail soigné, en comparaison.

Elle but une gorgée d'eau, puis se leva pour le rejoindre devant le bureau. Il pianotait sur le clavier.

— Cet ordinateur est une pièce à conviction. Tu comptes vraiment le passer au crible avant l'arrivée de la police ? demanda-t-elle, désapprobatrice. J'ai l'impression que tu ne recules devant rien. Est-ce que tous les détectives privés transgressent la loi avec cette désinvolture ?

Comme il ne répondait pas, elle marmonna :

— Surtout, ne te sens pas obligé de me répondre…

Le silence retomba. Laissant Marlowe fouiller dans l'ordinateur, elle repensa à l'individu qui l'avait agressée devant chez elle. S'agissait-il de Vince Maco ? A moins que Vince ne se soit occupé de régler son sort à Lugo pendant qu'un de ses hommes lui réglait le sien…

Au même instant, des sirènes de police retentirent dans le lointain. Elle alla se poster à la fenêtre.

— Encore une minute avant que ton copain débarque, lança-t-elle à Marlowe.

— Avertis-moi dès que tu verras les lueurs des gyrophares.

Il faisait d'elle sa complice, maintenant ? Avec un soupir, elle s'appuya contre l'embrasure de la fenêtre.

— Tu as découvert quelque chose d'intéressant ?

— Rien. Seulement cet e-mail inachevé.

— Lugo a dû être interrompu. Ou alors, il s'est arrêté le temps de vérifier si son bain était prêt, pensant terminer et envoyer son e-mail juste après. Que dit le message ?

— Que la cible a été localisée et que la fin est imminente.

— Bref et concis, mais sibyllin. Et plus vrai qu'il ne le pensait.

Elle réfléchit, les yeux fixés sur la ligne d'horizon.

— Cet e-mail prouve que Lugo avait bien accompli la mission qui lui avait été confiée. Dans ce cas, pourquoi le supprimer ? Vince Maco aurait-il subitement été victime d'une pulsion meurtrière incontrôlable ?

Elle s'interrompit.

— Ça y est, je vois des phares. Et des gyrophares.

Elle se tourna vers Marlowe qui continuait à taper sur le clavier. A chaque cliquetis, elle revoyait plus nettement le visage de Lugo. Finalement, elle se massa les tempes et s'éloigna de la fenêtre.

— Tu vas avoir des problèmes si la police te voit en train de fouiller l'ordinateur de la victime.

Quelques minutes plus tard, une voix leur parvenait du parking.

— M. ? C'est Val !

Des bruits de pas se firent entendre sous les fenêtres, puis Val Reade entra dans la chambre, suivi de six policiers. Son regard alla de Darcy à Marlowe, puis revint sur Darcy.

— C'est bizarre. J'ai l'impression de vous connaître.

— J'ai fait partie des journalistes qui vous ont bombardé de questions après votre audition disciplinaire, il y a trois mois.

Le visage de Val se détendit.

— Ah oui. J'avais peur de vous avoir frappée, vous aussi…

— Et d'être radié ?

— On ne sait jamais.

Il se tourna vers Marlowe.

— La victime est toujours dans la baignoire ?

— Oui. On n'a touché à rien.

Val fit un geste à ses hommes qui s'engouffrèrent dans la salle de bains. L'un d'eux revint quelques secondes plus tard, un thermomètre à la main.

— L'eau est à quelle température ? s'enquit Val.

— 25° degrés.

Il secoua la tête, visiblement ennuyé.

— Le corps perd environ 1 °C par heure à une température ambiante de 20 °C. Calculer son refroidissement dans un bain dont la température a décru… Voilà qui ne va pas faciliter la tâche du médecin légiste pour déterminer l'heure de sa mort.

Il se tourna vers Darcy.

— Vous connaissiez la victime ?

— Non.

— J'ai cru comprendre qu'Umer Lugo travaillait pour quelqu'un qui voulait vous retrouver. Qui, à votre avis ?

— Frankie Maco. C'est une supposition, pas une certitude, ajouta-t-elle vivement, après avoir croisé le regard de Marlowe. Frankie est le seul qui ait la rancune aussi tenace pour envoyer un avocat et un détective privé à mes trousses, après trois ans de cavale.

— Très bien. Je vais vérifier.

Marlowe le considéra avec étonnement.

— C'est à toi qu'on a confié l'enquête ?

Son ami se gratta la nuque avec une grimace.

— Eh bien, le mot « manque d'effectifs » a surgi au détour du coup de fil que le capitaine Blydon vient de me passer.

— C'est Blydon, ton capitaine ?

— Ouaip. Pour une raison que je ne m'explique pas, il te tient en très haute estime, déclara Val. Tu m'as téléphoné, je lui ai téléphoné, et je suis en charge de l'enquête, point.

Sur ces mots, il se tourna vers Darcy.

— J'aimerais poursuivre cet interrogatoire.

— Sur la découverte du cadavre, ou sur l'agression dont j'ai été victime, tout à l'heure devant chez moi ? demanda-t-elle.

Il tressaillit.

— Vous avez été attaquée ?

— L'agresseur a pris la fuite, intervint Marlowe. A vélo.

— Cet incident aurait-il un rapport avec le meurtre d'Umer Lugo, chargé de me retrouver, ou est-ce une coïncidence ? s'enquit-elle.

Val fronça les sourcils.

— Je ne crois pas aux coïncidences. Et je serais navré que vous subissiez le même sort.

Il l'avait manquée de peu.

Il l'avait plaquée sous lui, elle avait été à sa merci. Enfin, presque. Parce que le détective privé de Lugo avait décidé de jouer les héros. Non seulement il avait contrarié ses plans, mais il lui avait fait un mal de chien.

Qu'importe, il paierait ! Comme cet imbécile d'avocat, mais dans la douleur. En commençant par les parties les plus sensibles du corps. Une mort lente et cruelle, voilà ce qu'il méritait !

Dans tous les cas, son objectif final, c'était Shannon — enfin, Darcy. Une mascarade qui durerait jusqu'à ce que sa vie se coule dans le moule éternel de la mort.

*Je t'aurai, Darcy, ma jolie poupée…*

Tendant l'index et le majeur, il visa la télévision. *Pang.* Puis, avec un sourire satisfait, il sortit son iPod de sa poche, posa les écouteurs sur ses oreilles et se mit à chantonner sur des chansons du King.

Le jour se levait. Marlowe avait passé toute la nuit au commissariat avec le capitaine Blydon, Val Reade et son équipe. Le corps de Lugo se trouvait maintenant à la morgue ; son ordinateur portable avait été mis sous scellés, ainsi que sa valise, son portefeuille et, bien sûr, sa chambre au motel. La police judiciaire avait pris toutes les photos nécessaires, et les gars de la police scientifique et technique étaient prêts à prendre le relais pour passer au crible le lieu du crime. Enfin, l'épouse de Lugo et ses deux associés avaient été avertis de son décès.

L'affaire étant désormais entre les mains de la police de Philadelphie, Marlowe aurait pu regagner tranquillement New York et oublier toute cette histoire. Sauf qu'il ne pouvait s'y résoudre.

A cause de Darcy.

Il n'avait pourtant aucune intention de la revoir. Au vu des émotions indésirables qu'elle faisait naître en lui, il avait même décidé de mettre le plus de distance possible entre eux. Il était hors de question que cette femme, si séduisante fût-elle, réduise à néant la carapace qu'il s'était construite pour survivre au drame de sa vie.

Le vendredi, il se changea donc les idées et passa la soirée dans un bar avec Val, bien décidé à chasser Darcy de ses pensées. Il termina la nuit sur le canapé de son vieil ami et complice, pendant que ce dernier ronflait comme un sonneur dans son lit.

Le lendemain matin, il se réveilla avant lui et le laissa dormir. Après avoir avalé une biscotte un peu rassise accompagnée d'une tasse de café instantané, il sortit mener sa petite enquête concernant des détails qu'il avait volontairement négligé de mentionner à la police.

En revenant du Declaration Inn, Darcy lui avait confié que, la veille de son retour, un certain John Hancock avait loué une chambre dans la pension de sa voisine. Cet homme n'avait peut-être aucun rapport avec Lugo, mais son instinct lui soufflait de s'en assurer. De toute façon, il ne s'attarderait pas, se promit-il en quittant le quartier de Val afin de se rendre dans le sud de Philadelphie, où habitait Darcy. Il resterait juste le temps qu'il fallait pour procéder à ces vérifications.

Ignorant sa migraine — conséquence d'une soirée plus arrosée qu'il ne l'avait pensé la veille —, il se gara devant la pension et descendit de son Land Rover. Sous la véranda se tenait une femme vêtue d'un étonnant boubou multicolore. Du bout de sa tong garnie de fleurs fantaisie pailletées, elle balançait le rocking-chair dans lequel un homme était assis, tout en s'éventant avec un éventail aux couleurs criardes. Son regard brilla quand elle vit Marlowe se diriger vers eux.

Elle se leva.

— Eh bien, quelle énergie ! s'exclama-t-elle avant de donner un coup de coude à son compagnon afin qu'il se lève également.

Avec un sourire, Marlowe s'accouda à la rampe et les salua.

— Enchanté de faire votre connaissance, mon vieux, répondit l'homme. John Hancock, de Houston.

Plutôt du nord de l'Angleterre, corrigea Marlowe intérieurement. Et il ne pouvait pas se tromper : sa mère était anglaise, elle aussi. L'homme avait la quarantaine.

Très bronzé, le front dégarni, il avait un sourire carnassier un peu étrange.

La femme vêtue du boubou multicolore lui tendit la main avec un grand sourire.

— Je suis Hannah Brewster. Mon mari Eddie est dans le salon, en train de regarder un match de base-ball à la télévision.

La main au-dessus de ses yeux, elle scruta le jardin, puis tendit l'index vers un jeune homme qui tondait la pelouse un peu plus loin.

— Lui, c'est le fils cadet de mon cousin Arden, qui vit dans l'Oklahoma, expliqua-t-elle, avant de poser la main sur son cœur. Ce pauvre Arden est décédé il y a bien une quinzaine d'années. Nous n'avons pas pu assister à son enterrement, et je me sens terriblement coupable… A l'époque, Eddie était au chômage, et nous n'avions pas d'argent. Il aurait fallu que nous hypothéquions ou vendions l'une des trois maisons que nous possédons. Nous n'avons pu nous y résoudre.

De son éventail, elle chassa une guêpe qui tournait autour d'elle, et ajouta :

— Voulez-vous un verre de thé glacé, monsieur… ?

— Marlowe Damon. Non merci. Vous avez une très belle maison, madame Brewster.

— Appelez-moi Hannah, je vous en prie. J'ai de très jolies chambres à un prix plus que correct. Et justement, il m'en reste une à louer.

Elle s'interrompit.

— Oh, voilà mon neveu ! Viens vite te mettre à l'ombre, mon petit Cristian. Je vais te présenter. Il se pourrait bien que M. Damon loue notre dernière chambre.

Marlowe regarda le jeune homme approcher. Agé d'une

trentaine d'années, il avait une silhouette dégingandée de grand adolescent. Ses boucles blondes et son expression juvénile lui donnaient un air de ressemblance avec Val.

— Cristian Turner, se présenta-t-il en lui tendant la main. Ravi de faire votre connaissance, monsieur Damon.

Il adressa un coup d'œil à Hancock dont le sourire s'était figé. Quant à Hannah, elle le couvait d'un regard maternel.

— Cristian est peintre amateur, vous savez. Il a décidé de venir à Philadelphie pour se mêler à notre communauté artistique.

Cristian se gratta la nuque.

— Je crois qu'un moustique m'a piqué, tante Hannah.

— Va donc dans la cuisine chercher de la glace, dit-elle en lui caressant les cheveux. Mais regardez-moi donc cette oreille ! poursuivit-elle à la cantonade. Une morsure de chien qui date d'il y a dix ans, c'est ça, Cristian ? Qu'est-ce que c'était ? Un schnauzer ?

Il effleura le lobe abîmé de son oreille gauche.

— Non, un rottweiler. Son propriétaire pensait qu'il était intéressé par ma boucle d'oreille, mais moi, je suis sûr qu'il voulait m'égorger.

— Tu aurais dû lui donner un bon coup de pied.

Joignant le geste à la parole, Hancock leva la jambe. Il la reposa vivement quand il intercepta le regard sévère d'Hannah.

— Il faut montrer qui est le patron, ajouta-t-il néanmoins avec un sourire cruel.

— Vous avez raison, monsieur Hancock... Euh, tante Hannah, est-ce que tu aurais une crème à me donner qui calme les piqûres d'insectes ?

— Oui, dans la salle de bains du rez-de-chaussée.

Cristian, mon petit, quand tu passeras devant le salon, rappelle à Eddie qu'il doit ouvrir l'accès au jardin de derrière.

Tandis que le jeune homme disparaissait dans la maison, Hancock adressa un clin d'œil appuyé à Marlowe.

— Je ne sais pas combien de temps vous envisagez de rester dans le coin, mais si vous entendez parler d'un boulot de cuistot, ça m'intéresse. Je suis le roi du hamburger !

Il s'interrompit brusquement et émit un long sifflement d'admiration, les yeux tournés vers la rue. Marlowe se retourna juste le temps de voir Darcy sortir de sa voiture garée le long du trottoir.

— Eh, regardez-moi cette jolie poupée ! s'exclama Hancock. Qui est-ce ?

Elle avait ouvert le coffre et prenait les courses rangées à l'intérieur.

Hannah donna un petit coup d'éventail à son pensionnaire indélicat.

— Un peu de respect, voyons, monsieur Hancock ! Et arrêtez de la fixer comme ça. C'est Darcy, ma locataire. Elle est très sympathique, mais je suis au regret de vous dire que vous êtes incompatibles, tous les deux.

Cristian, qui était réapparu par la porte de la véranda, se figea en voyant Darcy. Quant à Hancock, il la fixait d'un regard concupiscent.

*Intéressant,* songea Marlowe, bien que contrarié de les voir tous les deux la manger des yeux.

Visiblement agacée par leur comportement, Hannah reporta son attention sur lui.

— La chambre du fond, qui donne sur le jardin, est à vous. Vous verrez, il y fait très frais.

Comme il jetait un dernier coup d'œil à Darcy, elle expliqua :

— Darcy est journaliste. La pauvre, elle a été agressée devant chez elle, jeudi soir. Et dire que nous venions tout juste de discuter, toutes les deux !

— Vous n'avez vu personne ? s'enquit-il, l'air de rien.

— Non. C'est à cause de ces haies qui séparent son jardin de celui de son voisin, ajouta-t-elle en montrant les cèdres. Un criminel pourrait y cacher le corps de sa victime que personne ne le remarquerait ! Si seulement elle avait crié…

— La peur l'en a peut-être empêchée.

— Encore heureux que son agresseur ne l'ait pas blessée, conclut-elle avec un soupir. Cristian va couper ces haies, dès qu'il en aura le temps. Je demanderais bien à Eddie de s'en charger, mais comment voulez-vous programmer des activités de jardinage entre des émissions sportives ?

Elle eut un geste évasif, puis revint au sujet qui l'intéressait.

— Bon, parlons de cette chambre, maintenant. C'est la dernière, et comme Eddie a gagné au loto sportif cette semaine, je suis prête à vous faire un prix. Disons 45 dollars la nuit, au lieu de 50 ?

— Petit-déjeuner inclus ? demanda-t-il.

— Et même le déjeuner, si vous le désirez.

Elle lui tendit la main avec un sourire.

— Alors, c'est d'accord ?

Il hésita. Une petite voix dans sa tête lui soufflait qu'il commettait une erreur en restant, quand, brusquement, le visage lumineux de Darcy surgit de la pénombre dans laquelle il évoluait. Ses traits devinrent de plus en plus nets, et il accepta la main que lui tendait Hannah.

— Merci, Darcy ! Merci mille fois !

Elaine serrait l'article contre son cœur comme s'il était son bien le plus précieux.

— Non seulement tu as respecté les délais, mais tu as rendu intéressante cette histoire complètement délirante de chocolat de lune.

Clés et lunettes de soleil à la main, Darcy vérifia une dernière fois ses e-mails, puis éteignit son ordinateur.

— A quoi bon passer deux nuits blanches si ce n'est pour écrire l'article de sa vie ? plaisanta-t-elle.

— Certes. Maintenant, raconte-moi ce qui t'est arrivé. Il paraît qu'un pervers t'a agressée devant chez toi ?

Darcy poussa un soupir en voyant Elaine se jucher sur le dossier du canapé, le regard fixé sur elle.

— C'est une affaire plus complexe que tu ne le penses…

— Comme le meurtre qui a eu lieu dans cette chambre de motel miteuse ?

— Je ne peux rien te dire. Tu sais que j'ai un devoir de réserve. Tu connais le système aussi bien que moi.

— Tu parles ! riposta Elaine. Je sais aussi que tu n'hésites pas à le contourner quand ça t'arrange ! Tu connaissais la victime ?

Darcy prit son sac à main et posa ses lunettes de soleil sur ses cheveux.

— Aucun commentaire. Du moins, jusqu'à lundi ! Sur ce, bon week-end, Elaine.

Loin de se décourager, sa rédactrice en chef se leva et la suivit dans le couloir.

— Dommage… Tu m'exclus d'emblée de cette

histoire, alors que nous savons toi et moi qu'elle se vendrait très bien.

Darcy appuya sur le bouton de l'ascenseur avec un soupir.

— Ecoute, Elaine, tout ce que je veux pour l'instant, c'est quitter le journal et profiter de mon week-end.

Puis, comme Elaine affichait une mine déconfite, elle ajouta :

— Laisse-moi le temps de me retourner, d'accord ? Je débarque à peine d'Argentine, il fait une chaleur atroce à Philadelphie, ma propriétaire m'a donné cinq gratins de pâtes à la béchamel et au fromage dont la seule pensée me donne la nausée. Ajoute à ça cette affaire de meurtre…

Elle entra dans l'ascenseur, suivie d'Elaine, et appuya sur le bouton du rez-de-chaussée.

— Si tu crois que la police me tient informée heure par heure des progrès de l'enquête, tu te trompes. Depuis hier, j'ai répondu à un nombre incalculable de questions. J'ai fait ma déposition, j'ai répondu à d'autres questions, puis je suis rentrée à la maison et j'ai passé la fin de l'après-midi et la nuit à rédiger cet article que tu me réclamais à cor et à cri pour lundi. On est samedi, et je viens de le remettre dans tes mains fraîchement manucurées.

A ces mots, Elaine baissa les yeux sur ses ongles impeccables avec un sourire satisfait. Grande et mince, les cheveux noirs coupés court, plutôt séduisante, elle avait une cinquantaine d'années, mais en paraissait dix de moins.

— Tu as remarqué ? Je suis allée chez la manucure, en prévision de mon rendez-vous de ce soir.

— Avec cet homme au physique de star que tu fréquentes depuis quelque temps ?

— Physique de star, c'est vite dit. Sa principale qualité, c'est d'être le P-DG d'une chaîne câblée qui veut se hisser au rang de CNN.

Darcy sentit un rire lui chatouiller la gorge.

— Et sa personnalité ? Est-ce qu'elle compte un peu à tes yeux ?

Elaine sourit, mais son regard resta froid.

— Ecoute, j'ai cinquante ans et des poussières. J'ai subi deux divorces, qui m'ont réduite à la misère. Cette fois, je veux décrocher le gros lot avec un homme riche et avare envers tout le monde sauf moi. De plus, j'aimerais que notre journal publie une histoire que nos rivaux de Manhattan voudront s'arracher.

— Si j'ai bien compris, tu te moques royalement de la personnalité de ton prétendant ?

Passant le seuil du bâtiment, Darcy marqua une pause en haut des marches pour mettre ses lunettes de soleil. Le soleil tapait fort, et la chaleur était caniculaire.

Elaine posa le main sur son bras.

— Par pitié, Darcy, donne-moi l'exclusivité ! la supplia-t-elle. Le magazine a besoin d'un vrai scoop. Tes collègues en ont besoin. Moi, j'en ai besoin !

— Je ferai de mon mieux, c'est promis.

Darcy lui rectifia le col de son chemisier, puis ajouta :

— En attendant, essaie de te calmer et pomponne-toi pour ta grande soirée. A lundi !

Trop énervée pour rentrer directement chez elle, elle décida de s'arrêter à son club de gym afin de se libérer de toute son énergie négative. La vue du corps musclé de son professeur la laissa de marbre : il ne soutenait pas la comparaison avec le physique d'un certain détective privé qu'elle avait décidé de chasser de sa mémoire.

De toute évidence, elle avait échoué, car son visage ne quittait pas ses pensées. Surtout la nuit, à son grand désespoir.

Une fois son cours de gym terminé, elle se doucha, enfila un pantalon en lin et un petit haut blanc, puis prit le chemin du retour. Des aboiements joyeux et les effluves appétissants d'un barbecue l'accueillirent quand elle tourna au coin de sa rue. Elle se gara devant sa maison et descendit de voiture. Une petite brise faisait bouger les cimes des arbres sans rafraîchir l'air pour autant. Darcy sourit en passant à côté du chat d'Hannah, Hodgepodge. Allongé sur le trottoir, les pattes en l'air, il savourait la chaleur de l'asphalte sous son dos.

Arrivée devant sa porte, elle s'aperçut brusquement qu'elle avait oublié d'activer l'alarme en partant au travail. Quelle inconscience ! Heureusement, les haies de cèdres avaient été coupées. C'était déjà ça, songea-t-elle en insérant la clé dans la serrure.

Elle franchissait le seuil de la maison quand la sonnerie de son portable retentit.

— Toujours à Philadelphie, Marlowe ? lança-t-elle dans le combiné.

— Toujours.

— Je croyais que tu comptais repartir ventre à terre à New York…

— Moi aussi.

Tu as décidé de rester volontairement ou à la demande de la police ?

Elle perçut un sourire dans sa réponse.

— Je te rappelle que c'est toi qui as découvert le corps de Lugo, Darcy. Pas moi. La police n'avait aucune raison de me demander de rester.

— Sauf que j'ai découvert le corps *après* que tu m'as fait entrer dans la chambre — par effraction, soit dit en passant. Nous sommes donc dans la même galère.

Il poussa un soupir.

— Que dire pour ma défense ? Que le capitaine de Val m'adore et m'épargne les corvées ?

— J'en déduis que tu as décidé de rester à Philadelphie de ton propre chef.

— Tu as l'air surpris, remarqua-t-il. A ton avis, découvrir le corps de son client assassiné dans sa baignoire n'est pas une bonne raison pour s'attarder sur les lieux du crime ?

Elle posa ses clés dans un bol et abandonna son sac à main et ses affaires de sport sur une chaise.

— C'est toi qui m'as dit que tu te souciais de ton prochain comme d'une guigne, M. C'est bien le surnom que Val te donne, n'est-ce pas ?

— Il n'arrive pas à prononcer mon nom en entier quand il a trop bu. M'appeler M. lui simplifie la vie.

— Si j'en crois la façon dont ton ami s'exprimait ce matin, il avait trop bu hier soir. Et encore, c'est un euphémisme ! Je m'avance peut-être, mais j'ai l'impression qu'il a de gros problèmes existentiels.

— Tu connais des gens qui n'en ont pas ?

Elle retira de sa tête le chapeau de soleil qu'elle avait rapporté de Sydney, et secoua la tête.

— Dis-moi, Marlowe, tu as toujours été aussi pessimiste ?

— Et toi, tu poses toujours autant de questions ?

— Quand on me donne aussi peu de réponses, je redouble de curiosité.

Elle cala son téléphone sur son épaule et se dirigea vers la cuisine.

— J'ai aperçu ton Land Rover devant chez Hannah, ce matin, en rentrant de mes courses. Je suis sûre qu'elle a été ravie de te faire la conversation, et toi, de trouver une interlocutrice si bavarde. Mais j'aurais pu t'épargner un échange fastidieux en te révélant qu'elle n'avait rien vu, rien entendu. Dans le cas contraire, je te garantis que mon agresseur n'aurait pas eu le temps de prendre la fuite !

— Merci du renseignement.

— Pas de quoi. Hannah, c'est Superwoman. D'ailleurs, je suis étonnée qu'elle n'ait rien remarqué, l'autre soir.

— Son manque de perspicacité est plus étonnant que tu ne le penses.

— Tu pourrais développer, s'il te plaît ?

Il ne répondit pas. Elle fronça les sourcils tout en plaçant un verre sous le distributeur de glaçons du réfrigérateur.

— Marlowe ?

Toujours pas de réponse. Avec un soupir, elle ouvrit le réfrigérateur en quête d'une boisson fraîche.

— Allez, réponds ! Il fait trop chaud pour jouer aux devinettes.

— Regarde derrière toi, Darcy. Tu n'es pas seule…

A cette voix qui ne venait pas du téléphone, elle sentit son cœur faire un bond dans sa poitrine.

# 4

Ils marchaient côte à côte dans les rues de Philadelphie.

— Tu devrais abandonner cette habitude déplaisante de surgir inopinément dans le dos et la vie des gens à tout bout de champ ! décréta soudain Darcy quand elle reprit enfin la parole.

Marlowe lui adressa un coup d'œil amusé.

— Tiens, tiens… Je croyais que tu avais décidé de ne plus jamais me parler ?

— Je ne te parle pas, j'évacue ! C'est ma façon de gérer le choc !

— A retardement, tout de même.

— Parce que je suis furieuse ! C'est quand même incroyable ! Tu commences par entrer chez moi par la cave dont la porte, si on peut lui donner ce nom, ne tient qu'à un fil. Ensuite, non content d'être entré par effraction, tu m'attends comme un criminel et tu me pièges au téléphone. Si j'avais eu un couteau dans la main, tu serais passé de vie à trépas, et tu ne profiterais pas de Philadelphie *by night* ! conclut-elle avec un geste grandiloquent vers la rue animée.

Elle accéléra l'allure.

— Tu n'as donc pas compris mon message, fit-il tranquillement.

— Si, bien sûr ! Témoin de ma déplorable négligence, tu as décidé de me prouver qu'un individu animé des pires intentions pourrait facilement entrer chez moi. Morale de l'histoire ? De une, il faut que je branche mon alarme avant de sortir, et de deux, que je remplace toutes les serrures défaillantes de la maison… Je plaide coupable, et je te promets d'être vigilante à deux cents pour cent. Bon, maintenant que nous avons mis les points sur les i, ne pourrait-on pas passer à autre chose, par exemple manger un truc sympa ?

— Ça me semble une b…

Il s'interrompit et la retint par le bras, l'empêchant de foncer dans un homme en fauteuil roulant.

— Attention, Darcy !

Sur leur droite, les portes d'un petit théâtre venaient de s'ouvrir, et un flot de spectateurs bavards se déversait sur le trottoir.

— Bon sang, Darcy, tu agis toujours comme si le monde t'appartenait ?

Haussant les épaules, elle fendit la foule et se dirigea à grands pas vers le stand où l'on vendait les meilleurs sandwichs du quartier.

— Je suis curieuse de nature. J'aime côtoyer les gens, les regarder vivre et s'employer à des activités qui sembleraient peut-être banales à certains mais qui sont à mes yeux exceptionnelles. J'étais fille unique et, de plus, fille de militaire. On n'arrêtait pas de déménager. J'ai passé une drôle d'enfance, tu sais. Oh, ce n'était pas désagréable, bien au contraire ! J'ai beaucoup appris.

Elle eut un sourire nostalgique.

— Il m'arrive parfois de me demander quelle aurait été ma vie si j'avais passé toute ma jeunesse dans une même ville, un même quartier, où toutes les rues, les boutiques et les voisins m'auraient été familiers.

— Finalement, tu es très bohème. Toujours sur la route…

— J'y ai été initiée dès l'enfance.

Arrivée devant le stand, elle acheta deux sandwichs et deux bouteilles de bière. Elle sentait le regard de Marlowe peser sur elle — ce qui était loin de lui déplaire.

Ils reprirent leur flânerie à travers la ville tout en mangeant.

— J'aimerais savoir à quoi tu penses, dit-elle soudain. Tu te demandes pourquoi je ne t'ai pas encore parlé d'Umer Lugo ?

— Non. J'imagine que tu en as par-dessus la tête qu'on te parle de ça, après tous les interrogatoires que tu as subis.

Elle lui donna un petit coup d'épaule.

— C'est incroyable d'être aussi perspicace ! Comment fais-tu pour deviner mes pensées ?

*Et mes désirs…*

Elle se tut alors que le baiser qu'il lui avait donné lui revenait à la mémoire. Marlowe lui jeta un coup d'œil. Troublée, elle se réfugia derrière sa bouteille et termina sa bière.

Quand elle eut fini, il lui prit bouteille et emballage de sandwich et les laissa tomber dans une poubelle avec les siens. Puis il l'entraîna dans une allée plongée dans la pénombre et moins passante, avant de s'arrêter et de se planter devant elle.

Il passa l'index sur sa lèvre inférieure. Son regard était brûlant mais indéchiffrable.

— Tu pourrais facilement monopoliser toute mon attention, Darcy.

— Tu m'en diras tant… Mais à quoi bon succomber à la tentation ? Je suis un peu bohème, et toi, tu es le roi des cyniques. Quel intérêt de s'engager dans une histoire impossible ? Tous ces dramaturges, Shakespeare, Racine et compagnie, ont déjà développé le thème des amours impossibles. Nous savons comment elles se terminent.

Un petit sourire apparut sur les lèvres de Marlowe.

— Ai-je bien entendu ? Ce sont vraiment les propos de la jeune femme optimiste dont j'ai fait la connaissance il y a deux jours ?

— Eh bien, il arrive que cette jeune femme ait le sens des réalités.

— Et redevienne Shannon Hunt ?

— S. L. Hunt si tu veux bien, merci. C'était mon nom de guerre, à Los Angeles. Shannon Leah Hunt était… Je serais particulièrement gentille si je disais qu'elle était obstinée et concentrée sur ses objectifs.

— Dois-je traduire par « arriviste » ?

— Ah non : ça, c'est Shannon Stone, corrigea-t-elle, consciente de parler à tort et à travers. Je t'explique tout depuis le début : « Stone », c'était le nom de jeune fille de ma mère. J'ai choisi de m'appeler Shannon Stone quand j'ai été embauchée pour présenter la météo sur une chaîne câblée de l'Oregon. C'étaient mes débuts à la télévision, et je pensais que « Stone » sonnait mieux que « Hunt », tu vois ? Après, je me suis ravisée : Stone, autrement dit « pierre », avait une consonance un peu dure, pour la sémillante présentatrice de télévision que j'étais. C'est pourquoi, quand je me suis installée en Californie du Nord, j'ai décidé de m'appeler Shannon Hunt.

— Tu étais aussi chargée de la météo, en Californie du Nord ?

— Non, je présentais le journal télévisé de 18 heures. Chaîne et parts d'audience plus importantes, la vie me souriait. Mais je ne me suis pas arrêtée en si bon chemin, tu penses bien.

Elle appuya sa tête contre le mur tout en poursuivant :

— J'y suis restée environ un an, à la suite de quoi j'ai reçu une offre de la part d'un groupe de médias de Los Angeles, assortie d'un meilleur salaire. C'est à cet instant que S. L. Hunt est née. Les initiales, comment chacun sait, c'est le grand chic.

Il la dévisagea longuement.

— Tu es donc passée de la presse télévisuelle à la presse écrite. Pourquoi ?

— Je ne voulais pas être une potiche. Le glamour et les paillettes, ça ne m'intéressait pas. Je voulais réussir. Devenir quelqu'un. C'est pour cette raison que j'ai décidé de me lancer dans le journalisme d'investigation. A cette époque, je vivais à Hollywood, j'avais vingt-quatre ans. J'étais libre de mes choix, de ma vie, et mon patron m'aimait bien.

— Vraiment ?

— Plus que tu ne le penses.

Elle eut un sourire taquin.

— Je précise qu'elle s'appelait Michelle.

Levant la main vers lui, elle ôta une mèche de cheveux de sa joue.

— Mais tout ça n'a plus aucune importance, désormais. Je m'appelle Darcy Nolan. Shannon Stone, Shannon Hunt et S. L. Hunt n'existent plus. Certes, ma carrière reste ma priorité, mais pas au point de devenir cynique, insensible ou indifférente. Désormais, je préfère une vie plus harmonieuse, des pensées et des sentiments plus positifs.

Et, comme pour souligner ces paroles, elle se tendit vers lui.

— Darcy…

Elle s'approcha encore, provocatrice.

— Serais-tu en train de reculer, Marlowe ? C'est pourtant toi qui as initié ce petit jeu entre nous…

Elle vit son regard glisser jusqu'à sa bouche.

— … et tu en as envie autant que moi, acheva-t-elle dans un murmure, ses lèvres effleurant les siennes.

Il garda le silence, comme fasciné par l'éclat de ses prunelles, par la pression indicible et pourtant sans ambiguïté de son corps contre le sien. Et elle attendait, mourant d'envie qu'il l'embrasse.

Ce qu'il fit enfin.

Au contact de ses lèvres, un feu d'artifice explosa en elle, la rendant plus vivante qu'elle ne l'avait jamais été. Des sensations la submergèrent, plus violentes les unes que les autres. Elle s'agrippa à ses épaules, puis noua ses mains sur sa nuque, aussi légère que les étincelles qui dansaient en elle. Et quand il approfondit son baiser, mêlant sa langue à la sienne, elle s'abandonna totalement contre lui.

Hors d'haleine, elle rompit leur baiser un instant, puis, avec un sourire, reprit possession de ses lèvres pour une dernière étreinte qui les laissa tous les deux pantelants.

Lorsqu'elle eut recouvré l'usage de la parole, elle se passa la langue sur les lèvres.

— Alors, ce n'en était pas la preuve, peut-être ?

Il secoua la tête, l'air désorienté.

— Je ne sais plus du tout ce que tu voulais prouver.

Elle prit son menton entre ses doigts et l'embrassa de nouveau. Une seconde plus tard, elle se détachait de lui.

— Hmm… Sur ce plan-là, toi et moi, c'est l'accord parfait.

— Sans vouloir te décevoir, mais sans non plus regretter ce qui vient de se passer, ce n'est pas pour ça que je suis resté à Philadelphie.

— Message reçu cinq sur cinq. Je ne te poserai donc pas la fameuse question sur l'avenir de nos relations improbables.

Avec un sourire, il lui prit la main, et tous les deux reprirent leur promenade dans les rues animées de Philadelphie. Les lampadaires et les enseignes des vitrines éclairaient les lieux comme en plein jour.

— J'ai passé en revue avec Val la liste des adresses e-mails de Lugo, annonça soudain Marlowe. Elle comporte une trentaine de noms.

— Vince Maco… Je veux dire, l'homme qui m'a agressée l'autre soir serait dans cette liste ?

— C'est possible, mais on n'en sait rien. Quant à la liste des clients de Lugo, on ne l'a pas encore trouvée.

— La police a fouillé son bureau ?

— Et son domicile. Ils sont aussi allés voir mon ancien client dont Lugo se recommandait. Il se porte toujours garant de sa respectabilité.

Ils arrivaient devant un parc qui semblait le but de promenade de tous les flâneurs.

— Si on y allait ? proposa Darcy, enthousiaste. C'est un parc d'attractions. Il y a des peintres qui exposent, un marché aux puces, des manèges, un théâtre de marionnettes et même un kiosque à musique.

A sa grande surprise, Marlowe ne répondit pas. Il avait ralenti le pas et semblait étrangement lointain.

Dans le parc, les lampadaires s'espaçaient, et une semi-obscurité régnait sur les allées. Après quelques minutes, Darcy rompit le silence qui s'était installé entre eux.

— Allô Marlowe ? Ici la Terre !

Il lui adressa un regard en coin.

— Tu m'as l'air bien pensif, remarqua-t-elle. Ne me dis pas que tu passes en revue les informations que tu as trouvées sur l'ordinateur de Lugo ? Tiens, je serais curieuse de savoir quel était ton grade dans la police.

— Lieutenant, chargé des homicides.

Son ton bref et brutal l'étonna. Elle allait le relancer quand il laissa échapper un rire sans joie.

— A l'époque, je n'enquêtais que sur des assassinats. Il y avait de tout : meurtres prémédités ou crimes passionnels, règlements de comptes entre gangs…

Il se tut.

— A New York ? demanda-t-elle.

— New York, Chicago et Los Angeles. C'est d'ailleurs à Los Angeles que j'ai rencontré Val.

Elle sentit un frisson courir le long de sa colonne vertébrale.

— Tu as rencontré Val à Los Angeles ? Quand ?

Il lui adressa un sourire.

— Je sais ce que tu penses, Darcy, et je t'assure que tu as tort. Val est un bon flic. Un peu décalé, mais dans sa vie personnelle seulement.

— Je vois. Et puis, c'est bien connu, tous les flics sont intègres.

A peine eut-elle prononcé ces mots qu'elle se mordit la lèvre, consciente d'être allée trop loin.

— Je suis désolée, ça m'a échappé, s'excusa-t-elle, contrite. Val est ton ami, et tu le connais depuis longtemps. Le problème, c'est que, si je veux me sortir du bourbier dans lequel je suis, il faut bien que je fasse attention à la moindre anomalie. Dans vingt-quatre heures, j'irai jusqu'à me méfier de ma marraine, tu verras !

— Et ta marraine est bien évidemment au-dessus de tout soupçon.

Elle ne put s'empêcher de rire.

— Oh oui ! Elle est pasteure et habite à Genève où elle s'occupe d'animaux maltraités et d'adolescents à la dérive.

Ils étaient arrivés au marché aux puces. Soudain, Darcy se figea.

— Marlowe, regarde là-bas. Ce drôle de type avec une casquette de base-ball… Il était là quand tu as acheté les sandwichs.

— C'est toi qui les as achetés, je te rappelle.

Mais elle ne l'écoutait pas. Les sourcils froncés, il tourna les yeux dans la direction qu'elle lui indiquait.

— Tu crois qu'il nous suit ? demanda-t-elle à voix basse.

— Continuons, on verra bien. C'est quoi, cette lueur entre les arbres ?

Darcy suivit son regard. Une lumière changeante trouait l'obscurité.

— Allons voir de plus près.

Elle avança d'un bon pas tandis qu'il la suivait, légèrement en retrait.

— Je reste convaincue que c'est Frankie Maco qui a lancé un contrat sur ma tête, reprit-elle. Et je préfère encore ça à l'idée que quelqu'un dont je ne connais ni l'identité ni les motivations me poursuit de sa haine.

— Essaie de passer tous tes ennemis en revue. Surtout ceux que tu ne connais pas.

— Merci pour le conseil. Vraiment rassurant.

Elle continuait à marcher vers la source de lumière que Marlowe avait repérée. Quand elle eut traversé les saules et les châtaigniers, elle poussa une exclamation ravie.

— Un cinéma en plein air ! On dirait un *drive-in* comme à l'époque de nos parents, mais sans les voitures aux vitres embuées et la bande-son inaudible.

Un film d'action se déroulait sur l'écran. Dans un bruit de fusillade, des corps tombaient, et le sang coulait à flots. Le son dolby était si bon que Darcy aurait juré entendre les balles siffler à son oreille.

Elle avisa non loin d'elle une spectatrice, assise sur une couverture, qui semblait impressionnée. Alors que ses yeux s'attardaient sur elle, elle la vit soudain tressaillir et jeter un regard égaré autour d'elle. Presque aussitôt, l'impact d'une balle dans un tronc d'arbre se fit entendre.

Darcy tourna la tête vers Marlowe.

— Où…

Elle n'eut pas le temps d'aller plus loin. Se jetant sur elle, il la plaqua sur la pelouse.

— Ne bouge surtout pas, lui intima-t-il.

Prudemment, il se redressa et scruta les environs.

D'autres coups de feu retentirent. Dans le film ou dans le parc ? Ou les deux ? Elle ne parvenait plus à faire la distinction.

— Ça y est, je l'ai repéré ! s'exclama soudain Marlowe en sortant son arme de sa ceinture.

Il embrassa Darcy sur le front, puis se releva.

— Ne bouge surtout pas, lui intima-t-il avant de s'éloigner rapidement vers les arbres.

Elle le suivit des yeux, puis se tourna vers la spectatrice qu'elle observait quelques instants plus tôt. Cette dernière fit volte-face, imitée par ses voisins, au moment où une balle, bien réelle celle-là, allait se ficher dans l'arbre juste derrière Darcy.

La femme hurla. Darcy croisa son regard épouvanté avant qu'elle s'évanouisse.

L'adrénaline fusant dans ses veines, Marlowe prit en chasse le tireur. Avec sa casquette de base-ball bien enfoncée sur sa tête, l'homme était facilement repérable. Il fit feu à deux reprises. La première balle toucha Marlowe au bras, lui arrachant une grimace de douleur ; la seconde se contenta de siffler à ses oreilles.

Au même instant, le film s'acheva, et l'écran s'éteignit. Plongeant dans l'obscurité, les arbres prirent tout à coup des formes monstrueuses.

Marlowe attendit un instant que ses yeux s'habituent à la pénombre. Enfin, il repéra le tireur sur un sentier chichement éclairé par les lampadaires qui longeaient le parc. Il tira, mais sa balle manqua son but. Changeant de trajectoire, l'homme prit une allée plongée dans le noir.

Sans cesser de courir, Marlowe jeta un coup d'œil à son bras. Du sang imprégnait sa manche, mais ce n'était qu'une éraflure. Une chance que la balle l'ait atteint, lui, et non Darcy, songea-t-il.

Il se fit la promesse d'arrêter cet homme. Une fois qu'il aurait été livré à la police, Darcy retrouverait une vie normale ; Val reviendrait définitivement dans les bonnes grâces du capitaine Blydon, et lui pourrait rentrer à New York, la conscience tranquille.

Un gémissement s'éleva, non loin de lui. Aussitôt,

Marlowe se précipita dans la direction d'où venait le bruit. Si le calme était retombé dans le parc, les ombres mouvantes des arbres rendaient l'atmosphère plus inquiétante.

Arrivé au bout de l'allée, Marlowe s'arrêta et regarda autour de lui. Rien. D'où venait donc le gémissement qu'il avait entendu ?

Soudain, il entendit un cliquetis métallique sur sa droite. Un trousseau de clés ?

La main sur son arme, il avança prudemment dans l'obscurité. Le cliquetis métallique reprit, en continu, cette fois.

Quand il vit ce qui produisait ce bruit, Marlowe se figea.

Un Caddie plein à craquer fonçait droit sur lui.

Il quitta le sentier et traversa la pelouse en jurant à chaque pas. Avec un hoquet de dégoût, il tenta de désarmer son arme, sans succès. Les tremblements qui agitaient ses mains l'empêchaient de manipuler correctement son arme.

Bon sang, ç'aurait pourtant dû être simple ! Viser, tirer, puis s'évanouir dans la nuit. Sauf que rien ne s'était passé comme prévu.

Il repéra une silhouette devant lui, qui se déplaçait lentement en poussant un Caddie rempli à ras bord. Une femme ? Possible. Agée et fagotée n'importe comment.

Ses tremblements cessèrent tandis qu'une idée se formait dans son esprit.

*Dommage pour toi, ma vieille… Pas de panique, c'est pour la bonne cause. Je veux ma Darcy jolie. J'en suis fou. Elle me met dans tous mes états. Darcy, ma vie, ma rédemption…*

Un sourire cruel sur les lèvres, il se mit à fredonner *All Shook Up*, l'une des plus célèbres chansons du King. Et il se prépara à intercepter la femme.

Elle se figea en l'entendant approcher.

*Tant pis pour toi, la vieille,* songea-t-il tandis qu'il la poussait sans ménagement pour lui prendre son Caddie. *Ce soir, tu seras mon porte-bonheur.*

# 5

— On t'a tiré dessus samedi soir ? Tu es sérieuse ?

Assise à son bureau de bois de cerisier, une antiquité dont elle était très fière, Elaine la dévisageait d'un air incrédule.

— Tu es sûre que ce n'était pas plutôt une balle perdue ?

Malgré sa nervosité, Darcy réfréna son envie d'arpenter la pièce, et s'assit sur le canapé.

— Sûre et certaine. Les gars de la balistique sont sur les dents.

— Oui, mais…

Elaine s'interrompit.

— Quelqu'un vient, et je reconnais ses pas, marmonna-t-elle avec un geste agacé.

Darcy se retint de rire devant la contrariété qui se peignait sur ses traits.

— C'est Trace ? s'enquit-elle pour la forme.

— Tu paries combien qu'il a déjà entendu parler de tes déboires de samedi ?

A peine Elaine eut-elle fini de parler qu'un jeune homme d'une trentaine d'années faisait son apparition dans le bureau. Il se dirigea directement vers Darcy.

— Dis-moi, Darcy, il paraît que tu as été victime d'une tentative de meurtre, l'autre soir ?

Quand il posa la main sur le dossier du canapé, Darcy résista au désir de se lever.

— Ecoute, Trace, nous sommes très occupées, intervint Elaine d'un ton sec. Retourne plutôt à ton bureau, et essaie de me trouver un concept innovant avec l'équipe artistique. En imaginant que vous travaillez vraiment, au lieu de perdre votre temps à jouer au poker sur internet.

Mais il l'ignora et se rapprocha encore de Darcy.

— Je peux passer chez toi, ce soir, si tu veux, proposa-t-il, une drôle de lueur dans les yeux. Juste pour m'assurer que tout va bien, cela va de soi.

Elle tenta d'intercepter sa main qui s'insinuait sur son épaule.

— Eh bien, c'est... très gentil de ta part, Trace, mais j'ai déjà des projets pour la soirée.

— Avec son amant ! trancha Elaine sans ménagement. Tu ne l'intéresses pas !

Darcy lui lança un regard contrarié. Visiblement gêné de s'être fait rabrouer aussi brutalement, Trace tentait de se ressaisir.

Elle se leva.

— Je vais me chercher un café. Qui en veut ?

— Non, merci. Je ne dépasse jamais neuf espressos par matinée, déclara Elaine.

Darcy s'empressa de sortir du bureau et referma la porte derrière elle. Bien qu'elle n'appréciât pas beaucoup Trace, la façon dont Elaine l'avait remis à sa place l'avait embarrassée, et elle n'avait pas envie d'être témoin plus longtemps de ses rebuffades.

Devant la machine à café, elle regretta d'être restée au bureau au lieu de profiter de la fraîcheur relative du parc ou d'un restaurant climatisé. Malheureusement, elle n'avait pas le temps de sortir déjeuner. La matinée s'était écoulée péniblement, tant à cause de la mauvaise humeur d'Elaine que de son emploi du temps chamboulé. Elle avait dû repousser, voire annuler, plusieurs de ses rendez-vous afin de répondre aux interrogatoires de la police sur les coups de feu au parc.

Le tireur avait blessé non seulement Marlowe — une blessure superficielle, Dieu merci ! —, mais aussi une SDF, une femme âgée qui vivait plus ou moins dans le parc. Pour lui prendre son chariot et le lancer sur Marlowe, il l'avait repoussée violemment sur le côté, de sorte qu'elle s'était cogné la tête en tombant, et foulé la cheville. Quant à la spectatrice qui s'était évanouie, elle était en état de choc.

S'obligeant à penser à autre chose, Darcy inséra la dosette de café dans la machine et appuya sur le bouton « marche ». Depuis le bureau lui parvenait la voix d'Elaine, de plus en plus nette. Comme à son habitude, elle ne mâchait pas ses mots.

— Contrairement à toi, Trace, Darcy ne vit pas de jeux vidéo. Tu ne l'intéresses pas, enfonce-toi bien ça dans le crâne !

— Tu es peut-être ma supérieure hiérarchique, mais ça ne te donne pas le droit de me rabaisser.

— Je ne te rabaisse pas, je te rappelle la règle qui prévaut au magazine : ici, c'est moi le patron, et je n'apprécie pas quand tu débarques dans mon burcau sans même frapper ! J'ai bien dit « bureau » et non « petit salon » où tu t'arroges le droit de faire sous mon nez des avances à l'une de tes collègues !

Darcy poussa un soupir. Elle imaginait sans mal le regard étincelant de colère de sa rédactrice en chef.

— Si je comprends bien, reprit Trace, je dois rester indifférent à ce qui lui est arrivé ? Elle a quand même frôlé la mort !

— Tu n'as pas compris, je vais donc être plus claire. Ici, tu es au journal, Darcy est une collègue, et mon bureau est une salle de travail.

— Mais je ne peux pas rester insensible à ce qui s'est passé ! Je suis humain, moi !

— Non, tu es très énervant.

— Mais je ne suis pas…

— Pour l'amour du ciel, Trace, vas-tu te taire, à la fin ? s'exclama Elaine dont l'exaspération étonna Darcy. Il faut toujours que tu aies le dernier mot ! Ecoute un peu ce qu'on te dit, pour une fois ! Tu n'as pas retenu les leçons du passé ? Souviens-toi quand tu as harcelé ta mère parce qu'elle fréquentait un type en costume trois pièces qui portait une chaîne en or, ce qui, à tes yeux, lui donnait des airs de proxénète. Cet homme était un brave imprimeur, tout ce qu'il y avait de plus gentil. Elle se tuait à te le répéter. Mais toi, tu l'as fait fuir, bien sûr !

Elle reprit son souffle avant d'enchaîner :

— Tu ne vois pas plus loin que le bout de ton nez. Et je te jure que si tu n'étais pas aussi doué sur le plan artistique, cela ferait belle lurette que tu aurais été viré ! Maintenant, retourne à ton bureau et fiche la paix à Darcy une bonne fois pour toutes. C'est compris ? Elle a assez de problèmes sans que tu viennes en rajouter !

Presque aussitôt, Darcy vit un Trace réduit au silence sortir en trombe du bureau d'Elaine et foncer dans le couloir sans remarquer Marlowe qui arrivait en face. La collision était inévitable. Avant qu'elle ait pu ouvrir la bouche, les deux hommes s'étaient rentrés dedans. Trace s'excusa d'une voix confuse, puis fronça les sourcils en constatant qu'il se trouvait face à un inconnu.

— Qui êtes-vous ? demanda-t-il d'un air méfiant.

Darcy s'avança pour faire les présentations.

— Trace Grogan. Marlowe Damon.

Puis elle se tourna vers Trace avec un sourire suave.

— Les délais n'attendent pas, Trace. Et la pause déjeuner se termine dans dix minutes.

Il s'éloigna, ce qui ne l'empêcha pas de leur jeter plusieurs coups d'œil avant de pénétrer dans l'ascenseur. Quand il eut enfin disparu, Darcy ne put retenir un frisson de répulsion.

— Il a un casier judiciaire.

A la voix de Marlowe, elle sursauta.

— Qui ? fit-elle, perdue.

Elle secoua la tête pour se ressaisir. Il parlait de Trace, bien sûr. Tout ce qu'elle savait, c'était qu'un soir il avait fait une scène terrible à sa mère, à cause de son compagnon prétendument proxénète, allant jusqu'à ameuter tout le voisinage. Mais il lui semblait que sa mère n'avait pas porté plainte.

Elle supplia Marlowe du regard.

— Je t'en prie, ne me dis pas que Trace est un fou dangereux qui se promène en liberté…

— Ne t'inquiète pas, la vérité n'est pas si terrible, la rassura-t-il en lui prenant la main. Trace a agressé quelqu'un, lors d'un pique-nique.

Ses doigts caressaient les siens, et elle sentait des frissons particulièrement délicieux la parcourir. Bien que troublée par ses caresses, elle s'obligea à se concentrer sur ses révélations.

— Tout le monde sait que Trace est un peu instable,

mais je ne pensais pas qu'il pouvait se montrer violent, remarqua-t-elle.

— L'homme qu'il a agressé avait critiqué le travail qu'il avait fait pour sa campagne publicitaire.

— Son précédent employeur ?

— Il en a eu plusieurs. Dans ce cas précis, c'était son avant-avant-dernier employeur.

— Finalement, ce n'est pas très surprenant de sa part, conclut-elle. Autre chose ?

— Le type qu'il a frappé sortait avec sa cousine. Il était directeur d'une chaîne de fast-food.

Elle fronça les sourcils.

— Et alors ?

— Ce n'est pas la victime de Trace Grogan qui a de l'importance, c'est sa cousine.

Une vague intuition l'envahit.

— Qui est-ce ?

— Ta rédactrice en chef. Elaine Holland est la cousine de Trace Grogan.

Elaine et Trace étaient cousins ! Trois heures avaient passé depuis cette découverte, et Darcy n'en revenait toujours pas.

Après avoir quitté le magazine, Marlowe et elle s'étaient rendus au commissariat où il régnait une chaleur étouffante. Ils avaient retrouvé Val dans le bureau du capitaine Blydon et avaient comparé la description qu'elle avait faite de son agresseur, avec celle que Marlowe et d'autres témoins avaient donnée du tireur du parc. Seule la vieille femme, actuellement dans un refuge pour sans-abri, avait refusé de coopérer.

— Nous avons obtenu la liste des clients de Lugo

par l'entremise de son associé, déclara Marlowe. Et nous continuons les recherches sur son ordinateur. Les fichiers sont cryptés. Autant dire que nous ne sommes pas au bout de nos peines !

— Les mines d'or virtuelles le sont souvent, remarqua Darcy en s'éventant d'une main.

Val, qui cherchait justement la liste des clients de Lugo dans son dossier, s'épongea le front avec un mouchoir.

— Satanée clim'. Toujours en panne, ces trucs-là, grommela-t-il. Darcy, j'aimerais passer chez vous ce soir, une fois que vous aurez vu l'aïeule.

A sa demande, elle avait accepté d'interroger la vieille SDF. Val pensait en effet que cette dernière se confierait plus facilement à une femme.

— Elle s'appelle Matilda, et elle n'est pas centenaire, intervint Marlowe, le ton légèrement réprobateur.

Au même instant, un petit homme barbu passa dans le couloir, encadré par deux policiers. Comme il tournait les yeux vers eux, son visage s'éclaira, et il s'arrêta.

— Eh, Marlowe ! lança-t-il en tentant d'agiter la main malgré ses menottes.

Marlowe sortit du bureau pour le saluer.

— Salut, Comet. Alors, tu as décidé de migrer à Philadelphie ?

— J'avais envie d'abuser de l'hospitalité du Nord. Paraît que la bouffe est bien meilleure à Philadelphie.

L'homme se tourna vers Darcy et ajouta, le regard brillant :

— Et puis, les filles y sont plus jolies qu'ailleurs.

Val, qui était sorti derrière elle, se pencha à son oreille.

— Ne faites pas attention à lui, c'est une fripouille doublée d'un beau parleur.

Il secoua la tête avec un soupir.

— Non, mais quelle vie… Il y a des jours où je vendrais volontiers mon plan de retraite pour tout recommencer de zéro, mais en mieux. Marlowe aussi, d'ailleurs. Ne serait-ce que pour Lisa.

Elle fronça les sourcils, soudain intriguée.

— Lisa ?

— Aïe ! fit-il en levant les mains en l'air. Par pitié, Darcy, oubliez ce que je viens de vous dire…

— Pas question. Je suis journaliste, et personne n'est plus curieux qu'un journaliste.

Elle laissa Marlowe discuter avec Comet et prit par le bras un Val pâlissant afin de l'entraîner vers le bureau.

— Venez. Vous allez me raconter tout ce que vous savez.

Et, avec son sourire le plus charmeur, elle ajouta :

— Sur Comet, bien entendu.

Il faisait une chaleur moite et étouffante dans le Land Rover. Otant ses mains du volant, Darcy releva les manches de son haut en coton et s'efforça de visualiser des chutes d'eau glacées.

Assis à côté d'elle, la tête appuyée contre le dossier, Marlowe avait rabattu sur son visage une casquette des Giants.

— Tu es bien calme, remarqua-t-il en lui jetant un regard par-dessous sa casquette. Tu n'as pas l'habitude de conduire ce genre de véhicule ?

Elle lui adressa un coup d'œil hautain, le coude négligemment posé sur la portière.

— Si je suis aussi calme, c'est parce que tu as fermé

les yeux aussitôt installé dans la voiture. Je pensais que tu voulais dormir.

— Contrairement à ce qu'affirme la croyance populaire, je suis capable de discuter les yeux fermés.

— Très bien.

Elle eut un sourire ironique.

— Permets-moi de résumer. Tu as un ami, un dénommé Comet, avec un casier long comme le bras, qui te sert d'informateur. Tu as un autre ami, officier de police celui-là, qui est sérieusement alcoolique, et enfin un grand admirateur en la personne du capitaine Blydon, lequel me semble être un caractériel de première. Tu fréquentes les bars jusqu'aux petites heures du jour avec l'alcoolique, tu t'enfermes dans un petit bureau avec ton grand admirateur, Blydon, et tu évoques le bon vieux temps pendant près de trois quarts d'heure avec un informateur qui vendrait père et mère contre un peu de crack. Conclusion : tes agissements sont suspects, ce qui ne t'empêche pas de te réfugier derrière le secret professionnel pour refuser de me divulguer quoi que ce soit sur une affaire qui me concerne en priorité. Enfin, si tu n'embrassais pas comme Casanova, je jurerais que tu préfères la compagnie des hommes à la mienne !

Elle qui avait espéré le piquer au vif en fut pour ses frais, car il éclata de rire.

— Attention, c'est rouge, l'avertit-il en lui montrant le feu.

— J'ai vu, merci.

— Je t'énerve, n'est-ce pas ?

— Non. Oui. Peut-être… Je ne sais pas.

Elle poussa un soupir.

— J'aimerais que tu me parles.

— Ce n'est pas ce qu'on est en train de faire ?

Brusquement en colère, elle s'acharna sur le bouton de la climatisation.

— Non ! Nous communiquons poliment, mais nous ne partageons rien. En fait, tu ne me dis rien sur toi !

— La clim' est déjà au maximum, remarqua-t-il doucement.

Il lui prit la main et entrelaça ses doigts aux siens, la faisant tressaillir.

— Blydon m'estime, Comet m'a rendu de gros services, et Val est non seulement un excellent policier mais aussi un ami. On parle de tout et de rien. De sport, de voitures, de femmes…

— Et de criminels ?

— Autant que les femmes parlent de chaussures.

Elle lui adressa un petit sourire.

— Désolée de m'être énervée… Cette situation me rend folle. Ce n'est pourtant pas faute d'en avoir affronté de pires. D'habitude, je gère plutôt bien mon stress.

Ils approchaient du refuge pour sans-abri dans lequel se trouvait Matilda, la vieille femme du parc. Darcy ralentit et se gara le long du trottoir. Le petit bâtiment en brique ne payait pas de mine, avec ses poubelles posées sur le trottoir, ses fenêtres sales et, pour certaines, cassées. L'ensemble respirait la misère.

— Nous y voilà.

— J'ai vu mieux, commenta Marlowe avec une grimace.

— Et moi, pire. C'est une question de perception. Ici, on peut garer son chariot : les SDF apprécient.

Elle sortit de la voiture et mit ses lunettes de soleil sur son nez.

— Tu viens ou tu restes ? demanda-t-elle en lui tendant les clés.

— Que pense Matilda des ex-policiers ?

— Aucune idée. On aurait peut-être dû venir avec ton ami Comet, ça nous aurait fait une zone tampon.

Sur ces mots, elle enjamba un tas d'ordures qui s'écoulait d'un sac-poubelle éventré, puis agita frénétiquement la main pour écarter une nuée de mouches. Marlowe la considéra d'un air sombre.

— Arrête de me regarder avec cet air tragique, lui renvoya-t-elle. C'est Matilda qui a voulu venir dans ce refuge, personne ne l'y a obligée.

Il passa devant elle sans dire un mot.

A l'accueil, un homme au ventre proéminent lisait un magazine.

— Vous avez un mandat de perquisition ? grommela-t-il sans même daigner lever les yeux.

Darcy sourit.

— C'est obligatoire pour les visiteurs ?

Cette fois, il leva les yeux de son magazine et les observa avec attention.

— Qu'est-ce que vous voulez ?

— Voir Matilda.

— Chambre 17. Mais elle n'y est pas. Elle est dans le parking souterrain avec son chariot.

— Le parking ?

— Continuez par là, prenez à droite, et vous comprendrez.

Tout ça pour interroger une vieille femme qui ne leur apprendrait sans doute rien de nouveau, se dit Darcy avec un soupir résigné.

Marlowe sur les talons, elle longea le couloir, puis

poussa une porte qui débouchait sur une allée jonchée de détritus, laquelle menait à un parking souterrain désaffecté. Au même instant, un nuage passa devant le soleil. L'obscurité devint quasi-totale.

— Matilda ? appela Darcy.

Personne ne répondit. Une bourrasque de vent souffla sur les détritus qui s'amassaient contre les murs. L'orage n'était pas loin.

— Matilda ? C'est Darcy Nolan. Nous nous sommes parlé, dimanche.

Toujours rien. Darcy n'entendait que le bruit de la circulation et le bourdonnement agaçant des mouches. Elle plissa les yeux pour essayer de percer la pénombre.

— Je ne vous veux pas de mal. J'aimerais juste vous parler de l'homme qui vous a bousculée et pris votre chariot. Il…

Elle trébucha. Marlowe la retint par la taille, et elle reprit son équilibre en le remerciant du regard.

— Je devrais toujours avoir une lampe de poche sur moi.

— Et porter des chaussures plates, enchaîna-t-il.

— Merci du conseil.

Tout à coup, le tonnerre gronda, et la lueur vive d'un éclair éclaira le parking.

— Matilda ? reprit Darcy, les sourcils froncés. La personne de l'accueil nous a dit que vous étiez là.

De nouveau, elle se prit les pieds dans quelque chose. Réussissant à garder l'équilibre, elle se pencha et avança les mains pour tâtonner.

— Marlowe ? Viens voir !

Il s'approcha et se baissa à son tour.

— Bon sang, Darcy… Ne la touche surtout pas !

Elle sentit son cœur accélérer tandis qu'elle reconnaissait la forme d'un corps.

Matilda.

Qui baignait dans son sang.

# 6

Darcy posa les doigts à la base du cou de la vieille femme.

— Elle respire.

A côté d'elle, Marlowe regardait autour de lui avec attention, tentant de percer l'obscurité. L'agression semblait récente, son auteur ne devait pas être loin.

Avec l'orage, la luminosité avait encore baissé, et la visibilité était quasi nulle. Pourtant, il crut percevoir un mouvement à l'autre extrémité du parking. Il fixa l'endroit des yeux et, quand il entendit le bruit mat de semelles en caoutchouc sur le béton, il se pencha aussitôt vers Darcy.

— Je peux te laisser un moment ?

Elle acquiesça, le téléphone collé à l'oreille.

Sans perdre une seconde, il s'élança dans le parking. L'homme, il en était conscient, avait une bonne avance sur lui et se déplaçait dans le noir avec une précision déroutante. Avait-il mémorisé l'itinéraire jusque vers les sorties ?

Comme dans le parc, Marlowe se fia à son ouïe pour se déplacer et ne pas perdre sa trace. Soudain, il entendit une porte s'ouvrir, et un rai de lumière perça l'obscurité. L'homme sortait et prenait à droite.

Quand Marlowe sortit à son tour du parking, il le

vit disparaître au coin de la rue. Il se précipita dans sa direction et, après avoir tourné lui aussi, déboucha dans une petite rue sale parallèle à celle du refuge. Il regarda de chaque côté. Planté au milieu de la chaussée, l'homme soulevait sa casquette afin d'arrêter un taxi. Le conducteur dut écraser la pédale de frein pour ne pas le renverser.

— Tu n'as pas encore gagné la partie, gronda Marlowe en s'élançant en avant.

Mais le taxi redémarrait, et il s'éloigna au moment où Marlowe arrivait à sa hauteur. Il n'eut que le temps de relever le numéro de la plaque d'immatriculation et la marque du véhicule.

Hors d'haleine, il sortit son portable et appela Val.

— Seventh House Street Shelter ! annonça-t-il sans même se présenter. Quelqu'un a tenté de tuer le témoin. Il a réussi à prendre la fuite en taxi !

Il lui donna ensuite les informations qu'il avait notées.

— J'arrive, répondit Val. Tu l'as reconnu ? C'était le même type que dans le parc ?

— Oui. Interroge le chauffeur du taxi, je suis sûr que sa description correspondra à la nôtre.

— Bon sang, c'est de pire en pire… Ce gars semble prêt à tout, même à supprimer les témoins gênants. Frankie Maco est-il vraiment aussi impitoyable ?

Marlowe rebroussa chemin vers le parking, encore furieux de ne pas avoir réussi à le rattraper.

— Autrefois, peut-être. Pour le moment, il a d'autres chats à fouetter. J'ai entendu dire qu'il avait de gros problèmes de santé. Il aurait effectué des séjours prolongés à l'hôpital au cours de ces derniers mois.

Il y eut un silence, puis Val reprit :

— M., j'ai l'impression que tu fais de cette histoire une affaire personnelle. Je me trompe ?

— Je ne veux pas en parler.

— O.K. Mais permets-moi de te dire une chose : Darcy n'est pas Lisa. Elle est capable de gérer la situation.

Enervé, Marlowe coupa la communication.

De retour dans le parking souterrain, il s'aperçut qu'une ambulance était arrivée. Son gyrophare éclairait les lieux de sa lumière clignotante. Il se figea. Bien que les sirènes ne fonctionnent pas, il les entendit soudain rugir dans sa tête et se mêler à la musique de l'orgue de Barbarie, aux cris et aux rires des enfants. Même le manège tournait devant ses yeux…

Bloquant ses souvenirs, il se retint de donner un coup de poing dans le pilier en béton devant lui. Seule la douleur physique pouvait atténuer sa douleur morale, plus profonde et incurable.

Darcy se trouvait parmi les urgentistes. Il ne vit bientôt plus qu'elle. Et il se demanda avec angoisse s'il arriverait à conjurer l'attirance qu'elle exerçait sur lui.

Matilda était hors de danger. La balle n'avait pas atteint ses organes vitaux, mais elle avait perdu beaucoup de sang.

Il faisait très sombre quand Darcy rentra chez elle. En dépit de l'heure tardive, elle remarqua Cristian, assis sur les marches de la maison d'Hannah. Il tenait un iPod dans une main, un sandwich dans l'autre, et un sac en toile gisait à ses pieds. Son visage était comme noirci au charbon.

Darcy s'approcha de lui avec un sourire.

— Vous avez dessiné au fusain ? Ramoné une cheminée ?

Il lui rendit son sourire.

— J'ai dessiné dans le parc, aujourd'hui. Malheureusement, je crois que tante Hannah n'apprécie pas l'art abstrait… Elle prétend que je devrais réfléchir à un autre style de peinture. En particulier à la peinture en bâtiment ! Elle m'a demandé d'aller répertorier les petits travaux à effectuer dans votre maison. Je lui ai promis de m'en occuper dès votre retour.

Il montra d'un mouvement de la main la haie de son jardin.

— J'ai coupé vos cèdres, cet après-midi, mais sans toucher à ceux du voisin. Maintenant, votre entrée est mieux dégagée.

— Merci.

Il regarda soudain par-dessus son épaule. Se retournant pour suivre son regard, elle vit un Land Rover noir se garer derrière sa voiture.

— Ce doit être Marlowe. Voulez-vous entrer, Cristian ? Je peux vous servir quelque chose à boire, si vous voulez.

— Non merci, ça ira, répondit-il. Au fait, j'ai vu de la lumière chez vous, tout à l'heure. Ce n'est peut-être rien, mais avec tous les ennuis que vous avez eus ces derniers temps, je voulais vous en informer.

Comme Marlowe approchait, il lui lança un rapide « bonsoir », puis disparut dans la maison.

— Qu'est-ce qui lui prend ? demanda Marlowe, étonné.

Elle lui mit son ordinateur portable et trois livres dans les bras.

— Il est timide. J'imagine que tu le mets mal à l'aise en lui faisant sentir sa jeunesse et sa maladresse.

— Il est à peine plus jeune que toi !

— Tu connais son âge ? Je n'y crois pas… Tu as enquêté sur le neveu d'Hannah ?

Sous son regard outré, il sourit.

— Oui : il est arrivé chez elle la veille de ton retour d'Argentine.

— Ce qui fait de lui un suspect, naturellement !

Elle secoua la tête.

— Cristian ne ressemble pas du tout à l'homme à la casquette de base-ball. Ce type était, ou est, un boxeur. J'ai vu son nez cassé. De plus, il a les oreilles en chou-fleur, et aucune trace de morsure par un Rottweiler !

— Tu préfères être prudente ou morte ? riposta Marlowe.

Ouvrant la porte de la maison, elle désactiva l'alarme sans daigner lui répondre. Il avait raison, bien sûr, même si elle refusait de le reconnaître.

— J'ai parcouru la liste des noms que Val m'a transmise, cet après-midi. Je n'en ai reconnu aucun.

De sa main libre, Marlowe l'aida à pousser la porte.

— C'est la liste des clients de Lugo : elle contient d'autres noms que la liste des adresses e-mail.

— Parce que ce sont des clients qui paient sous la table ?

— Ce ne serait pas la première fois.

— Je sais…

Elle se figea, les doigts sur l'interrupteur, et s'efforça de réfréner sa nervosité.

— Un problème ? fit Marlowe.

— Plutôt un début de paranoïa.

Elle lui reprit des mains son ordinateur portable et ses livres, et ajouta :

— Cristian prétend avoir vu de la lumière, chez moi. Mais je ne sais pas quand, ni dans quelle pièce.

Comme Marlowe sortait son arme de sa ceinture, elle fit la grimace.

— C'est vraiment nécessaire ?

Il leva un sourcil vers l'escalier où jouaient des ombres inquiétantes.

— Ta chambre est à l'étage ?

— C'est une question, ou une proposition… malhonnête ?

Devant la lueur qui jaillissait dans son regard ambré, elle sentit son cœur battre plus fort.

— Les deux, mais dans cet ordre.

— Ecoute, Marlowc, l'alarme était activée quand nous sommes entrés. Tu crois qu'un intrus aurait pensé à la réactiver ?

— S'il avait voulu prendre toutes les précautions pour passer inaperçu, oui.

Elle hocha la tête, se résignant à l'idée qu'il fouille la maison. De toute façon, elle avait besoin d'être rassurée.

Pendant une vingtaine de minutes, il inspecta donc toutes les pièces de la maison, la moindre armoire et le moindre placard. Quand ils descendirent à la cave, Darcy s'adossa au mur et grimaça en voyant les toiles d'araignées sur les murs.

— Tu n'as jamais eu de maison ? s'enquit-elle tout à trac.

— Non. Pourquoi cette question ?

Il remit son pistolet à sa ceinture après une ultime vérification.

— Pure curiosité. Tu représentes une vraie énigme

à mes yeux, et j'essaie de reconstituer ta personnalité à partir du peu que je connais sur toi.

— Il te manque des informations essentielles pour faire un portrait complet.

— Oh, je sais que je ne suis pas au bout de mes découvertes, admit-elle en le dévisageant. Figure-toi que j'ai acquis la certitude que tu avais un passé auquel tu voulais échapper. Tu étais un bon flic, tu aimais ton métier, mais tu as quitté la police. Pourquoi ? Mystère… Tu prétends que le reste du monde t'indiffère ; pourtant, tes actes montrent le contraire. Et ça te contrarie parce que, selon tes dires, il est plus simple d'ignorer son prochain que de l'aimer. Pourquoi ? Si je me laissais aller à la psychologie de bazar, je dirais que tu as subi un choc ou un traumatisme…

Comme il ne répondrait pas, elle détourna les yeux et le précéda dans l'escalier. Elle s'était montrée plus inquisitrice qu'elle ne l'avait souhaité, mais sa curiosité, son envie de le comprendre étaient telles qu'elle avait du mal à se réfréner.

Une fois en haut, elle se tourna vers lui.

— Je sais, mon insistance t'ennuie, d'où ce silence hostile. Tu penses que ta vie ne me regarde pas. Si tu avais pensé le contraire, j'imagine que tu m'en aurais parlé sans te faire prier…

Il ne cherchait pas à éviter son regard ; simplement, il ne laissait transparaître aucune émotion.

Tout en se dirigeant vers la cuisine, elle fit une ultime tentative.

— Sache que je n'ai pas effectué de recherches à ton sujet. Et pourtant, je suis journaliste ! L'investigation, c'est mon boulot, et les détails, ma spécialité. Demande à Frankie Maco : ce n'est pas lui qui dira le contraire !

Elle appuya sur l'interrupteur pour éclairer la pièce, puis lui fit face. L'amusement se lisait sur son visage.

— Bien joué, Darcy, mais je ne dirai rien.

Elle haussa les épaules avec un sourire.

— Et dire que je pensais te délier la langue…

Les yeux rivés aux siens, il s'avança vers elle et l'obligea à reculer jusqu'au mur. Son charme avait un pouvoir incroyable, songea-t-elle, le cœur battant la chamade. Et il n'était pas seulement dû à sa beauté.

Posant les mains de chaque côté de sa tête, il l'effleura de son corps. Le désir la submergea, telle une vague de chaleur. Et pourtant, Marlowe ne l'avait pas touchée. Qu'est-ce que ce serait s'ils faisaient l'amour — *quand* ils feraient l'amour ?

Lentement, il inclina la tête vers elle et s'arrêta à quelques centimètres de son visage. L'impatience la fit frissonner. Comme il ne se décidait toujours pas à l'embrasser, elle caressa son menton du doigt, réfrénant son désir pour mieux en jouer.

— Tu te maîtrises trop, Marlowe. Il s'agit d'un baiser, pas d'un engagement pour la vie.

Son souffle tiède, un peu rapide, effleurait ses lèvres. Au comble de l'impatience, elle décida que, s'il ne passait pas à l'acte dans la seconde, c'est elle qui l'embrasserait. A moins que son hésitation ne soit pas destinée à attiser son désir…

— Tu sais que tu ne flattes pas beaucoup mon ego à me faire languir comme ça ? dit-elle d'un ton faussement léger.

Elle n'était pas au bout de ses surprises. Car, au lieu de

l'embrasser, il noua ses mains sur sa nuque et approcha ses lèvres de son oreille.

— Darcy, il y a quelqu'un chez toi…

Elle se figea et écouta. Seul le silence lui parvint.

— Mais non, fit-elle en secouant la tête. Tu as vraiment entendu quelque chose ?

— Du bruit à l'étage.

— Bah, c'est une vieille maiso…

Un craquement prolongé l'interrompit, et elle sentit un frisson courir le long de sa colonne vertébrale.

— Tu crois vraiment qu'il y a quelqu'un ? murmura-t-elle.

Marlowe dégaina son arme et se dirigea vers la porte. Peu rassurée à l'idée de rester seule, elle le retint par la manche.

— Attends, je viens avec toi…

Il la scruta une microseconde, puis acquiesça d'un signe.

A pas de loup, ils gravirent l'escalier et s'arrêtèrent devant la chambre de Darcy. La prenant par les épaules, Marlowe l'obligea à s'adosser au mur.

— Ne bouge surtout pas, lui intima-t-il à voix basse.

Il étudia la porte de la chambre afin d'en évaluer la solidité, puis l'ouvrit d'un coup d'épaule.

Darcy se pétrifia, sûre d'entendre des cris, un bruit de lutte ou, pire, des coup de feu. Mais non. Comme le silence persistait, elle se détacha du mur et passa la tête par l'entrebâillement. La chambre était vide, mais la fenêtre ouverte.

Rejoignant Marlowe devant le placard, elle entendit du bruit à l'intérieur.

— Tu crois qu'il y a quelqu'un dedans ? chuchota-t-elle, ébahie. Bon sang, ce qu'il se passe dans cette maison est vraiment bizarre…

Elle posa sa main sur la poignée du placard.

— Ouvre d'un coup sec, lui conseilla Marlowe dans un souffle.

Alors qu'il levait son arme, prêt à tirer, Darcy compta jusqu'à trois, et ouvrit la porte. Ce qu'elle vit la laissa muette de stupeur. Et Marlowe, tout aussi surpris, abaissa lentement son bras.

— Hannah ?

Sous les vêtements de Darcy se tenait Hannah Brewster, les jambes repliées devant elle et les bras noués autour de ses genoux.

— Oh, bonsoir, les salua-t-elle avec son sourire le plus affable.

Marlowe dut faire un gros effort pour ne pas éclater de rire, tandis que Darcy fixait sa propriétaire avec stupéfaction.

— Vous êtes dans mon placard, Hannah.

Sa propriétaire s'assombrit.

— Je peux difficilement le nier.

— Mais enfin… qu'est-ce que vous faites là ?

Hannah tendit la main à Marlowe.

— Vous pourriez m'aider à me lever, s'il vous plaît ? Vous seriez un ange.

Une fois debout, elle lissa soigneusement son boubou multicolore.

— Le fait est, ma chère enfant, que j'ai cru que vous étiez un cambrioleur.

— Un cambrioleur ? répéta Darcy, l'air éberlué.

— Oui. Nous avons eu de nombreux vols dans le

quartier. Oh, pas récemment : c'était à Noël. Vous étiez aux Bermudes, à cette époque. Si, si je m'en souviens bien. J'ai toujours rêvé de me rendre aux Bermudes pour…

— Que faites-vous chez Darcy, et dans son placard, Hannah ? la coupa Marlowe.

Elle porta la main à sa gorge.

— Eh bien, je suis venue arroser ses plantes…

— Mes plantes ? Mais je suis là !

— Je vous le concède, ma chère. Malgré cela, je voulais continuer à les arroser, comme je l'ai toujours fait lors de vos déplacements.

— C'est gentil de votre part, Hannah.

— De plus, je pensais que vous resteriez tard au journal. C'est pourquoi, poussée par la force de l'habitude, je suis passée chez vous. Tout allait bien jusqu'à ce que j'entende du bruit en bas. Je ne pouvais pas savoir que c'était vous, alors j'ai pris peur et je me suis cachée.

Marlowe s'adossa au mur.

— Quand nous sommes rentrés, nous avons fouillé tous les placards de la maison. Vous n'étiez pas là, tout à l'heure.

— C'est vrai. J'étais…

Elle s'interrompit.

— J'étais… ailleurs.

— Où ? demanda Darcy. Nous avons passé la maison en revue de la cave au grenier.

Hannah poussa un gros soupir.

— Vous savez, c'est une très vieille bâtisse. Il y a une pièce dérobée, entre votre chambre et l'escalier, avoua-t-elle, visiblement à contrecœur.

— Une pièce dérobée ? Avec une porte secrète ?

Si Darcy parut ravie par cette révélation, ce ne fut pas le cas de Marlowe.

— Où se trouve cette pièce ?

Hannah ne répondit pas.

— Montrez-la-moi, insista-t-il en lui prenant le bras.

— Ecoutez, cette pièce est vraiment minuscule. Je ne sais pas à quoi elle servait, autrefois…

Mais Marlowe ne la laissa pas s'esquiver. Quittant la chambre, elle passa la main sur la cimaise avant de presser un bouton invisible. Le panneau lambrissé s'ouvrit sur une pièce poussiéreuse.

— J'ai attendu jusqu'à ce que vous… enfin, le cambrioleur… parte, puis je suis sortie, expliqua-t-elle. Je voulais rentrer chez moi quand je me suis rendu compte qu'il y avait encore quelqu'un dans la maison. J'ai pris peur, et je suis allée me cacher dans le placard.

Joignant les mains, Darcy regarda Marlowe et Hannah d'un air pénétré.

— A la bonne heure, le mystère est enfin élucidé ! Vous aviez de bonnes intentions, mais une accumulation de hasards malheureux vous ont mise dans une situation des plus inconfortables.

— C'est exactement ça, renchérit Hannah, manifestement soulagée de la voir aussi compréhensive.

Puis elle consulta sa montre et s'exclama :

— Oh là là, il est très tard ! Eddie va se demander où je suis passée. Il lui arrive de s'aventurer hors du salon pendant le *seventh-inning stretch* ! Vous savez ce que c'est !

Oui, songea Marlowe avec un soupir résigné. La pause traditionnelle du septième round lors des matches de base-ball, qui permet aux spectateurs de se dégourdir les jambes, boire une bière, acheter un sandwich ou n'importe quoi de comestible.

— Inutile de me raccompagner, je connais le chemin, déclara Hannah en se dirigeant vers l'escalier. Oubliez-moi, faites comme si je n'étais jamais venue. Je suis tellement désolée de vous avoir dérangés… Dans tous les cas, je m'occuperai toujours bien de vos plantes en votre absence, ma chère Darcy !

Cette dernière la regarda partir avec amusement. Ce qui était loin d'être le cas de Marlowe.

— Tu crois à son histoire ?

— C'est vrai qu'elle arrose mes plantes quand je suis en déplacement. En tant que propriétaire, elle a la clé de la maison. Mais il y a néanmoins des détails qui ne concordent pas.

— La fenêtre ouverte, par exemple ?

— Exact : je ne laisse jamais les fenêtres ouvertes quand je sors. Mais ce n'est pas le plus déconcertant.

Elle le prit par la main et, après avoir descendu l'escalier, le conduisit dans le séjour. Arrivée là, elle lui montra la pièce d'un geste du bras.

— Regarde, Marlowe. Est-ce que tu vois des plantes vertes ici ? Non. Parce qu'il n'y en a pas, ni dans cette pièce, ni ailleurs dans la maison. Je les ai données quand j'ai dû me rendre à Paris, au mois d'avril.

— Hannah le sait ?

— Bien sûr. J'ai fait plusieurs voyages depuis, et je lui ai dit qu'elle n'avait plus besoin de venir chez moi les arroser. Conclusion : le mystère de sa présence ici ce soir reste entier.

Sous le ciel nocturne, le reflet des étoiles dansait à la surface de la rivière, un spectacle ô combien tranquille. Pourtant, il avait un mal de chien à recouvrer son calme. Des voix fusaient dans sa tête, aussi brutales et violentes que des coups de feu. Une cacophonie de mots inutiles et vides de sens, de conseils stupides qu'il refusait d'écouter.

Il regarda la rivière, comme il aurait regardé l'écran d'un cinéma, et y visualisa les deux visages qui l'obsédaient. Il les distingua même si bien qu'il arma son pistolet imaginaire. Il visa le visage du détective et, *bang !* tira pile entre ses yeux. Il vit le sang gicler et couler à flots.

Une vision délectable.

Quant à Darcy…

— Juste toi et moi, Darcy jolie, chantonna-t-il avec l'accent du King. « I want you with me, baby, I'll never let you go. » Je te veux avec moi, Darcy baby, pour toujours.

Et il ajouta avec un sourire :

— A moi pour l'éternité.

# 7

Marlowe passa la nuit sur le canapé du salon. Il aurait certes préféré être avec Darcy dans son lit, cependant il avait résisté à la tentation et choisi la solution la plus raisonnable. Elle lui avait bien proposé de s'installer dans la chambre d'amis, mais celle-ci était encore trop proche de la sienne.

Il travaillait sur l'ordinateur portable de Lugo quand, vers 2 heures du matin, des phares trouèrent l'obscurité de la rue. Presque aussitôt, la sonnerie de son téléphone retentit.

C'était Val.

— C'est toi qui te gares devant chez Darcy ? demanda Marlowe sans cesser de pianoter sur son clavier.

Son ami éclata de rire.

— Toujours insomniaque, à ce que je vois ! Je peux venir te rendre visite, ou Hannah Brewster interdit-elle toute visite dans sa pension après minuit ?

— Je ne suis pas chez Hannah, mais chez Darcy.

— Pas possible ! Alors, excuse-moi, vieux, je te laisse… Bon sang, pourquoi as-tu décroché ?

— Parce que je suis sur son canapé et que j'ai la migraine à force d'essayer de décoder les fichiers cryptés de Lugo.

— O.K., j'arrive.

Deux secondes plus tard, Val faisait son apparition dans le salon avec un pack de bières si fraîches que le verre était embué.

— Alors ? Qu'est-ce que tu as trouvé ?

— La déclaration d'impôts de Lugo de l'année dernière.

— Il l'a conservée sur son disque dur ? Figure-toi que, moi, j'ai téléchargé des photos de belles brunes croustillantes sur mon ordinateur en fin d'après-midi. Ensuite, j'ai quitté le bureau, et depuis j'ai la trouille qu'un abruti des affaires internes ne mette ses grosses pattes dessus et n'en parle à Blydon.

— La pornographie n'a rien d'illégal, contrairement à la déclaration d'impôts de Lugo.

— Combien ?

— 500000 à 600000 dollars. Le chiffre m'a paru élevé.

Val siffla entre ses dents.

— 600000 dollars ? C'est beaucoup.

— Lugo possède deux comptes en Suisse, et un troisième au Costa Rica.

Val but une gorgée de bière.

— Tu as trouvé son livre de comptes ?

— Pas encore, marmonna Marlowe.

Parce qu'il n'avait pas la tête à ce qu'il faisait. Parce que, au lieu de se concentrer sur son travail, ses pensées vagabondaient à l'étage.

Avec un soupir, il prit une bière et la décapsula.

— Je devrais bien finir par entrer dans son ordinateur, donc dans sa tête.

— Ta spécialité, c'était les homicides, pas le piratage informatique, lui rappela Val avec un sourire en coin.

— Mais les homicides et moi, ça faisait deux.

Marlowe tourna la tête vers l'escalier, puis revint sur lui.

— La description que le chauffeur de taxi a donnée de notre homme concorde avec la nôtre ?

— En tous points. Manque de chance, ça ne nous avance pas beaucoup.

— Où s'est-il rendu ?

— Independance Mall, au nord de Philadelphie.

Un quartier avec de nombreux monuments et un parc où affluaient les touristes.

— Il a payé sans barguigner, puis il s'est fondu dans la foule.

— Des empreintes dans la voiture ?

— Environ un million. Les gars de la scientifique les examinent, mais ça ne donnera rien.

— Et concernant le bout de tissu qu'il a mis sur les yeux de Darcy lorsqu'il l'a agressée ?

— Aucun résultat.

Val but une gorgée de bière, tandis que Marlowe tournait de nouveau les yeux vers l'escalier.

— Tu penses qu'elle est du genre à se marier ?

— J'en doute. Avec un changement d'identité et plusieurs déménagements à son actif, elle serait plutôt du genre à fuir !

— Elle changera peut-être d'avis si on arrête Vince Maco. Avec Vince en prison et le vieux Frankie dont les jours sont comptés, c'est un neveu ou une nièce qui reprendra le flambeau. Il oubliera les vieilles rancœurs. Fini la vengeance, bonjour la vraie vie !

— Bien raisonné. Du moins, si c'est Maco qui en veut à Darcy. Pour autant que l'on sache, ça peut être quelqu'un d'autre. Rappelle-toi que Darcy a écrit de articles sur des personnalités très controversées. Elle s'est fait de nombreux ennemis.

— Que nous surveillons de près, mais sans résultat pour l'instant, précisa Val. D'accord avec toi, Darcy a beaucoup d'ennemis chez les puissants de ce monde, mais tu sais aussi bien que moi que de bons conseillers en communication sont capables de te redorer un blason en moins de deux. Cela étant, elle ne leur rend pas la tâche facile… Contrairement à d'autres journalistes, elle n'élucubre pas, elle. Elle a des preuves de ce qu'elle avance, et ses articles sont bétonnés.

Sur ces mots, il bâilla à s'en décrocher la mâchoire. Comme s'il était chez lui, il s'allongea sur le canapé, ferma les yeux et s'endormit presque aussitôt. Il ronflait si fort que Marlowe n'entendit pas Darcy descendre. Il ne prit conscience de sa présence qu'en voyant ses jambes nues apparaître dans son champ de vision. Il les contempla un moment avant de lever les yeux sur ses hanches. Et de reporter vivement les yeux sur son écran, bien décidé à rester de marbre.

La gorge soudain sèche, il jeta un coup d'œil en biais au pack de bières et constata avec déception qu'il n'en restait plus qu'une.

— Déjà levée ? marmonna-t-il sans la regarder.

— Quel charmant accueil !

Alors qu'elle s'approchait, il entendit le froissement sensuel de la soie contre sa peau.

— Je me suis levée parce que je n'arrive pas à dormir. Même quand je somnole, je fais des rêves complètement impossibles.

— Tu devrais prendre un somnifère.

— Ou boire une bière.

De l'orteil, elle chatouilla le pied de Val, et ajouta :

— Voire plusieurs. Comme notre ami Reade qui dort du sommeil du juste.

— Il fait ce qu'il veut, il n'est plus en service.

— Je ne le juge pas. Mais tu ne crois pas qu'il aurait besoin d'aide ?

— On en a tous besoin, Darcy. Val sait qu'il a un problème avec l'alcool, et il le résoudra quand il sera prêt.

Elle croisa son regard.

— Et toi, tu ne vas pas te coucher ?

Aussitôt, il reporta son attention sur l'écran de l'ordinateur.

— Ma mère ne jure que par le lait en cas d'insomnie, biaisa-t-il. Tu devrais essayer.

— Toi aussi. On dirait que je ne suis pas la seule à souffrir d'insomnie. En ce qui me concerne, c'est à cause d'un tueur qui veut ma peau. Mais toi ? C'est à cause de qui ?

D'elle. De son peignoir de soie trop court. De ses jambes interminables. De son parfum un peu épicé à la sensualité orientale…

Stoppant net cette énumération, il se remit à taper sur le clavier de son ordinateur.

— Au fait, elle n'a pas de casier, annonça-t-il brusquement.

— Tu parles d'Hannah ? Tu t'attendais qu'elle en ait un ?

— Non. J'enquête, c'est tout.

— Elle n'a aucun lien avec cette histoire, même si sa présence dans mon placard reste inexplicable. Pour être franche, je préférerais que ce soit elle, la responsable de mes tourments, plutôt qu'un sinistre inconnu.

— Je sais. Malheureusement, c'est improbable.

— Ouais, je me disais la même chose à ton sujet. Je ne voyais pas du tout ta mère comme étant du genre à te donner des conseils pour résoudre les problèmes d'insomnie. Raconte !

Il ne répondit pas. Sans se laisser démonter, elle lui donna une petite tape sur le bras.

— Marlowe, éteins cet ordinateur et détends-toi. Tu as besoin de te changer les idées.

Son regard ambigu disait, lui : *de t'adonner au plaisir.* Bien que ce ne fût pas l'envie qui lui manquait, il s'accouda à la table et secoua la tête.

— Retourne te coucher, Darcy. Je ne suis pas encore prêt. Et, à mon avis, toi non plus.

Elle poussa un profond soupir.

— Je ne serais pas aussi catégorique…

Puis elle tourna les yeux vers Val.

— Ça va aller pour lui ?

— Il est mieux sur ton canapé que derrière un volant.

Il ajouta, mû par une impulsion incompréhensible :

— Ma mère vit à Palm Springs avec mon père, qui est chirurgien esthétique. Elle n'a jamais subi une seule opération esthétique de sa vie, et ne l'envisage pas à court ni à moyen terme. Mon père l'exhibe volontiers à ses patients, car selon lui elle est l'exemple parfait de la femme qui traverse les années sans être abîmée par le temps.

— Vraiment ? fit-elle, visiblement charmée par ses révélations. Je crois que j'aimerais beaucoup tes parents.

— Et à raison. Ils sont adorables, dynamiques. Grâce à eux, j'ai eu une enfance fabuleuse. Explorer, découvrir, s'intéresser à tout, sans cesse, telle était leur philosophie de la vie. La mienne est un peu différente.

— Beaucoup moins optimiste, je sais. Mais rassure-toi, je ne vais pas en rajouter. C'est tellement surprenant que tu m'aies parlé de ta famille.

— Mes parents ont un…

Il s'interrompit en voyant une fenêtre s'ouvrir sur l'écran.

— Marlowe ?

Il eut un sourire qui alla s'élargissant.

— Ça y est ! On y est !

Darcy se pencha par-dessus son épaule.

— Qu'est-ce que… Oh, mon Dieu ! Tu as trouvé la liste des clients secrets d'Umer Lugo !

Darcy avait les cheveux encore humides quand elle pénétra dans son bureau au magazine et se dirigea droit vers son ordinateur.

— Allez, vite, marmonna-t-elle en tapotant le clavier.

Marlowe ouvrit une porte latérale.

— Qui travaille là ?

— Personne pour le moment. On a demandé à Elaine de réduire les effectifs : quand un journaliste part, elle ne le remplace pas. Et si nous n'augmentons pas nos ventes…

Laissant sa phrase en suspens, elle s'adressa à son ordinateur :

— Bon sang, plus vite !

Avec un soupir, elle jeta un coup d'œil à Marlowe.

— Comme tu peux le constater, le matériel informatique du magazine n'est pas très performant.

— Aucun de tes collègues n'est encore arrivé ?

— La sécurité ne laisse entrer personne avant 6 heures du matin.

— Donc, nous sommes seuls.

— Oui. Qui viendrait travailler si tôt ?

A peine eut-elle dit ces mots qu'une voix s'éleva dans le couloir.

— Darcy, c'est toi ?

— Personne sauf Elaine, conclut-elle avec une grimace, avant d'ajouter plus fort : Oui, c'est moi ! J'avais besoin de consulter les archives d'urgence.

— A 6 heures du matin ?

Elaine fit son apparition sur le seuil, ses lunettes perchées sur sa tête.

— Tu ne viens jamais si tôt au bureau… Oh, bonjour, monsieur Damon, fit-elle en découvrant Marlowe. Je croyais que c'était Trace, qui était avec toi.

— Tu pensais vraiment voir Trace ici aux aurores ? répliqua Darcy tout en déplaçant sa souris.

— Oui. Ça lui arrive souvent de venir tôt : pour fouiner.

— Et tu l'y autorises ?

— Bien sûr que non ! A ton avis, pourquoi est-ce que je viens au travail à une heure pareille ? A propos…

Elaine ôta ses lunettes de ses cheveux et les agita entre Marlowe et Darcy.

— Je ne vois aucun inconvénient à ce que vous soyez au magazine si c'est pour me fournir un scoop qui boostera nos ventes. Dans le cas contraire, j'apprécierais d'avoir une explication.

— J'ai écrit un article sur une chanteuse du Tennessee quand je suis arrivée au journal, expliqua Darcy qui ouvrait des dossiers sur son ordinateur. Tu t'en souviens ?

— Oui. Nelda Hickey, grande chanteuse de country. Elle est morte.

— D'une overdose, trois jours avant que notre article paraisse. C'était sa dernière interview.

— Une heureuse coïncidence qui nous a fait vendre le magazine comme des petits pains ! s'exclama Elaine avec un sourire. Enfin, je ne voulais pas me montrer aussi cynique… Quoi qu'il en soit, ce numéro a eu un succès fou et est devenu un collector. Nelda était belle et talentueuse, et elle avait une légion de fans.

— Elle avait aussi un fils, lui rappela Darcy. Et à l'époque, il avait menacé de nous poursuivre en justice si nous publiions cet article.

Elaine esquissa un geste évasif.

— Exact. J'avais averti nos avocats, mais il ne s'est rien passé. Nous avons publié l'interview, sans aucune conséquence.

— Que savez-vous sur son fils ? s'enquit Marlowe, juché sur un coin du bureau.

Darcy releva les yeux de son ordinateur pour le contempler. Avec son polo vert, ses cheveux en désordre et sa barbe de deux jours, il était extrêmement séduisant. Elle jeta un coup d'œil à sa rédactrice en chef et sourit. De toute évidence, Elaine n'était pas insensible à son charme, elle non plus.

Elle joua avec ses lunettes, pensive.

— Il doit avoir la trentaine. Selon la rumeur, il aurait suivi une cure de désintoxication. De plus — mais je n'en suis pas sûre —, il aurait de gros problèmes psychologiques. Nelda avait déclaré que tous les rendez-vous qu'il avait eus chez des pédopsychiatres avaient eu pour résultat de le rendre accro aux médicaments.

— Ça y est, j'ai retrouvé mon papier ! s'écria Darcy. Avec une photo de Nelda… Mais pas de son fils. Zut !

Marlowe descendit du bureau et regarda l'écran par-dessus son épaule.

— La police a peut-être quelque chose sur lui. Où vit-il actuellement ?

— A l'époque, il avait menacé de faire appel à un avocat de Memphis pour poursuivre le magazine, répondit Darcy tout en parcourant l'article. J'imagine qu'il y habitait.

Elaine arpentait le bureau, ses mains jouant machinalement avec ses lunettes.

— Je sens le scoop… Darcy, promets-moi de me donner l'exclusivité de ton histoire, une fois qu'elle sera résolue. Ou dis-moi tout maintenant !

— Impossible. Darcy a un devoir de réserve, intervint Val qui venait de franchir le seuil du bureau.

Elaine se retourna avec un soupir.

— La police, maintenant ?

Darcy sourit en la voyant froncer les sourcils d'un air sceptique. Le teint cireux et les yeux dissimulés derrière des lunettes de soleil, Val semblait tout juste sorti du lit.

Elle reporta son attention sur son écran.

— Rien d'intéressant dans cet article… Je vais quand même le copier sur ma clé USB, on ne sait jamais. Je crois me souvenir que Nelda préservait son fils des médias.

Val se massa les tempes.

— Darcy, vous avez aussi reconnu deux autres noms sur la liste de Lugo, n'est-ce pas ? Je n'ai pas rêvé ?

— Oui, c'était…

— Sur la liste, acheva Marlowe avant qu'elle ait pu les nommer.

Avec un signe de tête, il lui montra Elaine dont le regard brillait de convoitise. Darcy sourit, puis copia le fichier sur sa clé qu'elle glissa dans son sac.

— On a fini, ici ? s'enquit-il.

— Oui, répondit Val en se massant le menton. Tant mieux, parce que j'ai besoin d'un café de toute urgence.

Elaine sortit son Blackberry de sa poche.

— Laissez-moi vous soutenir dans votre quête. Je connais un petit café, qui livre. Il est ouvert vingt-quatre heures sur vingt-quatre. Suivez-moi dans mon bureau, et vous nagerez très vite dans des flots de caféine.

Et pas seulement, si elle déployait tous ses artifices de séduction, songea Darcy, amusée. Qui gagnerait entre les deux ? Gueule de bois ou pas, Val était trop intelligent pour se laisser abuser ou manipuler par Elaine. Mais elle était aussi très obstinée.

Marlowe avait déjà pris le chemin de la sortie. Attrapant son sac à main, Darcy s'apprêtait à le suivre quand un hurlement résonna dans le bâtiment. Plus exactement, un cri de femme, en provenance des toilettes.

— Trace Grogan est complètement malade, commenta Val, assis à une table du café voisin. Il faut être cinglé pour filmer les allées et venues dans les toilettes des femmes ! Et plus encore pour se faire prendre…

Les yeux fixés sur l'entrée du café, Marlowe guettait l'arrivée de Darcy.

— En plus, ce sale petit voyeur écoutait notre conversation.

— Vous parlez toujours de Trace ? intervint Darcy en s'approchant par-derrière.

Marlowe fit volte-face et la considéra, ébahi.

— Comment es-tu entrée ?

— Par les cuisines.

Elle releva ses cheveux de façon à s'éventer la nuque.

— Le gérant du café m'aime bien.

*Ben tiens,* songea-t-il, soudain tendu.

— Quelle est la situation, au magazine ? s'enquit-il sans rien laisser paraître de son trouble.

— C'est toujours le branle-bas de combat. L'assistante d'Elaine s'obstine à vouloir poursuivre Trace en justice, et Elaine tente de l'en dissuader. Tout ça se finira avec une belle prime de Noël, histoire d'acheter son silence.

— Je n'en crois pas mes oreilles, déclara Val en secouant la tête. L'impunité règne sur notre monde !

— Rassurez-vous, Trace ne s'en tire pas impunément. Quand il a été surpris, il a eu une telle frousse qu'il s'est cogné et s'est fait un beau coquard.

— Vous parlez d'une punition…

Val termina son café.

— Bon, revenons plutôt à l'affaire qui nous occupe. Comment s'appelait cette chanteuse ?

— Nelda Hickey.

— On va enquêter sur son fils. Quels sont les autres noms que vous avez reconnus, Darcy ?

— Wilkie et Lyons. Vous devez connaître R. J. Wilkie. Il présentait le journal télévisé sur une chaîne câblée.

— Son nom ne me dit rien.

— Je l'ai rencontré une fois : je lui avais demandé s'il accepterait que je l'interviewe. Là-dessus, il est parti en vacances et il a disparu. Je n'ai plus jamais eu de nouvelles.

— Il a vraiment disparu ? demanda Marlowe, étonné.

— Je n'en sais trop rien. J'ai fini par m'en désintéresser.

— Pourquoi voulais-tu l'interviewer ?

— Par curiosité. Je ne m'intéresse pas seulement aux scandales politiques, tu sais. Interviewer une personnalité des médias ou des arts permet de contrebalancer les affaires sordides. R. J. avait le profil.

— Et en ce qui concerne Lyons ?

— Rien à dire. J'ai juste reconnu son nom.

— Pourquoi ?

— Parce que les médias en parlent souvent. Il est à la tête d'un grand groupe, la Lyons Corp, qui rassemble une dizaine de sociétés gérées par Constantin Lyons. Ce dernier doit avoir quatre-vingt-dix ans maintenant. Il a un fils et trois petits-fils, qui doivent avoir la trentaine. Le plus âgé est pilote de Formule 1, et vit au Texas. Un autre, mais je ne sais pas si c'est le cadet ou le benjamin, a été arrêté pour possession et trafic de substances illégales. Son grand-père lui a évité la prison — et le scandale, évidemment.

— Et où se trouve le QG de la famille Lyons ?

— A Los Angeles.

— Comme le clan Maco.

— Exact. Mais mis à part les problèmes de drogue du petit-fils, il n'y a aucun lien entre les deux familles. Du moins, à ma connaissance.

D'un geste machinal, Marlowe ouvrit le menu, mais garda les yeux sur elle.

— Tu es sûre que ce sont les seuls noms que tu connais ?

— J'ai lu la liste cinq fois, et j'ai une excellente mémoire des noms et des visages. Donc, oui, je suis sûre de ce que j'affirme.

Sur ces mots, elle consulta sa montre.

— Bon sang, je suis en retard ! s'exclama-t-elle, avant d'ajouter à l'attention du serveur : La note est pour moi, Randy.

Comme le dénommé Randy levait le pouce avec un clin d'œil, Marlowe plissa les yeux.

— Tu le connais bien ?

Darcy avait beau être en retard, elle s'adossa tranquillement à son siège, lui donnant par la même occasion une vue plongeante sur son décolleté.

— Voyons, laisse-moi réfléchir… Nous avons dîné ensemble, le mois dernier. Chez moi, puis chez lui. Il avait préparé un gigot délicieux.

Elle effleura son bras afin qu'il la regarde. Ce qu'il fit à contrecœur. Une lueur taquine dansait dans son regard bleu.

— Je récapitule : je le connais parce je vais faire de la gym trois fois par semaine…

Elle se rapprocha de son oreille et acheva dans un murmure :

— … avec sa femme.

Il riva son regard au sien. Elle ne cilla pas plus que lui. Et franchement, il ne savait ce qu'il se serait passé si Val n'avait pas toussé ostensiblement et fait racler sa chaise sur le carrelage.

— Euh… je vais aller prendre mon café ailleurs. Vous permettez ?

Darcy soutint le regard de Marlowe encore une seconde, puis se radossa à son siège.

— Pas la peine, Val. J'ai vraiment rendez-vous, et je suis vraiment en retard.

Marlowe lui jeta un regard dubitatif.

— Avec mon médecin, précisa-t-elle. Comme je voyage beaucoup, partout dans le monde, je dois me soumettre régulièrement des examens de contrôle.

Elle passa son sac en bandoulière et se leva.

— Je persiste à croire que c'est Vince Maco qui cherche à se venger de moi. Aucune des personnes figurant sur la liste de Lugo n'a de raisons de souhaiter ma mort. Frankie est le seul à qui j'ai causé du tort. Tout s'ordonne parfaitement. Jusqu'à ce type avec sa casquette de base-ball. Vince l'a payé pour tuer Lugo, une fois que Lugo ne lui était plus utile. Et maintenant, c'est mon tour.

— Je ne vois pas le nom de Maco sur la liste, objecta Marlowe d'une voix blanche.

— Ce n'est peut-être pas la seule qu'il possède. Ce que tu peux être têtu…

Elle lui caressa les cheveux, puis, impulsivement, se pencha vers lui pour l'embrasser. Il lui rendit son baiser avec la même ardeur, tandis que les bruits de conversation, de vaisselle et des ventilateurs passaient au deuxième plan. Manque de chance, la réalité revint crûment s'imposer en la sonnerie de son téléphone portable.

Darcy s'écarta de lui avec un sourire, puis s'éclipsa.

— Toujours *Tears in Heaven* ? fit Val en secouant la tête. Il est temps de passer à autre chose, M.

Marlowe ne daigna pas lui répondre. Il jeta un coup d'œil au numéro de téléphone qui s'affichait sur l'écran et prit la communication.

— Qu'est-ce qu'il se passe ?

Revigoré par son café, Val chantonnait en battant la mesure sur ses cuisses.

— Très bien, je le lui dirai, répondit Marlowe. C'est sûr, pour Maco ?

Val cessa subitement de chantonner.

— Qui est-ce ? Et qu'est-ce qu'il se passe avec Maco ?

De la main, Marlowe l'intima au silence. Il écouta encore, puis raccrocha.

— Frankie a eu deux infarctus le mois dernier.

— Réponds à mon autre question : c'était qui ? répliqua Val.

— Personne. Un informateur.

— Il ne s'appellerait pas Blydon, par hasard ?

Marlowe rempocha son téléphone avec un soupir.

— D'accord, c'était Blydon.

— Pourquoi t'appelle-t-il ? Moi aussi, j'ai un portable !

— Ah oui ? Où est-il ?

Val tapota ses poches.

— Euh... Merde.

— C'est exactement ce que Blydon a dit.

— Super. Quoi d'autre ?

— Apparemment, les jours de Frankie sont comptés.

— Ouais, le troisième infarctus est fatal, en général. J'imagine que c'est Vince qui va prendre la succession de son père. Est-ce qu'il annulera le contrat sur la tête de Darcy, une fois que le papa sera mort ?

— C'est ce qu'on va essayer de découvrir.

— Ouaip. En allant à Los Angeles, conclut Val. Je peux m'en occuper.

— Moi aussi. Mais ce ne sera pas utile.

Val s'énerva.

— Ne me dis pas que Blydon m'assigne à résidence parce que j'ai oublié mon portable !

Marlowe sourit et leva sa tasse.

— Pas du tout. En réalité, Vince n'est pas en Californie.

Et il ajouta, le regard brillant :

— Il a été repéré à Atlantic City.

# 8

Darcy avait cinq minutes d'avance quand elle arriva chez son médecin. Après la consultation, elle effectua un détour par Elfreth's Alley, la rue la plus ancienne de Philadelphie, datant du début du XVIIIe siècle, pour s'entretenir avec une centenaire qui allait fêter ses cent six ans au mois de septembre.

Entre son inquiétude à l'idée d'avoir été suivie, la distraction qui en résultait et la surdité de la vieille dame qui refusait catégoriquement de porter un appareil auditif, l'entretien fut particulièrement décousu. Du coup, Darcy, excédée et épuisée, l'abrégea pour revenir au magazine.

Manque de chance, Elaine n'avait pas décoléré, et l'atmosphère qui régnait au bureau était électrique. A quelque chose malheur était bon, constata-t-elle néanmoins, car pour une fois sa rédactrice en chef ne la dérangea pas. Darcy en profita pour rechercher des informations sur les trois noms qu'elle avait reconnus parmi les clients de Lugo.

Après avoir surfé sur internet en vain pendant trois heures, elle était à bout de patience et folle de frustration. Elle se serait volontiers défoulée sur Marlowe dans un corps à corps passionné.

Elle en était là de ses pensées quand la voix de Trace l'arracha à ses fantasmes.

— Darcy ?

— Je suis occupée, Trace. Fiche-moi la paix, grommela-t-elle sans dissimuler son agacement.

Il s'obstina, bien sûr. Et s'approcha de son bureau d'un pas raide.

— Je te jure que je ne suis pas un pervers.

— Ravie de te l'entendre dire. Salut.

Comme il ne bougeait pas, elle releva les yeux de son écran.

— Le fils de Nelda Hickey habitait à Los Angeles jusqu'à l'année dernière, débita-t-il soudain. Il vit maintenant à New York.

Elle l'observa avec un mélange de curiosité et de méfiance.

— Tu en es sûr ?

— Est-ce que je t'en parlerais, autrement ?

Repoussant son fauteuil, elle se leva et se dirigea vers la fontaine à eau.

— Continue.

— Il est imitateur.

Elle se figea, le verre à mi-chemin de sa bouche.

— Qui imite-t-il ?

— Des personnalités du monde du spectacle. Il fait un *one man show*. Il est plutôt doué, mais il a un faible pour la cocaïne.

La principale source de revenus de Frankie Maco…

— A-t-il suivi des cures de désintoxication ?

— Tous les six mois, quasiment.

Avec un sourire, elle invita Trace à prendre place sur le canapé.

— Assieds-toi, Trace. J'aimerais que nous ayons une petite conversation, tous les deux, sur un homme qui pourrait potentiellement être un meurtrier. Et sur la façon dont tu as obtenu toutes ces informations.

— Tu as passé deux heures avec ce pervers ? s'exclama Marlowe en s'immobilisant. Tu es complètement folle !

Comme il la retenait par le bras, elle lui tapota la main.

— Lâche-moi, Marlowe. Et sortons vite de là. J'ai horreur des hôpitaux.

Elle accéléra le pas vers l'extrémité du couloir. L'établissement baignait dans une lumière artificielle, ce qui rendait les lieux plus moroses encore.

— Nous sommes venus pour rien. Matilda n'a rien dit d'intéressant, avec ses vagues allusions à des chaussures en cuir bleu. Et pourquoi n'a-t-elle pas arrêté de parler de mes cheveux ?

— Je te rappelle qu'elle souffre d'un traumatisme crânien. Elle sera plus cohérente dans un jour ou deux.

— Le problème, c'est qu'elle est toujours en danger. Elle a vu le tueur, elle peut l'identifier. A coup sûr, il va encore essayer de l'éliminer.

Une idée s'imposa à elle.

— Au fait, le chauffeur l'a vu, lui aussi, mais il est indemne. Pourquoi ?

— Parce qu'il a eu de la chance. Notre type ne pouvait pas l'atteindre à cause de la vitre de séparation. Sans compter que, s'il avait tiré, il se serait attiré l'attention de dizaines de témoins. Trop risqué, conclut Marlowe. Le point positif, c'est que les choses se compliquent pour lui. Non seulement il n'a pas réussi à supprimer un témoin capital, mais il a dû laisser en vie le chauffeur, un témoin gênant. Je crois que son principal objectif, c'est de te supprimer.

— Voilà qui me rassure !

— On finira par l'avoir, lui promit-il. En attendant, réjouis-toi que Matilda et le chauffeur soient sains et saufs.

— Je suis folle de joie. Il n'en reste pas moins que Lugo est mort. Pourquoi ?

Elle fronça les sourcils.

— Et à ton avis, pourquoi Matilda a-t-elle mentionné des chaussures bleues ?

— Parce que notre homme en portait, j'imagine.

— Possible. Et le fait qu'elle ait remarqué mes cheveux prouve qu'elle a une bonne vue. C'est toujours ça.

Marlowe la suivit vers la sortie de l'hôpital. Derrière les fenêtres, le soleil semblait avoir disparu.

— Dis-toi que cette histoire est un cauchemar qui prendra bientôt fin. Nous avons repéré Vince à Atlantic City, et le fils de Nelda Hickey au Boho…

— Au Boka, corrigea-t-elle. Le Boka Club se trouve en bas de Manhattan. Trace dit qu'il imite tout le monde, de Buddy Holly à Eminem en passant par Cher. A mon vif regret, il ne m'a pas fourni de réponse précise quant à la façon dont il a obtenu ces informations. J'ai appelé Elaine à la rescousse pour le cuisiner, mais il n'y a rien eu à faire.

Poussant les doubles portes, ils débouchèrent sur le perron de l'hôpital. Darcy ouvrit des yeux ronds.

— Il fait encore jour ? Je pensais qu'il était au moins minuit !

— Nous ne sommes pas restés si longtemps avec Matilda. S'il fait aussi sombre, c'est à cause de ces gros nuages noirs. Regarde là-bas.

Elle tendit son visage vers le ciel pour y chercher un peu de fraîcheur.

— J'espère qu'on va bientôt avoir un orage, avec un peu de vent. J'ai l'impression d'être dans une étuve !

Elle laissa passer un silence.

— C'est quand même dingue, il n'y a pas un souffle d'air. J'ai bien peur de devoir l'attendre longtemps, cet orage…

— Tu as passé trop de temps avec Trace : il t'a ôté tout ton optimisme, répliqua Marlowe en cherchant ses clés de voiture dans sa poche.

— Erreur, j'allais bien jusqu'à ce que je mette les pieds dans cet hôpital.

Elle leva le bras gauche.

— A douze ans, je me suis fracturé le poignet. J'étais à Jakarta avec ma mère, et on a dû renoncer à notre trekking dans les hauts plateaux de la vallée de la Baliem, en Irian Jaya. Ce jour-là, j'ai appris qu'avoir des soins médicaux de qualité était un privilège.

— Tu as eu peur ? Mal ?

— Les deux. Pour toute cette vie, et les trois à venir que je ne suis d'ailleurs pas impatiente de connaître ! s'exclama-t-elle. Bon, trêve de plaisanterie, partons plutôt à la recherche du fils de feu la chanteuse de country. La police le fait rechercher ?

Marlowe déverrouilla la voiture et lui ouvrit sa portière. Au-dessus d'eux, des éclairs de chaleur zébraient le ciel.

— Val doit être à New York à l'heure qu'il est. J'ai pensé que tu préférerais partir sur les traces de Maco à Atlantic City.

Ravie, elle prit son visage entre ses mains et l'embrassa.

— Tu sais parfaitement ce que j'aimerais…

Comme elle passait les bras autour de son cou, un petit sourire sensuel sur les lèvres, il poussa un soupir.

— Ecoute, Darcy…

— Je sais. Ce n'est ni l'endroit ni le moment.

Elle caressa sa nuque.

— Alors, quand est-ce qu'on part à Atlantic City ?

Il lui effleura les lèvres, laissant le désir jaillir en lui et courir dans ses veines — autant de sensations qu'il n'avait pas ressenties depuis des années.

— Demain.

Le restaurant grec où Darcy conduisit Marlowe était bondé, et le bruit, à la limite du supportable. Des danseurs vêtus du costume traditionnel louvoyaient adroitement entre les tables, dans des odeurs d'épices et de fumée. Devant les clients, les assiettes étaient bien garnies.

— Je doute que le tueur tente quoi que ce soit ici : trop de monde, trop risqué ! cria Darcy par-dessus la musique.

De la main, elle adressa une série de petits signes à une serveuse qui les guida aussitôt vers le fond de la salle.

— Encore une copine de gym ? s'enquit Marlowe.

— On fait parfois du yoga ensemble. C'est son oncle qui possède ce restaurant, ainsi que deux autres en ville.

Ils jouaient des coudes pour atteindre le fond de la salle, se faisant bousculer sans ménagement.

Marlowe la prit par la main.

— Je ne suis pas sûr que tu ne risques rien dans ce restaurant, même bondé.

— Par là, déclara-t-elle.

— C'est notre table ?

— Oui. Quand la famille ne l'occupe pas, elle est destinée aux copines de yoga.

Elle se laissa tomber sur le banc capitonné avec un soupir de contentement.

— Maintenant que nous sommes en sécurité parmi la foule, revenons à Hannah Brewster. Que faisait-elle dans mon placard ?

— Je doute qu'elle ait eu l'intention de t'agresser ou de te tuer. Elle n'a pas le profil. Ni le gabarit, d'ailleurs.

— On ne sait jamais de quoi les gens sont capables, remarqua-t-elle. Ma mère, par exemple, peut mettre K-O des types deux fois plus grands et plus gros qu'elle. Question de technique. Ce genre d'exploit est moins banal que tu ne le penses. De plus, je t'ai déjà dit qu'Hannah, c'est Superwoman.

— Je ne discuterai pas là-dessus sachant qu'à l'académie de police, j'ai eu une femme pour instructrice. Cela dit, je doute qu'Hannah ait voulu te neutraliser.

— Quoi qu'il en soit, c'est une fouineuse. La question est de savoir ce qu'elle cherchait chez moi. Je sais pourquoi Maco en veut à ma vie, mais je ne sais pas pourquoi Hannah désirerait ma mort.

Surpris, Marlowe baissa les yeux sur l'assiette qu'on venait de poser devant lui, puis sur celle de Darcy.

— Tout le monde mange la même chose ici, ou aurais-je fait un geste à mon insu pour passer commande ?

Elle déplia sa serviette.

— C'est moi qui ai commandé : l'oncle de mon amie est malentendant, et je connais un peu la langue des signes. Mon amie aussi, évidemment.

Il secoua la tête.

— J'ai l'impression que je ne suis pas au bout de mes surprises, te concernant.

— Passer une folle nuit d'amour avec moi t'étonnerait

encore plus, murmura-t-elle en rivant ses yeux aux siens. Pourquoi ne pas nous laisser aller quand nous aurons avalé cette montagne de feuilles de vigne farcies ?

Avec un sourire, elle détourna le regard et se figea en apercevant une enveloppe dans son sac à main.

— Marlowe ?

— Oui ?

— Il y a une enveloppe dans mon sac.

— Oui, et alors ?

— Alors, elle n'y était pas tout à l'heure.

Il les observait depuis l'autre extrémité du restaurant, exaspéré par la présence du détective. Il ne gardait son calme que grâce aux chansons d'Elvis qui passaient dans sa tête.

Il fredonna avec le King en attendant avec impatience la réaction de Darcy. Enfin, elle découvrit l'enveloppe dans son sac, l'ouvrit et en sortit la photo.

Il s'humecta les lèvres. Oh, comme il se délectait !

Elle n'appréciait pas, constata-t-il aussitôt. Le détective privé non plus, d'ailleurs. Qu'importe. C'est à lui que le message était destiné.

Envoyé. Reçu. Et impossible à retourner.

*Love Me Tender* continuait à se répandre dans ses pensées tel un sirop trop sucré. Il fit durer l'instant tellement c'était bon.

Bientôt, il savourerait pleinement son plaisir.

Bientôt, la vie de Darcy serait entre ses mains. Il en serait le maître absolu.

# 9

— Il t'a rayé de la photo, Marlowe, tu te rends compte ? Une photo prise à notre insu, le soir de la fusillade dans le parc !

Darcy remua sur son siège et traça un grand X dans les airs.

— Trois traits de feutre rouge rageurs sur ton visage ! Pour moi, c'est signé Vince Maco !

Marlowe se pencha afin d'actionner l'air conditionné dans la voiture.

— Tu es décidément obsédée par lui. Pourquoi Vince voudrait-il m'éliminer puisque c'est à toi qu'il en veut ?

— C'est un avertissement, voyons !

— De quoi ? De mort ? C'est de la surenchère, non ?

Elle soupira.

— Comme tu veux… Je suis trop fatiguée pour discuter. Je n'ai pas assez dormi hier. Mon sommeil a été peuplé de cauchemars.

— Sur le clan Maco ?

— En partie, oui.

Croisant les jambes, elle tira sur sa robe pour recouvrir ses cuisses, puis décapsula sa bouteille de jus de fruits et en but une gorgée.

— En fait, le dernier que j'ai fait m'a renvoyée au

passé. Il m'est arrivé de recevoir des menaces quand je travaillais pour la télévision, en Californie.

— Des menaces de quel genre ?

— Mon équipe et moi avons été pris à partie verbalement, lors d'un reportage sur la fermeture d'une usine.

Elle ajouta avec un soupir :

— Les journalistes sont souvent critiqués, que ce soit en bien ou en mal. Sur leurs méthodes, leur personnalité... Je me souviens qu'un jour un musicien m'a écrit pour me dire que j'étais sa muse. Il écrivait ses chansons en me regardant à la télévision.

— Parle-moi plutôt des remarques négatives. En quoi consistaient-elles ?

— Dans tous les cas, elles font partie du métier. Quand tu passes à la télévision, tu as un public qui te regarde, t'adore ou te déteste. J'ai appris à ne pas attacher d'importance à certaines critiques, du moins, à ne pas les prendre à cœur. Mais il y a une différence entre les critiques et les menaces. Cela dit, j'ai reçu plus de remarques positives que négatives. Et puis une profusion de petits cadeaux.

— Par exemple ?

— Des fleurs d'un certain Lover Boy.

— Pardon ?

Elle sourit.

— Toutes les personnes qui ont vu sa signature ont évalué son âge à quatre-vingts ans.

— Ç'a été prouvé ?

— Non, parce que je n'avais aucune raison d'être parano, à l'époque. J'ai aussi reçu des photos.

— Des photos ?

— De téléspectateurs, de leurs animaux de compagnie

ou de leurs bébés... Un admirateur m'a envoyé une photo de moi tenant un chiot qui venait d'être sauvé par les pompiers. Un autre m'a photographiée pendant que je traversais le hall d'un hôtel à Los Angeles. Un cliché très réussi. Le fond était un peu flou, de sorte qu'on avait l'impression que je ne touchais pas terre.

— C'était en quelles circonstances ?

— Je couvrais des élections sénatoriales.

— Il y avait un mot, avec cette photo ?

— Non.

Elle lui adressa un regard malicieux. Dans l'habitacle, l'air commençait enfin à se rafraîchir.

— Il avait dessiné un ravissant petit cœur autour de ma tête, à la pointe duquel il avait ajouté un cœur plus petit.

— Tu as toujours cette photo ?

— Aucune idée, répondit-elle. Ecoute, Marlowe, il ne s'est rien passé de grave. Tout ça, ce sont des incidents isolés. Ou exceptionnels. En revanche, une de mes collègues, à Los Angeles, a eu affaire à un vrai harceleur. Et elle avait des raisons de paniquer, crois-moi ! Elle était littéralement ensevelie sous les lettres et les fleurs. Il lui est même arrivé de recevoir des bijoux. Une fois, son admirateur lui a téléphoné pour lui déclarer sa flamme. Elle était absente, ce jour-là, et c'est moi qui ai répondu. Il avait une petite voix doucereuse et mielleuse qui donnait la chair de poule. Je me souviens encore de ses paroles : il affirmait qu'un jour, ils seraient ensemble pour toujours.

— La police l'a retrouvé ? Arrêté ?

Elle dut faire un effort de mémoire.

— Je ne sais plus. En tout cas, les cadeaux ont tout à coup cessé de déferler. Six mois plus tard, ma collègue a quitté le journal. J'ai hérité de son bureau, plus grand que le mien. Tout allait pour le mieux dans le meilleur des mondes de S. L. Hunt.

— Jusqu'à ce que S. L. Hunt enquête sur le clan Maco…

Tournant la tête vers la vitre, elle laissa son regard errer sur la ligne d'horizon d'Atlantic City.

— J'ai connu la belle vie, pendant un temps. Manque de chance pour Frankie, j'ai eu l'occasion d'enquêter sur le clan. Comme j'étais très ambitieuse, je me suis dit que je tenais un sujet en or qui assurerait mon succès médiatique. J'ai enquêté patiemment, puis publié un reportage complet, photos à l'appui. La police a ensuite terminé le travail en arrêtant Frankie Maco.

— Tu es sûre que tu n'as plus ni les lettres ni les photos de tes admirateurs ?

— Je ne sais pas, je vais chercher. En revanche, j'ai gardé la documentation que j'ai rassemblée sur Frankie Maco. Peut-être que certains détails m'ont échappé, au cours du procès…

Soudain, Marlowe se gara sur le bas-côté et coupa le moteur.

— Comment s'appelait l'avocat de Frankie ? demanda-t-il en se tournant vers elle.

— Ezkiel Kasparidian. La presse l'appelait Jabba le Hutt. Pourquoi est-ce que nous…

Elle s'arrêta net quand, prenant son visage entre ses mains, il s'empara de ses lèvres et lui donna un baiser qui envoya toutes ses inquiétudes au deuxième plan. Les sensations les plus étonnantes déferlèrent en elle, tel un arc-en-ciel, jusqu'à ce qu'il s'écarte.

Profondément troublée, elle se passa la langue sur les lèvres.

— Eh bien… En quel honneur ?

— Pour mon plaisir personnel.

Il lui caressa la joue avec un sourire.

— Parce que je regarde tes jambes depuis que nous avons quitté Philadelphie. Et je ne pouvais plus résister.

— Je suis flattée.

— Nous sommes à Atlantic City, réjouissons-nous !

Son regard ambré pétilla de malice.

— Puisque Vince Maco y est…

— Rien ne va plus… 14 rouge, pair et manque.

Ravie de sa chance, Darcy rassemblait les plaques que lui distribuait le croupier, quand une drôle d'impression la fit soudain se raidir. Elle jeta un coup d'œil anxieux par-dessus son épaule. Pour la troisième fois en l'espace de dix minutes, la sensation qu'une main glacée enserrait sa nuque la saisissait. C'était si désagréable qu'elle eut envie de prendre les jambes à son cou.

Elle ramassa ses gains, puis quitta la table de la roulette.

— Je n'aime pas ça, marmonna-t-elle. Il est temps que Marlowe revienne…

Elle trompa son attente en observant discrètement mais avec attention les gens qui l'entouraient. Personne ne semblait lui prêter attention, et elle ne repéra ni Vince Maco ni quelqu'un ressemblant de près ou de loin au tireur du parc.

Enfin, Marlowe revint des toilettes. Avec son pantalon noir, sa chemise blanche et sa veste noire qu'il portait négligemment sur son épaule, il était vraiment très beau, songea-t-elle en l'admirant. Nul doute que la moitié des femmes présentes au casino n'avaient qu'un seul désir : sentir son corps si sensuel contre le leur. Elle, en tout cas, en mourait d'envie !

A cet instant, la même sensation l'étreignit, et son inquiétude augmenta d'un cran.

— Tu as vu Vince ? demanda-t-elle à Marlowe. Ou l'homme à la casquette de base-ball ?

— Pas encore. Et toi ?

— Non, mais j'ai le sentiment d'être épiée depuis que je me suis installée à la table de la roulette.

Les sourcils froncés, il balaya les lieux du regard.

— Tu as beaucoup joué ?

— Deux fois seulement. Quand je suis au casino, je ne joue jamais plus. Que je gagne ou non.

Elle lui donna un petit coup de coude et ajouta, décidée à ne pas laisser son inquiétude gâcher sa belle humeur :

— J'ai gagné, je t'invite à dîner.

— On verra. Je viens d'avoir Val au téléphone. Le fils de Nelda Hickey travaillait au Boka Club jusqu'à dimanche dernier, date d'expiration de son contrat. Mais le site internet du club le cite toujours dans la liste de ses artistes. Du coup, Val compte rester encore une nuit à New York, au cas où.

Il avait à peine fini de parler qu'elle tournait brusquement la tête pour regarder derrière elle.

— Un problème ?

— Je crois avoir vu une casquette de base-ball à l'entrée du casino.

— Darcy, il y a beaucoup de gens qui portent des casquettes de base-ball, remarqua-t-il tout en suivant son regard.

Elle poussa un soupir.

— J'ai interrogé le croupier pendant que je jouais à la roulette. Il m'a expliqué que le propriétaire du casino recherchait des investisseurs. Apparemment, le nom de Maco est venu à ses oreilles.

Marlowe plissa le front.

— Frankie n'a pas que des activités malhonnêtes, ajouta-t-elle. Il avait acheté une chaîne de magasins respectables, un an avant d'être jugé et condamné. Pour autant que je sache, c'est toujours le clan qui les gère. Mais je doute que cette information t'intéresse puisque, de toute façon, tu ne crois pas à la culpabilité des Maco.

— En effet. L'homme qui te harcèle utilise, consciemment ou non, les menaces de Frankie Maco pour se couvrir.

Effrayée par cette éventualité, elle eut subitement envie d'un alcool fort.

— Tu crois que je devrais me cacher ?

— Ce serait une bonne idée.

— Changer d'identité aussi était une bonne idée. Sauf que je suis de retour à la case départ. Tout ce que j'ai fait pendant ces trois années, c'est gagner du temps, déplora-t-elle. Certes, la vie n'est qu'une succession de rebondissements, et j'aime le changement, mais pas sous la contrainte et les menaces de mort.

Puis elle s'efforça de badiner, dans l'espoir de tenir sa peur à distance.

— Mais si tu veux que je me cache avec toi, cette nuit, je suis d'accord, murmura-t-elle.

Il lui lança un regard brûlant. En proie à un délicieux frisson, elle glissa le doigt dans l'encolure de sa chemise.

— Je vais même être plus précise. Nous avons réservé une suite, n'est-ce pas ? Je me demande si le service d'étage en vaut la peine…

Elle se collait à lui quand les doigts glacés revinrent enserrer sa nuque.

— Bon sang… On m'épie, j'en suis sûre, chuchota-t-elle en se serrant contre lui. Si ce n'est pas le type à la casquette de base-ball, c'est Vince. Est-ce que quelqu'un regarde dans notre direction ?

— Oui : environ une dizaine d'hommes dans un rayon de trois ou quatre mètres, répondit Marlowe avant de reporter les yeux sur le fourreau qui la moulait comme une seconde peau. Il faudrait être aveugle pour ne pas t'admirer, Darcy.

— Merci du compliment, mais je te jure que la personne qui m'épie ne se contente pas de m'admirer. Il me voit comme sa proie.

Il lui prit la main et entrelaça ses doigts aux siens.

— A propos de notre suite…

Un cri l'interrompit net.

— Arrêtez-le ! Le type au polo bleu m'a volé mon portefeuille !

L'homme qui venait de crier prit en chasse un individu, lequel fendait la foule en jouant des coudes pour aller plus vite. Dans sa hâte, il bouscula une vieille dame qui tomba sur Marlowe.

Darcy et lui l'aidèrent à se relever.

— Vous n'avez rien ?

La vieille dame porta la main à son cœur.

— J'ai tout vu ! Le voleur, ce n'est pas l'homme au polo bleu, c'est le blond avec la chemise de cow-boy marron et la casquette. Peut-être sont-ils complices…

Elle se tut et inspira profondément comme si elle avait du mal à respirer.

— Pouvez-vous me le décrire ? demanda Marlowe. Portait-il une casquette des Yankees ?

— Oui, je crois… Non… Je ne sais plus… Oh, mon cœur ! Ce voyage, c'est le cadeau d'anniversaire de mes amies de la Red Hat Society. Je vais avoir quatre-vingt-sept ans demain, vous savez.

Voyant qu'il tentait d'apercevoir le fuyard, Darcy lui serra le bras avec inquiétude.

— Laisse la sécurité s'en occuper.

— Les gars de la sécurité poursuivent l'homme au polo bleu. L'autre a pris la direction du hall. C'est peut-être lui !

Et il partit avant qu'elle ait eu le temps d'émettre d'autres objections.

— J'espère que le voleur n'est pas armé, sinon votre ami court un risque, remarqua la vieille dame qui s'appuyait sur son bras.

— Je sais, mais rien n'aurait pu le dissuader de se lancer à sa poursuite.

Darcy le suivit des yeux jusqu'à ce qu'il disparaisse de sa vue. Puis elle reporta son attention sur la vieille dame.

— Peut-être voulez-vous vous asseoir ?

— Si cela ne vous ennuie pas… Je suis seule, mon amie est montée dans sa chambre, il y a quelques minutes.

Elle leva une main arthritique.

— Là-bas, derrière les machines à sou, il y a un espace confortable et calme. Je pourrai y reprendre mon souffle.

Darcy chercha Marlowe du regard tandis qu'elles traversaient le casino à pas lents. Elles étaient à mi-chemin quand un frisson glacé la secoua de nouveau.

Elle fit volte-face, mais ne vit personne de suspect.

— Je suis pourtant sûre de ne pas être le jouet de mon imagination, marmonna-t-elle, frustrée.

— Vous avez vu le voleur ? s'enquit la vieille dame qui avait mal entendu. Ah, nous y voilà !

Elle ouvrit une porte, laquelle donnait sur une pièce déserte. L'attention générale s'était concentrée sur l'entrée du casino, à cause du voleur.

Darcy s'arrêta sur le seuil. Son instinct lui soufflait de ne pas aller plus loin, sachant qu'elles seraient seules et isolées. Malheureusement, la vieille dame semblait sur le point de défaillir, et elle fut obligée de la suivre. A son grand regret.

Quand la porte se fut refermée derrière elles, un profond silence les enveloppa. Un calme trompeur, se dit Darcy, en alerte maximale. La vieille dame se laissa tomber dans un fauteuil avec un soupir de contentement et farfouilla dans son sac à main à la recherche de son portable.

— Je voudrais téléphoner à Charlie pour lui raconter ce qu'il vient de se passer. Charlie, c'est mon compagnon, et il est resté à Newark. Il se fait toujours tant de souci… Vous pouvez l'appeler pour moi ? Je vois mal, sans mes lunettes.

Elle lui tendit son portable. Darcy composa le numéro qu'elle lui dictait tout en jetant de fréquents coups d'œil vers la porte. Par chance, la pièce était bien éclairée et comportait une deuxième porte, juste dans son champ de vision.

Quand la tonalité retentit dans l'appareil, elle lui rendit son portable. Un début de migraine l'élançait, et elle avait besoin d'évacuer sa tension. Avec Marlowe de préférence, pensa-t-elle avec un sourire.

La vieille dame faisait durer son récit. Au bout de quelques minutes, Darcy en eut assez. Elle n'avait qu'une envie : sortir de là.

— S'il vous plaît, madame, dites au revoir à Charlie.

En vain, car la vieille dame parut ne lui prêter aucune attention.

A cet instant, la porte la plus proche s'ouvrit. Darcy se retourna d'un seul mouvement, le cœur battant à se rompre. Elle brandissait ses clés, prête à s'en servir comme d'une arme, quand deux agents de la sécurité apparurent, soutenant un ivrogne qui les agonisait d'injures.

Darcy retint un rire nerveux. Seigneur, elle devenait complètement parano ! Peut-être devrait-elle songer sérieusement à se terrer quelque part histoire de s'épargner de telles angoisses…

L'agent de la sécurité confia le client imbibé à son collègue et s'approcha d'elle.

— Un problème, mademoiselle ?

Elle rangea ses clés dans son sac et lui expliqua en quelques mots la situation. Un peu plus tard, un autre agent arrivait avec une chaise roulante. La vieille dame s'y installa, puis l'agent la poussa hors de la pièce. Darcy les suivit.

— Passez une bonne soirée avec votre petit ami, lui lança la vieille dame tandis qu'on la conduisait dans l'ascenseur.

— J'aimerais bien. J'en rêve, même…

Les portes de l'ascenseur se refermèrent. Restée seule, Darcy décida de regagner le casino sans traîner. Elle ouvrait la porte qui menait à la grande salle quand une main se plaqua sur sa bouche. Avant qu'elle ait pu réagir, un bras l'entoura, l'empêchant de s'échapper, puis une voix doucereuse à l'accent du Tennessee s'éleva à son oreille — une voix familière qu'elle ne parvint pas à identifier.

— *My darling, I need you…* Darcy jolie, j'ai besoin de toi. J'ai besoin que tu sois à moi. Entièrement. Eternellement.

Sa vision se brouilla alors qu'il posait un mouchoir imbibé de chloroforme sur son nez.

Le monde chancela autour d'elle, les lumières devinrent troubles. Quelques secondes plus tard, elle entendit des voix masculines d'où surgissait un rire de femme. Finalement, tout se mêla, et elle sombra dans le néant.

# 10

Marlowe revint dans le casino, furieux. Il avait repéré l'homme à la casquette et allait partir à sa poursuite après avoir rattrapé le voleur quand une douzaine d'agents de la sécurité avait débarqué, surexcités, l'empêchant de s'éloigner.

Après, il était trop tard. L'homme à la casquette avait disparu.

Son portable sonna alors qu'il quittait le hall où régnait encore la plus grande confusion.

— C'est quoi, ce vacarme ? demanda Val à l'autre bout du fil. Je croyais que tu profitais d'un interlude romantique avec ta jolie journaliste.

D'un pas pressé, Marlowe dépassa un groupe de Texans terriblement bruyants. Comme il regrettait de ne pouvoir arrêter la marche du monde, le temps de localiser Darcy et de l'emmener le plus loin possible de toute cette folie… Il se moquait bien des voleurs et de ces joueurs invétérés qui dilapidaient un argent durement gagné. Lui n'avait qu'une envie : déshabiller Darcy et ne lui laisser que ses escarpins roses à talons. Avec ses cheveux blonds et ses yeux bleus, elle avait la séduction lascive d'une sirène…

— M. ? Tu es toujours là ?

Se ressaisissant, il parcourut le hall du regard.

— Oui. Quoi de neuf ?

— Un scoop ! Je me suis entretenu avec le gérant du club Boka. Il affirme que Hickey a quitté New York en fin de semaine dernière pour se rendre, devine où ? A Philadelphie !

Darcy revint à elle — ou, plus précisément, refit surface, émergeant de l'abîme dans lequel son évanouissement l'avait plongée. Il lui fallut un moment pour retrouver toute sa lucidité. Et quand sa vision redevint nette, elle constata qu'elle se trouvait dans une suite de l'hôtel.

Elle s'obligea à inspirer et expirer lentement afin de discipliner sa respiration. Sa tête était lourde et douloureuse, à tel point qu'elle aurait juré qu'un sadique avait introduit la pointe d'un couteau dans sa tempe. Avant toute chose, elle devait surmonter la douleur et trouver la force de se concentrer sur les solutions qui s'offraient à elle. Elle tenterait plus tard de comprendre comment elle était arrivée là.

Se redressant à grand-peine, elle tendit l'oreille et perçut de la musique dans la pièce voisine. Puis un murmure. Une voix d'homme.

Des souvenirs flous de ce qu'elle avait vu et entendu avant de s'évanouir lui revinrent à la mémoire. Elle revit des visages aux traits vagues, des ongles vernis en rose. Elle se rappela aussi une odeur d'alcool et de parfum pour femme.

Soudain, le murmure qui lui venait de la pièce voisine se fit plus net. Ne sachant ce que cela signifiait, Darcy se traîna vers le canapé. Elle comprit alors qu'elle se trouvait dans le salon de la suite, et son agresseur, dans la chambre à coucher.

La porte qui donnait sur le couloir était juste en face d'elle. Elle l'atteignait quand un vertige l'obligea à marquer une pause. Elle ferma les yeux puis les rouvrit, et se concentra de nouveau sur son objectif.

Rassemblant toutes ses forces, elle réussit à se lever et sentit ses talons s'enfoncer dans l'épaisse moquette. Au moins le bruit de ses pas ne la trahirait-il pas, songea-t-elle avec soulagement. C'était toujours ça de gagné.

Elle posa la main sur la poignée, puis la tourna avec d'infinies précautions. Il lui semblait que les battements de son cœur résonnaient lourdement dans le silence.

Dans la chambre, la voix se tut. Retenant son souffle, Darcy s'empressa de sortir dans le couloir. La musique d'ambiance que diffusait l'hôtel coula comme un baume apaisant sur ses muscles tendus. Elle avançait en s'efforçant de ne penser ni à sa migraine ni à ses jambes lourdes et chancelantes, pour ne se concentrer que sur sa fuite. Soudain, elle crut entendre crier et fut prise de panique. Tout en accélérant l'allure, elle tenta de se rassurer. Sans doute la peur amplifiait-elle ses perceptions.

Les paumes moites, elle emprunta une sortie de secours et se retrouva dans un escalier en béton où soufflait un vent glacial. Elle frissonna, saisit fermement la rampe à deux mains et descendit. L'escalier, comme habité par des ombres angoissantes, semblait interminable. Elle sentait sa peur s'accroître, son mal de tête aussi.

Afin de ne pas basculer dans la terreur qui lui ferait perdre sa lucidité, elle s'obligea à compter les marches. Jusqu'à ce qu'un bruit de pas retentisse au-dessus de sa tête.

Submergée par une vague de panique, elle se précipita vers une issue et appuya sur la lourde barre transversale.

La porte résista.

Le bruit de pas se rapprochait. Darcy poussa de nouveau, plus fort. La porte s'entrouvrit et, emportée par son élan, elle alla se cogner contre une paroi métallique.

Mais où était donc passée Darcy ? se demandait Marlowe qui ne savait plus où chercher.

Après s'être rendu dans leur suite — où elle n'était pas —, il était redescendu dans le casino et avait passé en revue non seulement la grande salle, mais aussi les couloirs attenants, ainsi que toutes les boutiques, les salons et les restaurants.

Sans résultat.

Deux agents de la sécurité lui avaient proposé leur aide, et il poursuivait avec eux ses recherches dans les étages. La peur ne le quittait pas. Du fond de sa mémoire remontaient les épisodes les plus cruels de son passé, qui se juxtaposaient au présent. Il entendait des coups de feu et des cris, il voyait des visages terrifiés se superposer, certains flous, d'autres au contraire très nets. L'image de Darcy les dominait tous avec une terrible clarté.

Il s'arracha à ses pensées en voyant l'un des agents lui faire signe.

— Venez, Marlowe, je crois qu'on tient enfin une piste.

Il le rejoignit. Trois hommes et une femme se tenaient dans le couloir du cinquième étage, visiblement éméchés.

— Ces personnes ont vu une jeune femme blonde qui correspond au signalement de Mlle Nolan. Elle n'était pas seule.

— Il y avait un type avec elle, renchérit la femme d'une voix pâteuse.

— Décrivez-la-moi, demanda Marlowe.

— Très sexy ! répondit l'un des hommes. Et ses jambes, interminables…

— Ses chaussures rose poudré étaient sublimes.

La femme vacilla et dut se raccrocher à Marlowe pour ne pas tomber. Il la soutint par le bras.

— Pouvez-vous me décrire l'homme qui était avec elle ?

— Je crois qu'il portait un chapeau rouge. Ou plutôt non, c'étaient ses chaussures qui étaient rouges. Enfin, je ne sais plus…

— Un chapeau ? Et comment était-il ? Grand, mince… ?

— Mince ! s'écria la femme avant de se raviser. Enfin, non… Je ne sais pas. Il était brun, en tout cas.

— Non, blond, corrigea son compagnon.

Il ferma les yeux et reprit :

— Elle, elle avait un visage d'ange, mais elle était sacrément soûle, si vous voulez mon avis. Le type était obligé de la soutenir parce qu'elle n'arrivait pas à mettre un pied devant l'autre.

— Où sont-ils allés ? s'enquit Marlowe.

— Ils ont pris l'ascenseur.

— Il n'a pas voulu qu'on entre, expliqua l'homme avec une moue. Et moi, je dirais qu'il avait des cheveux très noirs. Exactement comme les miens. Avec un chapeau noir et des chaussures noires.

Celui qui semblait être le compagnon de la femme apostropha soudain Marlowe.

— Dites, vous pouvez lâcher mon amie ?

Il s'empressa de retirer sa main.

— Ne vous énervez pas. Tout ce que je veux, c'est retrouver la mienne.

*Et son ravisseur,* acheva-t-il in petto.

— C'est son chapeau qui rendait ses cheveux plus sombres, assura la femme en repoussant son compagnon. Moi, j'aime les blonds. S'il l'avait été, je l'aurais remarqué. Comme j'ai remarqué les chaussures de votre petite amie, d'ailleurs.

— Allez au septième étage. Je crois bien que c'est là que l'ascenseur est monté.

— Dis plutôt que tu ne peux compter que jusqu'à sept, après avoir avalé tout ce whisky ! répliqua l'autre homme en gloussant.

Comprenant qu'il avait tiré d'eux tout ce qu'il pouvait, Marlowe fit un signe aux agents de la sécurité.

— Allons au septième.

Bien qu'il n'y ait que deux étages à franchir, Marlowe eut l'impression que l'ascenseur mettait une éternité à monter. Enfin, la porte s'ouvrit sur le septième étage. L'un des agents partit sur la gauche tandis que l'autre suivait Marlowe à droite. L'agent leva les yeux au ciel en voyant un homme visiblement soûl en train de s'acharner sur une issue de secours avec force jurons.

— Bon sang, quelle soirée, grommela-t-il. Il y a des gens bourrés dans tous les coins !

Puis il s'adressa à l'ivrogne :

— Ne tirez pas ! Poussez !

Il s'approcha pour l'aider. Marlowe le suivit. Quand la porte s'ouvrit, il retint l'homme par sa veste pour l'empêcher de tomber en avant, en même temps que Darcy s'effondrait contre lui. Surpris, il réagit avec un temps de retard et la rattrapa de justesse.

Levant le genou dans un geste instinctif de défense, elle lui porta un coup à l'entrejambe. Il pâlit sous la douleur, mais ne la lâcha pas.

— Darcy, arrête, c'est moi !

Elle lui asséna encore un coup de poing dans le ventre avant que son cerveau enregistre ses paroles.

— Marlowe ?

Un soupir de soulagement lui échappa, et elle se jeta dans ses bras en pleurant.

— Mon Dieu, Marlowe, je croyais que c'était lui...

Il la serra contre lui, puis s'écarta et l'étudia avec attention afin de voir si elle était blessée.

— Tu vas bien ? Est-ce qu'il t'a frappée ?

— Non... Il m'a enlevée et séquestrée, balbutia-t-elle.

— Où ? intervint l'un des agents.

Elle sécha ses larmes de sa manche.

— Ici. Chambre 1472.

Marlowe lui dégagea le visage pendant qu'elle rassemblait ses souvenirs.

— Je ne l'ai pas vu... Je crois qu'il téléphonait. Ou quelque chose comme ça. Sa voix était presque un murmure, avec un rythme régulier comme s'il scandait ses phrases... Enfin, c'était bizarre, je n'ai rien compris...

— Tu es sûre que tu n'es pas blessée ?

— Non, je vais bien. Il m'a anesthésiée avec du chloroforme, comme la première fois. Je me suis évanouie... Mais je me souviens de visages... Oui, de voix qui riaient et parlaient. Et puis d'ongles au vernis rose.

Marlowe posa son front contre le sien.

— Ce sont les gens que tu as croisés, Darcy. Je les ai interrogés. Leurs descriptions de ton agresseur varient incroyablement. La femme a été fascinée par tes chaussures, les hommes… disons, par autre chose.

— Ils ont cru que j'étais ivre morte, n'est-ce pas ?

— Mais avec un visage d'ange, précisa-t-il avec un sourire.

— Comme c'est joliment dit…

Plissant le front, elle reporta son attention sur l'escalier de secours.

— J'aurais juré qu'il me suivait…

Elle se mordilla la lèvre avant de poursuivre :

— Je l'ai reconnu, Marlowe. Enfin, j'ai reconnu sa corpulence… C'est le même homme qui m'a agressée devant chez moi. Musclé. Fort. Et quand je me suis réveillée…

Ellc fronça les sourcils pour mieux se concentrer.

— Il me reste une impression liée à un ange. Ou au diable…

Il vit soudain son visage s'éclairer, et elle se mit à fredonner un air.

— J'y suis, il écoutait de la musique ! Ce n'était pas la même que celle du couloir. C'était *Devil in Disguise*, d'Elvis Presley !

Les recherches s'étaient révélées infructueuses tant dans les couloirs de l'hôtel que dans la suite où Darcy avait repris conscience. Personne ne se souvenait à quoi ressemblait lc clicnt qui l'avait réservée sous le nom de Darcy Shannon, et payée en liquide. Le réceptionniste avait répété à plusieurs reprises qu'il s'agissait d'un client « tout ce qu'il y a de plus normal ».

Marlowe et Darcy avaient passé leur fin de nuit au commissariat. La suite où elle avait été retenue avait été saupoudrée de poudre à empreintes par les techniciens, et fouillée minutieusement. Sans résultat. Quant à la salle de bains, elle n'avait pas été utilisée, pas plus que le lit et le minibar.

Au terme de cette nuit sans sommeil, Darcy avait mis ses lunettes de soleil, échangé son fourreau contre une tenue plus confortable et remplacé ses escarpins roses de la veille par des ballerines argentées. Elle savourait la chaleur encore supportable du petit matin, en espérant que le calme chasserait son mal de tête, persistant malgré les antalgiques.

— Et nous voilà de nouveau dans une impasse, déclara-t-elle avec lassitude. Nous sommes venus à Atlantic City pour des prunes. Je n'ai même pas vu Vince Maco, alors que c'était la principale raison de notre présence ici.

Marlowe lui caressa la main.

— Soit il ne sait pas que tu es à Atlantic City parce que ce n'est pas lui, ton agresseur. Soit il est parfaitement au courant de ta présence ici, mais il est assez futé pour rester à distance et a chargé un tueur à gages de faire le boulot à sa place.

— Je vote pour la deuxième hypothèse. Et, à moins que tu n'en aies une troisième, j'aimerais bien aller prendre un bon petit déjeuner.

— Décidément, tu n'en démords pas. Pour toi, c'est toujours Vince Maco, l'auteur de ces agressions, n'est-ce pas ?

Comme elle acquiesçait, il secoua la tête.

— Sincèrement, j'en doute. Cela dit, nous ne savons pas si l'homme à la caquette de base-ball agit seul, ou s'il a un complice.

— Un complice qui s'appelle Vince Maco ! Je t'assure

qu'il se serait fait un malin plaisir d'assister à mon réveil dans la suite.

— Tu crois que c'est Vince que tu as entendu ?

— C'est très possible.

— Décris-le-moi.

— Grand, mince, plutôt carré. Un peu comme l'homme à la casquette de base-ball. C'est bien son genre de dissimuler son visage. Conclusion, j'affirme haut et fort que mon agresseur n'est autre que Vince Maco. Sauf que…

Elle hésita.

— Sauf que mon ravisseur ne portait pas d'eau de Cologne…

— De l'eau de Cologne ? répéta Marlowe, l'air surpris.

— C'est un détail, mais il y a trois ans, Vince s'aspergeait d'eau de Cologne.

Elle haussa les épaules.

— Peut-être que ses goûts ont changé. En revanche, il agit exactement comme il me l'a dit à l'époque. « Tu ne sauras pas où et quand. Tu ne verras et n'entendras rien. Ça aura lieu au moment où tu t'y attendras le moins. Chauffeur de taxi, vendeur ou passant en train de mettre une pièce dans l'horodateur… Ce sera quelqu'un, un jour. N'importe qui, n'importe quand. »

A ce propos, le passant qui marchait devant eux était-il un sbire de Maco ?

Bon sang, elle sombrait dans la paranoïa…

— Au diable la mort, les tueurs et Vince Maco ! s'exclama-t-elle soudain. A force de réfléchir, tout s'embrouille dans ma tête. Puisque nous sommes à Atlantic City, j'aimerais que nous allions faire un tour sur la grande roue.

Contre toute attente, elle sentit Marlowe se raidir à ses côtés. Pourquoi ? Il n'aimait pas les grandes roues ?

— Marlowe, ça va ?

Il lui adressa un sourire crispé.

— Oui, ça va. Certaines personnes ont des squelettes dans leur placard, moi j'ai un fantôme. Parfois, la vie se résume à lutter contre ses souvenirs.

Elle hocha la tête sans répondre. C'était bien la première fois de sa vie qu'elle réfrénait sa curiosité. Sans doute parce qu'elle aimait trop Marlowe pour se montrer indiscrète.

— Ecoute, nous pouvons…

Elle s'interrompit.

— Qu'est-ce qu'il y a ? s'enquit-il aussitôt, en alerte.

— Regarde sur ta gauche : un homme se cache derrière les colonnes en bronze. Et à moins que je ne souffre de graves hallucinations, je te jure que c'est Trace Grogan !

# 11

Le soleil était au zénith quand Marlowe relâcha enfin Trace Grogan.

Pris sur le fait, ce dernier avait d'abord bafouillé, puis nié, avant de tout avouer, poussé dans ses retranchements. Darcy avait assisté à l'interrogatoire, fascinée par la maestria de Marlowe.

Trace l'avait donc suivie depuis Philadelphie. Son but ? Découvrir sur quoi, et sur qui, elle travaillait, puis rédiger un article pour rentrer dans les bonnes grâces de sa cousine et patronne, et éviter le licenciement qui lui pendait au nez.

Elle secoua la tête en se rappelant ses mots.

— Mon passé est en train de me rattraper, dit-elle à Marlowe. Trace est prêt à tout pour le découvrir. Même à me filer comme un vulgaire paparazzo.

Ils se dirigeaient vers le parc d'attractions où se trouvait la grande roue.

— Et s'il mentait ? avança-t-elle en lui tendant le pop-corn. Pour autant que l'on sache, il pourrait très bien travailler pour Maco. Son emploi au magazine étant menacé, il a peut-être proposé ses services à des employeurs mieux disposés qu'Elaine.

— Comment veux-tu qu'il soit au courant de tes liens avec Maco ?

— Trace sait à peu près tout ce qu'il se passe au magazine, il s'intéresse aux rumeurs. Si ça se trouve, l'enquête que tu as menée sur moi, avant mon retour d'Argentine, lui a mis la puce à l'oreille. Il m'aura épiée au bureau, surveillé les abords de ma maison…

— Ça me paraît un peu tiré par les cheveux, mais je vais le tenir à l'œil.

Le silence retomba, et Darcy observa Marlowe à la dérobée. Ils n'étaient plus très loin du parc d'attractions, maintenant. Perplexe, elle se rappela ses réticences quand ils s'étaient promenés dans le parc de son quartier. Pourquoi ? Sa curiosité avait beau être à son comble, elle décida de ne pas l'interroger et se contenta d'échafauder des hypothèses.

Il avait évoqué un fantôme. Est-ce que cela avait un rapport avec la mystérieuse Lisa qu'avait mentionnée Val ?

Etait-elle morte ?

Darcy jeta son sachet de pop-corn dans une poubelle, puis prit le bras de Marlowe pour rebrousser chemin. A sa grande surprise, il résista.

— Je croyais que tu voulais faire un tour sur la grande roue.

— Moi oui, mais pas toi, répliqua-t-elle. J'essaie d'être gentille avec toi, Marlowe. Il y a plein de choses à faire, ici. Nous pouvons dilapider nos salaires en jouant aux machines à sous, ou nous offrir un dîner aux chandelles pour oublier nos idées noires. Adieu les voleurs, le chloroforme et Elvis Presley !

— Je te signale qu'Elvis est notre premier indice.

— Tu veux passer en revue les fans d'Elvis actuellement à Atlantic City ? Et si R. J. Wilkie, présentateur sur le déclin, avait décidé de changer de vie en devenant imitateur d'Elvis ? A moins que ce ne soit Constantin Lyons, désireux de réaliser son fantasme avant de mourir. Ou Vince Maco ! Sans oublier notre candidat le plus vraisemblable : le fils de Nelda Hickey né à Memphis, dans le Tennessee, où Elvis a passé sa jeunesse. Il paraît qu'il imite très bien les chanteurs.

Marlowe sourit, puis l'attira contre lui pour l'embrasser. Malgré la brièveté de son baiser, elle eut l'impression de recevoir une flèche en plein cœur.

— Je vois des milliers d'étoiles…

Elle reprit son souffle.

— Tu sais que tu embrasses comme un dieu, Marlowe ? Bon… De quoi est-ce que je parlais avant que tu me fasses perdre les pédales ?

— Tu essayais de me distraire de mes idées noires. J'apprécie tes efforts, mais il faut aussi que j'affronte mes démons. Pourquoi pas ce soir ?

Au lieu de sauter sur l'occasion et de l'abrutir sous un feu roulant de questions, elle manifesta une réserve assez inhabituelle de sa part. D'un geste désinvolte, elle remit ses lunettes de soleil sur son nez.

— Si tu insistes…

Quelques mètres plus loin, ils s'arrêtaient devant la grande roue.

— La balade devrait être intéressante, commenta Marlowe en regardant en l'air.

Ils s'asseyaient sur l'un des sièges quand la sonnerie de son portable s'éleva dans sa poche. Il décrocha aussitôt, interrompant sans ménagement la chanson d'Eric Clapton.

Pendant qu'il s'entretenait avec son interlocuteur, Darcy

contempla distraitement le paysage. Elle s'efforçait une fois de plus de faire le point sur l'agression dont elle avait été victime.

Les caméras de surveillance de l'hôtel et du casino n'avaient rien révélé. De toute évidence, son ravisseur savait comment les éviter. Il avait planifié et exécuté son plan à la perfection. Enfin, presque, puisqu'elle avait tout de même réussi à fuir.

La grande roue s'immobilisa, le temps de laisser monter d'autres personnes. S'arrachant à ses pensées, Darcy offrit son visage au soleil et écouta sans comprendre la fin de la conversation téléphonique de Marlowe.

Lorsqu'il referma son portable, elle lui jeta un regard circonspect.

— Bonnes ou mauvaises nouvelles ?

— Un agent de la sécurité du casino va m'envoyer une photo de Vince Maco, via son portable.

Un *bip* s'éleva au même instant.

— Je peux la voir ? demanda Darcy qui avait du mal à réfréner son impatience.

Marlowe lui tendit l'appareil.

— Pourquoi ai-je le pressentiment que…

Elle s'interrompit.

— Oh, mon Dieu ! C'est vraiment Vince Maco ?

Elle secoua le téléphone, comme si cela pouvait changer quoi que ce soit à la photo. Puis elle zooma pour mieux le voir.

— Le moins qu'on puisse dire, c'est qu'il a beaucoup changé en trois ans, remarqua Marlowe avec une pointe d'ironie.

Elle ne répondit pas, toute à sa stupeur. L'homme qui

l'avait agressée par deux fois était non seulement agile mais aussi mince et bien bâti.

A la différence de Vince Maco dont le poids devait excéder aujourd'hui les cent kilos.

— Vous êtes flic.

Voilà quels furent les premiers mots de Vince à l'attention de Marlowe. Il semblait étonné, mais pas inquiet. D'un geste, il renvoya le personnel de l'hôtel, puis s'adossa à son fauteuil, les mains croisées sur son ventre bedonnant.

— Si vous voulez m'interroger sur le voyage de mon oncle Remo en Amérique du Sud, je n'ai rien à vous dire que vous ne sachiez déjà. Il a rendu visite à une amie. Vous l'avez suivi de Buenos Aires jusqu'à…

— Ça concerne Umer Lugo, le coupa Marlowe.

— Qui ça ?

Vince fronça les sourcils, apparemment perplexe.

— Il est flic, lui aussi ?

— Avocat. Mort.

— Mes condoléances à sa famille. Suis-je censé le connaître ?

— Je suppose.

— Vous supposez mal. Je ne l'ai jamais vu et je ne le verrai jamais, à moins d'attendre sa résurrection. Vous aimez le steak de bœuf de Kobe ?

— Non, j'aime les réponses.

Vince agita ses doigts boudinés.

— Je n'ai plus rien à cacher. Mon père a eu deux infarctus, il sait que ses jours sont comptés. Il y a plus de dix-huit mois, il m'a chargé de reprendre sa succession et m'a demandé d'assainir les affaires familiales pour arriver l'âme purifiée devant saint Pierre.

— Vous ne pensez pas que votre père s'illusionne ? répliqua Marlowe, sarcastique.

— Qui sait ? Détournez votre arme, je vous en prie, vous pourriez vous faire mal. Je vous répète que n'ai jamais entendu parler de votre type.

— Umer Lugo.

— Un nom de vampire. Et avant que vous insistiez avec vos histoires, je vais vous dire les choses très simplement : j'obéis à la lettre aux instructions de mon père. Vous ne me croyez pas ? Tant pis pour vous, mais j'effectue bel et bien un virage à quatre-vingt-dix degrés.

Et il ajouta avec un sourire :

— Maintenant, passons aux choses sérieuses. Vous aimez le steak de bœuf de Kobe ? Comment dégustez-vous vos steaks ? Bien épais et saignants ? Ou les préférez-vous à point, durs comme la semelle des chaussures orthopédiques de ma grand-mère ?

Seule dans la somptueuse suite que Marlowe avait réservée, Darcy se faisait couler un bain parfumé à la pêche, un verre de cognac à la main. Toutes les pièces comportaient des baies vitrées. Par celle de la salle de bains, elle pouvait admirer le ciel nocturne dans lequel brillaient la lune et les étoiles au-dessus d'un océan paisible mais inlassablement en mouvement.

Elle se sentait en accord avec ce paysage. Calme en apparence mais agitée à l'intérieur.

Elle avait pu suivre la conversation de Marlowe avec Vince Maco grâce à son portable. Pendant le dîner, ce dernier avait évoqué son père, sa famille, le passé, le présent et ses perspectives d'avenir. Et le plus malheureux, c'est qu'elle avait cru presque tout ce qu'il avait raconté…

Pendant que la baignoire se remplissait, elle observa le ciel et réussit à identifier cinq constellations. Elle ne voulait plus penser ni à Vince Maco ni aux dangers qu'elle courait. A cause de lui. Ou pas.

Et elle ne voulait pas non penser à Marlowe. Marlowe, si ténébreux et énigmatique. Un puzzle fascinant qu'elle avait tout intérêt à laisser irrésolu. Sa vie était bien assez compliquée sans qu'elle tombe amoureuse de lui.

Elle pointa le doigt sur les étoiles et traça une figure géométrique imaginaire sur la vitre. Puis, fermant le robinet de la baignoire, elle resta immobile dans le silence de la nuit.

Elle qui n'avait cessé de croire en la culpabilité de Vince Maco venait d'avoir la preuve de son innocence.

Quelle piste suivre, à présent ?

— Aucune. Pourtant, il y a toujours un tueur à mes trousses. Pourquoi ?

La voix de Marlowe s'éleva soudain derrière elle.

— On le saura bientôt. C'est le plus important, non ?

Elle sourit sans se retourner.

— Tu en veux ? demanda-t-elle en levant son verre. Un cognac après un bon bordeaux sur un steak de bœuf de Kobe…

Elle le sentit se rapprocher.

— Maco cst un fin connaisseur.

— Vince connaît beaucoup de choses. Moins bonnes que le bœuf, habituellement.

— Tu l'as cru ?

Elle lui fit face, ne sachant si elle devait rire ou hurler.

— Tu ne peux pas imaginer à quel point j'aimerais

te répondre non, Marlowe. Autrefois, Maco avait la réputation d'être le menteur le plus éhonté de toute la Terre. Il a cru que tu étais flic, et comme tu ne l'en as pas dissuadé, il est possible qu'il ait menti, poussé par la force de l'habitude, déclara-t-elle sans le penser vraiment.

Elle eut un rire désenchanté.

— Je sais que toi aussi, tu l'as cru. Je vais donc te servir un verre de cognac, et nous allons porter un toast à Vince Maco repenti. L'homme qui n'a pas mis — et qui, apparemment, ne mettra pas — à exécution ses menaces contre moi. Pourtant, quelqu'un me poursuit. Etrangement, je ne suis pas découragée, déprimée ou malheureuse… Tu sais pourquoi ?

Elle posa les mains sur ses épaules et reprit :

— Parce que je me trouve dans un luxueux hôtel d'Atlantic City avec toi. Que rêver de mieux ?

Elle riva ses yeux aux siens.

— Alors, qu'en penses-tu ?

Une lueur sans ambiguïté traversa le regard ambré de Marlowe, et elle sentit une délicieuse impatience l'envahir. Elle avait envie d'être à lui, elle en rêvait depuis qu'elle l'avait rencontré. Elle était convaincue qu'ils connaîtraient ensemble un moment de pure passion.

Exactement ce qu'il lui fallait.

Elle tira sur sa ceinture pour l'attirer à elle.

— J'ai envie de profiter pleinement de cette nuit, pas toi ? murmura-t-elle, séductrice.

— Plus que tu ne le penses…

Sa voix dans laquelle perçait le désir à l'état brut la fit tressaillir. Pour la première fois, il abandonnait les faux-semblants et laissait ses sentiments s'exprimer au lieu de les retenir comme s'il hésitait à y succomber. Tant mieux. Car si sa maîtrise de soi était tout à son honneur, l'exaltation et l'abandon avaient du bon.

Les yeux dans les siens, il caressa les manches de son peignoir de soie aussi rose, songea-t-elle, que devait l'être son visage empourpré par le désir. Ses joues lui brûlaient si fort qu'elle devait lutter contre l'envie d'y poser les mains.

Son regard ambré glissait sur son corps, sans hâte, s'emplissant d'elle. Puis il se pencha pour s'emparer de sa bouche. Fermant les yeux, elle perdit le fil de ses pensées. Sous les lèvres de Marlowe, brûlantes et avides, elle sentait accroître son désir. Elle lui caressa les épaules, son dos musclé jusqu'aux reins. Tout en lui évoquait un félin, le mystère, le danger…

Son désir s'épanouissait en elle comme un soleil. Elle posa les mains sur sa ceinture et la défit d'une main tremblante. En l'entendant pousser un gémissement de plaisir, elle frissonna.

Comme il l'étendait sur le lit, elle rouvrit les yeux un instant, surprise de sentir les draps sous sa peau. Elle ne se souvenait pas d'être venue jusque-là. Avait-elle flotté, portée par les sensations qui rendaient son corps à la fois si léger et si présent ?

Quand sa bouche avide s'empara de la pointe de son sein, elle rejeta la tête en arrière et se cambra afin de mieux s'offrir à sa caresse. Son cœur cognait contre sa poitrine, à coups désordonnés. Un brasier brûlait en elle, savamment entretenu par les caresses de ses mains et de sa bouche.

Avec impatience, elle lui déboutonna sa chemise. Il ne fit pas un geste pour l'aider, le visage enfoui dans son cou pour le piqueter de baisers. En voulant lui retirer sa chemise, elle tira si fort que le tissu se déchira.

Une fois nus, ils s'enlacèrent, et elle noua ses jambes autour de ses hanches. Sauf que Marlowe avait d'autres projets, s'aperçut-elle bientôt. Avant de la posséder, il voulait lui donner un aperçu du plaisir qu'il lui promettait.

Son esprit se vidait de toute pensée cohérente tandis que, dans son ventre, les spasmes du plaisir se succédaient, telles des vagues roulant sur un océan déchaîné. Le corps ferme de Marlowe la rendait folle.

Lorsque, enfin, il remonta vers son visage et reprit possession de ses lèvres, elle s'abreuva à son souffle. Elle le voulait totalement, elle voulait pénétrer ses mystères et ses secrets.

A cet instant, il s'allongea sur elle. Au contact de son membre dressé, une nouvelle vague de plaisir déferla en elle, si intense que le souffle lui manqua. Une chaleur brute convergeait dans son ventre, et elle se cambra contre lui, les ongles plantés dans son dos.

Il pressa sa bouche sur son oreille. Sa voix rauque lui parvint dans un murmure à peine audible.

— Pas tout de suite… Je veux que ça dure. Pour tous les deux…

Du fond sa volupté, elle sentait monter en elle une exaltation mêlée de tendresse. Elle passa les mains dans ses cheveux, sans l'attirer à elle mais sans non plus le repousser.

Leurs lèvres se frôlèrent.

— Si proches et encore si loin…

Elle secoua la tête, les lèvres contre les siennes.

— C'est ce que tu veux, Marlowe ? Cette attente infernale ?

Il sourit et l'embrassa.

— Oui. Nous avons le temps, Darcy. Toute la nuit…

Elle caressa sa joue.

— Tu me sembles bien patient, tout d'un coup.

— Non, je suis juste en accord avec mes désirs. Et mes sentiments.

Dans son regard brillait une tendresse inattendue au milieu de tant de passion. Et lorsqu'il reprit possession de ses lèvres, quand cette douceur céda la place à un déchaînement de sensations, elle s'abandonna à lui complètement.

Son corps s'était éveillé à une vie qui lui était propre et qu'elle ne contrôlait pas. Les émotions se succédaient en elle, anéantissant la réalité et ses problèmes.

Bientôt, ils épousèrent le même rythme, dans la plus parfaite harmonie. Marlowe emprisonna ses poignets et tendit ses bras au-dessus de sa tête. Ainsi emprisonnée, elle lui mordilla le lobe des oreilles, puis laissa glisser ses lèvres sur sa joue. Jouant de la pointe de sa langue, elle explora sa bouche avec ardeur.

Dans la lueur des étoiles, elle voyait son regard étinceler. Le moment était venu. Libérant ses mains, elle enveloppa son sexe tendu pour l'attirer en elle et se cambra tandis qu'il la pénétrait enfin. Son cœur battait de plus en plus fort à mesure qu'il allait et venait en elle.

*Encore… Encore !*

Elle était stupéfiée de pouvoir tant ressentir alors qu'elle ne sentait plus rien.

Tout à coup, le plaisir enfla en elle, puis des spasmes d'une intensité jamais égalée la traversèrent. C'était comme une éruption volcanique, un jaillissement d'étincelles, de…

Les mots lui manquaient. D'où lui venaient ces sensations exaltées qu'elle n'avait fait que lire jusque-là dans les romans ?

Après ce déferlement de jouissance, le silence retomba. Marlowe était toujours sur elle, ou plutôt il s'était écroulé sur elle. Au-dessus de leurs têtes, le temps semblait s'être arrêté, et elle baignait dans la plénitude.

Etait-ce son cœur ou le sien qui battait si fort ? Impossible de le déterminer. Tout ce qu'elle savait, c'était qu'elle n'aurait pas pu remuer même un orteil. Sans doute était-ce normal, après une explosion de plaisir de cette ampleur. *Explosion ?* Non, plutôt implosion…

Elle continuait de flotter, apaisée, savourant le présent. La vie ne pouvait être plus belle : elle était dans les bras de Marlowe, protégée du danger. Du danger extérieur. Du danger physique, du moins.

— Va-t'en, murmura-t-elle en fermant les yeux, histoire de conjurer l'autre danger, un sentiment étrange qui naissait doucement mais obstinément en elle.

Marlowe enfouit son visage dans ses cheveux.

— Si c'est à moi que tu t'adresses, je suis aux abonnés absents jusqu'à la semaine prochaine.

— Je doute que l'hôtel nous permette d'occuper la chambre aussi longtemps. J'ai entendu dire qu'il allait y avoir une convention médicale.

— On pourrait toujours essayer de rester ?

Elle laissa échapper un petit rire.

— Ça ne marchera que si on fait semblant d'être morts. Cette convention est consacrée à la médecine légale.

Il la fit rouler sur le lit.

— Mais qu'est-ce que tu fais ? s'exclama-t-elle.

Elle poussa un cri de surprise quand il la prit par les hanches et l'assit à califourchon sur lui.

— Je voulais avoir une plus belle vue.

Elle lui caressa le torse avant de se pencher pour frôler ses lèvres.

— J'aime bien être là. Ça me donne du pouvoir.

— Vraiment ? Hmm, très excitant…

— Tant mieux, fit-elle. Mais, attention, je place la barre très haut.

Elle lui mordilla les lèvres, puis acheva dans un souffle :

— Et demain matin, j'espère être totalement épuisée.

# 12

Marlowe n'aurait su dire s'il satisfit totalement Darcy, mais en ce qui le concernait, elle le combla au-delà de ses espérances.

Quand le jour se leva, il était épuisé. Il roula sur le dos et laissa son regard errer sur les ombres qui dansaient au plafond.

Darcy l'avait impressionné. Fasciné. Ebloui. Elle avait franchi toutes les défenses dont il s'était entouré, à croire qu'elles étaient transparentes et volatiles. Puis elle l'avait enveloppé jusqu'à ce qu'il ne voie, ne hume et ne savoure plus qu'elle.

Elle avait des cheveux soyeux, un corps splendide qu'il aurait juré fait pour ses mains, une peau satinée dont le seul souvenir le faisait frémir. Elle était chaleur, couleur et lumière. Feu et acier.

Il ne pouvait encore donner un sens à ces impressions. Plus tard, se promit-il. Quand son trouble aurait décru.

Il la considéra un instant. Allongée sur le ventre, la tête dans l'oreiller, elle dormait à poings fermés, et son expression angélique ne laissait rien présager de sa fougue.

A contrecœur, il finit par s'arracher à sa contemplation et se dirigea vers la salle de bains, une chanson d'Eric Clapton dans la tête. Il fronça les sourcils tandis qu'une idée lui venait à l'esprit. Le ravisseur de Darcy écoutait Elvis Presley. Un indice ou une coïncidence ?

En bon policier, il ne croyait pas aux coïncidences. Il ne voulait et ne devait négliger aucune piste. Du moins, s'il arrivait à se concentrer après la nuit explosive qu'il venait de vivre…

Le bain que Darcy avait fait couler la veille était froid. Et la mousse avait disparu. Tout en actionnant le jet de la douche, il réfléchit. Quelle direction prendrait sa vie quand cette affaire serait résolue ? Après ce qu'il venait de vivre avec Darcy, aurait-il envie de repartir de zéro, de tourner enfin la page sur son passé ?

Agacé par ces questions aussi inattendues que gênantes, il ouvrit le robinet d'eau chaude au maximum. Darcy avait allumé un brasier en lui, et maintenant il voulait sentir cette brûlure sur sa peau.

Il était en train de se savonner quand un mouvement attira son regard de l'autre côté de la porte vitrée. Adossée à la vasque, Darcy l'observait malicieusement.

— Il y a de meilleures façons d'exorciser ses démons que de s'ébouillanter, Marlowe. La nuit que nous avons passée était unique, mais ça ne signifie pas pour autant que nous sommes liés jusqu'à la fin des temps.

Il cessa de se savonner et plaqua ses mains sur le mur carrelé avec un petit sourire.

— Je suis d'accord : c'était une nuit phénoménale. Mais ce n'est pas la peur de l'engagement que je tente de conjurer, c'est la peur tout court.

Elle retira son peignoir. A la vue de sa peau nue, il sentit les battements de son cœur s'affoler.

— Est-ce que cette peur a un rapport avec moi, toi, et ce qui nous est arrivé ?

Il laissa échapper un petit rire.

— Les trois au choix.

Puis il s'assombrit et détourna les yeux.

— Tu ne sais rien de ma vie et de mon passé, Darcy, remarqua-t-il.

Ce fut à son tour de rire.

— Tu ne sais rien de moi non plus. Tu crains de me choquer ? De m'épouvanter et de me détruire en me faisant de terribles aveux ?

Elle s'approcha de la douche.

— Cette nuit, j'ai subi un vrai séisme, au point d'être encore sous le choc. Mais comme tu peux le constater, tu ne m'as pas fait peur, ni réduite en miettes.

Elle le rejoignit sous la douche et caressa ses épaules.

— Et si on réglait leur sort à ces petits secrets qui nous gâchent la vie et le plaisir ?

— Pourquoi pas ?

Sa voix était si rauque qu'il la reconnut à peine. Il tourna le robinet d'eau chaude afin que la température redevienne supportable, puis attira Darcy sous le jet.

— Plus tard. J'ai d'autres projets pour le moment.

Et il se pencha vers elle.

Nom de Dieu, c'était insupportable !

Le détective pouvait l'aider — après tout, c'était son boulot —, mais il n'avait pas le droit de la toucher. Surtout pas !

Elle n'appartenait qu'à lui. D'accord, elle ne le savait pas encore, parce qu'il n'avait jamais été très clair là-dessus. Mais la croix rouge qu'il avait tracée sur le visage du détective n'était-elle pas éloquente ? Elle disait : « Darcy jolie, envoie-le balader avant que je le supprime pour de vrai ! »

La prochaine fois, il ne le raterait pas.

Fou de rage, il pressa ses poings sur ses tempes. Se contrôler. Retenir sa colère. Bien jouer la comédie. Et puis, surprise ! *Pang* !

Il fredonna une chanson du King.

Darcy était si belle. Parfaite.

Non, pas parfaite.

La perfection n'était pas de ce monde. La pureté non plus.

Il entendait toujours le King chanter dans sa tête. *Heartbreak Hotel,* cette fois. Et si c'était la chanson idéale pour son apothéose ?

*Leur* apothéose.

La mort.

En rentrant à Philadelphie, Darcy se sentait dans une forme exceptionnelle, féline, légère, comme après une cure de jouvence.

Seigneur, elle n'oublierait pas de sitôt son séjour à Atlantic City ! Surtout les dernières heures qu'elle y avait passées. Quelle délicieuse évasion !

Faire l'amour avec Marlowe avait été… stupéfiant.

Une révélation.

Maintenant, la question était de savoir si elle voulait poursuivre leur liaison ou la cantonner à un beau souvenir. Il avait touché une corde sensible en elle. Et si elle ne se ressaisissait pas très vite, elle ne pourrait bientôt plus revenir en arrière.

A Philadelphie, elle constata qu'il faisait toujours aussi chaud et humide, et que l'ambiance frénétique au magazine n'avait pas baissé d'un pouce. Elle travailla le reste de la matinée, puis accueillit la pause du déjeuner avec plaisir.

Manque de chance, quand elle revint de sa pause, Elaine l'accula dans le couloir pour lui demander un article en urgence sur un obscur sénateur. Distraite, Darcy eut un geste agacé sans même s'en rendre compte.

— Pardon ? vitupéra Elaine, l'air outré. Tu n'as jamais eu ce genre de gestes avec moi, Darcy. Je serais vraiment curieuse de savoir ce qui s'est passé à Atlantic City !

Darcy sourit.

— Il y a eu de grands moments. Certains spectaculaires. Et d'autres dont je me serais bien passée.

Elle se dirigea vers son bureau, Elaine sur ses talons. En approchant de son ordinateur, elle se figea.

— Quelqu'un est venu ici.

— Oui : toi pendant toute la matinée, riposta Elaine.

— Mais je suis sortie déjeuner pendant environ une demi-heure.

— Comme tout le monde. Sauf moi, bien sûr.

Darcy contourna son bureau en observant chaque objet posé dessus.

— Où est Trace ?

— Il n'a pas quitté son service. Je lui ai parlé plusieurs fois, ce matin. Et trop souvent à mon goût, au cours de ces derniers jours.

— Ah bon ?

— Figure-toi qu'il me lèche les bottes. Apparemment, il prépare un grand article. Oui, je sais, c'est un artiste, il est incapable d'aligner deux mots. Mais un scoop reste un scoop. Il a trop peur que je ne le vire si mon assistante me quitte.

Elle s'interrompit.

— Au fait, pourquoi es-tu aussi méfiante ?

— Parce que mon agrafeuse a changé de place.

— Pardon ?

— Ne me regarde pas comme ça, Elaine, répliqua Darcy avec un soupir. Je sais, je suis maniaque, mais mon agrafeuse est *toujours* à côté de ma corbeille de rangement. Jamais dedans.

— Ce n'est pas de la maniaquerie, ça. C'est pire. Tu es obsessionnelle ou compulsive.

— Je ne suis ni obsessionnelle ni compulsive. Je suis organisée, c'est tout.

— Quelqu'un est peut-être passé dans ton bureau. Comme tu n'étais pas là, ce quelqu'un l'a fouillé à la hâte dans l'espoir d'y trouver je ne sais quoi, et a dérangé le désordre organisé.

— Possible.

Darcy fit glisser sa souris sur le bureau. L'image qui remplaça l'écran de veille la pétrifia.

— Finalement, non, articula-t-elle avec un frisson. Et en voici la preuve…

— Quoi ? Pourquoi ?

Elaine se précipita à ses côtés.

— Qu'est-ce que… ?

Darcy fixait l'image affichée sur l'écran, d'une netteté effrayante.

— C'est une tombe, Elaine.

Et elle lut les mots gravés sur la stèle en caractère gras :

— **En mémoire de Shannon Hunt.**

— Je sais, je suis en retard de vingt minutes. Blydon doit être furieux, marmonna Val en pénétrant dans le bureau, lunettes de soleil sur le nez. Pitié, M., pas de leçon de morale. J'ai l'impression que ma tête va exploser !

Avec un sourire, Marlowe leva les yeux du dossier qu'il était en train de lire.

— Tu as de la chance, Blydon est en train de passer un savon à l'un de tes hommes pour une irrégularité lors d'une perquisition.

— Super, je ne suis pas le seul à faire des bourdes ! Val se laissa tomber sur une chaise, puis porta sa tasse de café à ses lèvres.

— Qu'est-ce que tu lis ? Ça concerne notre affaire ?

— Je revois les dossiers de Lugo. Qui sait, j'ai peut-être manqué un détail important…

— Ça m'étonnerait, tu as des yeux de lynx, répliqua-t-il en soulevant ses lunettes. Bon sang, cette lumière…

Avec une grimace, il s'empressa de remettre ses lunettes sur son nez.

— Alors, raconte : comment ça s'est passé, à Atlantic City ? Côté vie privée, je veux dire. Parce que suis déjà au courant de la partie enlèvement.

— Sans commentaire.

Val haussa les épaules.

— O.K., j'ai compris. En ce qui me concerne, j'ai effectué de nouvelles recherches sur le fils de Nelda Hickey. S'il donne un spectacle à Philadelphie en ce moment, c'est sous un pseudonyme. Ça complique mon travail, mais je ne désespère pas.

— J'ai cru comprendre qu'il se droguait. Tu dois bien avoir un informateur qui connaît ses fournisseurs ?

— Deux. Mais je ne sais pas s'ils sont fiables.

Un long sifflement venu du couloir les interrompit, et ils tournèrent la tête pour voir ce qu'il se passait. Un homme menotté suivait Darcy des yeux, visiblement admiratif. Elle lui sourit puis, poursuivant son chemin, pénétra dans le bureau où ils se trouvaient.

Marlowe la contempla, imité par Val. Elle avait l'art d'attirer l'attention. Désormais, c'était son visage qui s'imposait à lui quand ses pensées lui échappaient. Elle avait remplacé l'image de chaos mêlé de cris et de hurlements de sirènes qui le hantait avant qu'il la rencontre.

A son entrée, pourtant, il s'aperçut que quelque chose n'allait pas.

— Que se passe-t-il ? s'enquit-il en se levant.

Elle lui tendit une feuille de papier.

— Cette image était affichée sur mon ordinateur quand je suis revenue de ma pause déjeuner.

A peine en eut-il pris connaissance qu'il se raidit. Il s'efforça néanmoins de rester impassible afin de ne pas l'inquiéter davantage. C'était compter sans Val qui, moins diplomate, adopta la tactique opposée. Retirant ses lunettes de soleil, il porta son regard injecté de sang sur l'image avec un long sifflement.

— Bon sang, ça ne me plaît pas du tout, ça…

— Tu l'as reçue par e-mail ? s'enquit Marlowe.

— Non. Quelqu'un est entré dans mon bureau pendant mon absence.

Comme il l'interrogeait du regard, elle poussa un soupir.

— Je ne sais pas si c'est Trace. C'est possible, bien sûr, puisqu'il était au magazine, aujourd'hui. Mais si c'est lui, je ne sais vraiment pas à quoi il joue ! s'exclama-t-elle en secouant la tête. Elaine lui en veut encore pour ses vidéos, à tel point que je n'ai pas eu le cœur de lui dire qu'il nous avait espionnés, à Atlantic City.

— Il vous a espionnés ? répéta Val, soudain plus guilleret.

Marlowe relut l'inscription sur la tombe.

— Trace Grogan s'intéresse à l'histoire secrète de Darcy, expliqua-t-il, avant de s'adresser à elle : As-tu touché le clavier de ton ordinateur ?

— Non, mais j'imagine que ça n'a aucune importance. La personne qui a fait ça a sûrement pris des précautions.

— On va quand même relever les empreintes et interroger vos collègues, déclara Val en se massant la nuque. Je m'en occupe tout de suite.

— Ça s'est passé à l'heure du déjeuner. En général, les bureaux sont déserts. Tout le monde prend la fuite, de peur d'avoir une corvée de dernière minute alors que nous sommes déjà submergés.

Elle précisa, l'air morose :

— Trace n'est pas allé déjeuner. Ce n'est pas inhabituel de sa part, vu qu'il aime fouiner.

— Dans ce cas, je vais l'interroger en priorité, décréta Val.

— S'il compte encore parmi les employés du magazine… Après ce dernier incident, Elaine ne veut plus le voir ! Sans compter qu'elle doit m'attendre de pied ferme pour m'accabler de nouvelles questions. Je ne suis pas pressée de retourner au bureau…

Val la considéra avec curiosité.

— Pourquoi veut-elle vous voir ?

— Parce que ce message est adressé à Shannon Hunt, et Elaine, comme tout le monde au magazine, ne me connaît que sous le nom de Darcy Nolan. Cela fait déjà un certain temps qu'elle se pose des questions sur moi.

Marlowe, qui étudiait l'image avec attention, remarqua

deux traits noirs, sur la dalle de la tombe. Quand Val eut quitté la pièce, il se percha sur le bureau, attira Darcy contre lui et les lui montra.

— A ton avis, ce sont des mots ?

Elle secoua la tête.

— Je ne crois pas.

— Je préfère m'en assurer. On va aller à ton bureau.

— Tu ne crois quand même pas qu'il a signé ? Ce type est cinglé, mais sûrement pas au point de révéler son identité !

— C'est vrai que ça paraît absurde, mais si tu regardes bien, tout est absurde depuis le début.

— Ce qui signifie ?

Il lui prit la main et la serra dans la sienne.

— A mon avis, il veut te dire qui il est.

L'homme qui voulait sa mort désirait-il vraiment lui révéler son identité ? C'était abracadabrant !

Sauf d'un point de vue psychologique.

Toutes ses tentatives de meurtre ayant échoué, sa frustration devait être à son comble. Elle avait évité la mort, réussi à prendre la fuite — une fin heureuse pour elle, mais pas pour lui. La colère le rendait enragé, donc audacieux et imprudent.

Elle montra son badge à l'entrée du bâtiment qui renfermait les bureaux du magazine.

— Je ne sais plus quoi penser, maintenant que Vince et Frankie Maco sont hors de cause. Qui, excepté eux, connaît Shannon Hunt ?

— Grogan ? suggéra Marlowe. Il a accès à des montagnes d'informations.

— Aucune qui lui permette d'établir un lien entre

Darcy et Shannon. Cela dit, il est tellement fouineur qu'il a peut-être découvert des pistes intéressantes.

Elle prit Marlowe par le bras.

— Par là. Nous allons prendre l'ascenseur de service. Il donne sur un petit couloir qui conduit directement à mon bureau.

Il eut un sourire entendu.

— Je vois, fit-elle avec un soupir. Tu te demandes si j'ai découvert ce couloir après une fête de Noël trop arrosée…

— Pas du tout. En fait, je me demande jusqu'à quel point tu connais Vince Maco.

Elle pressa sur le bouton d'appel de l'ascenseur sans répondre.

— Alors ?

— J'ai dîné avec lui, un soir. En tout bien tout honneur, bien sûr. Vince savait que je voulais écrire un article sur le clan, et il m'a invitée à dîner. Pensant que l'entretien serait plus convivial de cette façon, j'ai accepté. Mais Vince a un ego de la taille d'un Boeing 747, et pour m'impressionner, il m'a invitée dans le restaurant de luxe de son oncle, à Malibu.

— Tito Garcia ?

— En personne.

— Tu as réussi à lui soutirer des informations ?

Elle prit un air outré.

— Pourquoi ai-je l'impression d'être Eve montrant la pomme à Adam ? Mais oui, j'ai réussi à le faire parler.

— Tu l'as fait boire, pour lui délier la langue ?

— Tu me prêtes vraiment des intentions malhonnêtes !

— Désolé, s'excusa Marlowe avec un sourire amusé. Donc, Vince a parlé. Ensuite ?

— Ensuite, rien. Il avait été trop bien dressé par Frankie pour dévoiler le moindre détail compromettant. Après le dîner, nous nous sommes séparés.

— C'est tout ?

Elle ignora le doute qui perçait dans sa voix.

— Oui.

Tandis qu'ils sortaient de l'ascenseur et longeaient le couloir, elle haussa les épaules.

— Enfin, presque… Il m'a rappelée pour me dire que j'étais la première femme à l'avoir autant impressionné. Personnellement, je pense qu'aucune femme ne l'a jamais repoussé. Il a insisté pour me revoir jusqu'à ce que je sois plus directe et qu'il reçoive le message cinq sur cinq.

— Tu en es sûre ?

— Evidemment, quelle question ! Ecoute, Marlowe, Vince n'est pas amoureux de moi. Il ne l'a jamais été. Il déteste qu'on le repousse, c'est tout.

Elle passa le seuil de son bureau. Une fois à l'intérieur, Marlowe se dirigea vers son ordinateur et l'alluma. Puis il agrandit l'image de la tombe.

— Dis-moi ce que tu vois, maintenant, demanda-t-il à Darcy en l'attirant sur ses genoux.

— Une tombe avec un sinistre message.

— Regarde la dalle, pas la stèle.

Elle se pencha et déchiffra ce qui ressemblait au départ à deux traits horizontaux. Il s'agissait en réalité d'une phrase écrite dans une police de caractère de très petite taille.

*La vérité est gravée dans la pierre.*

Elle relut la phrase plusieurs fois, le ventre noué.

— *Stone* — pierre. C'était ton nom quand tu faisais la météo en Oregon, n'est-ce pas ? lui rappela Marlowe.

— Tu as une excellente mémoire.

Trop inquiète pour feindre plus longtemps, elle abandonna son sourire et plissa le front.

— Qu'est-ce que ça signifie, à ton avis ? Mis à part le fait que mon agresseur connaît toutes mes identités.

— Ça signifie qu'il a retrouvé ta trace.

— Et qu'il joue avec mes nerfs avant de me régler mon compte ? Super ! Mission accomplie !

Marlowe agrandit encore l'image.

— Regarde mieux, au lieu de t'énerver.

— Comment veux-tu que je me calme ? explosa-t-elle, les nerfs à fleur de peau.

Elle n'en regarda pas moins l'écran.

— Shannon Hunt. Shannon Stone…

Elle inspira profondément puis ajouta :

— Je vois : sa vérité est vraiment gravée dans la pierre, c'est ça ?

— Oui.

Un frisson glacé la parcourut quand elle repéra, sous la phrase, un cœur traversé d'une flèche et à la pointe duquel se trouvait un autre cœur, plus petit.

# 13

Donc, un homme fantasmait sur elle jusqu'à l'obsession. Apparemment, il l'avait connue à l'époque où elle travaillait en Oregon, et avait retrouvé sa trace à Philadelphie avec le concours d'Umer Lugo.

Darcy avait écrit assez d'articles sur le harcèlement pour en connaître la classification. Au sein de la police, des spécialistes du comportement étaient chargés d'évaluer les risques encourus à travers trois types de comportement distincts : la simple obsession, l'obsession amoureuse et l'érotomanie. Si les harceleurs, obsédés par l'objet de leur désir, n'étaient pas forcément dangereux, beaucoup avaient des antécédents de criminalité ou de troubles psychiatriques. Le harcèlement les conduisait à des désillusions et, de là, au besoin de tuer l'objet de leur désir pour se l'approprier.

Ce qui semblait être le cas de l'agresseur de Darcy.

Elle avait passé plus de trois heures au commissariat. A près de 19 heures, elle était épuisée et dans la plus extrême confusion.

Elle fut soulagée quand Val leur proposa, à Marlowe et elle, d'aller prendre un verre dans un bar à tapas, situé au sud de Philadelphie. Mais à son entrée dans l'établissement, elle regarda autour d'elle, mal à l'aise.

— Etrange clientèle, remarqua-t-elle avec nervosité. C'est une habitude chez les flics de se mêler aux criminels pour boire un verre ? J'ai vu de gros billets et des petits paquets changer de main à trois reprises, et nous venons à peine d'arriver.

— Je dois rencontrer un informateur. Ce bar est l'endroit idéal pour ce genre de rendez-vous, lui expliqua Val en la menant à une table libre à côté de la scène. Essayez de voir le côté positif de la situation, Darcy. Etre entourée de criminels vous distraira de votre harceleur.

— Vous m'en voyez ravie, Val, mais je ne suis pas sûre que ça fonctionne.

Elle regarda autour d'elle en fronçant les sourcils.

— Où est passé Marlowe ?

— Je l'ai vu sortir du bar avec quelqu'un.

Une serveuse vint poser un pichet de bière et des verres devant eux.

— La meilleure bière de Philadelphie, assura Val en servant Darcy.

— On soigne les criminels, ici.

— Et les policiers. J'en compte au moins dix.

— Je devrais donc me sentir en sécurité ?

Il grimaça.

— Désolé de vous décevoir : ces policiers travaillent sous couverture. Ils sont en contact avec leurs informateurs et jouent un rôle. Il vaut mieux ne pas compter sur leur soutien.

— Merci pour ces paroles rassurantes, Val.

Il buvait sa bière à petites gorgées.

— J'aimerais que vous me parliez de votre passé, Darcy. D'éventuels admirateurs que vous auriez pu rejeter, humilier, sans vous en rendre compte.

— Si je ne m'en suis pas rendu compte, je ne peux pas vous en parler, répliqua-t-elle d'un ton sec.

Il balaya son objection d'un geste de la main.

— Commençons par le fils de Nelda Hickey.

Elle poussa un soupir empreint de lassitude.

— Jamais vu.

— Vous avez bien regardé la photo que je vous ai montrée ?

— Oui, mais il était maquillé comme Ozzy Osbourne.

— Passons à Constantin Lyons.

— Jamais rencontré. Ni son fils ni ses petits-fils.

— Il a trois petits-fils.

— Je sais. Le plus âgé est pilote de Formule 1. Le deuxième a des problèmes avec la justice. Quant au troisième ? Aucune idée.

— Marlowe a découvert deux ou trois petites choses sur lui pendant que vous vous entreteniez avec le capitaine Blydon.

— Magnifique ! s'exclama-t-elle, sarcastique. Dites-moi que le numéro trois est un tueur en série, et ma vie en sera illuminée !

— Malheureusement, ce n'est pas aussi simple. En vérité, le benjamin des Lyons est employé dans la société de son grand-père. Pareil pour le cadet, dont les démêlés avec la justice sont aussi nombreux que variés : amendes pour conduite en état d'ivresse, accidents de la route avec deux Jaguar appartenant à son grand-père... J'en passe et des meilleures.

— Il me semble plus voyou que criminel, remarqua-t-elle, dubitative. Et en ce qui concerne leur père, à savoir le fils de Constantin Lyons ?

— C'est un fils à papa typique, plutôt discret. Il a

fait ses études en Angleterre, avant d'intégrer la société dirigée par son père. Malheureusement, nous n'avons pas encore réussi à le localiser, ni lui ni ses trois fils.

— Et vous savez où est Constantin Lyons ?

— On est sur le point d'aboutir.

Elle se retint de lever les yeux au ciel.

— Passons maintenant au candidat numéro 3 : R. J. Wilkie, déclara Val sans paraître remarquer son agacement. Avez-vous reçu des menaces de sa part ?

— Non, je ne l'ai rencontré qu'une fois. C'était avant qu'il disparaisse, à la grande stupéfaction de ses proches, d'ailleurs.

— Comment ses collègues ont-ils pris la nouvelle ?

— Leurs réactions ont été variées. Certains ont été choqués. D'autres ont évoqué une mystérieuse liaison amoureuse. Quelqu'un a même affirmé qu'il…

— … avait été enlevé par des petits hommes verts ? acheva Marlowe qui s'était approché par-derrière.

Elle savoura son baiser sur sa joue, tandis que Val levait son verre en guise de salut.

— Nous évoquons les suspects. En d'autres termes, nous reprenons tout depuis le début pour la centième fois. Et toi ?

— Je viens de m'entretenir avec Comet. Il reste dans les parages pour surveiller les lieux.

Marlowe s'assit à la table et se massa les yeux. Il semblait fatigué, remarqua-t-elle en l'observant avec tendresse. Avec sa barbe de deux jours et son polo noir qui entretenait son côté ténébreux, il était encore plus séduisant. Elle aurait facilement pu tomber amoureuse. Alors, pourquoi résistait-elle ?

Elle en était là de ses pensées quand l'éclairage déjà

tamisé baissa un peu plus. Aussitôt, des exclamations fusèrent, et les clients se tournèrent vers la scène dissimulée derrière un rideau, non loin de leur table.

— C'est l'heure du spectacle, annonça Val, visiblement ravi. Vous avez de la chance, Darcy : ce soir, c'est combat de catch dans la boue.

Elle attrapa son sac et se leva.

— Le moment idéal pour aller me rafraîchir.

— Tu ne traînes pas, d'accord ? la pressa Marlowe en la retenant par le bras.

Elle se pencha pour l'embrasser. Une lueur d'émotion brilla dans son regard ambré, si brièvement qu'elle crut l'avoir imaginée. Mais elle n'eut pas le temps de se poser de questions. Devant eux, le rideau se levait, sous les cris de l'assistance, et le ballet des projecteurs commença.

Elle se fraya un chemin parmi les clients. Et plus elle s'éloignait de Marlowe, plus elle sentait la peur monter en elle. Elle avait beau ne connaître de son agresseur que son accent du Tennessee et son usage immodéré du chloroforme, abusée par les jeux de lumière, elle le voyait dans chaque visage.

Quand elle parvint enfin aux toilettes, une jeune fille frappait du poing sur l'une des portes closes.

— Bouge-toi de là, le spectacle commence !

Elle se tourna vers Darcy et la toisa.

— A la queue comme tout le monde ! Les autres toilettes sont hors service.

Puis elle se remit à marteler la porte. Sans succès.

De nouveau, elle se tourna vers Darcy.

— Vous pouvez regarder sous la porte, s'il vous plaît ? Je n'ai pas mis mes lentilles, mais je suis sûre qu'il y a quelqu'un là-dedans.

Darcy vit une paire de baskets. Soudain, la porte des toilettes s'ouvrit à la volée, et un homme coiffé d'un chapeau en surgit. D'une main, il assomma la jeune fille ; de l'autre, il tira une balle dans les néons. Paniquée, Darcy tâtonna dans le noir pour sortir des toilettes, mais l'homme se jeta sur elle et l'accula contre la porte.

— Il n'y a plus que toi et moi, ma jolie, lui souffla-t-il à l'oreille. Voici le moment que j'attends depuis si longtemps. Nous allons en finir dès ce soir. Et si ton détective ne se remet pas en travers de mon chemin, peut-être qu'il reverra un jour sa belle ville de New York.

Elle restait immobile, essayant seulement de discipliner son souffle.

— Tu es ma jolie poupée…

Du canon de son pistolet, il releva ses cheveux et caressa sa nuque. Il pesait sur elle de tout son poids.

Elle poussa un gémissement.

— Je ne… peux pas… respirer…

— Désolé, ma jolie, fit-il sans pour autant relâcher sa pression. Mais si tu fais un seul geste, tu es morte. Les médecins affirment que je suis comme un chat dans la nuit. Nyctalope. C'est dans mes gènes, il paraît… Alors, si je te vois bouger ne serait-ce que le petit doigt, je te tire une balle en plein cœur.

Il lui caressa la joue du canon de son arme.

— Darcy, c'est plus joli que Shannon. Je touche enfin Darcy, je n'avais jamais pu toucher Shannon.

— Laissez-moi respirer… Je… j'étouffe…

— Pour que tu me donnes un coup de genou bien placé ?

Se penchant vers elle, il plongea le nez dans son cou

et inspira bruyamment. Elle ne put retenir un frisson de dégoût.

— Tu bouges et tu es morte, gronda-t-il, menaçant. Tu as…

Il n'acheva pas, le souffle coupé par le coup de coude qu'elle venait de lui porter en plein plexus solaire. Comme il relâchait son étreinte, elle lui donna un autre coup de coude et écrasa son talon sur ses orteils. Il poussa un cri de douleur. Elle vit l'arme tomber à terre. Le cœur battant, elle allait la ramasser quand il la repoussa brutalement contre le mur.

Quelque secondes lui furent nécessaires pour se ressaisir. Mais quand elle se redressa, son agresseur avait disparu, emportant son arme avec lui.

La jeune fille était revenue à elle. A genoux, la têtc entre les mains, elle hurlait sans discontinuer, en état de choc. Par chance, elle ne semblait pas blessée. Rassurée, Darcy se lança à la poursuite de son agresseur et ouvrit la porte du couloir. Dans sa précipitation, elle fonça dans une femme qui arrivait en sens inverse.

— Vous avez vu un homme passer ? lui demanda-t-elle.

— Oui, il m'a même bousculée !

— Est-ce qu'il est retourné dans la salle ?

— Je crois. Son chapeau est tombé, il n'a pas eu le temps de le ramasser. Bien fait pour lui, il n'avait qu'à pas me bousculer…

Darcy localisa le chapeau, non loin de là. Puis elle reporta son attention sur la jeune fille qui hurlait toujours dans les toilettes.

— Vous pouvez l'aider ? demanda-t-elle à la femme, visiblement interloquée.

— Qu'est-ce qu'il s'est passé ? Ne me laissez…

La fin de sa phrase se perdit dans les sifflements et les cris des clients. Darcy cherchait sa table des yeux quand deux mains se posèrent sur ses épaules.

— C'est moi, murmura Marlowe à son oreille.

Elle se jeta dans ses bras avec un soupir de soulagement.

— Il était là… dans les toilettes… Il a pris la fuite, mais je crois qu'il est dans la salle, maintenant.

Les sourcils froncés, il balaya la salle bondée du regard.

— Val ? appela-t-il.

Se levant d'un bond, le policier les rejoignit dans le couloir.

— Il est là, lui expliqua Marlowe.

— Où ?

Soudain, Darcy pointa le doigt vers le bar.

— Là, au bar ! Je le reconnais ! Il porte sa casquette de base-ball, maintenant !

Elle baissa la main.

— Zut, il m'a repérée…

— Ne bouge surtout pas d'ici, ordonna Marlowe.

Voyant que Val hésitait à lui emboîter le pas, elle le rassura.

— Allez-y, je ne risque plus rien.

Il ne se le fit pas dire deux fois.

Restée seule, elle regarda distraitement les catcheuses couvertes de boue qui s'affrontaient sur la scène, telles deux chattes en colère. Etrangement, cela lui rappela une phrase de son agresseur : les médecins disaient qu'il voyait comme un chat.

*Les médecins.*

Avait-il été interné ? Suivait-il une thérapie dans un établissement psychiatrique ?

Si la police avait accès aux dossiers médicaux, peut-être

pourraient-ils découvrir qui se cachait sous la casquette de base-ball.

Bon sang, le chapeau ! songea-t-elle aussitôt. Il leur fournirait sûrement des indices !

Elle passa la tête dans le couloir qui conduisait aux toilettes. Le chapeau, cabossé, gisait toujours dans un coin. Se retournant, elle chercha Marlowe du regard du côté du bar. Sans succès. Il lui avait ordonné de ne pas bouger, mais elle ne pouvait rester inactive.

Elle pénétrait dans le couloir quand une main ferme se referma sur son poignet.

— Stop, la jolie blonde, fit une voix râpeuse. Vous n'irez nulle part sans moi.

Il était vêtu de noir, la visière de sa casquette des Yankees sur la nuque. Mais c'était bien lui.

Mû par une poussée d'adrénaline, Marlowe suivait le harceleur dans une petite rue sombre et mal éclairée. L'homme se fondait dans l'obscurité, ce qui rendait la poursuite difficile. Par chance, après le virage, la rue donnait sur une avenue très passante.

L'homme sauta par-dessus un sac-poubelle et retomba sur un autre. La rue étant déserte, Marlowe tira. La balle manqua sa cible, car l'homme se releva et reprit sa course. Dans sa hâte, il négocia mal le virage. Perdant l'équilibre, il dévia sur la gauche et bouscula des passants. Marlowe remit son arme à sa ceinture. L'homme jeta un regard derrière lui et accéléra l'allure avant de disparaître au coin de la rue.

— Tu ne m'échapperas pas, cette fois ! gronda Marlowe en courant de plus belle.

Sur l'avenue, la circulation était bouchée, et des coups

de Klaxon retentissaient de temps à autre. Quand il atteignit à son tour le coin de la rue, il vit l'homme coincé par un panneau de signalisation de travaux signalant la réfection d'un trottoir.

Il était bloqué, sauf s'il choisissait de traverser l'avenue, à ses risques et périls.

Sans surprise, Marlowe le vit tenter sa chance. L'homme s'élança sur la chaussée, juste devant un taxi. Marlowe le suivit. L'homme tentait maintenant d'éviter un coupé sport. Le véhicule ne roulait pas vite, mais son conducteur, jeune et nerveux, paniqua en le voyant. Braquant brusquement, il le renversa.

Marlowe sortit son arme et l'interpella.

— Ta course est finie, mon vieux ! Ne bouge pas !

Un peu étourdi, l'homme hésita et s'humecta nerveusement les lèvres. Puis il se releva lentement, jetant des coups d'œil à droite et à gauche. La circulation s'était fluidifiée.

Il reprit soudain sa course.

Marlowe poussa un juron qui se transforma en cri d'avertissement quand il vit un camion se diriger à pleine vitesse vers l'homme à la casquette de base-ball. Le portable logé entre le menton et l'épaule, le conducteur mâchonnait un énorme hamburger. Lorsqu'il vit l'homme au milieu de la chaussée, il était déjà trop tard.

Le camion le heurta de plein fouet. Après un vol plané, l'homme retomba, inerte, sur le macadam.

Stoppant la circulation, Marlowe s'approcha. Il s'agenouilla près de lui, puis sortit son portable pour appeler le 911.

— Accident de la circulation, déclara-t-il. La victime est inconsciente et perd beaucoup de sang.

Il donna le nom de l'avenue et le numéro du bloc. Quand il raccrocha, Val apparaissait au coin de la rue.

Il le rejoignit.

— Ça va aller pour Darcy, le rassura-t-il. Il fallait que je te suive : tu sais comment ça marche, dans la police.

— Oui, je sais.

Marlowe posa les doigts sur le cou de l'homme. Pouls rapide et filant.

— Comment va-t-il ? s'enquit Val.

— Pas bien. J'espère qu'il va tenir le coup.

— En tout cas, il est bien amoché.

Marlowe se relevait quand un détail sur le blessé retint son attention. Une bosse sous le bas de son pantalon. Il remonta l'ourlet et découvrit une arme fixée à sa cheville.

Il fronça les sourcils.

— Un problème, M. ? demanda Val.

Marlowe lui raconta comment il avait été blessé par balle quelques jours plus tôt. Puis il lui montra l'arme du harceleur.

— Il porte un Glock.

— Oui, et alors ?

— Selon la balistique, la balle qui m'a touché provenait d'un Ruger.

# 14

— Derrière toi, une femme en colère qui s'approche, souffla Val entre ses dents. Tu es mort, mon vieux !

Marlowe se retourna. Visiblement furieuse, Darcy traversait l'avenue pour fondre sur lui.

— Sais-tu que j'en ai assez d'être agressée et malmenée ?

Sans même tourner la tête, elle pointa le pouce sur Comet qui marchait derrière elle.

— Ton copain m'a fait une peur bleue ! Je te préviens, Marlowe, si ça recommence, c'est mon cœur qui va lâcher. Quelle brillante idée tu as eu de lui demander de…

Elle s'interrompit en voyant du sang sur son jean.

— Tu es blessé ?

— Non, c'est son sang à lui, la rassura-t-il en montrant le blessé à ses pieds. Il a été renversé par un camion. Les secours seront là d'une minute à l'autre.

— Il est vivant ?

— Pour le moment, oui.

Elle considéra Val et Marlowe tour à tour.

— Vous connaissez son identité ?

Le policier secoua la tête.

— Il n'a pas de papiers d'identité. Seulement des billets et de la petite monnaie. Nous allons relever ses empreintes. Avec un peu de chance, il sera fiché…

Croisant le regard pénétrant de Darcy, Marlowe se demanda s'il réussirait à lui mentir.

— Qu'est-ce tu me caches ? demanda-t-elle au même instant.

D'un signe, il autorisa Comet à s'éloigner — ce qu'il fit sans demander son reste —, puis il attira Darcy contre lui.

— Finalement, j'aurais préféré que les coupables soient Vince et Frankie Maco…

Darcy rentra chez elle sous escorte policière. Bien que la voiture banalisée qui la suivait soit plutôt discrète, elle avait une conscience aiguë de sa présence.

La police assurerait sa protection jusqu'à ce qu'elle ne courre plus aucun danger. Cette décision, c'était le capitaine Blydon qui l'avait prise après un entretien avec Marlowe. Que Blydon accède aussi facilement à ses demandes semblait montrer que Marlowe était un bon flic autrefois.

Pourquoi avait-il quitté la police ? Son départ était-il dû à un incident en particulier ou à une série de circonstances malheureuses ? Elle se demandait s'il lui parlerait un jour de cette mystérieuse Lisa à laquelle Val avait fait allusion. Et, dans le cas contraire, si elle devait susciter ses confidences.

Pendant qu'elle rentrait chez elle, Marlowe, Blydon et Val suivaient le blessé jusqu'à l'hôpital, dans l'espoir qu'il reprendrait vite connaissance. Elle aussi espérait qu'il ne mourrait pas ; elle voulait qu'il soit condamné et emprisonné jusqu'à la fin de ses jours. Ensuite, Marlowe et elle vivraient heureux ensemble…

Seigneur, voilà qu'elle devenait fleur-bleue, maintenant !

— Ça suffit ! s'intima-t-elle brusquement.

Coupant le moteur du Land Rover, elle prit ses affaires et descendit de voiture. Aussitôt, Hannah Brewster apparut à la fenêtre de sa maison. En dépit du fait qu'il était plus de 22 heures, elle l'interpella sans se soucier de déranger le voisinage.

— C'est bon de vous revoir, mon petit ! Vous n'avez pas souvent été chez vous, ces derniers temps. Votre séjour à Atlantic City s'est bien déroulé, j'espère ?

Darcy s'efforça de ne pas crier aussi fort malgré la distance qui les séparait.

— Oui, merci. Mais il faisait très chaud.

— Au fait, j'ai demandé à Cristian de repeindre votre maison. Vous êtes contente ?

— C'est parfait, Hannah. Bonne nuit.

— Attendez, Darcy ! l'arrêta sa propriétaire en agitant la main. J'ai fait un gâteau à la farine de blé germé et aux dattes, aujourd'hui !

*Par cette chaleur ?*

— C'est gentil de votre part.

Hannah mit ses mains en porte-voix autour de la bouche.

— Je vais envoyer Cristian avec deux parts pour vous et Marlowe.

— D'accord, merci. Bonne nuit.

— Passez une bonne soirée !

— C'est tout le quartier qui vous remercie, Hannah, murmura Darcy.

La voiture de police banalisée s'était arrêtée non loin de là. Sans qu'elle sache pourquoi, elle aurait préféré la surveillance de Comet à celle des deux policiers.

En sueur, elle tira sur son haut pour le décoller et se dirigea vers sa maison.

— Darcy ?

Cristian l'appelait, plus discrètement que sa tante. Il jeta un coup d'œil à la maison.

— Je ne sais pas ce qu'a tante Hannah, ce soir. Elle est à sa fenêtre depuis mon retour. Je pensais qu'elle voulait me tenir à l'œil, mais finalement, non.

Il tendit un plat à Darcy dans lequel se trouvaient deux parts de gâteau.

— Je suis désolé, mais c'est le gâteau le plus bizarre que j'aie jamais mangé. M. Hancock a aidé tante Hannah à le préparer, mais il est infect. Le chocolat, la glace, le beurre de cacahuète, c'est quand même mieux, vous ne trouvez pas ?

— Surtout le chocolat, répondit-elle en désactivant l'alarme.

Elle entrebâilla la porte puis l'ouvrit d'un coup de hanche. Au même instant, un frémissement dans la haie de cèdres lui fit tendre l'oreille.

— Vous avez entendu ? demanda-t-elle à Cristian.

Il suivit son regard vers les cèdres.

— Non… je…

Il se retourna au moment où les cèdres recommençaient à frémir. Puis une branche craqua.

— Ah oui, là, j'ai entendu. Un chat, peut-être ? Ils rôdent souvent, la nuit.

*Pas seulement les chats,* songea-t-elle.

— Il faudrait aller regarder de plus près.

Déposant ses affaires près du gâteau d'Hannah, elle se dirigea vers les cèdres avec Cristian.

— Je ne peux pas couper les cèdres qui séparent votre jardin de celui du voisin, murmura-t-il. Tante Hannah en est navrée et… Oh !

Podge venait de jaillir des cèdres en miaulant. Cristian tenta de l'attraper, mais le chat lui échappa, ce qui le fit rire nerveusement. A côté, Darcy tentait de calmer les battements frénétiques de son cœur. Ce chat lui avait fichu une belle peur !

Quelques secondes plus tard, Hannah les rejoignait en courant, vêtue d'un de ses éternels boubous. Hors d'haleine, elle appela Podge et lui intima de se calmer.

Bravant la colère de son chat, elle le prit contre elle. Il la griffa, mais elle ne le lâcha pas et le tint à bout de bras.

— Je suis désolée, dit-elle à Darcy. Il est intenable ! Je vais le ramener à la maison et l'enfermer.

Elle le tendit à son neveu.

— Cristian, ça ne te gêne pas de le prendre ?

Il obéissait, l'air contraint, quand un coup de patte le fit reculer.

— Tu devrais le reposer, tante Hannah. Il va finir par se calmer.

— Cristian a raison, acquiesça Darcy.

Hannah semblait distraite, voire tendue.

— Il s'est peut-être coincé la queue, avança-t-elle. Bon, je rentre à la maison.

Comme une lumière s'allumait soudain au deuxième étage, elle parut se détendre.

— Cristian, tu viens ? Je vais te servir du thé glacé avec une part de mon délicieux gâteau.

Elle tapota la main de Darcy.

— Bonne nuit, mon petit. Faites de beaux rêves.

Avant de rentrer chez elle, Darcy jeta un dernier coup d'œil à la maison d'Hannah, aux cèdres mitoyens, puis au chat qui faisait tranquillement sa toilette dans l'herbe.

— Bizarre, n'est-ce pas, mon vieux Podge ?

Si Darcy avait peur des hôpitaux, Marlowe les détestait. A près de 1 heure du matin, à bout de nerfs, il décida de sortir dans le jardin pour prendre l'air.

L'agresseur de Darcy n'avait toujours pas repris conscience, aussi s'était-il rendu au chevet de Matilda. Elle s'était montrée d'abord désagréable quand il lui avait montré un portrait-robot du blessé, puis s'était enfermée dans un silence hostile. Darcy aurait plus de chance que lui, avait-il songé, énervé. Inciter les gens à parler, c'était son boulot. Et elle le faisait bien.

Il y avait beaucoup de choses qu'elle faisait bien… L'amour, par exemple. Et gérer les crises.

Il appréciait aussi sa discrétion, d'autant plus qu'elle était journaliste, donc curieuse. Elle aurait pu aisément fouiller dans son passé, mais elle ne l'avait pas fait. Et cela en disait long sur son intégrité.

Alors qu'il foulait l'herbe de la pelouse, un bruit de pas s'éleva derrière lui.

— Comet, fit-il sans se retourner. Tu as du nouveau ?

— J'ai surtout la gorge sèche, et pas un sou pour étancher ma soif.

— Quelques dollars, ça t'aiderait ?

— Tu as toujours été un prince. Cela dit, j'ai du neuf. Ton type est entré dans le bar juste après vous. On m'a dit qu'il y était resté jusqu'à ce que tu le prennes en chasse.

— Qui te l'a dit ?

Comet sourit.

— La serveuse. Elle m'a affirmé qu'il n'avait pas bougé du bar de la soirée et qu'il ne vous avait pas quittés des yeux. Il a regardé l'heure quand Darcy s'est levée, mais il ne l'a pas suivie. Quand il s'est décidé à bouger,

Darcy revenait déjà. Puis elle l'a vu, l'a montré du doigt et il a détalé comme un lapin.

Marlowe lui tendit quelques billets pendant qu'il enregistrait les informations.

— Bravo, Comet. Ça mérite un bonus.

Le petit homme fourra l'argent dans ses poches.

— J'ai juste posé des questions, j'ai bien regardé autour de moi et surveillé Darcy, comme tu me l'avais demandé. Pas difficile, commenta-t-il, faussement modeste. Dis, j'ai vu qu'elle t'avait donné un chapeau. Des résultats ?

— Pas encore. Mais je ne me fais pas beaucoup d'illusions…

Darcy travailla sur son ordinateur portable jusqu'à l'arrivée de Marlowe. En l'entendant, elle rabattit le couvercle, se leva et, après s'être recoiffée rapidement, descendit à sa rencontre. La main sur la rampe, elle ralentit le pas et l'observa tandis qu'il réactivait l'alarme.

— J'espère que tu ne comptes pas passer la nuit sur mon canapé ? lança-t-elle. Il est certes très confortable, mais pas idéal pour dormir, du moins, si telle est ton intention.

Elle parvint en bas des marches et ajouta :

— Au cas où ça le serait, laisse-moi t'exprimer clairement les miennes pour te faire changer d'avis.

Elle passa sa langue sur ses lèvres et, d'un mouvement, défit la ceinture de son peignoir de soie, lequel tomba négligemment à ses pieds.

Elle s'avança, consciente du désir qui faisait briller les yeux de Marlowe.

— J'ai l'impression que tu es déjà convaincu. Voilà qui est prometteur…

Comme il restait muet, elle haussa un sourcil.

— Aurais-tu perdu ta langue, Marlowe ? A moins que tu n'aies aucun commentaire à faire… Seulement envie d'agir.

Elle posa la main sur son entrejambe, là où une bosse révélait l'étendue de son désir, puis effleura ses lèvres des siennes.

— Je ne sais pas pour toi, mais moi, je me sens d'humeur particulièrement ardente, ce soir.

Il passa les mains autour de sa taille.

— Le feu, ça consume, Darcy. Ça ne te fait pas peur ?

Levant la jambe, elle l'enroula autour de sa taille, puis l'embrassa longuement. Et profondément.

— Cette réponse te suffit-elle ? murmura-t-elle après s'être écartée.

— Non. Donne-moi des preuves.

Et il fondit sur ses lèvres pour lui donner un baiser enflammé.

*Non !*

Il tournait comme un lion en cage.

*Non !*

Il fit une prise de karaté et donna un coup violent contre le mur.

Elle serait bientôt sienne. Ces petits jeux le fatiguaient. Il voulait en finir.

Il avait été faible. Plus jamais il ne ressentirait de pitié envers ce détective qui essayait de lui voler *sa* femme.

Deux coups de feu, et son affaire serait faite ! Le premier le ferait atrocement souffrir. Si Darcy lui avait fait mal en lui donnant un coup de genou bien placé, ce n'était rien comparé à la balle qu'il lui destinait. *Pang.*

Il souffrirait le martyre.

Avant que la deuxième balle l'atteigne entre les yeux. *Pang Pang.*

Mais il ne devait pas oublier son but ultime.

Darcy.

Pas la peine de triompher s'il tuait le détective privé mais ne pouvait réaliser son grand projet avec elle.

Lucidité. Ténacité.

*Oh, la ferme !* dit-il soudain aux voix des médecins qui retentissaient dans sa tête. *Je n'ai pas besoin de vous. Je ne suis pas malade. Vous n'êtes que des imbéciles. Je me demande pourquoi je me fatigue à vous parler…*

— Je veux Darcy. Avec moi pour l'éternité !

Il prit un stylo et dessina un cœur autour de l'une des photos sur le mur, puis un autre cœur, plus petit, à sa pointe.

— Je veux t'aimer à mort, Darcy jolie.

Faire l'amour avec Marlowe, c'était un rêve au milieu d'un cauchemar.

Ils firent l'amour trois fois, commandèrent des pizzas à 4 heures du matin et parlèrent jusqu'à 6 heures.

Pour la première fois, Marlowe se confia. Il était né dans le Michigan, avait fait partie de l'équipe de football américain à l'université, et s'était spécialisé en criminologie et en sciences politiques. Il avait consacré la plus grande partie de sa vie à son métier qu'il adorait. Quant à ses relations amoureuses, il en avait eu deux sérieuses, qui avaient échoué. La deuxième, surtout.

Lisa était-elle une de ces femmes ?

Malgré sa curiosité, Darcy ne lui posa pas de questions à son sujet. Elle avait donné sa parole à Val de ne pas en parler.

Comme toutes les bonnes choses, la nuit se termina trop vite. Le jour se levait quand le portable de Marlowe sonna. C'était Val. Il lui apprit que le chapeau avait révélé dix-sept sortes de cheveux, plus une douzaine d'échantillons de peau et de salive. Apparemment, les sols du bar auraient eu besoin d'un sérieux récurage.

Là-dessus, Marlowe quitta Darcy pour aller retrouver Val au commissariat.

Revigorée par sa nuit, Darcy décida de se rendre au journal, avant de se raviser. Et si elle travaillait chez elle, aujourd'hui ?

Elle envoya un e-mail à Elaine, y joignit l'article qu'elle lui avait demandé, et ajouta les grandes lignes d'un projet de reportage sur lequel elle devait effectuer des recherches. Elle conclut en disant qu'elle passerait au bureau le lendemain.

Sur ces entrefaites, elle passa la matinée dans son grenier surchauffé à fouiller dans de vieux cartons. Elle ouvrait le troisième en se demandant si elle n'allait pas y mettre le feu quand un Klaxon retentit devant chez elle.

Deux minutes plus tard, Elaine était au milieu du grenier, les mains sur les hanches et tapant du pied avec impatience.

— Tu appelles ça faire des recherches ? Dans ce cas, tu peux passer chez moi demain et t'occuper de mon garage !

Elle se mit à arpenter le grenier d'un pas énervé.

— Qu'est-ce qu'il t'arrive, Elaine ? s'enquit Darcy.

— Ça y est, je l'ai viré.

Elaine se tourna vers elle et la regarda dans les yeux.

— Tu m'as bien entendue. J'ai viré Trace. J'ai agi pour la survie du magazine, comme n'importe quel employeur responsable. Malgré cela, je me sens coupable. Pourquoi ?

— J'imagine que…

— Figure-toi que je l'ai de nouveau surpris à accomplir ses petits exploits de voyeur dans les toilettes des femmes ! Que devais-je faire ? Dis-le-moi, je t'en prie, parce que je deviens folle !

Darcy ramassa une enveloppe qui avait glissé et la posa sur un carton.

— Insiste pour qu'il entreprenne une thérapie.

— Il refusera.

— Il acceptera s'il tient à son travail. Et il y tient. Je crois que c'est son premier emploi valable depuis la fac.

— Mais Trace déteste les médecins. Il les hait…

Ah bon, Trace détestait les médecins ? Cette information attisa la curiosité de Darcy, qui se rappela ce que son agresseur lui avait dit au sujet de ses médecins.

— Comment le sais-tu ? demanda-t-elle, intriguée.

— Parce qu'il en a vu des douzaines. Il a déjà séjourné en institution. Ce type est un fétichiste, un névrosé !

Momentanément distraite par la photo qui sortait de l'enveloppe, Darcy mit une seconde avant de répondre.

— En gros, il est complètement cinglé.

— Il a une grande sensibilité artistique, mais en ce qui concerne les relations sociales, il est complètement à côté de la plaque.

— Où est-il maintenant ?

— Je n'en ai pas la moindre idée.

Elaine, qui regardait par la fenêtre, fronça soudain les sourcils.

— Sais-tu qu'il y a un homme qui passe et repasse

furtivement devant chez toi depuis déjà une dizaine de minutes ?

— Ah ?

Darcy s'approcha de la fenêtre à son tour.

— Je le reconnais, c'est John Hancock. On dirait un vautour.

— C'est un ami ?

— Un voisin.

— On jurerait un cambrioleur en train d'effectuer des repérages.

Hancock se déplaçait en crabe devant chez elle, le regard faussement affairé.

— Il est cuisinier. Du moins, c'est ce qu'il prétend, précisa Darcy en observant son drôle de manège. Il cherche du travail.

— On dirait plutôt que c'est toi qu'il cherche. C'est la quatrième fois que je le vois passer devant chez toi.

— Je me demande quelle est son opinion sur les médecins, murmura Darcy en regardant la photo qui était tombée par terre.

— Comment dois-je interpréter ta question ?

— Je ne sais pas. Je ne suis pas sûre d'en comprendre moi-même le sens.

Elle tourna le dos à la fenêtre et murmura :

— Mais j'ai bien l'intention de trouver une réponse avant la fin de la journée.

Entouré de papiers et de CD, Marlowe travaillait sur l'ordinateur de Val au commissariat.

— Je t'apporte une nouvelle pièce à conviction, déclara Darcy en faisant irruption dans le bureau.

Elle se jucha sur la table et posa devant lui la photo qu'elle avait découverte dans son grenier.

— Cette photo a été faite à l'époque où je m'appelais encore Shannon. Un cœur entoure ma tête. Et il y en a un autre, tout petit, au niveau de la pointe. Comme celui de la tombe.

Marlowe étudia la photo avec attention.

— Si je comprends bien, ce type te harcèle depuis longtemps.

— Exact. Entre mon boulot à la télé dans l'Oregon et cette photo, il s'est passé deux ans et demi.

— Quels autres cadeaux as-tu reçu, pendant ce laps de temps ?

— Des roses, des friandises, des poupées en porcelaine que j'ai données à une fondation pour les enfants. Des bijoux, que j'ai également donnés. Et une sculpture italienne de verre soufflé.

— Qui représentait quoi ?

Elle poussa un soupir.

— Un homme et une femme enlacés devant une chute d'eau. C'est sujet à interprétation, je sais, mais à l'époque j'avais trouvé ça charmant.

— Tu l'as toujours ?

— Non. Cette sculpture était beaucoup trop délicate pour mon style de vie. Je l'ai offerte à ma marraine, qui l'a placée dans son cabinet de curiosités personnel.

— Et tu ne t'en souviens que maintenant ?

— Je t'ai déjà dit que les gens qui travaillent dans les médias reçoivent souvent des cadeaux. Rappelle-toi, l'une des mes collègues de Los Angeles avait un harceleur...

Elle s'interrompit net.

— Oui ? fit-il.

Elle secoua la tête, effarée par l'idée qu'elle venait d'avoir.

— Seigneur… Et si son harceleur était en réalité le mien ?

— Pourquoi ?

— Eh bien, nous avions échangé nos bureaux sans changer les plaques avec nos noms. Nous n'avons jamais eu de problème parce que tout le monde savait qu'elle avait un bol rempli de lavande à côté de son ordinateur. C'était évident pour le personnel. Mais pas pour le harceleur.

— Puis les cadeaux ont cessé de déferler ?

Un frisson la parcourut.

— Oui, six mois avant mon départ. Un an avant le procès de Maco et la disparition de Shannon Hunt.

Il prit les mains dans les siennes.

— Je résume : pendant deux ans et demi, tu aurais reçu cadeaux et des cartes de ton harceleur, puis plus rien.

— Plus rien jusqu'à ce qu'Umer Lugo retrouve ma trace, précisa-t-elle. Le type dans les toilettes, hier soir, a parlé de médecins. Et s'il avait été interné ?

Marlowe se leva, le regard empreint d'inquiétude.

— Il va falloir qu'on se penche sérieusement sur cette piste, Darcy. Je vais passer au crible les harceleurs connus de la police.

Elle se força à sourire.

— Autant chercher une aiguille dans une botte de foin.

— Qui sait ?

— Et toi, tu as du neuf ?

Une lueur traversa ses prunelles.

— Blydon a effectué des recherches sur le type à la casquette de base-ball : il s'appelle Ivan Kazarov et a un casier judiciaire.

— Son nom ne m'évoque rien. Il a un passé ?

— Plutôt une activité.

— Laquelle ?

Il posa un baiser sur la paume de sa main avant de répondre :

— Dans le milieu, il est connu comme tueur à gages.

## 15

Décidément, la situation ne cessait d'empirer, songeait Darcy. Quelqu'un avait envoyé à ses trousses un tueur professionnel. Pas très efficace, certes, mais qui n'en restait pas moins un tueur.

Ivan Kazarov avait un casier judiciaire : il avait commis un meurtre et, bien que sa culpabilité n'ait jamais été prouvée, avait été condamné à plusieurs années de prison dans l'Etat de Californie. Libéré deux mois plus tôt, il s'était reconverti dans les filatures — du moins était-ce le terme qu'il employait pour définir la nature de ses activités. Selon ses dires, il avait des clients, mais ne possédait pas de dossiers ni de fichiers informatiques les concernant. La police avait fouillé son studio de Los Angeles de fond en comble, sans rien trouver.

Pendant toute la journée, Marlowe et Darcy restèrent au commissariat, chacun pianotant sur son ordinateur, tandis que Val et deux de ses collègues attendaient au chevet de Kazarov à l'hôpital. Darcy tentait de retrouver tous les articles qui faisaient état de harcèlement sur des personnalités des médias. Elle s'aperçut rapidement, et avec une grande frustration, que cela ne la menait nulle part.

Otant ses chaussures, elle s'étira sur sa chaise tout en

s'efforçant de résumer les quelques informations qu'elle avait rassemblées.

— R. J. Wilkie aime les chiens de Saint-Hubert, les villes fantômes et les rediffusions des épisodes de *Seinfeld*, énuméra-t-elle. Il admirait Barnum, Walt Disney et Indira Gandhi. Bizarre mais intéressant. Sa mère est toujours en vie. Son père est mort d'un cancer, six mois avant qu'il se volatilise. Un décès qui pourrait expliquer sa disparition, d'ailleurs…

Elle poussa un profond soupir et conclut :

— Sauf qu'il n'a aucun rapport avec mon histoire.

Marlowe lui prit sa bouteille d'eau minérale et en but une gorgée.

— Et concernant le fils de Nelda Hickey ?

— Il a trente-trois ans, une pléthore de problèmes, et il déteste les journalistes. Je n'ai pas trouvé une seule photo de lui sans maquillage. Avec un bon logiciel, on pourrait peut-être découvrir son vrai visage.

— Les ordinateurs de la police vont s'en occuper.

— Parfait.

Elle roula les épaules afin de les détendre.

— Sur Constantin Lyons, il n'y a pas grand-chose à dire. La famille préserve jalousement sa vie privée. Sauf l'aîné des petits-fils, le pilote de Formule 1, dont la carrière ronronne après plus de sept ans de résultats médiocres. J'ai quand même découvert que le fils de Constantin Lyons souffrait de graves problèmes psychiatriques.

Marlowe but une autre gorgée d'eau, puis lui rendit sa bouteille.

— Je suis au courant.

— Il serait schizophrène. D'après ce que j'ai appris, il a été interné dans des institutions psychiatriques, à

Londres et à Paris, ces dernières années. Quand il était jeune, il a épousé l'unique héritière d'un grand chef qui a ouvert plusieurs restaurants à Tokyo, Paris et New York. Ils ont eu trois garçons, puis toute la famille est venue vivre en Californie. Il était en instance de divorce quand sa femme est morte lors d'un accident de voiture. L'aîné de ses fils, qui était avec elle, a survécu : c'est celui qui a décidé de devenir pilote de course.

— Qui conduisait ?

— Elle, mais ce n'est pas sûr à cent pour cent, car tous les deux ont été éjectés de leur siège. En ce qui concerne les deux autres petits-fils de Constantin Lyons, le cadet et le benjamin, ils sont âgés respectivement de trente et trente et un ans. La rumeur prétend qu'ils souffrent eux aussi de troubles psychiatriques. Apparemment, il y a une piste à creuser, de ce côté-là…

Elle recula son siège et se leva.

— J'ai besoin de prendre l'air, déclara-t-elle en prenant son sac et ses lunettes de soleil. Val est toujours à l'hôpital ?

— Oui. Pourquoi ?

Un sourire apparut sur ses lèvres.

— Toi, tu as une idée derrière la tête…

— Possible, fit-elle en prenant son portable pour appeler Val.

Il répondit à la première sonnerie.

— Val, c'est Darcy. Kazarov a repris connaissance ?

— A priori, oui, mais il fait semblant de ne pas m'entendre. A moins que son cerveau ne soit plus endommagé que ce que nous montrent les clichés de l'IRM. De toute façon, nous n'allons plus le lâcher. Vous voulez venir nous prêter main-forte ?

Elle sourit.

— Les grands esprits se rencontrent : j'y pensais.

— Espérons qu'en vous voyant il éprouvera des remords et aura envie de collaborer. De nombreux chefs d'inculpation pèsent sur lui. Il prendra peut-être conscience que ce n'est pas en gardant le silence qu'il améliorera sa situation.

Elle se pencha vers Marlowe et consulta l'heure à sa montre.

— Il est presque 19 heures. Je serai à l'hôpital dans vingt minutes, d'accord ?

— Je vous attends sur le parking.

Elle raccrocha. Marlowe la considérait avec inquiétude.

— Ne t'inquiète pas, le rassura-t-elle. Val m'attend sur le parking de l'hôpital, et toi, tu vas m'accompagner jusqu'à ma voiture. Rien ne peut m'arriver !

— On disait aussi que le *Titanic* était insubmersible, répliqua-t-il. Je ne suis pas tranquille, Darcy. Mon intuition me souffle que ce n'est pas Kazarov qui t'a agressée dans les toilettes du bar, l'autre nuit.

Elle ne put retenir un mouvement d'impatience.

— Très bien. Je te propose un compromis : Comet m'accompagne à l'hôpital.

— Ça ne te dérange pas ?

— Du moment que ça me permet d'atteindre mon but.

Elle s'approcha de lui.

— A propos de but…

Marlowe la prit dans ses bras et l'embrassa à perdre haleine. Hmm, c'était divin…

Elle poussa un petit soupir quand il s'écarta.

— Ne joue pas les filles de l'air, avec Comet, lui

murmura-t-il à l'oreille. Il est petit, mais très malin et aguerri.

— Promis.

Elle posa le doigt sur ses lèvres.

— Rendez-vous chez moi quand tu auras terminé ? Tu apportes le vin. Et moi… je me charge du reste.

Ostensiblement, elle se passa la langue sur les lèvres, puis éclata de rire devant son regard brûlant de désir.

En arrivant devant l'hôpital, Darcy laissa Comet sortir en premier et s'assurer qu'aucune menace ne pesait sur elle. L'orage n'était pas loin. Des éclairs de chaleur zébraient le ciel dans lequel s'amoncelaient des nuages noirs.

Voyant Val s'approcher, Darcy descendit de voiture à son tour.

— Comment se porte Kazarov ? s'enquit-elle.

— Bien, mais il refuse d'ouvrir les yeux et de parler.

— Il va peut-être moins bien que vous ne le pensez.

Comet se joignit à la conversation.

— Vous savez comment va Matilda ?

— Vous la connaissez ? demanda Darcy, étonnée.

Il haussa les épaules.

— C'est une vieille copine.

— Le monde est si petit que c'en est incroyable.

Visiblement pressé de retourner à l'hôpital, Val les invita à le suivre.

— On y va ?

Elle l'accompagna à contrecœur.

— Je vous sens réticente, Darcy, remarqua-t-il en l'observant. Ne me dites pas que, comme Marlowe, vous avez horreur des hôpitaux ?

La grimace qu'elle lui adressa fut éloquente. Il eut un petit rire.

— Vous formez vraiment la paire, tous les deux !

— J'adorerais explorer le sujet avec vous, Val, mais une autre fois.

Elle résista un peu tandis qu'il se dirigeait vers l'entrée des urgences.

— Pourquoi passons-nous par les urgences ?

— Parce que c'est plus rapide.

Elle regarda tour à tour les portes coulissantes, les ambulances stationnées devant l'entrée et la haie de buissons qui longeait une bande de pelouse.

— Et si vous sortiez Kazarov sur le park…

Elle s'interrompit net et ouvrit des yeux ronds.

Val fronça les sourcils.

— Qu'est-ce qu'il y a ?

— Je viens de voir quelqu'un que je connais…

— Qui ?

Un frisson la secoua des pieds à la tête.

— Trace Grogan. Derrière les buissons.

Il devait rebrousser chemin et filer en vitesse.

L'avait-elle vu ? Il n'en était pas sûr. Les gros nuages noirs qui s'étaient amassés dans le ciel plongeaient la ville dans la pénombre.

Son cœur cognait dans sa poitrine. Il transpirait à grosses gouttes, un filet de sueur coulait dans son dos.

Seuls sujets d'apaisement : la chanson d'Elvis qui jouait dans sa tête. Et la certitude que, ce soir, c'était le grand soir. L'orage et les éclairs, c'était quand même mieux que la lune et les étoiles ! Ce serait frénétique, sexuel, sauvage.

Et ensuite…

Les battements de son cœur s'accélérèrent, et un sourire mauvais apparut sur ses lèvres. De la pointe de sa langue, il fit disparaître la salive qui suintait aux commissures de sa bouche. Il se retint de trembler. Il devait se maîtriser. Se concentrer. Il allait la capturer. L'embrasser.

S'approprier sa vie.

Après le départ de Darcy, Marlowe passa une bonne heure à effectuer des recherches sur internet. A la fin, épuisé, il s'adossa à sa chaise et tapota sa bouche du doigt tout en regardant les noms qui s'affichaient sur son écran.

Qui avait chargé Urner Lugo de retrouver Darcy, alias Shannon Hunt ?

Le clan Maco ? Eliminé. Restaient le rejeton de Nelda Hickey, un présentateur de télévision qui semblait s'être volatilisé, ainsi que les membres de la famille Lyons à l'hérédité chargée.

Que lui manquait-il pour trouver la clé de l'énigme ? Quels faits lui échappaient encore ?

Concernant les Lyons, il n'avait pas de photos, aucun indice qui puisse lui fournir une piste. Il ne pouvait se fier qu'à son instinct. Et son instinct lui disait qu'il était curieux qu'une même famille renferme tant de membres psychologiquement perturbés. Une coïncidence, peut-être, mais troublante. Pour autant qu'il le sache, l'un d'entre eux pouvait fort bien être le harceleur de Darcy.

S'il n'avait aucun moyen de reconnaître les Lyons, les photos de R. J. Wilkie abondaient. La cinquantaine, les cheveux poivre et sel, le présentateur était assez séduisant, même s'il s'était légèrement empâté. Au moment de sa disparition, il était marié, avec deux enfants adolescents, et travaillait pour un groupe de médias important. Avait-il lui aussi souffert de troubles psychiatriques ? Marlowe en doutait, sans qu'il sache pourquoi. Pour lui, cette piste était à écarter.

Quant au fils de Nelda Hickey, l'imitateur, il avait passé sa jeunesse à Memphis et avait l'accent du Tennessee, comme Elvis. D'après les renseignements pris sur lui, il imitait très bien Frank Sinatra, Mick Jagger et Cher. Peut-être son imitation d'Elvis Presley était-elle aussi bonne. En tout cas, c'était une piste intéressante. Malheureusement, il n'existait aucune photo de lui, hormis quelques clichés pris sur scène.

Tout en faisant des mouvements de la tête sur le côté pour assouplir sa nuque, Marlowe étudiait chaque possibilité. Mais il revenait sans cesse à la famille Lyons.

Le patriarche était impossible à joindre — un effet de son âge avancé et de son immense richesse due à l'empire qu'il avait construit. Il avait non seulement les moyens de s'entourer d'une armée de vigiles et d'avocats pour faire barrage aux curieux, mais aussi assez de pouvoir pour museler la presse et l'empêcher de révéler les troubles dont souffraient son fils et deux de ses petits-fils. L'aîné, le seul membre accessible de la famille, ne parlait que de Formule 1.

Au même instant, l'ordinateur émit un *bip* annonçant l'arrivée d'un e-mail. Le message provenait du capitaine Blydon.

Photo Hickey.

Ouvrant la photo, Marlowe étudia longuement le visage qu'un logiciel de traitement d'image avait dépouillé de son maquillage. Au bout de quelques secondes, il dut se rendre à l'évidence : le visage de cet homme ne lui évoquait strictement rien.

Il réfléchit. Le problème, avec les imitateurs, c'est qu'ils devenaient le personnage qu'ils incarnaient. Peut-être Hickey pouvait-il endosser n'importe quelle personnalité. Et sachant qu'il avait à peu près la même taille et la même carrure que Kazarov…

Marlowe alla se servir un café, puis revint dans le bureau de Val. De nouveau, la dynastie Lyons s'imposa à son esprit. Le fils était-il toujours interné ? Et qu'en était-il des petits-fils ? Il écarta d'office l'aîné pour se concentrer sur les deux autres. Personne n'avait voulu parler d'eux à la police : la loi du silence dominait.

Marlowe acheva de boire son café, les yeux fixés sur les dossiers accumulés sur le bureau.

— Tu nous as mis dans de beaux draps, Lugo. Quelle galère ! A cause de toi, la femme que j'…

Il s'interrompit.

*La femme que j'aime.*

Il l'aimait ?

En dépit de la peur qui l'avait envahi, il s'obligea à se ressaisir.

A l'époque, quand le drame avait eu lieu, il n'avait trouvé qu'un moyen pour ne pas sombrer : se renfermer sur lui-même, repousser toute émotion quelle qu'elle soit. Rongé par la culpabilité, il s'était refusé toute joie et rédemption pour se réfugier dans les ténèbres comme dans un cocon protecteur. Ses sens engourdis, comme anesthésiés, lui procuraient une sorte d'apaisement, empêchant la douleur de l'anéantir.

Mais voilà qu'à cet instant la douleur revenait en

force et éperonnait ses souvenirs, avec les sirènes et les gyrophares, et la musique du manège.

Puis le coup de feu.

Marlowe tressaillit. S'arrachant aux visions de son passé, il se redressa.

Darcy ne mourrait pas !

Alors, que faisait-il là à ruminer pendant qu'elle était à l'hôpital ? S'il voulait la protéger, il devait être auprès d'elle.

Le café gicla de sa tasse quand il la reposa brutalement sur le bureau. Du revers de la main, il essuya les taches sur les dossiers, puis disposa les chemises en éventail sur une étagère afin qu'elles sèchent rapidement.

Ce faisant, la photocopie d'un permis de conduire glissa d'un dossier. La photo du propriétaire du permis avait beau être plutôt médiocre, elle attira l'attention de Marlowe. Au lieu de ranger le document dans la chemise, il le prit et l'étudia avec attention. Et plus il l'étudiait, plus il s'assombrissait.

Un détail le chiffonnait, mais lequel ?

Il se concentra sur le regard. Ne disait-on pas que c'était le miroir de l'âme ? Pas dans ce cas. Quant aux oreilles…

La vérité le frappa comme un coup de poing.

La gorge sèche, le ventre noué, il prit ses clés et son arme, et vérifia l'heure à sa montre. Presque 20 h 30.

Cela faisait plus d'une heure que Darcy se trouvait à l'hôpital, maintenant. Et dans cette immense structure aux couloirs labyrinthiques et quasi déserts, elle était en danger.

Soudain fébrile, il se précipita hors du bureau et se

dirigea vers l'escalier tout en composant le numéro de Darcy.

Occupé.

Dans sa hâte, il bouscula un homme menotté et deux autres assez amochés. Il lança un rapide « pardon » par-dessus son épaule et poursuivit son chemin. Tentant cette fois de joindre Blydon, il colla son portable à l'oreille et dévala l'escalier à toute vitesse.

Blydon était injoignable, lui aussi.

Excédé, Marlowe raccrocha et fonça vers la sortie. Laquelle était bloquée par un attroupement composé de civils et de policiers. Il tentait de se frayer un passage quand une femme — une victime, manifestement — lui prit le bras et s'abattit contre lui en sanglotant.

# 16

— Il parlait de chaussures en cuir bleu. Il chantait. Enfin, il essayait. Il dansait aussi. Il était comme fou. Il m'a frappée. J'ai cru qu'il allait me tuer. Mais non. Il m'a arraché mon chariot et il a fui.

La voix de Matilda était monocorde, un peu rauque. Ses doigts noueux froissaient nerveusement le drap d'hôpital. Elle tourna ses yeux sur Darcy avant de reporter son attention sur le mur.

— Je connais ce regard : c'est celui d'un fou. Il ne ressent rien, il est obsédé par son but. Il a dit qu'il me tuerait. Je ne me souviens de rien d'autre. J'ai vu mon chariot s'éloigner, je me suis évanouie.

Darcy l'écoutait sans l'interrompre. Quand elle comprit que Matilda avait fini son récit, elle lui montra le portrait-robot d'Ivan Kazarov.

— Est-ce lui que vous avez vu, Matilda ?

La vieille femme secoua la tête sans hésiter.

— Non.

— Vous en êtes sûre ?

— Oh, je l'ai bien vu, vous savez. Il ne s'est pas arrêté, il courait comme s'il avait le diable à ses trousses. Quelqu'un le poursuivait. Un grand brun qui courait vite. C'est ton homme ?

— Pas vraiment.

— Mais tu voudrais bien ? Je te comprends, tu sais.

Dodelinant de la tête, elle lui caressa les cheveux.

— Ils sont jolis. Très doux.

Puis ses yeux redevinrent vitreux et fixes.

— Je vois des chaussures en cuir bleu. Dans le parc, dans le parking. Il chantait une chanson avec des chaussures en cuir bleu.

Darcy tressaillit et lui tapota le poignet pour la rappeler à la réalité.

— C'était *Blue Suede Shoes* d'Elvis, n'est-ce pas, Matilda ?

Un sourire révéla la dentition irrégulière de la vieille femme.

— C'est ça, il chantait. Comme le King. Je m'en souviens bien, maintenant.

Elle se mit à fredonner. D'un signe, Darcy demanda à Comet de rester à son chevet pendant qu'elle rejoignait Val, dissimulé derrière le rideau de séparation.

— Ça ne nous apprend rien de neuf, murmura-t-il. Nous savions déjà que notre homme nourrissait une passion envers Elvis Presley.

— Marlowe avait raison, ce n'est pas Kazarov qui m'a agressée, conclut-elle avec un frisson. Donc, il n'est pas mon harceleur.

— En résumé, nous avons d'un côté un fan d'Elvis dont l'identité nous est encore inconnue, et de l'autre Kazarov, tueur à gages et fan des Yankees. Voilà qui complique considérablement notre affaire.

— Nous savons avec certitude que c'est le fan d'Elvis qui a agressé Matilda à deux reprises. Chaque fois, il chantait *Blue Suede Shoes*. Même chanson, même type.

— Et même absence de description. A moins que notre homme chante en boucle *Blue Suede Shoes*, nous n'avons aucun élément qui nous permette de le reconnaître. Nous pouvons toujours arrêter Trace Grogan, sauf que personne ne l'a vu dans l'hôpital ou dans le parc.

— Moi, je l'ai vu ! s'exclama-t-elle, vexée.

— Je vous crois, Darcy. Je ne fais que constater, c'est tout.

La sonnerie de son portable s'éleva. Fouillant dans son sac à main, elle ne le trouva pas, et le temps qu'elle réfléchisse à l'endroit où elle avait bien pu le laisser, la sonnerie cessa.

Elle reporta son attention sur Val.

— Vous voulez toujours que j'interroge Kazarov ?

Il se frotta les yeux.

— Si les aides-soignantes ont fini de changer ses draps, oui.

— Ça fait une demi-heure. J'imagine qu'elles ont terminé, maintenant.

Les sourcils froncés, elle entendit la voix de Comet de l'autre côté du rideau. Il parlait au téléphone.

— Attendez, Val, je reviens.

Elle repassa de l'autre côté du rideau et s'arrêta à côté de Comet.

— Ne vous faites pas de souci pour elle, madame, disait-il dans son téléphone portable. Je suis là, et la police aussi. Nous assurons sa sécurité.

Levant les yeux vers Darcy, il sourit.

— La voilà, justement. Je vous la passe.

Elle prit le portable.

— Qui est-ce ?

— Votre marraine.

Elle poussa un soupir avant de porter l'appareil à son oreille.

— Bonjour, Nana... Non, ce n'est pas mon petit ami. Je n'ai pas beaucoup de temps, mais je vais quand même te résumer ce qui m'arrive.

Son plan était parfait. Imparable. Il n'attendait qu'une occasion pour l'exécuter.

Le détective n'était pas là. Dommage. Mais il souffrirait quand elle serait morte. Du moins, s'il l'aimait. Et il l'aimait.

*Bientôt, Darcy sera à moi pour toujours, monsieur le détective privé.*

A cette pensée, l'excitation l'envahit. Il sortit son arme, la fourra dans sa ceinture, puis, après avoir arrangé sa casquette sur sa tête, il lissa sa blouse blanche.

Quand il monta au septième étage, *All Shook Up* à plein volume dans sa tête, son excitation était à son comble.

Le policier en faction devant la chambre de Kazarov regarda Comet d'un air bizarre. Val lui adressa un signe, avant de faire entrer Darcy et son garde du corps.

— Je reviens, leur dit-il. Je crois que j'ai perdu quelques-uns de mes hommes.

Comet observa le blessé depuis le seuil de la chambre.

— Ce type-là ne ressemble pas à un assassin, murmura-t-il.

Darcy l'étudia à son tour. Kazarov reposait dans son lit, les yeux fermés.

— Pourquoi ? Les assassins ont un air spécial ?

— Oui. Un air plus dur qu'un ancien boxeur avec une oreille en chou fleur et un nez cassé.

Elle s'approcha du lit.

— Monsieur Kazarov ? Au journal, j'ai un collègue qui simule le sommeil aussi mal que vous. Je sais reconnaître les simulateurs.

Elle vit son pouls pulser à sa jugulaire.

— De toute façon, je suis comme mort : mes jours sont comptés, répondit-il sans ouvrir les yeux. Le petit du vieux Conly va me régler mon compte en moins de deux. Ou Conly en personne.

— Conly ? Qui est-ce ?

— Mon patron. Je ne vaux pas un clou. Je n'ai jamais réussi à exécuter mes contrats, sauf une fois, et encore, parce que j'ai eu de la chance. Conly m'a reproché mon manque de motivation. Il m'avait engagé pour protéger son avocat. Lugo était prudent, il pensait pouvoir gérer la situation, une fois qu'on vous aurait retrouvée. Mais ruser avec plus rusé que soi ? Pauvre Umer, il s'est mis le doigt dans l'œil. Et il a fini dans une baignoire sans avoir achevé sa mission. Après, ça a encore dégénéré…

Sa voix n'était plus qu'un murmure.

— Moi, j'avais des idées. Un vrai plan pour le piéger.

Comet tapota le bras de Darcy.

— Dites, ça vous gêne si je vais aux toilettes ?

— Allez-y, dit-elle sans quitter Kazarov des yeux.

Quand Comet fut sorti, elle posa la main sur le bras de Kazarov. Elle ne savait pas très bien jusqu'où elle pouvait pousser la conversation.

— Vous êtes toujours réveillé ?

— Oui. J'ai eu des analgésiques. Beaucoup.

— Pourquoi passez aux aveux avec moi, et non avec la police ?

Il laissa échapper un rire sans joie.

— Parce que j'ai l'impression de vous connaître. Ou peut-être parce que j'ai mauvaise conscience. J'ai une fille. Je ne la vois pas beaucoup. Elle a treize ans. Elle est jolie. Blonde comme vous. J'espère qu'elle vivra plus longtemps.

— Plus longtemps que qui ? demanda-t-elle, la peur au ventre.

Il eut un autre rire, encore plus triste.

— Que votre détective, la vieille dame, ou moi. N'importe qui. Ça n'a pas d'importance pour *lui*. Il est obsédé. Par vous.

Dehors, le tonnerre grondait, et les éclairs illuminaient la chambre par intermittence, ajoutant à l'atmosphère électrique.

— Qui est-ce ? Kazarov, pour l'amour du ciel, dites-moi son nom !

— Ethan, murmura-t-il. Il s'appelle Ethan Lyons.

Elle sentit son cœur cogner à grands coups dans sa poitrine.

— C'est Constantin Lyons que vous appelez Conly ?

— Vous êtes intelligente. Filez tant qu'il en est encore temps, murmura-t-il d'une voix à peine audible. Je pensais que mon plan fonctionnerait. Vous surveiller et attendre que le petit surgisse. Puis le capturer et le ramener.

— Le ramener à qui ? A son père ou à son grand-père ?

Il ignora sa question.

— J'avais un bon plan. Mais vous et votre détective, vous m'avez bien embêté, au parc, à Atlantic City et au bar à tapas. Je ne sais même pas où se cache le petit, maintenant. Je l'ai vu près de chez vous, mais après, je l'ai perdu.

Il eut un rire rauque.

— J'aurais dû me douter que je ne l'attraperais pas. Il voit comme un chat dans la nuit.

Elle se rappela les mots de son agresseur, dans les toilettes du bar.

— Comme un chat, répéta-t-elle lentement. Il a dit qu'il était nyctalope. Et que c'était héréditaire.

— Le vieux Conly a des instincts de prédateur, mais il n'est pas nyctalope. Le petit a les deux.

— Le petit ? Ethan est son fils ?

La respiration de Kazarov devenait de plus en plus irrégulière.

— Satanée douleur, souffla-t-il. Non, c'est son petit-fils…

— Lequel des trois Kazarov ?

— Le plus jeune. Il est fou.

Il peinait à respirer. Inquiète, elle chercha le bouton pour appeler l'infirmière. Elle suivit le fil sous le drap jusqu'à la main de Kazarov, mais ses doigts étaient crispés dessus.

— Donnez-le-moi, je vais appeler l'infirmière.

Un roulement de tonnerre se fit entendre au-dehors. Au même instant, elle sentit le corps de Kazarov se raidir.

— Kazarov ?

Elle se figea en voyant la peur imprégner son regard. Sa poitrine se souleva comme s'il avait du mal à respirer, et son bandage se teignit de sang.

Il y avait une présence, derrière elle.

A peine en eut-elle pris conscience qu'un bras s'enroula

autour de son cou, et un ours en peluche brun surgit devant ses yeux, la tête criblée de balles.

— Dis bonjour à Darcy jolie, Teddy Bear. Désolé pour le carnage, Darcy, mais j'ai été obligé de supprimer le policier devant la porte. De plus, je pense avoir fait une faveur à notre ami en abrégeant ses souffrances. Tirer quand le tonnerre gronde, c'est une bénédiction. Le destin est avec moi.

Il approcha les lèvres de son oreille.

— Il n'y a plus que toi et moi, ma jolie.

Il lâcha sa peluche.

— Embrasse ton vrai Teddy Bear. *Baby, let me be your lovin' teddy bear…*

Marlowe avait perdu un temps fou à se débarrasser de la femme hystérique au commissariat.

Il pleuvait à verse. A bout de nerfs, il plissait les yeux pour distinguer la route à travers le pare-brise. Les éclairs sillonnaient le ciel dans un grondement de tonnerre. La chaussée était terriblement glissante, et il vit plus d'un conducteur faire de l'aquaplaning.

Enfin, il réussit à joindre Val à sa cinquième tentative.

— Où est Darcy ? hurla-t-il.

— Elle est là. Quelque part. Je l'avais laissée avec Kazarov et Comet. Il y avait un policier en faction devant la chambre.

Sa voix flancha brusquement.

— C'est ma faute. Quand j'ai vu Comet sortir des toilettes, j'ai compris que quelque chose allait arriver. Et c'est arrivé.

Marlowe doubla un camion à la hâte.

— Où est-elle, Val ?

— Je n'en sais rien. Désolé, mais je dois te laisser, j'ai un policier gravement blessé et un mort sur les bras. J'ai demandé à la sécurité de passer tous les couloirs en revue. Deux infirmières auraient aperçu Darcy avec un garçon de salle qu'elles connaissent de vue. Elles m'ont donné sa description, mais pas son nom.

— Moi, j'ai un nom, gronda-t-il en consultant l'heure sur le tableau de bord. Un vrai nom pour un usurpateur.

— Un usurpateur ? Qu'est-ce que tu racontes ?

La communication s'interrompit. Excédé, Marlowe jeta son portable sur le siège passager et réfléchit intensément.

Inutile de qu'il se rende à l'hôpital, décida-t-il. L'homme devait l'avoir quitté depuis longtemps. Pour aller où ?

Il était tellement concentré sur ses pensées qu'il entendit à peine la sonnerie de son portable.

— M. ? cria Val lorsqu'il eut décroché.

— Je pense que Darcy n'est plus à l'hôpital, mais demande quand même à tes hommes de continuer leurs recherches. Toi, rejoins-moi au plus vite chez Hannah Brewster.

— Mais on devrait plutôt agir…

— C'est ce que nous sommes en train de faire ! le coupa-t-il. J'ai fait venir Hannah Brewster au commissariat. C'est une longue histoire de chats et de haies de cèdres, que je n'ai pas le temps de te raconter. Dépêche-toi de me rejoindre. Chambre 4, deuxième étage de la pension, troisième porte sur la droite.

— Compris. J'y serai dans cinq minutes. Tu es sûr de toi, au moins ?

— Sûr et certain, affirma-t-il d'un air sombre. Notre

homme est un usurpateur, et il a eu une sacrée chance. Du moins, jusqu'à maintenant.

Comme il prenait un autre virage, la maison d'Hannah Brewster surgit devant ses yeux.

Il marmonna :

— Ce soir, je te jure que sa chance va tourner.

— La police va vite s'apercevoir que j'ai disparu, vous savez, articula Darcy.

Elle s'efforçait de parler calmement, en dépit du pistolet braqué sur sa nuque. Son ravisseur l'avait fait sortir de l'hôpital par une issue de secours. Avec sa blouse blanche, son arme dissimulée dans l'ours en peluche, il était passé complètement inaperçu. Une fois sur le parking, il l'avait conduite vers la voiture d'Hannah et lui avait demandé de prendre le volant. L'avait-il volée ? Qu'importe, c'était un bien petit délit, pour un meurtrier de son espèce.

— Ne m'oblige pas à agir tout de suite, Darcy jolie. Ce serait dommage : j'attends cet instant depuis si longtemps. Toutes les nuits, je suis excité à un point que tu ne peux imaginer…

Il parlait maintenant avec l'accent nasillard du Tennessee.

— *You're the only star in my blue heaven,* chantonna-t-il, imitant Elvis Presley. Tu es la seule étoile dans mon ciel bleu…

Il se mit à rire et reprit d'une voix normale :

— Tu aimes Elvis ? Il a une chanson pour toutes les circonstances.

Il se pencha par-dessus son épaule et l'embrassa sur la joue. Elle ne put s'empêcher de frissonner, ce qui le fit rire.

— Je sais, Darcy jolie. Moi aussi, je suis fou de toi… Mais on est bientôt arrivés.

Un éclair zébra le ciel, et le grondement du tonnerre, qui lui succéda, la fit sursauter. Ses mains se mirent à trembler sur le volant. En dépit de la chaleur, elle claquait des dents. Elle ne savait pas où ils allaient, mais l'aurait-elle su que cela n'aurait pas changé grand-chose. Elle était seule, prisonnière et sans aucun moyen de communiquer avec qui que ce soit.

— Tu conduis bien, Darcy jolie. Je t'ai souvent regardée conduire. Tu aimes la vitesse, mais tu n'es pas nerveuse. C'est moi qui le suis. D'après les médecins, en tout cas. Je suis un grand nerveux, mais je me contrôle. Je suis aussi méthodique et méticuleux.

Il se pencha en avant.

— C'est héréditaire, tu comprends ? souffla-t-il dans son cou.

— Comme votre vision nocturne.

— Tu as donc remarqué que je voyais comme personne, la nuit ?

Cette pensée parut le ravir.

— Tourne à droite, ma poupée jolie. J'ai une autre chanson, tu sais. *Love me tender, love me sweet…*

Le sang de Darcy se glaça dans ses veines. Comment le raisonner ? En rentrant dans son jeu ? En essayant de le distraire ? Dans tous les cas, elle devait éviter de le contrarier, et prier pour qu'un miracle survienne et lui permette de prendre la fuite.

Où la conduisait-il ? Chez Hannah ? Dans le parc ? Non, pas par un temps pareil…

Une secousse agita la voiture, et le canon du pistolet s'enfonça dans son épaule. Elle crispa un peu plus les mains sur le volant. Puis il chercha à l'embrasser. Malgré ses efforts pour se contrôler, elle s'écarta brusquement afin de l'éviter.

— Pas de ça, Darcy jolie, lança-t-il d'une voix glaciale. Tu es avec moi, maintenant. Tu es à moi. Tu sais ce que me disait le vieux ? « Si tu veux quelque chose, prends-le. » Je te veux, je te prends, tu es à moi. Tu es la seule chose au monde que j'aie jamais désirée. Et toi aussi, tu me veux, n'est-ce pas ? Dis-le, Darcy.

Elle s'efforça de repousser la boule bloquée dans sa gorge.

— Je te veux, déclara-t-elle.

— Là, c'est bien. Tu vois, ce n'est pas difficile. Alors, comment se fait-il que tu ne m'aies pas encore demandé comment j'avais fait pour te retrouver ? Et surtout, comment j'ai dupé cette pauvre Hannah ?

— Duper Hannah ? Mais je pensais…

— Non ! Tu ne pensais pas ! De toute façon, tu n'as jamais pensé à moi. Tu as accepté que l'autre te touche, mais tu refuses que moi je te touche. Pourquoi ?

Il s'essuya les lèvres du revers de la main.

— Tourne à gauche, maintenant. Tu ne veux pas savoir comment je t'ai retrouvée ?

Elle fit un gros effort pour sourire.

— Mais si, bien sûr. Je veux le savoir. Explique-moi tout, Ethan.

Il cilla, surpris, et se rapprocha d'elle par-derrière.

— Tu sais qui je suis ? Je me suis trompé ? Tu t'es posé des questions sur moi ?

— Oui, articula-t-elle avec effort. Et souvent, même.

— C'est vrai, tu es si curieuse ! Tu as effectué des recherches ? Fantastique. Tourne à gauche. Tu m'aimes ?

Une lueur surgit dans ses yeux fous tandis qu'il répétait :

— Tu m'aimes ?

— Oui, je t'aime, répondit-elle en souriant, malgré le canon de l'arme sur sa nuque.

Il lui caressa la joue. Cette fois, elle retint son souffle et ne s'écarta pas.

— Le vieux m'avait envoyé dans l'Oregon pour que j'étudie le commerce et le droit des affaires. C'est comme ça que je t'ai trouvée. Tu présentais la météo à la télévision, et tu me disais tout le temps : « Je veux être à toi, Ethan. » Je suis sûr que tu me l'as dit. Le vieux prétend que non. Mais qu'est-ce qu'il connaît à l'amour ? Rien, comme mon père. Lui, le pauvre, voit des lucioles partout. Il entend des voix et se cache sous le lit quand il y a de l'orage.

Darcy serra les dents si fort qu'elle les sentit crisser.

— Tu as de la chance de ne pas avoir hérité des phobies de ton père.

— C'est vrai. Je suis comme le vieux, moi. Un opportuniste avec une vision de chat. J'adore me déguiser, et je suis rusé. J'ai entendu le plan du vieux et de Lugo pour me retrouver, après que j'ai décidé de ne pas retourner chez les fous. J'étais sous la fenêtre de chez mon grand-père, et je les ai entendus. Le vieux voulait me retrouver pour me renvoyer chez les dingues *illico presto*. Lugo a eu une idée brillantissime : engager un détective pour suivre ta trace et, de là, me retrouver. Comme tu m'obsédais, il avait la certitude que je partirais à ta recherche.

— Tu es rusé, Ethan.

— Je sais ! Alors, trop content que Lugo travaille

pour moi, je ne l'ai plus lâché d'une semelle. J'ai ainsi été informé de ses découvertes en temps réel. Et ton détective privé, oh comme j'aimerais le tuer, a vraiment bien travaillé. Mais Lugo ne s'est pas arrêté là. Il voulait tout gérer : il a filé à Philadelphie, s'est installé dans ce motel sinistre. Il pensait qu'il ne risquait rien. Erreur, mon ami Umer. *Pan pan*. Mort dans sa baignoire !

Il se tut et sourit.

— Je l'entends parler avec le vieux. Je connais son plan. Je décide de tout gâcher. Je l'entends comploter avec le détective au restaurant turc. « Super boulot, voilà ton fric », dit-il. Et moi, je pense : « Super, voilà ta chance, Ethan. » Après, je tue Lugo. Tourne à droite, on y est presque.

Le récit de ses élucubrations donnait le vertige à Darcy.

— Grâce à Lugo et Marlowe, tu as donc découvert où j'habitais, commenta-t-elle avec un calme qu'elle était loin de ressentir. Et tu t'es installé chez Hannah.

— Oui. Juste à côté de chez toi.

Il lui sourit.

— Il me fallait une chambre pour être là, à ton retour.

Il fit comme s'il frappait à la porte.

— Toc toc, coucou, c'est moi ! Accueil et grands sourires d'Hannah Brewster. Elle était contente de me voir. Elle m'a fait entrer, m'a donné l'une des trois chambres qu'elle louait. Gratis. N'étais-je pas le fils cadet du cousin Arden ? Moi, je continuais à sourire. Et elle continuait à blablater.

Avec le canon de son arme, il replaça une mèche de cheveux derrière son oreille.

— Que des occasions en or, Darcy jolie. Une chance extraordinaire. Maintenant, tu coupes le moteur et tu éteins les phares.

Elle s'efforça de calmer sa respiration. Elle savait ce qui allait se passer, maintenant.

Ethan Lyons, alias Cristian Turner, allait la tuer.

# 17

Toutes les lumières étaient éteintes. Même Eddie, le mari d'Hannah, qui ne quittait pourtant jamais sa télévision, semblait absent. Marlowe monta les marches quatre à quatre, vers la chambre de Cristian Turner — enfin, d'Ethan Lyons.

Une fois qu'il avait transmis la description du jeune homme au capitaine Blydon, ce dernier, furieux, avait téléphoné tous azimuts et exigé une identification de la photo de la part de la police de Los Angeles. Il s'était avéré que l'homme qui se faisait passer pour Cristian Turner était en réalité Ethan Lyons, le benjamin des petits-fils de Constantin Lyons. Ethan n'était pas revenu à l'hôpital psychiatrique qu'il avait eu l'autorisation de quitter pendant quelques heures. Depuis, il avait disparu.

La veille du retour de Darcy, il s'était rendu chez Hannah en prétendant être le fils du cousin Arden. Comment avait-il appris que cette dernière avait de la famille dans l'Oklahoma ? Mystère. Quoi qu'il en soit, il s'était trouvé une couverture. Et il avait attendu son heure.

La peur au ventre, Marlowe arriva devant la porte de la chambre d'Ethan. Fermée. Prenant son arme, il tira dans la serrure, et la porte s'ouvrit à la volée. Au même instant, des éclairs zébrèrent le ciel, illuminant la pièce.

Marlowe rangea son arme et sortit sa lampe de poche afin d'éclairer les murs. Il remarqua trois aquarelles achetées chez les Amish, et une toile plus grande sur laquelle s'étalait une curieuse mixture de couleur verte, qui n'était pas sans rappeler des petits pois écrasés. Sans doute une œuvre d'Ethan Lyons.

Il dirigea ensuite le faisceau de sa lampe sur un sac de voyage et une besace en toile. Il commençait à la fouiller quand une voix s'éleva dans l'escalier.

— M. ? Tu es là ?

— Oui, dans la chambre de Lyons.

Tout en parlant, il examinait le contenu de la besace : des fusains, un paquet de biscuits entamé et un carnet de croquis corné.

Val entra, précédé par le faisceau de sa lampe de poche.

— Comet surveille l'extérieur. Tu as trouvé quelque chose ?

— Des accessoires, répondit Marlowe qui vidait maintenant le sac de voyage.

Il releva les yeux et déclara :

— Fausses moustaches, colle à postiche et perruques. Tu disais que deux infirmières l'avaient reconnu ?

— Oui. Apparemment, Ethan Lyons était bénévole à l'hôpital. Je me demande pourquoi…

— Tout dépend à quel moment il a proposé ses services, déclara Marlowe en se tournant vers le placard. Sans doute après l'arrivée de Matilda. C'était un témoin gênant.

— Et la perruque et la colle à postiche ?

— Il les a peut-être achetés après cet incident, au cas où. Cela dit, il a toujours agi à la faveur de la nuit ou de l'obscurité.

— S'il est obsédé à ce point par Darcy, pourquoi avoir voulu la tuer avant de… ? Enfin, bon, tu vois ce que je veux dire.

Marlowe fit la grimace.

— Ce soir-là, c'est moi qu'il cherchait à tuer. Par jalousie.

— Mais il a manqué son coup, et il a été obligé de prendre la fuite. En fuyant, il a heurté Matilda, qui a eu le temps de le voir sur le sentier éclairé…

Val s'interrompit en le voyant sortir son arme et viser la serrure du placard.

— Mais qu'est-ce que tu fabriques ?

— C'est fermé, j'ouvre.

Marlowe tira dans la serrure, puis entreprit de fouiller la penderie remplie de vêtements.

— Regarde les photos ! s'exclama soudain Val.

Ecartant les cintres, Marlowe sentit son cœur se serrer. Le fond du placard était littéralement couvert de photos de Darcy. Lyons ne l'avait pas seulement épiée, il l'avait aussi photographiée.

— Il la suivait de très près, remarqua-t-il d'une voix glaciale. Bon sang, il doit bien y avoir un indice sur l'endroit où il se trouve actuellement ! Fouille les vêtements, Val. Moi je m'occupe du bureau.

Il n'y trouva que de vieux papiers et deux sacs de chips vides. Il relevait les yeux quand il remarqua un bout de papier fixé au miroir. Dessus étaient inscrits un nom de rue et un numéro.

Il prit le papier et fronça les sourcils.

— Val, tu connais Faldo Road ?

— Mieux que je ne le voudrais. C'est un squat infect.

Marlowe se répéta l'adressa à plusieurs reprises. Pourquoi ce nom lui rappelait-il quelque chose ?

Quelqu'un lui avait parlé d'une maison sur Faldo Road.

Hannah Brewster !

Son mari et elle possédaient trois maisons. Deux dans cette rue et une sur Faldo Road.

— Tu as dit quelque chose ? fit Val.

Marlowe vérifia son arme à son étui de cheville.

— Appelle Blydon. Dis-lui je file au 927 Faldo Road.

— J'en suis.

— Tu as bu, Val.

Val le suivit hors de la chambre.

— Mais je ne suis pas ivre. Et je te jure qu'après ce soir je ne le serai plus jamais !

Marlowe riva ses yeux aux siens.

— Je te préviens, Val, c'est Darcy qui a la priorité. Toi, tu te débrouilleras tout seul si tu as des pépins parce que tu es ivre.

Et il espéra que, cette fois, la vie ne lui arracherait pas ce qu'il avait de plus cher au monde.

La maison était dans un état de délabrement et de saleté repoussant. Des plaques de plâtre tombaient du plafond, la peinture s'écaillait sur les murs poreux, et le mobilier était cassé et recouvert de toiles d'araignées.

Une bougie dans une main, son arme dans l'autre, Ethan montrait le chemin à Darcy. Il lui fit monter l'escalier et la conduisit dans une chambre au deuxième étage. Une fois à l'intérieur, il s'adossa à la porte pour la refermer, puis s'empressa d'allumer d'autres bougies.

Une odeur de bois humide, de roses fanées et de moisi

régnait dans la pièce. L'humidité mêlée à la chaleur ambiante rendait l'air quasi irrespirable.

Darcy s'approcha de la fenêtre.

— Pas la peine, elle est fermée, Darcy jolie, l'arrêta Ethan en allumant une dernière bougie.

Il se retourna et écarta les bras avec un sourire empreint de fierté.

— Alors ? Qu'est-ce que tu en penses ?

Il lui montrait les murs où s'étalaient des centaines de photos d'eux.

— Des photos de nous deux... Regarde là : j'ai étudié à Stanford, mais je n'ai pas terminé mes études à cause d'un sale type qui détestait Elvis. Je ne suis pas sûr qu'il ait quitté l'hôpital sur ses deux jambes. Je parierais plutôt pour un chariot direction la morgue !

Elle regarda autour d'elle en tentant de refouler sa panique. De lourdes tentures masquaient les fenêtres, et des meubles terriblement kitsch décoraient la pièce, comme dans la résidence d'Elvis à Memphis.

— Tu as décoré ta chambre dans le style de Graceland, commenta-t-elle. C'est très réussi.

Ethan sourit.

— Quand j'ai eu cinq ans, ma grand-mère m'a acheté un costume d'Elvis, le blanc avec des perles, celui qu'il portait à Las Vegas. Elle trouvait que c'était mignon. Mon père, lui, pensait que ce déguisement était possédé par le démon. Mais bon, il était déjà malade, à l'époque.

Fouillant dans les poches de sa blouse, il en sortit un iPod et un téléphone portable, et les posa sur la table.

— Eh oui, je ressemble à un médecin ! s'exclama-t-il joyeusement en surprenant le regard de Darcy sur lui.

Une chance qu'il n'ait pas remarqué que c'était à son portable qu'elle s'intéressait.

— J'ai été obligé d'emprunter une blouse pour passer inaperçu. Je connais l'hôpital, j'y ai été bénévole après avoir renversé la petite vieille. J'ai bien pensé que tu viendrais lui rendre visite. Je me disais que je serais sur place et que nous pourrions partir ensemble.

Son regard était tour à tour lucide et égaré. La folie le rendait cyclothymique.

— Mais Marlowe était toujours avec toi, reprit-il à regret. Je l'aurais bien tué… J'ai tué l'autre type, tout à l'heure, mais ce n'était pas pareil. Comment s'appelait-il ?

Elle se rapprocha de la table.

— Ivan Kazarov. C'était un tueur à gages.

— Sans blague ?

Il sourit d'un air réjoui.

— Le vieux a engagé un tueur pour me retrouver ? Il devait être désespéré ! Kazarov… Je ne savais pas qui c'était, seulement qu'il était sur mes traces. Mais ton détective et toi, vous l'avez sérieusement enquiquiné. Le pauvre ! Vous pensiez que c'était lui, le coupable, alors qu'il se contentait de vous surveiller. Ironie du sort…

Il prit son iPod et appuya sur une touche. Aussitôt, la voix d'Elvis s'éleva.

— *The Wonder Of You*, murmura-t-il en s'approchant d'elle, le regard brillant. Merveille des merveilles…

Elle ne bougea pas. Dans sa poitrine, son cœur battait la chamade, mais elle savait qu'elle ne devait pas se laisser aller à la panique. Rester concentrée, continuer à lui parler, rentrer dans son jeu — voilà ce qu'il fallait faire.

Elle s'éventa de la main.

— Il fait chaud, ici. Tu n'aurais pas quelque chose de frais à boire ?

— Si, de la limonade.

Un grondement de tonnerre ébranla les murs au point de faire vaciller les flammes des bougies.

— Prends la Thermos bleue. Pas la rouge : elle est remplie d'essence.

Elle masqua le cri qui lui était monté aux lèvres derrière une petite toux.

— C'est la poussière, expliqua-t-elle. Les vieilles maisons en sont pleines.

Ethan prit la Thermos bleue et dévissa le bouchon.

— Tu es sûre d'avoir envie de moi ? Je te le demande parce que tu ne m'as même pas embrassé.

Elle s'obligea à sourire.

— Je veux bien, mais je suis un peu timide.

— Tu étais aussi timide avec Marlowe ?

— La plupart du temps…

La table était maintenant derrière elle. Tendant la main en arrière, elle sentit le téléphone sous ses doigts.

— Marlowe ne comptait pas. Alors, qu'importe si j'étais timide…

— Je t'ai tout de même vue l'embrasser plusieurs fois, répliqua-t-il avec un reste de méfiance.

Elle pianota sur les touches du portable. A son grand soulagement, le tonnerre se remit à gronder, masquant le bruit qu'elle faisait.

Plantant les yeux dans ceux d'Ethan, elle lui adressa un regard qu'elle s'efforça de rendre sensuel.

— J'embrasse beaucoup de personnes, mais elles ne comptent pas. Pas souvent, du moins.

Il la dévisagea, visiblement galvanisé.

— C'est vrai ?

*Décroche, Marlowe. Par pitié, décroche !*

Il fallait qu'il sache où elle se trouvait et ce qu'il se passait. En espérant qu'il arrive à temps…

Elle accepta la limonade qu'Ethan lui offrait, et s'efforça de ne pas reculer quand, du canon de son arme, il caressa sa joue.

— J'aime bien tes photos, lâcha-t-elle au hasard. Très flatteuses.

— Je sais. Bon, on y va ?

Il lui montra un matelas recouvert d'un couvre-lit en velours dans un coin. Refoulant sa panique grandissante, elle posa la main sur sa joue.

— Comment as-tu trouvé ce petit nid d'amour sur Faldo Road ? demanda-t-elle dans l'espoir que Marlowe l'entende.

— La maison appartient à tante Hannah.

Il parut lui-même surpris par sa réponse.

— Tu as entendu ça ? s'exclama-t-il en haussant les sourcils. Je l'ai appelée tante Hannah. Je joue toujours mon rôle ! Tu sais qu'elle a été arrêtée, ce soir ? J'ai entendu les flics en parler, à l'hôpital. Ils ont débarqué chez elle. Ils l'ont surprise dans les cèdres devant chez toi, avec Hancock. Lui a pris la fuite, mais pas elle. C'est une histoire de fous ! a déclaré oncle Eddie. Ce pauvre Eddie, il n'en a pas perdu une miette : la police a dû arriver pendant une mi-temps ! Bon, bref, les flics ont embarqué tante Hannah.

Son regard brillait.

— Tu veux être sur moi ou sous moi ?

Elle s'efforça de ne pas le repousser quand il l'embrassa dans les cheveux.

— Eh bien…

Elle s'appuya au mur.

— Tu m'intimides vraiment beaucoup, tu sais. J'aimerais qu'on discute encore un peu, pour que je m'habitue.

— De quoi veux-tu parler ? fit-il avec impatience.

— Eh bien, de tes cadeaux. Les poupées, les fleurs, les bijoux… C'est toi qui me les as envoyés, à l'époque où je travaillais à Los Angeles ?

Son visage s'éclaira.

— Je t'ai envoyé beaucoup de jolis cadeaux. Mais c'est la chute d'eau que j'aimais le plus. Je nous y voyais, tous les deux, enlacés sous l'eau, figés pour toujours. C'est nous, Darcy jolie. Ce sera bientôt nous. Brûlants de passion en route vers l'éternité… Tu étais si jolie, le soir où tu avais ton fourreau et tes chaussures roses.

Il s'assombrit d'un coup.

— Mais sournoise aussi. J'étais content que tout se soit si bien déroulé. Je remerciais Elvis de m'avoir aidé quand j'ai entendu une porte s'ouvrir. Tu avais disparu. Tu étais donc si troublée ?

— Oui… Ce devait être le chloroforme.

Consciente de son regard sur elle, elle sourit et lui caressa la joue.

— Les psychotropes sont imprévisibles, Ethan. Les gens y réagissent de façon différente.

— Alors, tu ne courais pas rejoindre ton détective ?

Une voix s'éleva dans l'escalier, empêchant Darcy de répondre.

— Bert ? C'est Ernie ! Ça y est, j'ai la livraison. Des Uzi et des Luger, des caisses entières ! Avec ça, tu peux tuer une mouche à quatre mètres !

Il y eut un silence, puis l'intrus émit un grognement.

— C'est quoi, ces bougies, Bert ? T'es avec une fille ? Je peux regarder ?

Horrifiée, elle se retint d'aller fermer la porte à clé.

— Bert !

Elle prit le bras d'Ethan, mais il se dégagea et se mit à souffler sur les bougies.

— Aide-moi ! ordonna-t-il. Non ! Attends plutôt !

Il se tourna vers la porte et brandit son arme.

— Je vais d'abord le tuer.

— Mieux vaut l'obscurité que la lumière, l'arrêta-t-elle en réfléchissant à toute allure. Ça nous donnera un avantage.

— Oui, tu as raison. Eteins les bougies. Moi, je vais surveiller la porte.

Elle saisit le bougeoir en cuivre sur la table et prêta l'oreille. Des pas se rapprochaient dans le couloir.

— Bon sang, Bert, tu as mis des fleurs par terre ? Une vraie gonzesse !

De toutes ses forces, Darcy frappa le bras d'Ethan avec le bougeoir. Il poussa un hurlement de douleur, et son arme alla rouler à terre. Au même moment, la porte s'ouvrit sur Marlowe, Val et Comet. Enfin, à ce qu'il lui sembla, car Ethan la bouscula et plongea dans un recoin sombre de la chambre, sans cesser de crier sa douleur et sa rage.

Marlowe se précipita vers elle.

— Attention, une des Thermos est remplie d'essence ! cria-t-elle. Et il est armé !

Au même instant, une balle ricocha sur la table où trônait les Thermos.

— Sors tout de suite, ordonna Marlowe en la poussant vers la porte. Les renforts arrivent.

Ethan tira de nouveau.

— Tu t'es moquée de moi ! hurlait-il.

Un autre coup de feu, et la Thermos rouge explosa. L'essence en jaillit, avec des étincelles orange. Comet s'écroula.

— Comet ! s'écria Marlowe.

— Il m'a touché à l'épaule…

Ethan tira encore. Marlowe obligea Darcy à se baisser tandis qu'une épaisse fumée envahissait la chambre. Les flammes léchaient le sol et les murs comme des coulées de lave. Bientôt, elles s'élèveraient jusqu'au plafond.

— Sors avec Comet.

Il soutint son regard jusqu'à ce qu'elle acquiesce. Puis il l'embrassa et se releva. La fumée, véritable nuage noir, les entourait de toutes parts.

Elle se précipita vers Comet et l'aida à se relever. D'autres coups de feu se firent entendre.

— Je vois trouble, je ne sens plus mon bras, gémit-il. Où est la sortie ?

Elle l'entraîna dans le couloir, mais la fumée l'empêchait de voir où elle mettait les pieds. Quelqu'un tira. Un cri lui succéda.

— Val ? s'écria-t-elle. Tout va bien ?

Il sortit de la fumée et s'affaissa contre elle. Le prenant par la taille, elle l'entraîna un peu plus loin dans le couloir. Le feu crachait des braises, les flammes se rapprochaient. Elle fut prise d'une quinte de toux.

— Où est Ethan ? demanda-t-elle en voyant Marlowe réapparaître.

— Je l'ai perdu de vue. Il a dû se cacher. Passe devant, je m'occupe de Val.

Il passa le bras autour de ses épaules, tandis qu'elle

soutenait Comet. Le couloir était très sombre, mais plus ils avançaient, plus l'air redevenait respirable.

Ils se dirigeaient vers l'escalier quand Ethan tira de nouveau. Faisant volte-face, Marlowe riposta aussitôt. Darcy retint Val à temps. Du moins, elle essaya, car Ethan fondit brusquement sur elle et l'entraîna dans l'escalier.

— Un chat dans la nuit, Darcy jolie, souffla-t-il.

Il enfonça le canon de son pistolet sous son menton, puis l'arma.

— Il me reste trois balles. Une pour toi, une pour moi.

Sa voix tremblait. Il pointa son arme sur l'escalier.

— Et la troisième pour ton amant.

— Non, Ethan, le pria-t-elle. Il n'est pas…

— Si. Le King m'avait dit de me méfier, mais je ne l'ai pas écouté.

La voix de Marlowe l'interrompit.

— Lâche-la tout de suite, Lyons !

Ethan éclata d'un rire amer qui se mua en une quinte de toux.

— Si tu bouges, Darcy jolie, ton beau détective recevra une balle entre les deux yeux. De toute façon, que tu bouges ou pas, tu ne réussiras pas à le sauver de la mort qui l'attend.

Elle ne pouvait pas voir le visage de Marlowe, elle ne distinguait même plus l'escalier. Mais Ethan voyait tout, lui.

— Non, Ethan ! le supplia-t-elle encore.

— Tais-toi, Darcy jolie. Ton amant pourra toujours t'envoyer une carte postale de l'enfer !

Soudain mue par une inspiration, elle hurla à Marlowe de s'écarter et planta ses dents dans le poignet d'Ethan.

Il bondit et fit feu. Pas assez vite, cependant, car la balle de Marlowe l'atteignit la première.

Il s'effondra.

Dans sa hâte à se libérer, elle trébucha et perdit l'équilibre. Marlowe la retint, puis lui fit un bouclier de son corps. Au même instant, une plaque de plâtre se détacha du plafond, et de la poussière blanche se mêla à la fumée.

Ce qu'il se passa ensuite, Darcy n'aurait pu le raconter. Elle baignait dans une atmosphère irréelle sans aucun lien avec la réalité. Il y eut des coups de feu et des sirènes. La lumière des flammes se mêlait aux flashes des éclairs et des gyrophares. Et, en bruit de fond, résonnaient les coups de tonnerre et le crépitement des flammes.

Tout semblait se dérouler dans le flou, au ralenti.

Elle n'aurait su dire comment elle se retrouva dehors, à l'abri sur la pelouse qui entourait la maison. Les pompiers et les urgentistes allaient et venaient dans un mouvement continu. Elle vit soudain Val s'écrouler dans l'herbe. Puis Comet. Ethan Lyons, allongé sur une civière, revenait à lui. Portant les yeux plus loin, elle aperçut Marlowe qui la regardait tout en s'entretenant avec le capitaine Blydon.

Le temps semblait s'être suspendu. La maison achevait de se consumer tandis que l'orage se calmait, laissant derrière lui une odeur de fumée et de bois mouillé.

A cet instant, une limousine gris métallisé s'arrêta derrière les camions de pompiers. Darcy l'aperçut du coin de l'œil, mais n'y prêta pas plus d'attention. Elle fixait toujours Marlowe, qui se dirigeait vers elle.

Elle aurait voulu aller à sa rencontre, mais ne réussit pas à se lever. Elle l'attendit donc en espérant qu'il la rejoindrait avant qu'elle s'évanouisse.

Il la serra aussitôt dans ses bras.

— Je crois…

Elle ne put achever. Posant les lèvres sur les siennes, il lui donna un baiser dont l'intensité témoignait de la peur qu'il avait eue à l'idée de la perdre.

Quand, après quelques secondes, il s'écarta pour la contempler, elle lui sourit avec émotion.

Une voix autoritaire interrompit leur étreinte.

— Hum… excusez-moi.

Darcy se retourna. L'homme qui venait de parler, vieux et fragile, était assis dans un fauteuil roulant. Impassible, il attendait d'avoir toute leur attention pour reprendre la parole.

— Mademoiselle Nolan, monsieur Damon, permettez-moi de me présenter : je suis Constantin Lyons.

# 18

— Il n'ira pas en prison, prédit Val. Le vieux Conly et son vieil ami le juge de la Cour suprême de Californie y veilleront. Cela dit, Ethan n'est pas près de recouvrer sa liberté…

— Il existe diverses prisons ici-bas, observa Marlowe, philosophe. Et Ethan Lyons est enfermé dans la sienne depuis longtemps.

— Quelle magnanimité ! Je te rappelle qu'il a cherché à vous tuer, Darcy et toi !

— Meurtre et suicide : telle était son intention. Donner la mort à la femme de ses rêves, puis se donner la mort. Ensemble, pour toujours.

— Tu penses que la famille va étouffer l'affaire ?

— Possible. De toute façon, seuls Lugo et Kazarov étaient dans la confidence, le reste de la famille ne savait rien.

— Tu veux dire, des obsessions d'Ethan ou de sa fuite ?

— Les deux, si Constantin Lyons nous dit la vérité. Mais je le crois. Au point où il en est, il n'a plus aucune raison de nous mentir.

Val fit la grimace.

— L'argent a toujours eu le pouvoir de museler les bouches. Mais cette fois, il y a quand même eu deux morts. De plus, je connais une certaine rédactrice en chef qui rêve de rejoindre sur leur piédestal Bob Woodward et Carl Bernstein, les deux journalistes qui ont dénoncé le scandale du Watergate !

Il reprit son sérieux pour ajouter :

— Comet aussi a été blessé. A ce propos, je n'ai jamais vu un informateur témoigner une telle loyauté ! Tu devrais lui demander d'être ton assistant.

Marlowe s'esclaffa.

— Pourquoi pas ?

— Au fait, si tu envisages d'étendre ton cabinet de détective, tu pourrais prendre un associé. Moi, par exemple. Je vais aux alcooliques anonymes ce soir.

— Malade de ta vie de flic ?

— Malade, pas à ma place… A toi de choisir.

Ils descendirent l'escalier du commissariat.

— Comment va Darcy ? La dernière fois que je l'ai vue, elle tenait sa propriétaire dans ses bras qui pleurait toutes les larmes de son corps parce que son mari était furieux contre elle, et qu'elle avait perdu un locataire et une tong. Pour les tongs, je t'avoue que je n'ai pas très bien compris.

— Hannah Brewster avait une liaison avec Hancock et utilisait la maison de Darcy pour leurs rendez-vous clandestins. La première fois, elle n'a pas eu le temps de décamper avant notre arrivée. C'est ce soir-là que nous l'avons trouvée cachée dans le placard de la chambre de Darcy. Là-dessus, elle a perdu une de ses tongs.

— Ah ?

— Dans la chambre de Darcy. Du moins, c'est ce qu'elle pensait. En fait, la tong est tombée de son sac, et elle ne s'en est pas aperçue tout de suite. Elle a envoyé

Hancock à sa recherche. Il a passé le jardin de Darcy au crible, ne l'a pas trouvée et a attendu la nuit pour fouiller la haie de cèdres. Là-dessus, Darcy est arrivée. Hancock a fait diversion avec le chat d'Hannah, puis il a fui en essayant de ne pas se faire repérer. La troisième fois, c'était la nuit dernière. La police est arrivée et les a surpris. Hancock a détalé. Quant à Eddie, il a découvert que sa femme le trompait…

— Incroyable ce qui peut se passer dans ces quartiers si tranquilles ! s'exclama Val. Bon, ça n'a aucun rapport, mais j'ai retrouvé Hickey.

— En tournée ?

— Non, en cure de désintoxication. Dans un hôpital privé des Queens.

Il fronça les sourcils en entendant sonner le téléphone de Marlowe. *Beautiful Tonight* avait remplacé *Tears in Heaven*.

— Intéressant, commenta-t-il, visiblement amusé. Tes nuits seraient-elles plus belles grâce à une jolie blonde aux yeux bleus ?

Ils poussèrent les portes du commissariat et débouchèrent sur le parking. L'air entendu, Val considéra Darcy qui attendait, adossée à sa voiture.

— Tu lui as parlé de Lisa ? s'enquit-il, arrachant Marlowe à ses pensées.

Ce dernier lui lança un regard éloquent.

— J'ai compris : ce ne sont pas mes oignons, fit Val avec un soupir résigné. Sur ce, je te laisse : je vais à ma réunion des AA. Quand tu auras repris tes esprits, réfléchis un peu à cette idée d'association. Je sais, j'ai été vraiment nul avec la photo du permis de conduire du vrai Cristian Turner. Mais Ethan Lyons et Cristian

Turner se ressemblaient tellement que je n'ai pas vu de différence.

— A l'exception du lobe de l'oreille gauche : intact chez Turner, déchiqueté chez Lyons. Il a réussi à manipuler son monde, Hannah Brewster en particulier.

— La solution est toujours dans les détails. Je m'en souviendrai, à l'avenir.

Val leva la voix afin de s'adresser à Darcy.

— Je dois y aller. Souhaitez-moi bonne chance. C'est la première fois que je me lèverai devant une assemblée pour raconter ma vie !

Quand il eut disparu, elle s'approcha de Marlowe et passa les bras autour de son cou.

— Je suis curieuse de savoir ce qu'il entend par là, mais je vais refréner ma curiosité et ne poser qu'une seule question.

Il riva son regard au sien, si incroyablement bleu.

— Vas-y.

— Combien de fois projettes-tu de me faire l'amour ce soir ? murmura-t-elle à son oreille.

Ses yeux brillèrent.

— Ça dépend…

— De quoi ?

— De ta résistance.

Et tout en prenant possession de ses lèvres, il sentit la douleur qui l'accompagnait depuis si longtemps se dissiper.

Il était plus de minuit. La nuit était calme, et les étoiles brillaient dans le ciel sans nuages. Darcy tendit un verre de vin à Marlowe, puis s'assit à côté de lui sur la marche de la véranda.

— Cette pause, c'est ton idée, pas la mienne, remarqua-t-elle. Je suis plus endurante que tu ne le penses.

— A croire que j'ai perdu la pratique.

— Je ne crois pas. Tu m'en as donné la preuve…

Passant les doigts dans ses cheveux, elle le considéra.

— Tu veux parler ?

— J'essaie de m'y décider.

Il y eut un silence.

— Qui a eu l'idée de la diversion Bert et Ernie, dans la maison de Faldo Road ? demanda-t-elle. Tu nous as entendus dans ton portable, Ethan et moi ?

Il sourit à peine.

— C'était une idée de Comet. Je pense qu'il s'est inspiré de *1, Rue Sésame*. Et tout ce que j'ai entendu dans mon portable, c'est Lyons qui expliquait que cette maison appartenait à Hannah Brewster.

— Ce que tu avais déjà compris. Heureusement, parce qu'il me poussait vers son lit, à ce moment-là !

Elle fit tourner le vin dans son verre.

— Tu sais, j'ai presque pitié de lui. Ce qu'il vit est terrible.

— Il n'en reste pas moins un psychopathe obsessionnel et dangereux.

— Je sais. Son grand-père m'a confié qu'Ethan fréquentait les hôpitaux psychiatriques depuis l'âge de treize ans. Ce qui explique que les cadeaux aient cessé à un moment donné. Il avait une permission de douze heures, le jour où il a pris la fuite. Quel médecin donne une autorisation de sortie à un individu aussi malade ?

— Un médecin qui aime l'argent.

— J'espère qu'il sait où se cacher ! Parce qu'il va être radié et forcé de se réfugier au Panama.

Elle rit et le chatouilla.

— Est-ce un sourire que je vois sur ton visage si sexy ?

— J'imagine seulement le médecin assis à côté de Trace Grogan dans un vol pour Panama !

— L'histoire de Trace est différente de celle d'Ethan. Et je crois sincèrement qu'il pourrait guérir s'il acceptait de se faire soigner. Ça ne le rendrait peut-être pas plus sympathique, mais au moins serait-il moins névrosé…

Elle contempla la lune un instant.

— C'est bien Trace que j'ai vu à l'hôpital. Il sortait des urgences. Elaine m'a expliqué qu'il était venu chez elle et que, de colère, il s'était blessé en frappant le mur. Il s'est cassé trois doigts et le pouce. Il est dans le plâtre pour trois semaines.

Marlowe se tourna vers elle et l'observa.

— Je me trompe ou tu jubiles ?

— Une jubilation après le choc…

— On retourne au lit pour accroître ta jubilation ?

— Pourquoi pas ?

Mais, au lieu de se lever, elle s'appuya contre lui et dessina un cercle sur son torse.

— J'aimerais que tu me racontes une histoire, avant de dormir.

Il but une gorgée de vin.

— Jolie transition, Darcy. J'aimerais en avoir une heureuse à te raconter, mais la seule que je connais se termine mal.

— Est-ce que ça t'aiderait si je te disais que Comet a la langue bien pendue et qu'il en sait plus sur ton passé que tu ne le penses ?

Il la fixa d'un air soupçonneux.

— Tu as évoqué mon passé avec Comet ?

— Non. C'est lui qui m'en a parlé, pendant que nous nous rendions à l'hôpital.

— Il t'a parlé de Lisa ?

Elle acquiesça. Il fixa la pelouse.

— Elle avait cinq ans quand elle a été tuée par une balle perdue. Elizabeth, sa mère, et moi étions divorcés depuis déjà quatre ans, et j'avais sa garde tous les week-ends. Un soir, je l'ai conduite dans un parc d'attractions. J'avais reçu des menaces de mort, plus tôt dans la semaine, et j'aurais dû être plus prudent. Mais Lisa voulait absolument y aller. Son anniversaire approchait… et j'ai cédé.

— Les petites filles savent convaincre leur papa, commenta Darcy doucement.

— Le type qui m'avait menacé nous a suivis jusqu'au parc. Il m'a visé, mais sa balle, au lieu de me toucher, a atteint Lisa. Elle est morte sur le coup. Je me souviens des hurlements, des sirènes et des gyrophares. Je me souviens d'avoir juré que je le tuerais. La culpabilité me dévorait. Je me fichais qu'elle m'engloutisse.

— Tu as retrouvé l'assassin ?

— Oh oui…

Un sourire étira ses lèvres.

— Sept mois plus tard. Il a tiré, j'ai riposté. J'ai été touché à l'épaule. Lui, à la poitrine. Il est mort tout de suite.

— Il était mort, mais… ?

Elle se tut, attendant la suite.

— Mais sa mort n'a pas redonné la vie à Lisa et ne m'a pas non plus apaisé, comme je l'espérais. Je me suis au contraire replié sur moi. Je pensais que j'étais au bout du rouleau, que je n'avais plus aucun espoir de rémission quand Lugo m'a appelé. J'ai failli refuser son offre. Je voulais tout laisser tomber.

— Seulement, tu as accepté, et tu as mis ma vie sens dessus dessous.

Il eut un petit rire et replaça une mèche derrière son oreille.

— Plus ou moins. Mais tu oublies un détail.

— Lequel ?

Passant la main sous son menton, il attira son visage vers le sien.

— Je t'aime, Darcy. Je ne pensais pas que ça m'arriverait un jour. Mais je t'aime, et le reste n'a plus aucune importance.

— Et la culpabilité ?

— Toujours présente mais gérable. Et normale.

Il riva ses yeux aux siens.

— Je veux aller de l'avant. Je veux un avenir qui a un sens. Et je veux que tu en fasses partie.

— L'avenir. Voilà un mot qui me fait peur…

Il l'interrompit d'un baiser. Elle s'écarta en riant.

— Désolé d'avoir cassé l'ambiance, s'excusa-t-elle. Il faut que je te dise : je t'aime, moi aussi. Je me lie facilement, mais j'ai toujours eu du mal à m'engager sentimentalement. Je ne sais pas comment tu as pris possession de mon cœur, Marlowe, mais ce que je ressens pour toi me cause une peur panique.

— Nous recommencerons à zéro, tous les deux.

Elle se mordit la lèvre.

— Où ? A Philadelphie ? A New York ?

— Je suis ouvert à toute proposition.

— Dans ce cas, on va jouer à pile ou face.

Se blottissant contre lui, elle lui mordilla l'oreille et murmura :

— Mais pas tout de suite…

Retrouvez prochainement,
dans votre collection

# BLACK ROSE

## Obscurs pressentiments, d'Amanda Stevens - N°633

LES DISPARUES DU LAC ECHO - 2/3

Dans les eaux noires du lac, un corps a été retrouvé. Qui a tué le Dr Vance, cet homme aimé de tous ? Pour Nikki Dresden, médecin légiste, retrouver le meurtrier est un devoir envers celui qui l'a aidée à se reconstruire après la disparition de ses amies, quinze ans plus tôt. Mais peut-elle compter sur l'aide d'Adam Thayer ? Adam qui, pour de mystérieuses raisons, a quitté la police de Dallas et est revenu au pays après des années d'absence.

## Réunis dans la tourmente, de Barb Han

Admiratif, séduit, Nate écoute le récit de Chelsea. Courageuse, déterminée, elle a fui un patron qui la harcelait pour venir s'installer à Jacobstown avec Skylar, sa fillette de quatre ans. Mais le sort semble s'acharner sur elle. En effet, son ex-mari qui l'a abandonnée après la naissance de Skylar est arrivé en ville et prétend avoir des droits sur sa fille. Révolté, Nate décide qu'il les protégera, envers et contre tout…

## Pour protéger sa fille, de Nicole Helm - N°634

« Maintenant, c'est *toi* qui dois la protéger… » Interloqué, Cody fixe Nina. Et soudain il comprend : si Nina a fui le ranch, des années plus tôt, c'était pour échapper aux menaces de son propre père, un dangereux criminel. Et, si elle est de retour aujourd'hui, c'est pour cesser sa cavale désespérée et mettre Brianna en sécurité. Brianna, cette adorable fillette dont Cody ignorait qu'il était le père…

## Sous le signe de la peur, de Marie Ferrarella

Sexy, beau parleur, machiste… Pour Kenzie, Hunter Brannigan représente tout ce qu'elle déteste. Pourtant, c'est bien avec lui qu'elle va devoir mener l'enquête sur la « veuve noire » qui séduit et tue les célibataires âgés et solitaires. Méfiante vis-à-vis de celui qu'elle a considéré d'emblée comme un vulgaire play-boy, Kenzie révise peu à peu son jugement au point de tomber amoureuse du séduisant lieutenant…

Retrouvez prochainement,
dans votre collection

# BLACK ROSE

## Secrète révélation, de Carol Ericson - N°635

Jamais Sue Chandler n'avait imaginé que son chemin croiserait à nouveau celui de Rex Denver… Rex, qu'elle a été contrainte de quitter quatre ans plus tôt et qui, en réapparaissant soudain, risque de compromettre dangereusement sa vie d'agent secret. Rex, qu'elle aime encore et à qui elle va avoir le plus grand mal à cacher son secret le plus intime : l'existence de ce petit garçon dont il est le père…

## Le silence de la neige, de Rachel Lee

Impressionnée, inquiète, Cat Jensen s'écarte pour laisser passer l'homme qui vient d'entrer en trombe dans son bureau. Pour quelle raison cet inconnu se montre-t-il si menaçant ? Puis il s'explique, et elle comprend que c'est la douleur qui justifie son attitude. Car son frère, un journaliste d'investigation qui a quitté depuis peu Baltimore pour s'installer dans les montagnes, vient d'être tué, et il a décidé de mener lui-même l'enquête. Avec ou sans le concours de Cat, adjointe du shérif, et au mépris de toutes les règles et de tous les dangers…

---

## Une fugitive à aimer, de Linda O. Johnston - N°636

Qui est vraiment Polly Black ? Depuis qu'il l'a sauvée d'un grave accident de voiture et l'a aidée à accoucher en urgence, le Dr Reeve Snyder ne cesse de s'interroger. Car Polly semble cultiver le mystère autour d'elle. Qu'a-t-elle à cacher ? Se pourrait-il qu'elle fuie quelqu'un ou quelque chose ? Et qui est le père de son bébé ?

## Dangereuse proximité, de Julie Miller

Une lettre. La troisième qu'elle reçoit en quelques jours. Le commissaire Shauna Cartwright est désemparée : se pourrait-il, comme le lui affirme l'auteur anonyme, qu'elle se soit trompée deux ans plus tôt, et qu'elle ait fait emprisonner un innocent dans l'affaire de meurtre sur laquelle elle enquêtait alors ? Résolue à en avoir le cœur net, elle demande à E Masterson de l'aider à rouvrir le dossier.

Retrouvez prochainement,
dans votre collection

# BLACK ROSE

**Je serai là pour toi, de Justine Davis - N°637**

Un garde du corps ? Bien qu'elle ait été agressée deux fois en une semaine, Lilith refuserait cette surveillance si elle ne lui était imposée par son patron. Car c'est au séduisant Tony Alvera que la mission a été confiée. Tony, un collègue de l'agence de protection où elle travaille. Tony, l'homme qui l'attire depuis si longtemps, et qu'elle s'est jusque-là efforcée d'éviter...

**Une inavouable tentation, de Cynthia Eden**

Cale est-il toujours en vie ? L'inquiétude n'a pas quitté Veronica depuis que son frère a disparu. Voilà pourquoi elle s'est résolue, malgré ses réticences, à demander son aide à Jasper Adams, un collègue de Cale. Jasper, ce play-boy arrogant qui lui a clairement fait comprendre, dès leur première rencontre, que les femmes comme elle ne l'attiraient pas...

# OFFRE DÉCOUVERTE !

Vous souhaitez découvrir nos collections ? Recevez **votre 1er colis gratuit*** a **1 cadeau surprise !** Une fois votre colis de bienvenue reçu, si vous souha continuer à recevoir nos livres, cela se fera automatiquement. Vous recevrez a vos livres inédits** en avant-première.

Vous n'avez aucune obligation d'achat et cette offre est sans engagement de dur

*1 livre offert + 1 cadeau / 2 livres offerts pour la collection Azur + 1 cadeau.
**Les livres Ispahan, Sagas, Gentlemen et Hors-Série sont des réédités.

**☛ COCHEZ la collection choisie et renvoyez cette page au**
**Service Lectrices Harlequin – CS 20008 – 59718 Lille Cedex 9 – France**

| Collections | Références | Prix colis* |
|---|---|---|
| ❑ **AZUR** | Z1ZFA6 | 6 livres par mois 29,39€ |
| ❑ **BLANCHE** | B1ZFA3 | 3 livres par mois 24,15€ |
| ❑ **LES HISTORIQUES** | H1ZFA2 | 2 livres par mois 16,89€ |
| ❑ **ISPAHAN** | Y1ZFA3 | 3 livres tous les 2 mois 23,85€ |
| ❑ **PASSIONS** | R1ZFA3 | 3 livres par mois 25,59€ |
| ❑ **SAGAS** | N1ZFA3 | 3 livres tous les 2 mois 28,26€ |
| ❑ **BLACK ROSE** | I1ZFA3 | 3 livres par mois 25,59€ |
| ❑ **VICTORIA** | V1ZFA3 | 3 livres tous les 2 mois 26,19€ |
| ❑ **GENTLEMEN** | G1ZFA2 | 2 livres tous les 2 mois 17,35€ |
| ❑ **HARMONY** | O1ZFA3 | 3 livres tous les mois 20,16€ |
| ❑ **ALIÉNOR** | A1ZFA2 | 2 livres tous les 2 mois 17,35€ |
| ❑ **HORS-SÉRIE** | C1ZFA2 | 2 livres tous les 2 mois 17,85€ |

N° d'abonnée Harlequin (si vous en avez un) ___________

Mme ❑ Mlle ❑ Nom : ___________

Prénom : ___________ Adresse : ___________

___________

Code Postal : ___________ Ville : ___________

Pays : ___________ Tél. : ___________

E-mail : ___________

Date de naissance : ___________

❑ Oui, je souhaite recevoir par e-mail les offres promotionnelles des éditions Harlequin.
❑ Oui, je souhaite recevoir par e-mail les offres promotionnelles des partenaires des éditions Harlequin.

**Date limite : 31 décembre 2021.** Vous recevrez votre colis environ 20 jours après réception de ce bon. Offre soumise à acceptation et réservée aux personnes majeures, résidant en France métropolitaine, dans la limite des stocks disponibles. Prix susceptibles de modification en cours d'année. Vous pouvez demander à accéder à vos données personnelles, à les rectifier ou à les effacer. Il vous suffit de nous écrire en nous indiquant vos nom, prénom et adresse à : Service Lectrices Harlequin CS 20008 59718 LILLE Cedex 9. Service Lectrices disponible du lundi au vendredi de 9h à 17h : 01 45 82 47 47.